高辉 著

职网

职场不相信眼泪

廣東旅游出版社
GUANGDONG TRAVEL & TOURISM PRESS
悦读书·悦旅行·悦享人生
中国·广州

图书在版编目（CIP）数据

职网：职场不相信眼泪 / 高辉著．—广州：广东旅游出版社，2019.3
ISBN 978-7-5570-1698-2

Ⅰ．①职…　Ⅱ．①高…　Ⅲ．①长篇小说－中国－当代　Ⅳ．①I247.5

中国版本图书馆CIP数据核字（2019）第016210号

出 版 人：刘志松
责任编辑：于子涵

职网：职场不相信眼泪
ZHI WANG：ZHICHANG BU XIANGXIN YANLEI

广东旅游出版社出版发行
地址：广州市越秀区环市东路338号银政大厦西楼12层
邮编：510060
电话：020-87348243
广东旅游出版社图书网
（网址：www.tourpress.cn）
印刷：天津文林印务有限公司
（地址：天津市宝坻区新开口镇产业功能区天通路南侧21号）
开本：880毫米×1230毫米　1/32
字数：311千字
印张：12
版次：2019年3月第1版
印次：2019年3月第1次印刷
定价：45.00元

目录 Contents

自　序　**职场就是人生**　/ V

第一章　**辞职信：釜底抽薪**　/ 001

第二章　**二人转：茶话人生**　/ 007

第三章　**开门红：左右为难**　/ 021

第四章　**三套车：心猿意马**　/ 027

第五章　**龙抄手：针锋相对**　/ 032

第六章　**再回首：负荆请罪**　/ 038

第七章　**局中局：扭转乾坤**　/ 045

第八章　**风暴眼：人命关天**　/ 052

第九章　**情人劫：反目成仇**　/ 062

第十章　**单刀会：暗度陈仓**　/ 067

第十一章　**假行僧：趁火打劫**　/ 074

II

第十二章　连环局：节外生枝　/083
第十三章　长相思：彩云出岫　/089
第十四章　风满楼：老僧论道　/095
第十五章　蝶恋花：情非得已　/101
第十六章　采桑子：望梅止渴　/107
第十七章　三人行：十面埋伏　/114
第十八章　英雄会：周公问计　/123
第十九章　破阵子：精兵简政　/128
第二十章　夜深沉：柳暗花明　/133
第二十一章　车前子：棋逢对手　/139
第二十二章　谍中谍：祸起萧墙　/145
第二十三章　花为媒：峰回路转　/151
第二十四章　喜相逢：异想天开　/158
第二十五章　风乍起：暗箭伤人　/164

III

第二十六章 诉衷肠：用心良苦 /171

第二十七章 鸿门宴：讨价还价 /178

第二十八章 巧设伏：机关算尽 /189

第二十九章 桃花劫：狡兔三窟 /196

第三十章 空天猎：掉转枪口 /204

第三十一章 今世缘：大失所望 /212

第三十二章 伤别离：心照不宣 /218

第三十三章 爱相随：情不自禁 /228

第三十四章 西游记：好马回头 /234

第三十五章 凤还巢：阴阳易位 /240

第三十六章 无间道：色胆包天 /247

第三十七章 美人计：顺藤摸瓜 /255

第三十八章 点将台：兵随将转 /260

第三十九章 劫不归：危如累卵 /266

IV

第四十章　**双龙会：模棱两可**　/273

第四十一章　**姐妹行：项庄舞剑**　/280

第四十二章　**隆中对：临阵换将**　/286

第四十三章　**树反旗：大闹天宫**　/292

第四十四章　**群英会：逼上梁山**　/304

第四十五章　**龙虎斗：兵临城下**　/314

第四十六章　**花非花：明争暗斗**　/324

第四十七章　**一线天：图穷匕见**　/333

第四十八章　**警世钟：割袍断义**　/345

第四十九章　**好事近：回头是岸**　/353

第五十章　**大结局：无中生有**　/362

后记　**迷茫的青春VS焦虑的人生**　/374

职场就是人生

职场是什么？没有人能说得清。

《杜拉拉升职记》催生了一条文化产业链，那是职场入门者的一个甜点，好看，好玩，实不实用不好说。

《青瓷》的电视剧收视率不错，但从严格意义上来讲，《青瓷》是一部商战小说，而不是一部职场小说，所以其内容适合生意人，职场人无法从中获得多少有价值的经验。

职场有中国最大的市场，职场是一种生活！

职场是一种生态，职场也是一种战场，数以亿计的职场人在这里面生生死死，起起落落。人生的际遇，生命的走向，命运的起伏，这一切似乎都和我们所在的职场有关，但对于职场或职场的变迁，知其然的多，知其所以然的少，所以职场需要解读。

随着中国经济的崛起，中国正在兴起职业化的浪潮。每个人或多或少地都要被打上职业化的烙印，身处其中的人们都在谋求自我的蜕变。从一名职业化的员工蜕变成一名优秀的职业经理人，从一名职业经理人蜕变成一名优秀的企业家，这一结果的取得首先需要我们读懂职场。

职场二十年，转战南北东西；职场二十年，看惯了花开花落。作为职业经理人队伍中的一员，经历过各种各样的变故，亲历过各种各样的剧情。这中间，有感慨，有感伤，有无奈……世界就是一个大生态，我们的生生死死似乎被一种神秘的力量左右着，有时候会让人感到那么无力与无助。而职场则是一个舞台，按照剧情的需要，我们每个人粉墨登场，竭尽全力维护着自己的尊严和形象。大幕徐徐拉开，我们别无选择。

职场不仅仅是一个工作之地，更是我们的人生！我们生命的价值在这里展现，我们生命中最宝贵的时光在这里度过，这里有我们的喜怒哀乐，也有悲欢离合。所以，我们要有一个幸福的人生，就需要一段成功的职场经历。

职场是一个万花筒，容易让人眼花缭乱，在这里，跟对人、做对事很重要，看懂人、能做事更重要。在职场，每个人都有自己独特的生存方式，但无论哪种生存方式都要符合职场的逻辑。这个世界是有规则、有规律、有因果的，为求善果，先求善因。

别人的事，自己的眼，大幕开启，无关风月。

第一章

辞职信：釜底抽薪

苏南一又拿起了烟。

苏南一的微信红包让他这个春节以最惨淡的方式收了场，他被烟雾包围着，一种愤怒的情绪让他的心隐隐作痛。

初八，开门红的日子，发开门利是是公司必不可少的一个节目，员工有期待，作为老板的苏南一也有期待，这么多年，这份小喜悦一直让他乐此不疲。2015 年，苏南一决定以微信红包的形式给每位员工派发利是，为制造惊喜，在开门红的前夜，他把每封利是的金额从以往的 100 元增加到了 500 元，却没有给他带来期望中的惊喜，因为他种下了芝麻，收获的却是跳蚤。

午夜十二点零一分，现在他对这个时间是如此的敏感，就是这个时间，当他被员工的感谢和祝福包围的时候，林娜的辞职信不期而至，这不仅破坏了他的好心情，甚至让他愤怒。他一直以来的担心在这一刻成为事实，并且以这样最不可思议的方式出现。辞职信不长，写得很委婉，其实写什么和怎么写都不重要，重要的是它来了，以这样猝不及防的方式来了。林娜，漂亮，能干，是他南南公司最好的业务员，掌握着公司最重要的客户资源。谢平挖林娜已是公司公开的秘密，但林娜以这样的方式，在这个节点上辞职，他不能接受，这就是人性的恶？看惯了人生百态，这几年苏南一一直在修炼自己的心性，但谢平的这一招釜底抽薪还是激起了他的仇恨。林娜到底是无意为之还是精心设计？差点成了他人生另一半的林娜，一言难尽的林娜，他对她的精心培养，对她的提拔重用，对她的关爱和无保留的付出，在这一刻都显得那么滑稽。

林娜的辞职信煎熬着他。戒烟一年的苏南一又拿起了烟，点上，慢慢进入放松的状态，谢平、林娜、公司的困局、征程中的磨难，一点点在烟色中幻化。作为老板的苏南一知道南南公司出了大问题，大分裂的局面就摆在他面前，林娜不过是一个节点而已。如果林娜的辞职真的导致了南南公司分裂，南南公司将陷入万劫不复的境地，因为林娜辞职不是一个孤立的事件，它会带来一系列的连锁反应，先是公司分裂，继而是公司业务量的下滑，对赌条件下的融资计划搁浅，最坏的结果就是公司破产重组，创始人出局。

春节前，为了挽留林娜，他用尽了他能用的所有招数，但“天要下雨，娘要嫁人”，又能怎么样呢？谢平是他的兄弟，是他曾经的伙伴和得力助手，是南南公司的股东之一，但现在一切都变了，谢平要拆散他的南南公司。事实上，去年十一，谢平已另立门户，他的这一举措造成了南南公司人心动荡，并且谢平也在用自己的影响力和所掌控的人脉资源不断蚕食着南南公司的业务。对苏南一来讲，兄弟变对手他可以接受，兄弟变仇人他不能接受。就像林娜的辞职信，似乎一切都来得太快了。开门红，门还没开，苏南一就乱了心绪。

深圳的冬天不叫冬天，但深圳的春天才像春天。苏南一的这个春节过得平和，也过得纠结，南南公司陷入困局，太多的隐忧让他心神不定。他从没有像今年这样期待过开门红，他想以发微信红包的方式给员工一个惊喜，也想用不一样的开局冲淡心中的隐忧，但林娜的一封辞职信把一切都炸开了，把血淋淋的现实摆到了苏南一的面前。苏南一无法判断林娜的辞职信是谢平的一次精心设局，还是林娜对他的恶意报复。

林娜是苏南一曾经的恋人，从把林娜招进公司起，他就动了心思，三年的恋爱，八年的相处，林娜已成为他生命中不可分割的一部分。公司规模尚小的时候，他们曾在一个办公室办公，日久生情，这段办公室恋情便随着时间自然而然地发生了。没有办法说清办公室恋情的利害，这么多年，这段恋情让他纠结，让他心痛。但到最后，人生的阴差阳错让他辜负了林娜，与现在的妻子单虹结了婚。在苏南一的心里，林娜怎么报复他都是应该的。

书房很大，因为房子很大，在这样的夜晚，却格外空旷，在接到林娜辞职信的那一瞬间，苏南一觉得自己的心仿佛也空了。红树湾，深南大道和滨海大道之间，毗邻声名远播的欢乐谷，与欢乐海岸隔道相望，是深圳数得着的豪华社区。有时候不由得你不感叹，深圳是一个充满活力且魅力四射的城市，从最初的荒凉到如今的繁华，转眼间，红树湾这处房产已成为苏南一最成功的一次投资。大书房是他要的，在这样一个夜晚，给了他更自由的思想空间，对面的欢乐海岸依然灯光璀璨，他的目光被灯光牵引着，烟在四处游走、升腾。与其说是烟让苏南一兴奋，不如说是眼前的困境和变局让他兴奋，再过几个小时就是新一年度的开门红了，这是充满变数的一年，林娜的辞职是一个劫，也是一个结，他对南南公司还有足够的掌控力吗？他要证明给所有人看！

夜色掩映，窗外灯光刺刀一样刺穿整个黑夜。掩映的灯光，升腾的烟色，嘀嗒的钟表声音剪裁着时空，苏南一持烟的姿势因思想而富有诗意。

十二点多了，看苏南一一直未睡，妻子单虹推门进来，把熬好的雪梨汤放到苏南一跟前，看见满烟灰缸的烟头，嗔怒道："刚说不抽了，又没完没了，大过年的，不考虑自己，考虑考虑孩子和家人行不？"说着话，单虹把手搭在苏南一的肩上轻摇了一下。

苏南一回身抚弄了一下单虹的头发，有点不好意思地把烟头掐灭。他知道单虹平时对自己可以说是百依百顺，烟戒了又抽，本就是自己的不对，今天又抽得这么多，被她看到了，自己多少有点于心有愧，于是说："你陪孩子早点睡吧，明天开工第一天，事多了点，忙完我就睡。"边说边把妻子送到书房门口。

对自己的另一半，苏南一从来都没有很高的奢望，他的要求简单到没办法再简单，只有两条，四个字：一是"顺眼"，二是"懂事"。顺眼就是要相看两不厌，懂事就是知事明理。望着妻子的背影，苏南一若有所思，单虹不是一个给他带来激情的人，却是一个能给他带来温暖和安全感的人。五年前，在他和林娜冷战的时候，单虹出现了。单虹是林娜的闺密，也是她的老乡加同学，江西南昌人，父母都是公务员。单虹知性、理性，形象不出众，但是耐看，她没有林娜的美貌，没有林娜的刚烈，但有林娜少有的善良与温柔。其实，苏南一的移情别恋不是有意识的，在单虹帮助林娜修复他们之间关系的过程中，她才真正走进了苏南一的生活。

母亲的骤然离世让苏南一受伤，让他绝望。因为母亲的去世和林娜有关，这让苏南一内心深处对林娜多了一丝怨恨，事业的压力、家庭的冲突让苏南一心力交瘁，甚至令他患上了中度抑郁症。单虹的温顺让他心安，单虹的温柔让他心暖。当苏南一不知该如何自处的时候，单虹始终在他身边。单虹是帮助他走出抑郁的那个人，就这样，单虹取代了林娜，走进了苏南一的心里。

苏南一知道，为了他和单虹的事，林娜恨死他了，到底是更恨他还是更恨单虹，不得而知。自始至终林娜都不曾给他一个解释的机会，她没有出席他和单虹的婚礼，甚至连他们的喜糖都没吃一块，那真是切肤之痛，切齿之恨。苏南一结婚之后的这几年里，作为股东的林娜一直都还在公司，分管公司的大客户业务。林娜要强，为了事业背着苏南一打掉了孩子，这是她和苏南一冲突的起因。分手之后，林娜就变成了一个不折不扣的工作狂。几年下来，也不见她和男人有什么接触，这半年公司里忽然有林娜和谢平搅在一起的传言，这让苏南一颇感意外，林娜这次报复性的辞职算是对这种传言的坐实。

苏南一洗了把脸，试图让自己更清醒一些，瞄了一眼镜子中的自己——清晰的轮廓，少了些清秀，多了些沧桑，眉宇间的哀伤似乎难以驱遣，两鬓间的几根白发让他陡生感慨。苏南一知道自己是别人眼中创业成功的典范，甚至是偶像，但不做老板不知道老板的难，就像今天出现的这种猝不及防的局面，怎么才能释然？苏南一知道自己的纠结源于患得患失，十五年的职场，八年的创业，当初的豪情万丈，如今的老于世故，这种变化让他心里很不舒服。

苏南一正在策划他们有生以来最大的一场豪赌，为此他押上了全部的身家。

尽管公司成立以来，公司一直在赚钱，但他从来没有像今天这样需要钱。他押注的在线人才业务毫无疑问是未来的发展趋势，但眼下这是一个烧钱的业务板块，公司资金有限，他需要资本市场的支持，需要以上市的方式进行融资，这才有了他跟券商安信证券的对赌协议，一旦对赌失败，南南公司重组，而他这个创始人必须出局。

即使冒出局的风险，他也必须放手一搏！富贵险中求，他不是求富贵，他是博一个出彩的人生。

安信证券开出的对赌条件是，如果南南公司2015年度业绩有30%的增长，安信证券负责辅导南南公司新三板上市，若上市不成，由安信证券按2亿估值注资5000万支持公司业务发展，若对赌失败，安信证券以5000万注资，收购南南公司75%的股份，他苏南一就会失去对南南公司的控制权。

对赌协议的条件似乎是一个不可能完成的任务，但南南公司太需要钱了，或者说他苏南一太需要钱了。南南公司的在线业务是一个黑洞，他需要更多的钱帮助他从这个黑洞中爬出来，可南南公司的业务连续两年止步不前，2014财年又出现了罕见的负增长，林娜这时候辞职可能成为压垮他的最后一根稻草。

这是一场战争，苏南一正面临着一种内忧外患、腹背受敌的局面。2014年，宏观经济势头向下，传统制造业哀鸿一片，南南公司主要客户都来自制造业，客户不赚钱，怎么赚客户的钱？就猎头业务而言，天天喊“狼来了”，喊多了就麻木了，当国际猎头品牌企业大举进犯的时候，如何应对？他发现自己真的没有准备好，高端客户屡屡被抢，正规军和游击队一正面交锋差距便显出来了。猎头这个行业是个轻资产的行业，换句话说就是行业门槛低，很容易裂变，三五个人就可以拉杆子抢你的生意。对南南公司而言，业绩好，有钱赚，矛盾不那么突出，如今业务遇到瓶颈，萌生异心的人便见异思迁，军心不稳成了一种常态。这是一盘棋，林娜是他盘活这盘棋的一个棋眼。苏南一不知道这个春节长假期间到底发生了什么，但眼前发生的一切绝非偶然，这是一个局，由谢平和林娜联手精心策划的一个局。

南南公司正经历着创业以来最大的危机，对苏南一来讲，这是一个生死劫，出路呢？

第二章

二人转：茶话人生

十一道茶庄，项前如约前来。

十一道茶庄是一个喝茶的好去处。老板周子瑜是个儒商，是苏南一北大EMBA（高级管理人员工商管理硕士）的校友，开茶庄不是为了赚钱，而是为了以茶会友。茶庄地处南山科技园内，格调高雅，视野开阔，可品茶，可搓麻，可谓闹中取静，苏南一和项前的约谈多半在此。七点半，哪个正常营业的茶馆也不会开那么早，是苏南一给老板周子瑜打了电话，提前营业是为他们提供专门服务。

项前是苏南一的客户，是他创业后做成的第一单生意，也是他做得最容易的一单生意。项前是武大毕业的高才生，湖北黄冈人，学校不错，但专业不好，专业就是那种最是无用又最有用的哲学专业，项前的第一份工作是在珠海党校做教师。八年前，苏南一刚刚下海创业，在一次人力资源论坛上，苏南一认识了项前，那时候的苏南一为挖掘潜在客户，会议间隙不断地派发名片，而项前则是为了冲出包围圈也在寻找一切可能的机会。就像男女之间的一见钟情，苏南一和项前一拍即合，相见恨晚。项前帅气、儒雅，苏南一热情、干练，都是一等一的热血青年。那时他们谈理想，谈天下，谈家国，而当时的项前给人的感觉是满腹才学却苦于报国无门，从谈话中苏南一看出项前跳槽的愿望强烈，一顿大酒，一场大醉，促生了苏南一的念头，苏南一决定把项前卖个好价钱。

在苏南一的怂恿下，项前决定下海，要求不高，而苏南一正好从朋友那里得到一家家电企业培训经理的需求信息，项前教师出身，转做培训，算是平稳转型，这都是一顿大酒带来的机会与成果。

项前是那种浑身上下都透着自负与自傲的人，但他又表现得谦卑与低调，情商与智商一样的高，路走得顺些也是自然。从顺德一家家电企业的培训经理，到全球五大咨询公司之一的培训总监，再到康华公司的人力资源总监，前后八年的时间，项前的职场道路走得格外顺，可以说是步步高升。日子久了，苏南一和项前自然而然成了兄弟，在项前不断转型的过程中，他也帮苏南一促成了很多业务。俗话说，言谢必轻，一切尽在不言中。如今，南南公司要破局，找参谋，项前成了不二人选。项前一眼看去就是一个透亮的人，神气，有见地，算是经理人中的典范。

老地方，雅间，靠窗，视野开阔，寒暄后二人坐下。

看苏南一掏烟的动作，项前调侃道："忍不住了？"

点上烟，苏南一喝了口茶，放下杯子说："烟是个好东西，也是个坏东西，看你要什么？要感觉就抽，要健康就不抽，我从没说过一定要戒，这次是让林娜闹的。你也是，还敢去马来西亚，不怕再被'马航'一次？"

"'马航'就'马航'嘛，'马航'了就认命，我这是学巴菲特，别人贪婪的时候我谨慎，别人谨慎的时候我贪婪，别人不去我才去嘛，旅游又不是赶集非要凑热闹，人少的时候才过瘾，但临末了的时候被老板一个电话叫回来了，算是虎头蛇尾，你不找我，我也正要找你。"

项前深深地吸了一口，长长地吐了口烟雾。

“公司今年有啥动作？”苏南一关切地问。

“山雨欲来，不过这次雨来了可能动静要大一些，人事变动一年一度，今年比往年早，风紧，提前赶回来也是这个原因。”项前弹弹烟灰说：“我们这边的事你熟，还是先说说你那边吧。”

苏南一接过话：“公司人才在线业务需要大笔资金，要对接资本市场，上市融资是最佳选项，我已经和安信签了对赌协议，但在这当口谢平要拆我的台，今天开门红，林娜昨晚微信辞职，这个年本来过得还算平和，林娜来这么一出，那点好心情都被破坏了，我感觉林娜被谢平当枪使了。”

“对赌，跟安信对赌，我看你是疯了吧。”项前“噌”地站起来，不停地摇着头，项前转身对着苏南一，俯下身，目光盯着苏南一，敲着桌子说：“对赌，这是一条不归路，你知道对赌意味着什么吗？新浪的王志东怎么出局的？雷士照明的老板吴长江怎么入狱的？黄、赌、毒你也敢沾，不客气一点说，你这是自寻死路啊！”

望着激动的项前，苏南一反倒是异常平静，说：“项总，我不是不知道对赌的风险，但我知道我自己要什么，我们最直接的竞争对手是天马公司，他们节前拿到弘发资本3000万的投资，后续的额度会更大，有了资本市场的支持，他们在一线市场打得很猛，我们的市场空间被挤压，之所以对赌，不是我愿意，我是别无选择。”

苏南一道出了个中实情，项前知道多说无益，挑了一下眉问：“最坏的结果呢？”

“最坏的结果就是崩盘，搞猎头，到头来自己的人被挖了，这说起来是个笑话。”苏南一微微冷笑，“2014年业务萎缩，盘子小了，费用却高了，人工贵了，租金涨了，制造业客户日子难过，我们的钱收不回来，该支出的却一分都不能少。我们去年致力于打造在线平台，投了大笔钱进去，业务量没有实质性突破。国际猎头品牌这两年也吃透了国内市场，挖人抢单，我们的高端客户被抢了不少。谢平这次自立门户，本来就会切走我一大块业务，如果林娜再被他策反，南南的核心客户资源会被掏空，林娜的事会打乱我的融资计划，对赌失败，我会被逼上绝路的。”

项前没说话，把还剩很长的烟掐灭，又拿起一支，夹在指间翻转，略微停了一下，问：“谢平还有没有回头的可能？”

“林娜还有变数，谢平已经不可能了，兄弟做成了仇人，悔不当初啊！”苏南一感叹道。

项前下意识地把烟在茶几上顿了几下，嬉皮笑脸地说：“林娜不一直是你的女神吗？怎么现在连同事也做不成了？”

“事坏就坏在这里，她对我有怨气，她这次辞职应该也有赌气的成分。我的问题是当初不该把感情和事业搅在一起，可以说这是我最失败的一次投资，花大把的钱、大把的精力，现在看是帮别人调教了一个老婆，这还不算，手把手教会了她，谁知一不小心培养了一个对手。”苏南一无奈地摊开手，一脸无辜。

“该！你要不三心二意，你们现在岂不正比翼双飞？”项前用手点了点苏南一。

“我有我的问题，但走不到一起一定不是一方的责任，她眼界高了，不像当初我带她入行的时候，她有控制欲，我又是一个不愿受人摆布的人，不知道我是太在乎她了，还是我自己的心理承受能力差，那段时间我都抑郁了，没走到一起我看还算好，结了再离，岂不是两败俱伤。”苏南一一脸苦笑。

项前一本正经地说：“玩笑归玩笑，感情的事过去就过去了，心病终须心药医，解铃还须系铃人，老百姓讲‘买卖不成情义在’，而你俩是婚没结成情分在，我想她还不至于希望你塌台，你要解开她的心结，防她化怨为恨。”

苏南一做了个手势说：“打断你一下，有个情况我没给你说清楚，就是谢平正在追求林娜，有半年了吧。”

项前显出一脸不屑：“谢平不是有女朋友吗？林娜甘心做小三？”

“谢平追林娜不是一天两天了，这是事实。感情的真假我们说不准，在林娜的事上我于心有愧，若谢平是真心的，我愿意祝福他们，但谢平是什么人？我怕他使的是美男计，追林娜就是图个刺激，最怕的是他用这一招就是为了拆我的台。”

“看不出来，谢平还会来这一手，但林娜还不至于那么蠢吧？”

“按我对林娜的了解，是不至于，我觉得林娜更多的是为了刺激我，让我后悔，若是林娜真心爱上谢平，那只能说我看她看走眼了。”

项前摇了摇头，重新抽出一支烟自顾自地点上，盯着苏南一说：“你真让我做参谋，我未必称职，说点见解，仅供参考。先说林娜，林娜辞职这么看反倒简单，这里面重要的是如何让她回归理性，从一个成长型公司转身跳到一个创业型公司，一边是利益，一边是风险，相信她知道个中利害。至于谢平所谓的美男计，只要林娜不甘心做小三，就几乎不可能，小三成功上位的不是没有，但这事在谢平身上能发生吗？按你的说法，我个人猜测，林娜现在不是被谢平的几句好话蒙了心，她找谢平是针对你，刺激你。以林娜的条件，想找个好男人还不是分分钟的事，干吗费那么多周折去和别人分享一个男人？你和林娜的事，主要责任在你，所以我才说解铃还须系铃人嘛！”

苏南一点头称是，也抽出烟点上，凝神听项前说。

项前站起身，对着苏南一摊开右手说："再说市场的事，经济低迷是问题吗？正因为经济低迷，才有大量的人才置换和流动，这不恰恰是你们的机会吗？这正像现在的教育市场，工作难找了，才有更多的人去充电，通过提升自己来谋求个好职位，企业也是，市场难做了才要打硬仗，不练兵行吗？还有你的新业务，在线平台，商业模式突破或业务转型，这不是你一家企业的事，大量的传统企业都在谋求转型，这里面有'高尔夫效应'，先难后易，一旦转型成功，新业务一定会快速上量，路不好找是事实，这不是一个方向的问题，这是一个技术感觉的问题，坚持互联网思维，坚定不移地发展在线业务，大方向没问题，这我支持，但用'对赌'这么激进的方式去融资，我持保留意见。"

项前说得眉飞色舞，毫不掩饰他天生的演说能力。苏南一的目光一直跟着他的手势在转，而心里则在想，若是公司能有这样一个合伙人该有多好，多事之秋，危难之时，苏南一觉得自己是如此孤单，此时的他甚至想打项前的主意了。

项前稍作停顿，接着说："再者说，国际品牌没有那么可怕，对中国市场的感觉他们没有本土品牌好，猫有猫道，狗有狗道，渠道的选择上要有自己的坚持，我支持你们向下走，从逻辑上讲，是先向下走，向下走走量，再向上走，反过来和他们竞争，在制造业，中国品牌几乎都是这么走过来的。成本和风险的问题是个共性的问题，哪家企业成本不是在上升，你上升别人也上升，你控制得好，你就比竞争对手更有机会。"

项前把话打住，坐回原位。看项前停了下来，苏南一感叹道："看来我要请你吃大餐了，这几天我是被困住了，这就是所谓的当局者迷吧？我给你做了这么多年的军师，看来你才是更称职的军师啊。"

项前掸了掸腿上的烟灰，诡异地笑着说："饭该吃还是吃，不能便宜你，可你恭维我，不亏心啊？"

苏南一是一路看着项前走过来的，七八年的时间，项前可是今非昔比，无论眼界还是格局，项前都表现出了一个经理人的良好素养，看问题的角度，分析问题的能力与深度，逻辑的严谨性和实用性都高人一筹。锁都有钥匙，问题都有解，关键是要问对人。

苏南一喊服务员加水，进来的是易冰。易冰人漂亮，五官清秀得一塌糊涂，一双杏眼，眉目传情，唇红齿白，肤若凝脂，手滑过，如缎子一般的光滑，典型的湘妹子。每次来这里，苏南一都忘不了和她调侃几句，这次心事重重，竟把这闲心弄没了，此时看到人来了，忽然想起包里还有几个红包，从中抽出一个递过去，打趣道："回家相亲没？又过一年，没记错的话该二十五了吧？"

易冰不好意思地摇摇头，片刻又点点头，边倒水边躲着苏南一递红包的手，苏南一强把红包塞进易冰空着的手中，说道："红包不拿，今天就免单，你选。"

项前插进来说："深圳啥都不多，就是剩女多，同学都生娃了吧？搞对象找苏总，他手里可有大把的优秀人才，近水楼台，不要浪费了资源。"易冰未置一词，轻笑着出了门。

凝望易冰的背影，苏南一走了神，项前轻拍了下茶几说："又起色心啊？那不是你的菜，欠了一屁股情债，守好你的老婆吧。"

苏南一略显尴尬地回过头，喝了口易冰刚斟上的茶掩饰一下，说："你不是王子，我也不是灰太狼，纯洁的革命友谊到你那里都变味了。男女之事，你要早这么敏感，何至于今日啊？"苏南一边说，一边拍着项前的肩膀坐下。

单纯从感情的角度来看，项前是觉得自己有些失败，苏南一 1978 年的，比他大一岁，现在孩子都快上小学了，可自己还孑然一身。项前常自欺欺人地安慰自己，先立业后成家，就像三国里的赵云感慨“大丈夫何患无妻”，加上他的女朋友艾佳非要读什么博士，现在好了，博士快读完了，居然张罗着要出国深造，想想这些，经苏南一这么一说，他无奈地摇摇头，没再说什么。

看着项前走神的样子，苏南一会心一笑，边点烟边问：“你不是也有事找我吗？说说看。”

项前回过神，略带感慨地说：“我是想听听你的看法，今年公司有大动作，不是以往常规的人事调整，是大裁员，按我掌握的情况看，干部还是重灾区。”他呷了口水，接着说：“2014 年，宏观经济向下，制造业难做，公司业绩负增长，出现了历史性的亏损，这就叫‘覆巢之下安有完卵’，看来要做最坏的打算。”

“动到你这样的位置，还不至于吧？”苏南一故意把口气放轻松些。

项前摇着头说：“不好说，至少我心里没底，这样的局面，动到谁都不奇怪。看去年，HP 裁员，海尔裁员，还一次性裁掉 2 万多人，会不会动到我，我不关心，对康华而言，这是成立以来从未有过的大裁员。这就像一场屠杀，我就是那个刽子手，砸人饭碗，断人生路，于心不忍，又责无旁贷，心里不爽啊。”

苏南一接着问：“你说的被电话追回来了是怎么回事？”

“噢，是这样，为裁员的事，公司成立了‘员工发展项目组’，我们私下里叫‘优化小组’，老板在正月初五召集大家开筹备会，讨论这次行动的原则和政策，这不是一个好做的工作，大家的压力都很大，我就是这么被叫回来的。”项前苦笑着说。

“我们小公司难，没想到你们这样的大公司也这么难，按我对康华的了解，你这次风险有，但不会很大，毕竟五年了，你已融进了这个团队，公司总归要有人做事，若你这样的人才都没机会，那公司还怎么发展！但话说回来，多做准备没有坏处，你的事就是我的事，更好的去处不一定有，但像康华这样的职位我敢打包票。”

项前笑了，用右手的五指连续叩了叩茶几，说：“我找你不是要你给我打这样的包票，来之前，我有两个想讨教的问题，一是外面的人力资源市场，你比我熟，我想知道这些从我们这里离开的人有什么样的机会，这决定着我们解决这个问题的难度；二是如果我这次有异动，我有创业的想法，心累，不想再打工了，在这件事上我比较犹豫，你是创过业的人，在这方面有话语权。”

苏南一一脸惊讶，一副不解的神色：“别吓我啊，经理人做得好好的，创什么业！”然后轻轻理了一下自己的头发，接着说：“非要我说，倒可以分享一下我这方面的观点，一是创业要趁早，年龄趁早，时间趁早，这里面有机会成本啊，市场越规范，创业成功的概率越小。二是创业要从自己熟悉的行业做起，从自己最熟悉的项目做起。创业流行一种说法叫‘不熟不做’，隔行如隔山，跨行越界不是一定不行，但你在之前的行业里积累的资源就无效了，所以起步的难度要大，起步的周期会更长。三是要权衡一下自己的承受力，尽最大的努力，做最坏的打算，创业有成有败，这谁都能明白，现实是创业成功的人少，失败的人多，没经验的人创业，成功的概率不会超过10%；有经验的人创业，成功的概率也不会超过30%。四是个人创业留好退路，团队创业选好伙伴，老百姓讲‘生意好做，伙计难搁’，就像我，伙伴选不好，朋友做成仇人。”

说到“仇人”两个字，苏南一站起身，摊开手做无奈状，随后他把烟扔掉，双手插进裤兜，围着项前踱着方步说：“至于说人力资源市场，制造业萧条，大环境不好，普通人找工作比平时要难一些，但你们康华的人不一样，从你们这里出来的人，周边的小企业愿意要，你们就是他们的黄埔军校，你们裁员就是他们的福音，操他们的心，我看大可不必了。”

项前搓了下手，双手紧握，说：“金玉良言啊，自己员工的事，我不能不多想一些，作为经理人，我和他们的身份是一样的，我不能成为《包身工》里的拿摩温。我自己嘛，后面的路我真没想好，我担心的不是我自己，而是在这样一个经济下行的大背景下，亏损和裁员还不是最坏的结果，最坏的结果是公司从此进入一种恶性循环，我是说重压之下，康华也有可能像你现在的处境一样陷入分裂。”

苏南一不以为然地摇摇头，说：“南南和康华没有可比性，我看你也不用这么杞人忧天，一个明星企业不可能像你说的这么脆弱，我是让你来开导我的，看来我还要开导你了。”

“当然，我不希望出现这种最坏的结果。你看到的是康华华丽的外表，而我看到的则是她脆弱的内心，可能是我敏感了吧。”

听项前如此一说，苏南一轻轻拍了一下大腿，似有所悟，说：“项总你所提到的创业，我的建议是：但凡有路，不要创业，因为创业是一条不归路，如果你真有创业意愿的话……”说到这里，苏南一把话打住，走到项前跟前，俯身过去，拉着项前耳语了小一阵子，而项前则不住地点头或摇头，停下来后，苏南一对着项前会心一笑。

这时，易冰敲门而入，问：“你们这么早过来，要不要后厨给你们准备些早点？”

苏南一摆摆手示意不用，易冰走近苏南一俯身过来，小声说：“你的同学，我们周老板过来了，他说有东西送你们。”

苏南一点点头表示知道了。

片刻，易冰引着周子瑜过来，门一打开，周子瑜便远远地行拱手礼，苏南一和项前急忙起身寒暄。周子瑜四十来岁，麻衣布鞋，平头方脸，声音洪亮，看上去是个太极拳的练家子。

“苏老弟这么看得起我，刚一上班就来给我捧场，听说你们要来，我这不从家里特意赶过来，把我回家过年期间收藏的上好黑砖茶给二位备了一份，二位兄弟是商界精英，人中龙凤，开门红的日子，这是做大哥的一份情义。”周子瑜边说边示意二位坐下。

周子瑜说着的时候，易冰已把包装精美的两盒礼品放到了茶几上，打开看时，竹子做的盒子，纹理清晰，正面有精致的雕花，做工极其考究，周子瑜把中间一盒放平，缓缓抽出上面的雕花盖子，两块长方形黑黝黝的砖茶赫然在目，他指着眼前的礼品讲：“自古是宝剑配英雄，英雄配美女，货卖识家，好东西我不敢独享，所以赶来送上新春的一份祝福。”周子瑜和苏南一对视了一下，转向项前说：“苏老弟在我们班可谓是少年得志，事业做得风生水起，新春伊始你们就唱这么一出英雄会，看来新年是要大展宏图啊。”

苏南一不由自主地摇摇头，说：“周大哥的心意让我们受宠若惊，真不好意思，这么早打扰你。不瞒你说，公司遇上坎了，我才这么急急地向项总讨教。我公司的情况周总也清楚，市场这么萧条，像我们这样的小企业，能活下去就算奇迹了。”

周子瑜作惊愕状，又心有同感地点点头，略作思考，说：“是啊，生意不好做啊，我在生意场上打拼二十几年，去年索性把企业卖了，不是想图清静，是做得太难，看不到出路，开这么个茶馆，是想在我自己休整的时候不想离市场、离你们这些商业精英太远，制造业的疲软波及了好多行业，你们能这么敏感，好事，未雨绸缪啊。”

项前接过话说：“《红楼梦》里有句话‘身后有余忘缩手，眼前无路想回头’，人是贪婪的，不见棺材不落泪，像你这么先知先觉能及时收手的，那是高人，您平时养生，闲时会友，神仙日子啊。”

周子瑜呵呵一笑，不以为然地说：“你们以为我愿意做这样的神仙啊，我这是当逃兵，不得已的选择。创业是九死一生，‘剩’者为王。我老了，老了就患得患失，没了你们年轻人的锐气，你们才三十来岁，风华正茂，天下是年轻人的天下，趁着年轻，折腾得起就多折腾，人生就在于折腾！”

“无论从哪个方面说，周总您都是前辈，我们是应该多向您请教的，今年的形势不容乐观，苏总的压力在于公司发展遇到瓶颈，我们康华则是遭遇行业的寒冬，压力都很大，后面的路怎么走，您不妨指点一二？”

“你们都是行业的精英，见多识广，要说指点，那是不敢，若非要我说点想法，也无不可，都是兄弟嘛。”周子瑜端起茶呷了一口，略作思考，说：“人太顺了不好，企业的发展也是，俗话说不经历风雨怎么见彩虹，道理虽浅，寓意却深，很少人能解个中真意，压力即动力，压力可以激发一个人的心智，危难之中显身手，时势造英雄，也就是说危机即是机会，能看到并把握住这样的机会，才说明你们真的成熟了。”

听周子瑜如此一说，苏、项二人深有同感，不住地点头，静等下文。周子瑜慢条斯理地接着说：“人是要讲一点精神的，我从二位身上也看到了这种精神，人在职场要讲职业精神，白手起家要有创业精神。职业精神是什么？我所理解的职业精神就是基于对规则敬畏的牺牲与奉献。就是说，职业经理人要讲规则，守规则，有敬畏意识。我们都熟悉的一个演员，张国立，他在一个访谈节目中谈过一段这样的经历，一次父亲生病住院了，早晨出门，一边是老父亲等着他看望、照顾，一边是片场一众人等着他拍片，行至中途，向左拐是医院，向右拐是片场，最后他是含着眼泪走进片场的，在我看来这就是一种职业精神。中国古代大禹三过家门而不入，这也是一种职业精神。年轻人要有一点家国情怀，先大后小，先公后私，这样的做派才能服众，才能赢得领导和同事的信任。”

项前接过周子瑜的话说：“周总讲到的职业精神，对我们这些身在职场的人是一个很好的警示，我也经常提醒自己和下属，身在职场要恪守职业操守，讲规则，有原则，有底线，心存敬畏，今天，周总算是又给我们上了一课。”

周子瑜接着说：“再说创业精神，我是创过业的，说不上成功，但体会还是有的。创业要的是胆，靠的是识，创业是炼狱，不脱几层皮是熬不过来的，创业不能简单地讲情怀，放眼看过去，创业成功的人绝大多数都是有使命感的人。苏总的南南公司发展到今天，可以说是过了生死关，这样的企业从老板到员工，很容易小富即安，我给苏总的提醒是什么都可以丢，但创业精神不能丢，我理解的创业精神是基于责任与梦想的奋斗与拼搏。队伍没了精神，就像人没了魂，倒下去是很容易的。我老了，话不一定中听，朋友嘛，随便说说。”

苏南一把右手放到周子瑜的手上，用左手轻轻地拍了拍周子瑜的肩膀，说：“您是前辈，是大哥，这是事实，但非要说自己老，你这是倚老卖老，任正非四十三岁负债创业，尹明善五十四岁创办力帆，褚时健七十五岁东山再起，注册‘褚橙’商标，不是说老当益壮吗？可不能把自己说成廉颇老矣。说到小富即安，企业过了生死关，激情不够，活力不足，不要说员工，连我自己也会懈怠，真如周总所说，创业在路上，精神不能丢。”

周子瑜抽出手，指着苏南一的鼻子说：“你这是将我的军不是？”

周子瑜把手放下，对着项前说：“你们羡慕我，我更羡慕你们，我也年轻过，年轻的时候也是壮志凌云，也有像宋江一样的豪气‘他年若遂凌云志，敢笑黄巢不丈夫’，我为什么是今天这个样子？有一种精神，我应该有，但我真的没有，这种精神就是企业家精神。在当今这个时代，企业家已成为一种重要的生产要素，国家的富强靠品牌，而品牌则是由众多的企业家打造出来的。”

项前点着头表示认可，只听周子瑜接着说：“我不是什么知名的企业家，我对企业家精神的理解是——基于道义和使命的坚守与担当。看看那些顶级企业家，无论是国外的，苹果的乔布斯、GE的韦尔奇；还是国内的，阿里的马云、海尔的张瑞敏、华为的任正非，他们都是不折不扣的布道者，都是有担当的人，也是勇于坚守的人。我和他们的差别就是，我是那种小富即安的人。混迹商海，钱赚到了，风头出了，人也累了，有时候停下来我会莫名地空虚，迷茫了，抑郁了，好像女人一样，患上了更年期综合征。如今，什么都有了，唯独梦想没有了。梦想，对，就是梦想，这是我最羡慕你们年轻人的地方。”

被人羡慕应该自豪，但因为所谓的梦想而被人羡慕，项前觉得于心有愧。年轻的时候，项前觉得自己是一个有梦想的人，有家国情怀的人，那时候，虽为一介布衣，但他心忧天下，所以选择看起来没什么用的哲学，他这是以天下为己任，想从哲学的层面认知问题，解决问题，凭一己之力改造社会。现在看来，这些梦想正离他越来越远。

苏南一附和着感叹道：“能用钱解决的问题都不叫问题，可毕竟还真有钱解决不了的问题，现在都在讲初心，‘不忘初心，方得始终’，一路走来，却发现和自己的初心越来越远，人生真是一本不忍卒读的书，之于梦想，我们永远在路上。”

正月初八，开门红的日子，苏、项二人不敢耽搁，扯了几句闲话，便匆匆和周子瑜道了别，各自离去。

第三章

开门红：左右为难

正月初八，开门红的日子，林娜本想这天当面辞职，结果没去。

昨夜无眠，半梦半醒之间，她的心一直隐隐作痛。华侨城的清晨鸟语花香，她本想挣扎着起来，手脚却不听使唤，上火、发烧，全身乏力，她意识到自己病了。

一身慵懒，可脑子还是清醒的。自从通过微信发了辞职信，她内心一直有些不安，这中间更有些许内疚，是的，没去上班自有没去的理由：她不知道怎么面对苏南一；开门红的日子，她不想扫大家的兴；她不知道怎么面对那些曾经的同事，甚至她不知道如何离开那个熟悉的地方。她爱过苏南一，或者说他们相爱过，辞职是她不情愿的，如果不是谢平五次三番地鼓动她，她不会发那样令人扫兴的辞职信。信发了，后悔了，而后陷入深深的自责。没有苏南一就没有自己的今天，谢平算什么呢？

林娜是对苏南一怀恨在心。恋爱了，同居了，等结婚的时候，新娘居然不是自己。那种被遗弃的感觉，对一个女人的伤害太大了。

她至死都不能原谅单虹，在她最需要帮助的时候背后捅了她一刀，怪不得说“防火、防盗、防闺密”。可别说，单虹是那种不温不火的温吞水，但她林娜是那种话少、人精、工于心计的女人，因为她擅自打掉孩子，苏南一和她冷战，单虹作为她最好的姐妹出面帮助调解，终了是鸠占鹊巢，登堂入室，成了她的老板娘。她本想大闹一场，出口恶气，但好强的她还是觉得丢不起那人，最终选择了忍气吞声，她和单虹则是割袍断义，从此老死不相往来。

林娜是信仰爱情的，几年了，她都没有真正走出来，她为苏南一的背叛而感到屈辱。在这过程中间，她也谈过几次恋爱，有自己认识的，也有熟人介绍的，要么是条件不对，要么是感觉不对，问题的关键在于，她在心理上对苏南一还有依恋，所以她就这么苦苦地熬着，她不时地问自己：自己到底在等什么呢？

南南公司给了她很多，换句话说是苏南一给了她很多，从一个职场“小白”到一个业务高手，从一个普通业务员到营销总监，车子、房子、身份这都是南南公司给她带来的。当然，她也为南南公司，为苏南一，奉献了全部的青春、全部的感情，当她以为爱情可以唾手可得时，爱情却像鸟儿一样飞走了。对苏南一，她想过报复，谁都知道今年将是南南公司最难的一年，也是她最好的报复时机，如今，她以辞职的方式报复了，却丝毫没有给她带来复仇的快感。

林娜对苏南一的感情太复杂了。前后八年的相处，从曾经的恋人到如今反目成仇，没有人能够理解她对这个男人的爱恨情仇。林娜有时候问自己，苏南一是她什么人？她的老板？如今她已经决意与他分道扬镳。曾经的恋人？那样一个不顾一切追求过她的人，却在要瓜熟蒂落的时候决绝地背叛了她。红颜知己？八年的时间，她自以为已经看透了这个男人，却无论如何都不能理解他的选择，而且他对她并没有一个合理的说法。

苏南一到底是一个怎样的人？在他们之间，到底是谁成全了谁？又到底是谁败坏了谁？

从某种意义上来讲，苏南一曾经是职场上的一个失败者，他也是一个老康华，做过两年的业务，当过两年的业务经理，后调任总部做了一年策划部经理，因为一个项目的失败被迫离职。靠着一点才情和运气，他创办了南南公司，一路走到今天，算是小有所成。

在林娜的眼里，苏南一不是帅，而是酷，一米七五的身高，皮肤黝黑，不高大威猛，但棱角分明。情人眼里出西施，爱上苏南一的林娜那时幸福得一塌糊涂。林娜深知苏南一多谋善断，能因势利导，就像他从做经理人到转身创业，据苏南一自己说，他只用了一个晚上的时间。刚创业那阵子，林娜眼里的苏南一似乎无所不知，无所不能，这让林娜对苏南一多少有些崇拜。

林娜自己知道，她和苏南一并不是一见钟情。刚共事的时候，可以说她对苏南一是无感的，只是因为自己哥哥的这层关系，有自然的亲切感。好像苏南一开始对她也没有那层意思，只是生活上像哥哥一样地照顾她，工作上像师父一样手把手地教她。公司创办之初，大家都只顾忙业务，顾不上谈感情，前后一年的时间大致如此。

他们关系的改变缘于一次打劫。创业的第二年，林娜从上海出差回来的一个晚上，出地铁后往小区走的路上，孤身一人的她双肩背包被抢了，黑夜中的她无比恐慌，在小区门口借保安的手机给苏南一打了一个电话。当苏南一出现在面前时，林娜是毫无顾忌地扑到他的怀里，哭得梨花带雨。当天晚上，苏南一护送她回到她和单虹合租的公寓。第二天下班，苏南一专程送她回家，林娜清楚地记得，当她在副驾驶上坐好后，苏南一把一只和原先一样的背包拿给她，她以为是被抢的东西失而复得，清点了一下里面的东西，一样不少，但东西都是新的，都是苏南一按林娜的描述一样不少地给她买的，林娜把东西放回去，怔怔地望着苏南一，泪水夺眶而出。那天，他请她在深圳最贵的旋转餐厅吃饭，在海岸城的影院，她激动地吻了他，从此心有所属。

对于谢平，林娜很不以为然，谢平追求她是这半年的事。之所以敢这么做，是他有了异心，不再怕得罪苏南一。对于谢平，林娜既没有拒绝，也没有接受。谢平形象英俊，不招人讨厌，她知道他有女朋友，不奢望这份感情有结果，之所以没拒绝，她就是要做做样子刺激刺激苏南一。谢平的殷勤、体贴是苏南一不会的，刚开始的时候，她甚至很享受这种做公主的感觉，渐渐地她意识到了自己的肤浅，她再清楚不过谢平的山盟海誓是海市蜃楼，可谢平的甜言蜜语仿佛是毒品让她欲罢不能，她就这样得过且过。

这天上午，两个和她关系密切的男人分别给她来了电话，一个是她的老板苏南一，一个是她的追求者谢平。她闭门谢客，谁都不敢见，也谁都不愿见。林娜身体虚弱，发着低烧，没药、没水，叫了个外卖，吃不下，没胃口，林娜感觉到自己从以往的女强人一下子变成了小女人，她感到自己是如此无助，到了中午，她拨通电话约了自己的下属吴菲。

有人敲门，林娜知道是吴菲到了，强挣扎着去开门。

门开了，看着林娜摇摇欲坠的样子，吴菲一把将林娜抱住，无比关切地问："娜姐，你病了？"

林娜点点头，想说什么，说不出，眼睛却湿润了。吴菲把林娜扶到床上，又问："吃药了吗？"

林娜弱弱地回她："没关系，挺挺能过去。"

吴菲猛地站起说："不行，你不对自己负责还要对我们负责呢，再说身体是自己的，不能这么祸害，你等着，我去给你买药。"说完，小跑着出了门。

吴菲买药回来，烧开水，照顾着林娜把药吃下，坐在床边陪林娜聊天："娜姐，今天开门红，你没来，我想着你回老家还没回来，没想到你病了。"林娜笑了笑没说话。吴菲接着说："今天大家可开心了，微信红包 500 块，苏老板大方了，也学会赶时髦了，还微信红包，娜姐，你得了没？"

说到微信红包，林娜一时伤了神，眼泪不由自主地流下来，背过脸去说："菲菲，你去帮我弄点吃的去吧，我想休息一会儿。"

吴菲是个烹饪高手，也是单身逼的。不一会儿，两菜一汤就做好了。吃过药，喝了半杯开水，林娜精神好些，上了桌，两人就边吃边聊。

林娜小口喝了几口汤，放下汤匙说："菲菲，你来南南公司一转眼也三年了，真快，我问你，要是我不做了，你会想我不？"

吴菲受了惊吓一般呛了口汤："娜姐，大过年的，不能随便说话，我还要跟着你买房、买车呢，你不在我咋活啊！"

看着吴菲过激的反应，林娜笑了，认真对她说："是真的，菲菲，我辞职了，但我今天只告诉你，你回去也不许瞎说。"

吴菲把手中的餐具放下，将信将疑地问："这么大的事，你可不许逗我，再说做得好好的，为啥啊？"

林娜避开吴菲的目光，像是在自言自语："我舍不得你们，也舍不得南南公司，可辛苦了这么多年了，我想休整一下，我在西丽大学城报了北大的EMBA，读读书，充充电。"

吴菲停下了用餐，认真地说："娜姐，你说的我不信，想休息可以请假啊，想读书也不用辞职啊，要我说的话，你要辞职只可能有一个原因，就是被谢平拐跑了，公司里都在传你要去他新创办的公司。我是把你当亲姐姐的，所以有些话我往开了说，谢平追你的时候就有自己的女朋友，他对你献殷勤是别有用心，依我看你跟他不值。再者说，谢平对你好，苏总对你岂不是更好？你和苏总的事我们都知道，苏总是个好人，公司是你们一起做起来的，你能放得下苏总，你就真放得下南南公司？”

林娜一时无语，看着眼前的吴菲，她就像看到了刚毕业时的自己。吴菲是林娜招来的，这孩子清秀可人，不但线条好，悟性也好，而且有事业心。普通工人家里的孩子，没那么娇气，两年时间，吴菲对工作已经驾轻就熟，成了林娜的得力助手。听了吴菲的分析，林娜在心里说：“鬼丫头，长大了。”

快到上班时间了，吴菲有些不舍：“娜姐，我们不能没有你，尤其我不能没有你，快把病养好，我们还等着你带领我们冲今年的业绩呢！谢平那里，俩字：别去。”

吴菲刚走，谢平又来了电话，电话响着，林娜没接。

第四章

三套车：心猿意马

谢平是属于少年得志的那种人，眉目清秀，人称小李易峰，帅到容易让女人想入非非。

格兰云天十九楼，谢平端坐在自己新装修好的办公室里，想象着公司开业的场景，脸上时不时飘过一丝得意的笑容。是的，他正在全力筹划他新公司的开业典礼。

春节前后，为新公司的开业典礼，谢平可以说是手忙脚乱，忙得忘乎所以。今天是南南公司开门红的日子，由于和苏南一势同水火，从感情上讲，他不是特别愿意再进那个门，但他知道不能感情用事，所以今天他必须去，而且要去得有名有分。

春节，谢平开着他新配的奔驰 300，和他多年的女友一起回了湖南老家。他的老家就是传说中陶渊明笔下的桃花源，谢平是家中的长子，还有一个妹妹，父母都是农民，爸爸还是个木匠，靠打零工供他把书念完。由于平时忙，所以过年回家陪陪父母是必要的。再者说，他喜欢那种衣锦还乡的感觉，有人说，富贵不还乡就是锦衣夜行，他就是要让那些小时候看不起他的人看看，当初你们是瞎了狗眼。在家过年只小住了几天，初五谢平就迫及不待地返回了深圳。

正月初七上午十点，谢平把南南公司三个最好的业务骨干约到格兰云天，传统业务的董云龙、王飞，人才在线业务板块的周杨，带他们三人参观了格兰云天新装修的写字楼。高档写字楼就是高档写字楼，参观时，看着他们惊讶的目光，谢平心里美滋滋的，有说不出的得意。

参观完毕，一行四人来到格兰云天的地上停车场，谢平抚着他打开的奔驰车门说：“今天中午我在海岸城的新桃源酒店预定了包间，主要请你们的家属吃饭，你们作陪，今天我是专职司机，就是要让你们的家属享受贵宾服务，全程奔驰车接送，记住一定要带上孩子，红包过期不补哦！”

一个半小时的时间，三人的家属全部被接到了新桃源酒店，寒暄后入座。

谢平拿出了早已准备好的红包，说：“今天第一件事就是发红包，家属、孩子一人一份，你们三个今天没有，开门红当天，我会到公司送到你们手中，利是、利是，开门红，图个吉利。”

谢平把红包分别发给了孩子和家属，孩子问好，家属称谢。

菜齐酒满，谢平举起酒杯说：“兄弟们这么多年支持我的工作，我感谢，但今天这杯酒的意义不一样，这杯酒是祝愿我们开启新的生活！我要在新的年度、新的舞台，带领大家奔前程、奔小康。在这里，我向家属们承诺：我将和大家一起共同奋斗，让在座的每个人和我一样有房有车，过上扎根深圳、安居乐业的幸福生活。”说完，与每人碰杯，大家一饮而尽。

董云龙把杯举起来说：“谢总，说实话，我愿意跟着你干，可在南南公司几年了，苏总待我也不错，南南公司如今有困难，苏总也需要有人帮，这时候跟他提辞职，我真不知道该怎么跟他说，辞职的事能不能缓缓？”

“云龙，这事不能缓，而且是宜早不宜迟，新公司的台子搭起来了，总要有人唱戏啊。说到对南南公司的感情，我比你们要深，你才几年啊，我可是作为股东和苏南一一起创业过来的，人大分家，树大分叉，这都是很正常的。人各有志，良禽择木而栖，我相信苏总会理解的。”谢平端着杯走到董云龙跟前，轻拍董云龙的肩膀，碰了杯，补了一句：“放心。”

谢平又分别和王飞、周杨及其家属碰了杯，再回到自己的座位上，说：“兄弟们，今天这顿酒，一是请你们的家属，请她们要更加支持你们的工作和选择，二是祝福我们新的一年有一个良好的开端。更重要的是，我要给你们讲明白这件事的意义。从今天开始，你们就不再是打工仔了，你们将成为股东，做自己的老板，给自己打工了，你们三个每人10%的股份，除正常的工资外，年末参与分红，至于如何持股，会有专门的协议，我们就是要以正大光明的形式追求财富，对天、对地、对人，我们问心无愧，还需要那么多的顾虑吗？”

酒至半酣，家属们在今天受到了特别的礼遇，有人感叹着说：“这么多年了，只是听说，从来没见到你们南南公司的老板，再看谢总，公司还没开业，我们家属都成座上宾了，你们要跟谢总干，我们家属是百分之二百的支持。”家属的表态让谢平很受用，三个人也纷纷给谢平敬酒，表决心。两个孩子早早地到旁边的沙发上玩他们的去了。

午宴结束，分别把王飞、周杨、董云龙和他们的家属送回家，谢平便径直来到了林娜的住处。

对于林娜，谢平心里有说不出的矛盾。林娜漂亮是他喜欢的，林娜能干是他新公司需要的，谢平也知道自己在林娜身上下功夫是别有用心，但事已至此，他是左右为难，与相处了五年的女朋友都要谈婚论嫁了，更重要的是，在这个节骨眼上，他的女朋友夏婷怀孕了。

一见面，林娜埋怨道："年都不让人过好，你让我回来这么早干吗？"

谢平想把林娜拥到怀里，林娜挣扎着不让，他只好扯着她的手说："娜娜，我是真想你了，在家里待着，我是度日如年啊，什么叫一日不见如隔三秋？我有太深的体会了，还有就是公司的架子搭起来了，人我也物色好了，就等你过去主持大局了。我们早点回来，是要用上班前的时间赶着规划我们美好的未来呀。"

林娜侧过脸白了他一眼，说道："你就贫吧，新公司的事，我没什么想法，再说我也没有答应一定过去。"

谢平从后面搂住林娜的腰，俯在她的肩上说："小姑奶奶，现在说这话，你将我置于何地啊？你20%的股份，我50%的股份，这都你说了算，你可是挂职我们新公司的总经理，总经理不到岗，公司怎么搞？"

林娜掰开谢平的手，坐回到床上："你不要再和我说新公司的事，我不关心。你就这样天天偷鸡摸狗，你愿意，我不愿意，我再次跟你声明，我不是陪绑的，不做小三，处理不好你自己的事，我们从此一刀两断。"

"娜娜，我对你的真心天地可鉴，原来的女朋友我们已经分手了，但凡事都有个过程，好事多磨嘛，等开业的事折腾完，我一定给你一个交代。"谢平信誓旦旦地说，"新公司需要你，你不来，我们的计划可就全部落空了，无论从感情，还是从事业方面讲，我们都要互相支持，所以你要尽快跟苏南一摊牌，天天看着他那张脸你不别扭啊？"

看着林娜不作声，谢平脱掉外衣，凑过去想上她的床，林娜好像想起了什么一样，发了疯一样把他踹了下来，想好事未得逞的谢平悻悻地离开了林娜的家。

人逢喜事精神爽。开门红的日子，开着自己的新奔驰直奔公司，谢平美得不行。新公司开业在即，一台大戏就要上演，戏的角色正在逐个落实，一切都顺利得超乎想象。他不是冲动创业，而是有备而来。

有一批想跟着他干的人，这是他创业信心的源泉。当他收到林娜辞职信截图的时候，他的心像飞起来一样，忘乎所以了。创业的成败在于人，拥有了这三个业务骨干，再加上林娜，他还怕什么呢？

听着轻音乐，谢平边开车边暗自盘算着，自己是南南公司的股东不假，可毕竟只有20%的股份，自己掌握着南南公司的三成业务，林娜的业务也有三成，加上王飞他们三个一成的业务，南南公司七成的业务就都在自己手里了，即使中间存在一点变数，他至少可抢走南南公司五成的业务，与苏南一平分秋色，更重要的是自己做老板，不用再看苏南一的那张脸。雄心壮志，壮志雄心，他已不是当初的菜鸟，他是到了大展宏图的时候了。

开门红的日子，早早地到公司，谢平是别有用心的，他要当面给每一个南南公司的在职员工发利是，无他，笼络人心而已。苏南一不是发微信红包吗，我就要现场派发利是，不但要发，我看上的人还要多发。这是一场人心争夺战，一个目的，除了王飞、周扬、董云龙他们三个，南南公司的老员工，谢平希望能多带走几个就多带走几个。

到了地处南山的办公室，先把办公室搞得干干净净，倒好茶水，把利是红包分两种放好。为了今天的利是，谢平准备了几万块的现金，分为1000块和500块两种，他的想法是，低的不能比苏南一的低，高的一定要比苏南一的高，自己看上的1000块，无关紧要的500块。利是的由头可以给他一次全面和员工单独沟通的机会，花这么大的血本，他这是刘备摔孩子——收买人心。一切收拾停当，谢平就分别给各部门打电话，要他们到他的办公室领新年开门红包。一时间，谢平的办公室欢声笑语、热闹非凡。利是红包发下去，针对几个有意愿跟他干的员工，谢平安排了晚上海岸城新桃园的饭局。

第五章

龙抄手：针锋相对

林娜的辞职对苏南一的触动很大，门还未开，危机倒先来了。

从十一道茶楼回到办公室，苏南一觉得清爽了很多。项前的话给了他很大的启发，他现在觉得他要感谢林娜提前引爆了问题，让他意识到了问题的严重性，该来的还要来，晚来不如早来，以便他对各种变故及时做好预案。

新年上班的第一天，谢平的小动作频频。对于谢平，苏南一一直希望他能回心转意，毕竟谢平是他一手带出来的，可以说两人有着师生之谊。创业初期，谢平作为股东，在业务拓展方面，也立下了汗马功劳。合作久了，苏南一便把谢平当作小兄弟看。这孩子聪明能干，又能吃苦，当初拉他创业也是看上了他这些优点。虽然起初他对自己无比敬重，十分听话，但苏南一早就看出来这孩子有野心，成功的欲望特别强，总想出人头地，公司的发展也给他提供了这样的机会。谢平现在翅膀硬了，搞小动作，想单飞。

苏南一常常自问是不是对谢平太宽容了，谢平在公司拉帮结派，搞山头主义，苏南一敲打过他，但收效甚微。而这次谢平和他反目，诱因是年终奖金的发放。作为业务主管领导，谢平自己拿得多不说，还根据关系的亲疏将团队成员分为三六九等，奖金发放上出现了严重的不公平。如果不是苏南一插手，很可能会出现群体性事件。问题虽解决了，结果却导致谢平对他积怨更深，他现在负气出走反倒是顺理成章。在谢平的事上，苏南一承认自己不够果断，如今，养虎成患，尤其在公司发展遇到瓶颈的时候，谢平却要分拆公司的业务。目前，对南南公司而言，谢平就是最大的雷。

对于谢平，回头无望，现在就是要定点清除，排掉这颗定时炸弹。“排雷”这事，苏南一已想好了应对之策。原则是：人可以离开，业务不能带走。至于谢平持有 20% 的股份，可参与分红，但不能参与经营；第二年、第三年，按公司净资产价，每年 10% 的股份返现回购，回购的股份按净资产价分给在职骨干员工。

新年开门红，苏南一本想通过发高额微信红包，图个好彩头，给大家制造话题和兴奋点，不想弄巧成拙，先是被林娜的辞职信当头一棒，后又被谢平抢了风头。上午，谢平在办公室派发大额利是的事搞得大家很是兴奋，行政部的人给他做了详细的汇报：谢平是在用自己的钱给大家发利是，最高的 1000 块，最少的 500 块。鬼都知道，谢平醉翁之意不在酒，他不过是通过红包笼络人心。对南南公司来讲，他这是在动摇军心。

下午一上班，吴菲就向他汇报了林娜的情况，说林娜病了，身体弱得似乎下不了地。董云龙也在私下里和他讲了谢平请他们吃饭的事。事态确实很严重，南南公司正面临着成立以来最严重的一场分裂。林娜生病，他很心痛，想去看看她，但要选个时机，找个理由。林娜是这盘棋的眼，事关全局，他要尽一切可能挽回她，而且只许成不许败。当前这种局面，于公于私他都特别需要林娜留下来。至于董云龙他们三个业务骨干，是能不丢就不丢，留住他们的是条件，是利益。

和项前谈完话，苏南一已不像昨天那么心慌，淡定了很多。他清楚地知道，他需要做两件事：画饼稳军心，打鸡血鼓斗志。而对这两个方面，他都基本做到了心中有数。

谋定而后动，苏南一决定立即行动。

走出自己的办公室，苏南一开始走访各办公室。有了思路，他心情不错，所以脸上始终挂着笑容。可他想不到的是，每到一个办公室，员工们都朝他伸手，尤其是到业务一部，居然还齐声喊：红包、红包、红包。苏南一对那些大喊的人说："一个红包还不够吗？"

这时有人说："昨天的不算，微信的不算。"

苏南一说："不算就不算，明天晚上我会给大家发一个更大的红包，想多要红包，就带上家属和孩子。但有一条，被大红包砸中了，别喊疼。"

有人将信将疑："苏总，真的假的？什么活动还可以带家属？"

苏南一一字一顿地说："开工会餐，红包大会，来者有份。"

大家一阵欢呼，周边办公室的人也都围了过来，苏南一对着人群接着讲："昨天大家收到了我的微信红包，今天大家收到了谢总的新年利是，明天的红包会更大，要用计算器，不识数的人是数不过来的。大家记住，工作做得好，红包有得拿。明天会餐，缺席的没有。"讲完，苏南一好不容易从人群中脱身出来。

下午三点整，召开公司中层干部圆桌会议，苏南一亲自主持。会议开始，苏南一扫视了大家一下，宣布正式开会。

苏南一讲："2015 年是红包年，春节抢红包，开工发利是，都是好事，手都抢软了吧？但问题是靠红包能发家致富吗？所以我们做企业的还是要踏踏实实把企业做好，这才是我们的致富之道。

"2014 年，宏观经济向下，房地产业萎靡，制造业难做，连累我们的业务也难做，所以，一时间在我们的干部、员工队伍中悲观情绪蔓延，表现为士气不振，牢骚抱怨增多。我跟大家看到的不一样，经济下行，产业结构调整，这是一个蓄势的过程，换句话说，不经过这一轮的调整，中国经济很难保持可持续发展的势头。宏观经济健康有序，我们才有机会。

“我们还要看到，中国传统制造业的不景气，正是我们的机会所在！制造业不景气，人才流动比率增大，广义来讲，所有流动的人才都是我们的客户，我们是做人才配置工作的，客户群体的增加，可以有效地支撑我们业务量的扩大。

“我们就是基于外部的市场环境，来制定我们今年的公司战略，经过长时间的思考，我把今年的战略归纳为十二个字：融资改制、开源创新、降本增效。

“融资的问题，这么多年，南南公司一直靠自有资金滚动发展，现在应收账款大，资金相对紧张，我已决定加快南南公司的第一轮融资，这是短线；长线，要把握住新三板上市的机会，南南公司的规模、经营质量都基本符合新三板上市的条件，通过引进资本，加快公司发展的节奏。转制，就是改善股权结构，推广全员持股，以此激发大家的积极性，绑定优秀员工。开源创新，就是进行商业模式创新，全力推进O2O模式，增加新的利润增长点。降本增效，就是严控人力成本、费用成本、财务成本，加快资金周转效率。

“由于公司发展遇到了瓶颈，目前流言蜚语较多，所以，稳定队伍也是当前南南公司的头等大事。稳军心，一讲利益，二讲感情，三讲沟通，四讲精神。讲利益，就是通过全员持股和员工进行利益分享，通过上市让员工获得溢价收益，让每个员工分享公司发展的成果；讲感情，人都是有感情的，老员工对南南公司都是有感情的，要通过创造一种和谐融洽的气氛，让员工找到感情的归属感；讲沟通，要建立沟通机制，让每个员工享有话语权，对当前有离职倾向的员工，要进行点对点的沟通，打消他们的顾虑，以免他们受到蛊惑；讲精神，就是发扬二次创业的精神，公司二次创业，员工人人创业，创业就是要吃得苦、耐得烦、受得委屈。”

苏南一话音落地，下面掌声响起，新年新气象，每个人都显得很兴奋。

“谢总一大早来发利是，开会的时候怎么人又不见了？”业务二部的赵非问叶芳。

苏南一接过话说：“谢总有心，特意过来给大家发利是，他是因为家事跟我请了假。”

苏南一把烟点上，停了几秒钟又说：“俗话说‘无事献殷勤，非奸即盗。’人一辈子总会面对很多诱惑，是机会是陷阱，真是不好说。最近，公司的传言很多，作为一级管理干部，最重要的能力就是判断力，不能听风就是雨，干一些捕风捉影的事，所以，干部的政治觉悟是第一位的。公司的今天来之不易，我们的目标是要成为一家上市公司，成为一家伟大的公司，也就是说公司的未来可以期许，想想阿里的十八罗汉吧，如果我们足够坚韧，如果我们有足够的定力和耐力，我们就有机会成为那样的人。

“我们是在进行一次新时期的长征，红军的长征，有落伍者，有变节者，只有那些有坚定信念的人才能坚持到最后。能走完长征的人都不是一般人，我们今天的奋斗也一样，坚持就是胜利，而成功往往就在坚持一下的努力中。”

参加会议的人都知道老板苏南一话中有话，彼此心照不宣，散会后，大家握手，相互勉励。

开完干部会，苏南一回到办公室，给行政部有关工作人员布置工作，要求他们组织好明天的开工宴。

要下班了，苏南一让人力资源部把董云龙、王飞、周杨他们三个人留下，他要和他们亲自谈话。文员小杨泡好三杯茶，把他们三个叫进苏南一的办公室，三个人表情木然，仿佛有一种做贼心虚的感觉。

等他们一字排开坐好，苏南一开了口：“为什么叫你们来，你们比我都清楚。谢总请你们吃饭，南南公司股东请你们吃饭，应该是你们的荣幸，所以你们应当感谢谢总，我也会请你们吃饭，但是在明天。你们还没有把辞职报告打到我这里，这才使我们今天的沟通有意义。我声明一点，如果报告到了我这里，我一定会签字。

“今天把你们留下来，是请你们回答几个问题，答或不答都可以，但我还是希望经过思考，你们自己能找到答案。

“我的第一个问题是：南南公司和谢总的理德公司从收入待遇到发展机会都开出同样的条件，你们愿意选择哪家？

“我的第二个问题是：创业型公司，创业失败的多，还是创业成功的多？

“我的第三个问题是：根据这么多年你们对谢总和我的了解，在对待员工方面，你们更愿意相信谁？

“我相信，对这三个问题你们很容易得出答案。选择是基于判断的，有了判断，选择一点都不难。明天是公司的开工晚宴，但不是一次普通的晚宴，如果非要做一次选择，我的建议是明天晚宴之后你们再做决定。”

公司分裂，员工选边站队，这是一次博弈。两害相权取其轻，两利相较取其重，这个世界没有真正的笨蛋，每个人都会站在自己的角度做出取舍。这三个人到底何去何从，就要看明天晚上他们能不能看到他们想要的东西。苏南一知道这是一次赌博，他们仨会赌谁赢呢？

第六章

再回首：负荆请罪

林娜有些不解的是，谢平居然一下午没有一个电话。

她生病了，希望得到一个人的关怀，这中间跑前跑后的居然是吴菲那个姑娘。吴菲来了电话，她下班后会过来给她做饭。又躺了一个下午，烧退了，身上有了些力气，百无聊赖，往事像电影一样，一幕幕在眼前闪现，想想这几年，想想这几年经历的男人，林娜真是五味杂陈。

苏南一，舍不得归舍不得，但林娜对他已然死心，所以才由怨生恨，才会时不时地想报复。林娜从小家教好，对男女之事懂得晚，苏南一是第二个走进她生命中的男人，也是在众多的追求者中，林娜以身相许的人。最初，苏南一对她疼爱有加，百依百顺。因为苏南一是她哥哥的同学，所以，初识苏南一的那阵子，林娜一直把他当大哥哥看。有时候感情的变化就是在一瞬间发生的，对于一个涉世未深的女孩子，在这个冰冷的城市，苏南一给了她全部的温暖，一个大单，一次醉酒，一个温暖的拥抱，仿佛让她拥有了整个世界，说不清的爱，但更多的是依恋。

谢平，能干、帅气、体贴，是个可以结婚的对象。但她对谢平总是提不起神，本来也不是真爱，她玩得有点过火，如今就这样弄假成真。

对南南公司，林娜的感情非常复杂，走，舍不得；留，因为有苏南一，心里总有阴影。这次的辞职，林娜就是想对以往的感情做个了结，去哪里并不重要，谢平只不过给她提供了一种选择而已。

门铃响，林娜起身开门，想着应该是吴菲，猫眼里看果然是。门开了，吴菲笑着进来，说："娜姐，我今晚有事，不能给你做饭，但我给你带来了一位厨师。"顺着吴菲的手势，林娜看到了门外的苏南一。

吴菲用双手做成话筒，贴近林娜的耳朵，小声说："娜姐，苏总的厨艺精湛，一定比我做得好吃，明天我再来献丑。"说完，就笑着跑出去了。

苏南一进了门，把菜和营养品放到餐桌上，刚想对林娜说什么，林娜扔下句"苏总自便"，便径自回到了卧室。苏南一没有追，而是到厨房围上围裙做起了厨师，半个小时的时间，四菜一汤摆上了餐桌。苏南一算好男人型的，厨艺了得，不过林娜没福消受罢了。

林娜现在的住所是一个三居室的洋房，也是她和苏南一本来打算结婚的婚房，他们在这里一起生活过两年，后来二人劳燕分飞，苏南一就把这所房子送给了林娜，现在故地重游，苏南一有说不尽的感伤。房子所在的小区叫东方丽景，地处华侨城的中心地带，紧靠生态广场。华侨城是深圳标准的富人区，庭院深深，鸟语花香，真是风物宜人，但这一切苏南一都感受不到。

四菜，两荤两素：菠菜虾仁、苦瓜煎蛋、糖醋排骨、小炒肉；一汤：紫菜蛋花汤。

餐具摆好，苏南一轻敲林娜卧室的门，叫："林娜，饭好了。"

林娜一身粉红睡衣，素颜，头发有些凌乱，一副楚楚可怜的样子，走到餐桌前坐下，低着头说："你可以走了。"

苏南一凑上前，在林娜的斜对面坐下来说："吴菲交代我，做好菜，还要负责刷碗，你慢慢吃，我等着。”

双方无语，苏南一想找个话题，看林娜一直闷头吃，又打住。林娜吃完一碗米饭，把碗递给苏南一，要他盛饭的意思，苏南一盛了半碗饭端到林娜跟前，这时，林娜接住碗，扬起头看着他说：“你也吃吧。”语气缓和了一些。

苏南一给自己盛好饭，坐到了林娜的对面，边给林娜夹菜边说：“和我说说你辞职的想法吧。”

“没什么好说的，就是不想做了。”林娜的语气又恢复到了原来的冰冷。

苏南一扒了两口饭停下来说：“好，你不说我帮你说。辞职未必是你的真实想法，不过后面有人撺掇你，谢平拉你去他的新公司，这我知道。”

苏南一顿了顿，直盯着林娜说：“南南公司是我们一起创办起来的，能有今天不容易，你现在辞职，再去创业，这等于是放着自己的孩子不养，去帮别人养孩子，真的犯不上。

“在我们之间的事上，我愧对于你，但这和南南公司无关，南南公司正处于困难时期，你走了业务就塌了半边天，谁能顶得上？我想你不愿意看着南南公司垮掉吧？”

林娜的泪下来了，她抽泣着说：“我不走又能怎么样，你天天看着我不别扭吗？我天天看着你不别扭吗？要不是因为你，我能舍得下南南公司吗？我现在这么做，和你没关系吗？”

苏南一显得有些无奈：“你可以抱怨我，也可以指责我，但我们还是把我们之间的事和南南公司的事分开。”

“分得开吗？人在心在，我的心没那么大。”林娜用纸巾擦着眼泪说。

“林娜，我们以前的事一时说不清，但终归有一条，你不能因为我的过失而毁掉南南公司。事实不明摆着嘛，谢平带走三成的业务，你带走三成的业务，再有骨干业务流失带走一成的业务，公司的业务线就全跨了。我们八年的心血毁于一旦，便宜了谁啊？不就便宜了谢平吗？”苏南一痛心疾首地说。

林娜反唇相讥:“经营不善是你的能力问题，你别把罪责都推在我身上，这么多人离开南南公司，你想过自己的问题没有？”

看林娜激动，苏南一试着让自己的情绪平复下来，说:“所以今天我才来听你的看法，包括对我的意见。我和谢平的冲突你很清楚，谢平是什么样的人你比我更清楚，我做了东郭先生我认，但你这么落井下石我真的理解不了，你这么做只有两种可能，一种是你在刻意报复我，另一种是你彻底被谢平俘虏了，和他联手对付我。”

“怎么猜是你的事，我只跟着我的心走。”林娜显得有点不耐烦，边说边向卧室走。

苏南一站起来扯住林娜说:“跟着心走可以，但我劝你别跟着谢平走。”

林娜甩开苏南一的手:“今天你没有资格跟我说这些话，你觉得当初你对我的伤害还不够吗？”

苏南一挡住林娜的去路，说:“谢平追你我没说话，谢平挑拨我们的关系我也没说话，但眼看着你跳进他的陷阱，难道我不应该劝劝你吗？”

“谢平怎么就是陷阱了？”林娜扬起头，质问苏南一。

“你和谢平真的能玉成好事，我祝福你们，但你们根本不可能，你还要投奔他，这不是飞蛾扑火吗？”苏南一摇着林娜的肩膀说。

苏南一把林娜按到原来的座位上，说:“谢平春节带女朋友回湖南老家，满世界秀恩爱，你知道吗？谢平女朋友怀孕的事你知道吗？你让他怎么跟你结婚？说轻了他是在敷衍你，说重了，他是在利用你。”

苏南一越说越气:“你光看到谢平长得帅，但谢平在你之外还有多少女人，你知道吗？怕你不信，我给你带来了照片，你自己看吧。”说着，苏南一把手中的档案袋推过去。

把照片拿在手上，谢平和女人的亲密照，几十张，里面有三个不同的女人反复出现，林娜呆住了。

苏南一把口气缓和下来，说：“我相信你以为你和谢平是能成的，所以你才投奔他，但谢平压根没这么想，这边和你谈恋爱，那边和别的女人生孩子，你不过是他生活中的调剂品。而且，他同时和多名女性保持不正当关系，说明你不过是他生活中的众多调剂品之一。所以对你来讲，谢平不就是一个跳进去就死人的陷阱？”

“这是怎么回事，这些照片你是从哪里弄到的？”林娜本能地问。

“怎么弄到的不重要，重要的是他有这么些女人，这些龌龊的事正在他身上发生，而你还被蒙在鼓里。”苏南一看了看有些失态的林娜，把目光转向窗外，接着说：“如果你一定想知道怎么回事，我也可以告诉你，谢平在公司拉山头，搞帮派，这你是知道的，这我不能不防，对于一个想搞分裂的人，我要知道他想干什么，他都干了什么。我不是对他的私生活感兴趣，他和这些女人的事是我派人对他进行调查时偶然发现的。”

听完，林娜其实并没有多么伤心，她有的只是愤怒，她还是被眼前的照片和苏南一说的事实惊住了，她自以为对谢平很了解，但事实证明她是真的不了解。她也是利用谢平发泄对苏南一的不满，利用他填补自己生活的空虚，但时间久了，弄假成真，以至于自己都信了，现在连这个美丽的肥皂泡也破了。

看林娜低头不语，苏南一没再说话，起身到厨房切了一盘水果端上来，牙签插了一截香蕉递给林娜。

苏南一右臂支在餐桌上，托腮看着天花板说：“再回过头来说说我们。林娜，我们中间有误会，有些话没说开，所以产生了隔阂，天长日久，误会加深，谁都不愿妥协，才造成了今天的结局。我们俩分手都是我的错，今天我就是认错来了。”

林娜冷笑着回他：“别把话说得那么好听，不是因为我要辞职，不是因为公司遇到了困境，你今天会来吗？”

苏南一把身体转向林娜，看着她说：“话不能这么刻薄，我后悔过，自责过，事后想，是我的放纵和你的任性毁了我们的感情。”

林娜目光凌厉，切齿道：“你不是放纵，而是背叛，更是无耻。”

“你杀死了我们的孩子怎么算？你怎么就不能听听我的想法？因为这个孩子我失去了什么，你知道吗？”苏南一站起身，也激动起来。

“孩子失去了可以再生，爱情呢？背叛就是背叛，别拿孩子当借口。”林娜背过身，一脸愤怒。

“可我失去的不仅是孩子，还有我最亲的亲人，因为这个孩子我失去了我的母亲，你知道吗？”苏南一绕到林娜的对面，用拳头捶着旁边的桌子说。

林娜扬起头，有些不解地看着她面前的苏南一，重复了一遍：“母亲？你说的什么，我不明白。”

苏南一坐回原位，痛苦地摇着头，说：“是的，母亲。为孩子，你和我母亲的争吵诱发了她的心脏病，那年春节期间，她心脏病复发不幸离世。”苏南一控制不住自己的感情，一时间泪流满面，但他用手抹了把泪水，接着说：“创业的那几年，我那么拼为了什么？我不是为了自己，我是为了你能过上好日子，为了一生辛劳的母亲能安享晚年。母亲的去世摧毁了我的世界，我没告诉你是怕刺伤你，但没有人能体会我的痛苦。”

听苏南一如此一说，林娜心里一震。因为和苏南一的妈妈有过冲突，她确实不喜欢那个农村老太太，但如果因为自己而让苏南一失去了至亲，林娜还是感到无比内疚。看着苏南一痛苦的样子，林娜一时不知该怎么办，自己的眼睛也湿润了，她抽了纸巾递到苏南一的手中。

苏南一擦干了眼泪，让自己情绪平静下来，然后接着说：“我们本可以走到一起，组建一个幸福的家庭，但事与愿违，当年的事一言难尽！你要强，我能理解；为了事业你暂时不想要孩子，我也能理解，但有了孩子你擅自做掉，这我不理解。我是家中的独子，所以，不单是家人，连我自己也很看重孩子，你把孩子做掉的事我很伤心，母亲的去世对我打击也很大。我出身贫寒，让家人尤其是母亲过上好日子，是我最重要的奋斗动力。孩子的事让我沮丧，母亲的事让我难过，这是我的苦衷，林娜，你让我跟谁说？”

“你没跟我说过你母亲的事，我只知道孩子没了，你对我很冷淡，冷得让我受不了。”林娜咬了咬下唇，把脸埋进双手。

“我们中间有太多的误会，今天我是来负荆请罪的，你不能原谅我的背叛，我也不能，我一直觉得我愧对你，所以我愿意接受你对我的任何惩罚。”苏南一一脸懊恼，自责地说。

“晚了，什么都晚了。”林娜喃喃自语道。此时的林娜比任何时候都后悔，自己做掉的是孩子，毁掉的是幸福，为事业、为前程，她自作主张，残忍地杀死孩子，如今却是两手空空。

苏南一平静而又略带感伤地说：“林娜，南南公司也是我们的孩子，我们一起亲手创造了她，呕心沥血地呵护她成长，她才有了今天，如今她病了，需要我们照顾，你能眼睁睁地看着她死掉吗？你能再忍心亲手杀死她吗？”

林娜不自觉地摇摇头，浑身无力地瘫倒在餐桌旁。

苏南一走到林娜跟前，用手轻抚着林娜的秀发：“娜娜，都是我不好，伤了你，我愿意用这一辈子来弥补我的过失，我的心没变，就像我知道你的心也没变一样。”

林娜的心碎了，她推开苏南一的手，怔怔地走到窗子前，任泪水肆意地流。

第七章

局中局：扭转乾坤

洲际酒店，门里金碧辉煌，门外车水马龙。

苏南一开着自己的宝马奔驰在深南大道上，目的地——洲际酒店。

对于今天的开工晚宴，苏南一充满期待，在他的心里，这不是一场晚宴，是一个仪式，是一场战争。是的，万事俱备，只欠东风，这场晚宴就是东风，他要靠这场东风吹散心中的雾霾，吹响进攻的号角。

苏南一心里明白，这场战争的对手只有一个人，这个人就是谢平，他曾经的战友，今天的对手。这场战争的目的，就是以这样一种仪式粉碎对手的阴谋。他和谢平的较量有一段时间了，为了分裂南南公司，谢平可以说是机关算尽，苏南一一直处于守势，防谢平挖人，防他抢南南公司的业务，直到今天，苏南一才有十足的信心打败他，完胜还不敢说，但他坚信自己已经胜券在握。

参加晚宴的一共有 164 人，人员复杂，85 名员工，44 名家属，25 名孩子，8 名嘉宾，2 名专家。参加晚宴的员工都有点小兴奋，老板许诺的红包大小不敢说，但在五星级酒店摆开工晚宴，这是第一次，每个人都搞不懂苏南一葫芦里卖的什么药，开工利是已拿了两份，再多一份只能算是意外的惊喜。洲际酒店的大堂里人头攒动，个个都是一身盛装，相互间嘘寒问暖，一派喜气洋洋的气氛。等苏南一一出现，大家一阵欢呼。

苏南一向大家挥手致意，径直走进侧面的贵宾室，贵宾室有他今天的贵宾，安信证券的总经理江一航、副总经理郑伟民。

七点整，众人落座，晚宴开始。

晚宴的开场别开生面，沙画开场，音乐背景中解说人念念有词，沙画、解说形象地描绘了南南公司成长的艰辛历程，勾勒出了南南公司的美好愿景，大家看到动情处，不时有阵阵掌声。

主持人一番开场词，之后请苏南一致辞。

苏南一接过主持人的话筒，问好之后开始致辞。

“好美的沙画，好美的回忆，八年了，南南公司八年的历史历历在目，我相信我们每个人都能找到和自己有关的回忆。回忆是美好的，但我的回忆和感受可能要更复杂些。

“说实话，今天我有点激动，有点感伤，为曾经的过往，为曾经的磨难，为我们取得的点滴成绩。和这个时代创造的无数奇迹相比，南南公司算不了什么，但对那些为南南公司的发展呕心沥血的人来说，南南公司就是我们的全部，因为有付出，所以有感情。

“2015 年来了，南南公司的战友们，可能我们每个人都感受到了来自市场的压力，有点压力算什么？有压力才会有动力，有动力才能有发展，所以这是值得期待、充满挑战的一年。

“今天的晚宴不是一般意义上的开工晚宴，我说的大红包一定会有！工作的过程中，我们不能辜负了时代；新年开工了，我们不能辜负了春光；今天晚上，一定会有各种各样的惊喜，所以我们不能辜负了这个美好的夜晚。”

苏南一举起酒杯说：“为新的一年，为我们家人的幸福，为南南公司可以期许的未来，干杯！”

洲际酒店的中餐大厅内，一时间觥筹交错，人声鼎沸，迷离的灯光下，苏南一春风满面，面色潮红，优雅地端着酒杯在众人间穿梭，一张张阳光灿烂的脸，一句句祝福的话语，酒不醉人人自醉，他兴奋得真的有些微醺了。

一阵推杯换盏，晚宴进入新环节。

红包年，一说到红包大家就兴奋，主持人宣布第一次抽奖的规则：一、只有今天到场的孩子才有资格参与抽奖；二、100%中奖率，奖有大小，额度不同；三、抽完奖，要在五分钟内到红包区兑奖，过期作废。规则宣布完，小家伙们兴奋了，旋风般冲向了舞台，主持人提醒工作人员维持秩序。

有工作人员提醒苏南一谢平来了，苏南一问了句：“不是没通知他吗？”

行政部的叶芳说：“有的是人给他通风报信。”

苏南一提醒叶芳：“去迎迎他，并且要盯住他，看他出什么幺蛾子。”

谢平端起一杯红酒径直走上了舞台，拿起主持人背后备用的麦克风说：“公司的开工晚宴，我作为南南公司的股东之一，居然没有接到通知，不知为什么，看来是苏总有意安排的。可不管通没通知，我还是来了，我喜欢这样的热闹。”

“这真是红包年年有，今年特别多，请大家配合我一下，昨天领过开门红包的请举一下手？”谢平扫视着晚会现场，那些从他那里领过红包的南南公司的员工有些迟疑地举起了手，看没有人再举手了，谢平示意大家放下，接着说：“谢谢你们，今天我也准备了红包，主要是为家属和孩子们准备的，如果要更大的惊喜，在这里我郑重邀请大家参加我的新公司——理德公司的开业庆典。”

谢平放下麦克风，侧身去取红色手提包里的红包，行政部的叶芳即时入场，拿着麦克风走到了谢平跟前。

“谢总，今天这样一个好日子，我可以现场采访一下您吗？”说完把麦克风举到谢平的嘴边。

谢平对着麦克风说：“当然可以。”

叶芳再问：“请问您到底是以什么身份参加今天的晚宴呢？”

看出了叶芳的不怀好意，谢平反问道：“你觉得我应该以什么身份参加？”

叶芳讪笑着：“依我说，您要是以南南公司股东的身份参加呢，我们欢迎，但由于工作的疏忽，我把您给漏掉了，所以您参会可以，至于上台发言吗，我们没有安排这样的环节。”

看着略显尴尬的谢平，叶芳步步紧逼：“您要是以理德公司董事长的身份参加这个晚宴，据我所知，您还不是我们的特邀嘉宾，所以您这叫不请自来，这好像有失您的身份，您可是开奔驰的董事长啊。”说这句话的时候，叶芳特意加重了“奔驰”两个字的语气。

谢平摇动着手中的红包，看着叶芳说：“容我三分钟，你看这红包？”

叶芳的语气斩钉截铁：“一分钟都不行，程序的更改需要得到苏总的批准。您的红包要是真心给家属和孩子准备的，我可以代表南南公司代收，发红包的事，就不劳您费心了。”说完摆出一个接红包的姿势。

看着叶芳身后的两名安保人员，为避免被赶下场的尴尬，谢平匆忙收起红包，要往台下走。叶芳赶一步说：“谢总请留步，我的采访还有最后一个问题。”

谢平停下匆匆退场的脚步，一脸无奈，不情愿地说：“请便。”

叶芳甜甜地笑着问：“谢总，您的新公司是几时开业？”

看叶芳这个问题似乎并无恶意，也就一本正经地回答：“正月十六。”

叶芳做出了一个击掌的动作：“十五的月亮十六圆，好日子，您的邀请大家都听到了，作为老朋友，哪些人参加，我想苏总会安排的，不过，您是个贾宝玉一样的情种，而且还最善于吃窝边草，所以南南公司只能男同胞组团参加啊。”

叶芳话音落地，台下阵阵叫好，笑声一片。掌声中，谢平满脸愠怒，大步离开会场。

主持人上场，场面依旧热闹，叶芳回身来到苏南一身边眨了下眼，苏南一轻拍了两下叶芳的肩膀，竖了下大拇指，未置一词。

晚宴继续，觥筹交错，推杯换盏，不过，谢平的出现让席间平添了许多笑料。晚宴已进入尾声，但到现在还没有看到林娜的身影，苏南一在忙着和大家应酬的同时，内心是焦急万分。昨晚，直到他离开林娜的住处，林娜是否回心转意并愿意来参加今天的宴会，她都没给苏南一一个准确的说法。这次公司的分裂是他和谢平的一场战争，而林娜则是关键的胜负手，苏南一一整天都在等林娜的说法，但一直没有回音，又不能逼她，因为逼她可能会适得其反，现在到了最后关头，一向淡定的苏南一多少有些紧张了。

第二轮的抽奖是家属参与的，也是人人有份，奖项不等，抽到普吉岛双飞游的几位尖叫不已。

主持人说：“我们马上进行今晚最后一个抽奖环节，按道理说，最后的奖才是大奖，到底是多大的奖呢？让我们一起期待。”主持人说话的同时，苏南一看到了一身礼服的林娜走进了大门，在他心里悬了一晚的石头终于落地了，苏南一有些小激动，健步上台，把麦克风从主持人的手里拿过来，主持人示意会场安静。

苏南一站在舞台的中间，开口讲："我们临时更改一下流程，最后一个抽奖环节由我亲自主持，因为后面将要发生的一切，对我、对大家都意义非凡，这将是一个见证奇迹的时刻。"话音未落，会场里便响起了热烈的掌声。

苏南一接着刚才的话说："最近南南公司传出很多流言，有的流言确实是事实，比如，谢总的理德公司，但也有很多流言属于妄加猜测。我还说过今晚会有大红包，那意味着大家已经拿到的红包不叫大，至于红包有多大，下面我们进入最后一个抽奖环节。

"严格意义上来讲，这个环节不应该叫抽奖，而应该叫颁奖，所有的老员工人人有份，奖项一样。"苏南一回头看了看礼仪小姐刚刚摆好的红包，接着说："我是今天的临时主持，所以不担任这个环节的颁奖嘉宾，那今天的颁奖嘉宾是谁呢？"苏南一做了个手势，"有请今晚的神秘颁奖嘉宾入场。"

这时入场音乐响起，顺着苏南一的手势，大家看到业务一部的吴菲陪着一身紫色晚礼服的林娜进入会场。关于林娜要离职的传言确实很多且都有根有据，今天看到林娜出现在现场，大家多少有些意外。

多日不见，今日的林娜可以说是风情万种，病后初愈平添妩媚，礼服加身尽显华贵。从苏南一的手中接过麦克，站定，林娜开口了："这样的好日子，这样的夜晚，苏总让我颁奖，这是给我的一份殊荣。这一阶段有各种各样关于我的传言，今天，我站在这里就是要告诉大家一个事实，我将誓与南南公司生死相依。"掌声一浪接着一浪，经久不息，不得已，林娜做了个"停"的手势，接着说："实话说，我并不知道接下来我颁的是一个什么奖，请大家相信，苏总说是一个大奖，就一定是个大奖，新年伊始，愿我的手气能给大家带来运气。"

音乐声中，80 多名南南公司的员工分四排站在舞台上，林娜一一握手后把红包颁给他们，之后合影留念。

苏南一拿着麦克风出场，说：“请大家稍留片刻，原地不动，现在大家可以打开红包看看里面是什么。”话停住，扫视着台上的员工和林娜。

大家纷纷迫不及待地打开红包，等打红包，员工们叽叽喳喳、议论纷纷，有叹息，有欢呼，这时苏南一问：“谁来说，红包里是什么？”

有人大声说：“持股券。”

苏南一接着问：“多少？”

大家异口同声地说：“10 万。”

“我说一定有大红包，但当看到是 10 万股持股券时一定有人不以为然，这不要紧，10 万持股券是不是个大红包，我说了不算，专家说了算。”

苏南一走下台，来到嘉宾席的江一航跟前大声说：“下面有请安信证券的总经理江一航先生。”

江一航健步上台，冲大家拱了拱手说：“苏总安排我给大家宣布、解读南南公司的融资和上市计划，与其说我是来参加晚宴的，不如说我是来给大家送钱的。”大家哄堂大笑，而后是掌声一片，江一航接着讲：“南南公司第一轮的融资五倍估值，今年元旦前完成；第二轮的新三板上市，计划是明年元旦前完成，至少不低于十二倍的估值。你们手里的 10 万股值多少钱？我数学不好，要靠你们自己算。”之后，江一航做了一个发言完毕的手势。

江一航的话音落地，台上的阵型一下子就乱了，有人冲过去紧紧抱住苏南一，更多的人围过来，大家把苏南一一遍一遍地抛向空中。

第八章

风暴眼：人命关天

新春伊始，刚上班的第二天，项前就赶上了一件大事。

正月初五，董事长为裁员的事召开了紧急会议，会议纪要当晚OA下发给与会人员，会议的主要精神是：一、公司要大面积裁员，裁员幅度是在职员工的25%；二、亏损事业部裁员比例要求达到30%，没有亏损但负增长的事业部裁员比例控制在20%；三、在职干部的裁员比例一律不得低于35%；四、留下来的干部、员工，干部降薪20%，员工降薪10%；五、全部的裁员工作要求在3月底之前完成。

裁员、降薪，无论对留下来的，还是即将被裁员的，这都是一场灾难！

项前一直不解，除了典型的互联网企业以及和互联网相关的行业，传统制造业哀鸿遍野，自己能接触到的制造业还没看到哪个是欣欣向荣的，为什么GDP增长速度仍然有不可思议的7.3%？

对于康华公司来讲，2014年是历史上最惨淡的一年，家电行业出现了行业性的负增长，赢利的企业可以说绝无仅有，康华的财务报表一出，股价应声下跌。财务报表的主要数据显示，康华公司去年销售额负增长 12%，从 2013 年的 383 亿下降到 2014 年的 337 亿；利润下降 65%，从 2013 年的 31 亿下降到 10.85 亿。不但财务报表难看，因业绩不振还有很多隐性的问题没有暴露：库存增加、财务费用增加、呆坏账增加、人工成本和管理费用上升。市场的萎靡不振让事业部的经营负责人寝食难安。不知道老板的年是怎么过的，但他终归是坐不住了，所以才有正月初五的紧急会议。

正月初九上午十点，项前正按紧急会议的精神及董事长的工作部署，紧锣密鼓地制定整个集团公司的裁员方案。正当项前一筹莫展时，董事长办公室的何方慌慌张张地推门而入："项总，公司出事了，董事长指示，要你和他的助理曲哲赶快带人到现场进行紧急处理。"

项前猛地站起来，问："什么情况？你慢慢说清楚。"

何方气喘吁吁地说："石岩工业园有人跳楼，人已死亡，家属堵门，更糟的是工业园员工闹事，具体情况还不是特别清楚。"

人命关天，一听说死了人，项前头都大了，更别说什么群体性事件了。项前片刻不敢耽搁，给曲哲和法务部的主任徐中林打了电话，匆忙坐电梯下到一楼大厅，三人聚齐，急忙驱车赶往事发现场。

在大家眼中，曲哲是老板为转型和破局而引进的一个高人，有外资企业工作的背景，来康华之前就职于国内千亿规模的一家通讯企业，职务是培训总监。曲哲去年元旦加盟康华，现在的身份是董事长助理，相当于董事长的一个智囊顾问。两个多月的时间，项前只在会上和食堂与他打过照面。对曲哲，项前陌生得很，他具体的工作内容，项前更是不得而知，项前自认为这是自己很失败的地方。

曲哲的到来，让项前感受到一种无形的压力，毕竟这人的专业方向与自己一样，从业经历比自己丰富，属于高大上的那种。曲哲是项前眼中的那种白相人，中等身材，皮肤很白，眼珠很黄，人看起来和善，但似笑非笑的表情总是让人捉摸不透。作为人力资源行业里的老手，能让项前琢磨不透的人不多，曲哲算是一个，从直接的心理感受上，项前不愿和这样的人打交道，但今天赶上了。

曲哲自己开车，徐中林上了项前的车，一上车徐中林就问："什么事？看把你急的。"

项前边打火边说："兄弟，现在是去救火，不急行吗？出了大事，人命关天，我们的生产基地爆发了群体性事件，至于其他情况，我和你一样，一无所知。"

"这么严重，老板知道吗？"徐中林神色紧张地问。

"想是知道，这些情况是老板的秘书告诉我的，我这是按老板的指示做应急处理。"项前回答他。

拐过深南大道，上了沙河西路，项前驱车疾驶而去。边开车，项前边对徐中林说："赶快联系，那边应该有我们的人，看那些闹事的工人到了哪里？"

徐中林接连打了三个电话才联系到负责维持闹事现场秩序的干部，问清楚后对项前说："工人刚过西丽加油站。"

项前"嗯"了一声，一路上不再说话，大脑高速运转，思量着对策。

有了主意，项前对徐中林说："现在，第一要务是先稳住这批闹事的人，避免事态扩大，最好能截住他们，力求不让他们进入市区；第二要切断死者家属和闹事的人与媒体的联系，避免记者介入，减少负面舆论；第三是查清事故原委，找出各个环节的责任人，上报董事长，进行相应处理；第四是快速平息事态，有关事情，确保在法律的框架内解决。"

徐中林略作沉思，说："我完全同意你的处理意见，不还有曲总嘛，我把您的意见整理一个发给他，听听他的说法，但我有一个提醒，这么大的事，我们这些人是否招架得住？所以我建议我们还是多找些援兵以防意外。”

项前点头称是，说：“有备无患，要按最坏的结果做预案。”

说话间，已看到远处黑压压的人群，这个地方离南山中心区已不到五公里了，徐中林指着前面的人群说：“应该是他们了。”因为是相向而行，他们看到不远处游行队伍所打的条幅，上面写着：“血债血还，依法维权；逼死员工，天理难容。”游行队伍喊着口号正在向市区进发。

项前在离游行队伍还有十几米的地方停下来，曲哲也把车停下来，项前客气地和曲哲握了下手，三人一起径直走到队伍前面。见有人来，前进的队伍停下来，但口号声更响亮了。这时，工业园的人事经理孔亮急忙跑过来给项前汇报情况，项前挥挥手，示意他不要说话，而是面向游行队伍，做了一个“请安静”的手势，双手做成喇叭状，说：“兄弟们，同事们，请大家安静下来，听我说几句话。大家这么一路走来，辛苦了，你们的要求我一定考虑，你们的问题我一定帮大家解决。”

看人群安静下来，项前接着说：“你们这样很危险，这条路路窄车多，很容易发生事故，我提议大家先分成三队，把队伍整好，靠路边站，不要影响正常的机动车行驶，有意见，你们派代表，我们分头协商。”

曲哲回头问孔亮：“谁是领头的？”

听了曲哲的问话，孔亮从人群中引出一个五官端正、身体壮实的黑脸汉子。项前迎上去向对方伸出手，可黑脸汉子没做任何反应，项前讪讪地把手收回来。孔亮对项前说：“这是生产二车间的车间主任，周正。”又转身对周正说：“问题归问题，我们还是同事，起码的尊重和礼貌还是要的嘛！”停顿了一下，接着说：“这是我们集团的领导，集团公司人力资源总监项总和董事长助理曲总，你们有什么要求可以和两位领导谈。”

“我们要找的是老板，不是普通的领导，我们的要求他们能做主吗？”周正一脸不屑的样子。

“周主任，我和曲总既然来，我们就能代表老板。我想，你们是来解决问题的，不是来打架的，所以我们需要正常的沟通，有理走遍天下，有理不在声高，沟通的时候大家还是要心平气和。”

项前向周正再次伸出手，周正还是不情愿，但也伸出手象征性地握了一下。

项前接着说：“我们别的先不说，安全第一，这条路车快、车多，万一出了事故，没有人能负得起这个责任，我不能，我想你也不能，所以，你要先把大家组织起来，按三列排好，靠边站，这个你能同意不？”

周正没说话，未置可否。

项前示意曲哲、徐中林、孔亮配合，用手拉着周正边走边说：“那好，我们一起来，你先跟大家做好沟通，我们几个人一起帮你整队，先把大家安顿好，保证安全。之后你负责选出五名代表，一起把你们的要求说出来。”

周正没有反对，随着项前他们来到了队伍前，五分钟的时间，总算把队伍整好，大家靠路边依次坐了下来，周正挑出来的五名代表来到队伍的最前方，把项前围了起来。

项前说：“这样围着不好交流，我建议大家面向我围成一个弧形，这样话能听得清楚，有利于交流。”五个代表没有反对，按项前的要求依次站好，这时项前说：“你们到总部来是要求解决问题的，我来这里就是帮助大家解决问题的，所以我们的目的是一样的。大家态度要积极，开诚布公，什么样的建议、什么样的要求都可以提出来协商。”

项前接着说：“不过我有一个请求，我请大家先回到工业园，因为马路上不是协商和解决问题的地方！”

一个圆脸、秃顶、单眼皮的胖子激动地说：“不，我们不回去，我们要到总部，我们要见老板，老板不解决，我们就到市政府，总之今天我们不会回去的。”

项前扫视了大家一眼，目光落在了周正的身上，说：“我今天是代表老板来给你们解决问题的，有什么话、有什么要求都可以跟我说。”

一个白净书生模样的眼镜男说：“你只是你自己，你代表不了老板，谁不知道康华的大事只有老板能拍板，我们今天一定要见老板，你不用在这里废话，我们不跟你谈。”

周正点了点头，回过身，对坐在地上的工人挥挥手，说：“大家起来，我们去总部，为民请命，血债血还，见老板。”

一时间又是群情激愤，大家拉起条幅，又喊起了游行的口号，队伍开始随着周正往前走。

项前急忙挡在周正前面说：“见老板的事，我来解决，但你们要听我指挥。”

胖子吼道：“凭什么啊？”

一直未发言的曲哲走到项前跟前，对项前耳语道：“我已报了警，南山区的警察马上就到。”

曲哲走过去轻轻拍了拍胖子的肩膀，转过身对着领头的周正说：“你们可以不听项总的指挥，你们也可以不顾几百人的生命安全进行游行示威，但你们知道你们的行为已经涉嫌违法了吗？”

曲哲的声音不高，但说得清楚，掷地有声，大家一脸惊愕，显得有些不解。

曲哲扭转身，示意徐中林向前，说：“违不违法，我说了不算，看看我们的法学专家怎么说，现在就请我们的法学专家——法务部主任徐中林点评一下你们的行为。”

徐中林走到代表中间，环视了一下他们，显得异常平静：

“你们今天的行为，情有可原，但法不容情啊！你们的行为是什么行为？说好听了是游行示威，说难听了叫聚众闹事，无论好听难听，都是法律所不允许的，因为没有报批备案的游行示威就是违法行为，你们五个作为主要组织者，违法有什么后果你们应该知道。”

看着大家有些发蒙，项前急忙接着说：“现在事态已经很严重，警察马上就到，我劝大家悬崖勒马，按你们几位代表的意见，你们就是要见老板反映情况，你们的诉求已经清楚了，见老板的事，我打保票，你们现在就回工业园，我会把老板请到工业园给你们解决问题。”

几分钟的时间，已能隐约听得到警笛声了，几个人用将信将疑的眼神看着项前，为首的周正说：“要是你请不来老板呢？”

“提头来见，绝不食言。”项前说话的语气没有丝毫的犹豫，信誓旦旦，斩钉截铁。

僵持了一会儿，五个人私语了一阵子，周正向队伍作了一个收兵的手势，前队变后队，队伍开始往回走。

事态好转，项前和曲哲相视一笑，项前抚着徐中林的肩膀，嘱托他：“你盯住他们，有事第一时间给我电话。”

然后给了孔亮一个手势，说：“跟我上车。”

项前和曲哲的车很快超过队伍，朝着工业园疾驰而去。

项前对孔亮说：“给我讲讲事情的经过。”

孔亮说：“事情是这样的，跳楼的叫王小虎，是一车间的一个组长，平时表现很好，但性格有点偏执。他是四川绵阳的，家境不好，还要供一个妹妹上大学，所以对钱很在意。因车间开工不足，加上过年停产，上个月的工资只有去年同期的一半，今天上午王小虎为这事找车间主任理论，但车间主任行事粗暴，没谈好就打了他，王小虎一时激动，从九楼跳下，当场身亡。”

项前又问：“家属堵门是个什么情况？”

孔亮答道：“王小虎有个堂叔也在石岩的一个工厂打工，一听说王小虎的事，就带了一帮老乡到工业园堵门闹事，还叫来了华南商报和深圳电视台的记者。”

“工人游行又是怎么回事？”项前接着问。

孔亮回答道：“工人游行，王小虎的死是一个诱因。开工不足，收入减半，工人情绪大，周正煽动大家游行示威算是借题发挥。事实上要参加游行的人还更多，他们冲出来得早，没拦住，大部分的人还被关在工业园里，石岩警方出面，局面才算得到控制。”

弄清楚了来龙去脉，项前的心里总算亮堂了一点，但这个事件给他带来的压力一点都没减少。

说话间，项前他们的车到了工业园的大门口，门口停了辆警车，车里不见人，只有三三两两的人在门口游弋，看来堵门的事得到了解决。根据电话沟通的情况，项前直接来到了二楼的会议室，一进门发现制造总部的几个领导都在。

寒暄落座，制造总部的总经理王宇春说：“项总、曲总辛苦，总算把你们盼来了，我们先把两头的情况碰一下，我先说工业园这边。

“王小虎跳楼发生在九点零五分，事发后我们当即进行了紧急处理，报警。

“九点二十分，周正煽动工人罢工闹事，工厂全面停产，参与罢工的工人多达 2000 人，局面一时失控，我们全体管理人员紧急参与了罢工事件的处理，我们拦住了大多数人，只有周正带领 300 多人冲出了工业园，我安排了孔亮全程跟踪。罢工的事一发生，我在第一时间向董事长进行了汇报，他说会安排你过来处理。

“九点二十五分，警察到达工业园，我们将王小虎的事件进行了详细的汇报，验过尸，王小虎的尸体已转移到了西丽医院太平间。

“九点三十分，王小虎家属带领一帮四川老乡堵门闹事，门被堵后，部分工人又跟着起哄，还招来了周边的群众，车进不来，也出不去，大批货车被堵在了门口。在警察的协助下，我已将人安排在了三楼的会议室，目前有十几个保安在那里盯着。

“九点四十左右，华南商报和深圳电视台记者到现场采访，正赶上当时堵门的混乱场面，他们采访到了死者的家属，并对现场进行了录像，目前记者由我们的行政总监陪同，被安排在贵宾接待室。”

项前说：“我说说那边的情况，我和曲总在沙河西路北环大道的入口附近截住了游行的队伍，经过劝说，他们同意返回工业园，他们要求见老板，我答应他们了，现在徐中林在盯着他们。

“首先我们来审视一下当前的局面和问题，死人和示威是两件事，又是一件事，准确地说，是一个事件的两面，因为示威是由死人引发的。王小虎跳楼，我们存在管理上的责任，但公司的责任不大，主要是他个人的责任。示威之所以发生，王小虎是诱因，但还有我们市场环境和分配政策方面的因素，有些问题要后续处理。

“事情已经到了这个地步，重要的是下一步我们怎么办？

“死人、示威，这个事件很恶劣，对品牌的伤害很大，对我们正常的经营活动影响也很大，所以，老板非常重视。

“我建议我们先成立一个应急性的危机公关小组，但我们这些人的力量还不够，要从集团补充些人手。小组要从三个方向做工作，死者家属、媒体记者和工人。主要的原则是，一、安抚好家属，在法律框架内解决好补偿问题；二、做好记者的接待和沟通工作，争取把他们采访的内容截留下来，如果稿子已经发出去，想尽一切办法把稿子撤下来，避免舆论上的被动；三、工人看起来不是矛盾的突出点，但人多，对我们的生产经营影响大，所以要格外慎重，会后要尽快恢复生产，把在家的工人钉在岗位上。游行示威的工人回来后，把他们安排到十楼的大会议室，中午给他们备好盒饭，任何人都不能离开会场，等老板过来跟他们直接对话。”

项前指定了参与危机小组的人选，现场进行了分工，离开前，他握着曲哲的手说：“曲总，该发生的已经发生了，局面总算有了转机，这里还不能离开人，你负责坐镇指挥，我赶回总部跟老板汇报。”

曲哲点点头，然后把项前送到办公楼门口。

回去的路上，项前的心里依然不轻松。这个事件来得太突然，所有的人都没有心理准备，有些忙乱是必然的，就像当他看到只有孔亮一个人跟着示威队伍的时候，他当时甚至有些愤怒，工业园那么多管理干部都在干什么？这么大的事居然只派一个小伙子。但到了工业园，他才发现园区的危机更大，他们的做法就显得有些合理了。老板愿不愿意和工人对话，他心里还真没底，但那种情况下只能用这种承诺以渡过眼前的危机。

第九章

情人劫：反目成仇

林娜喝多了，因为纠结，也因为伤心。

南南公司的开工宴热闹非凡，高潮迭起，所有人都非常开心，但有一个人是个例外，那就是林娜。整个晚宴，对于林娜来说可谓是五味杂陈，酒一杯接着一杯，说不清滋味。看林娜喝得差不多了，苏南一安排吴菲和叶芳开公司的车把林娜送回家。

叶芳开车，吴菲陪护，路上，吴菲对叶芳说："芳姐，你今天太棒了，那几个问题真是问绝了，像谢平这样卖主求荣的人就得这么整他。"

叶芳回头看了一眼，见林娜睡着了，才说："我就见不得谢平这样的人小人得志，他也不撒泡尿照照自己，没有苏总，哪有他的今天。"

吴菲接着她的话茬儿说："也是，他不过是穷山沟里的野孩子，现在苏总带着他发了点小财，没几天，就嘚瑟着当老板，弄个奔驰来显摆，看着他今天灰头土脸的样子，快笑死我了。"

叶芳也情不自禁地笑着说："他今天是来搅局的，昨天给大家发利是是先卖个好，他今天要是阴谋得逞了，我就死定了。"

"我看也是，晚会搞砸了，苏总说不定会把火撒到谁身上，你组织的晚会，当然你首当其冲。我最搞不懂的是娜姐，这样的小人她也看得上，更可气的是还差点被他拐跑了。”吴菲不解。

“这你就不懂了，娜姐心里装着的还是苏总，跟谢平好不过是装装样子气气苏总罢了，不然娜姐今天的表现怎么解释？”叶芳反问道。

吴菲摇着头说：“不懂就不懂吧，我们都是局外人，娜姐怎么想的我们怎么弄得懂。”

说着话，华侨城已在眼前了，吴菲叫醒林娜，二人小心翼翼地把她扶上楼。进了家，安顿好林娜，冲好茶给她放在床头，吴菲说：“芳姐，天晚了，要不你先走，娜姐这里我等她醒了酒再走。”

“不急，好人都让你做了，好像我多无情无义似的。”说着急急去了洗手间。

有人敲门，吴菲把门打开一看是苏南一，苏南一进门扫视了一下，说：“辛苦你们了，林娜没事吧？”

吴菲把水给苏南一倒上，回答道：“娜姐没事，今天多亏娜姐了，真仗义，要不然真让那个人阴谋得逞了。”

苏南一点点头，没说话，这时叶芳从洗手间出来，见苏南一在，先是大吃一惊，缓过神来说：“苏总这么晚过来，这是不放心我们呢？”

苏南一讪讪地笑了一下，说：“我哪是不放心你们，我是不放心林娜，身体刚好些，喝这么多酒，大把的工作等着她呢。”

叶芳和吴菲都知道苏南一和林娜的过往，二人赶紧借故离开了。

半梦半醒之间，林娜思忖着，南南公司的分裂非她所愿，这是两个男人之间的战争，她深知自己是这个天平上的筹码，而今，她是帮着苏南一打败了谢平，她做了，可这真的是她愿意的吗？继续留在南南公司，她不知道自己到底能等来什么，等苏南一回心转意？她不敢奢望，即使苏南一真的回心转意，她等来的也是一份残缺的爱情。

她不知道当谢平得知真相后会怎么恨她，恨就恨了，这本来就是一场游戏，本来就是要报复苏南一，可到跟前又转了念想，或许自己内心深处对苏南一还残存着一分感情。

本来身体就没恢复，又被这么折腾一下，林娜感觉自己就像散了架一样，迷迷糊糊地睁开眼，喝了叶芳她们备好的茶水，清醒了许多。

看到了苏南一，林娜坐起来，问："这么晚了，你还来干什么？"林娜略带嗔意。

苏南一用关切的语气说："我不放心你，给你带了点醒酒的药。"说着，苏南一扶着林娜把药吃了。

苏南一把林娜扶到沙发上坐下，转过身到厨房切他准备好的水果，这是他和林娜分手后第二次来这个房子，但这曾经是他的房子，是他的婚房，他熟悉这所房子就像他熟悉林娜的身体一样，但现在，房子也好，林娜也好，都已不再属于他，每每想到这些，他的心都隐隐作痛。

苏南一把果盘端到林娜跟前，叉起一块哈密瓜递给林娜，略带埋怨地说："开工宴能不能来，一天也没个说法，搞得我一天心都是悬着的，看来你是成心。"

林娜把苏南一递过来的水果放回去，半躺着靠在沙发上，闭着眼睛答道："我是没想好去不去，怎么回你？我能去不是因为你，你当面一套，背后一套，就算你说的是事实，但你在没有说清楚事实真相的情况下，背叛了感情，居然娶了我的闺密，能做出这样的事，也没谁了。"说到这里，林娜挣扎着站起来，苏南一急忙起来扶她，只听她接着说："我不是要帮你，也不是可怜你，我是可怜吴菲这样的孩子，吴菲跟我说，她要多挣钱买房，她要做一个有房有车的深圳人，南南公司跨了，她的梦想也就破灭了，我是不想让吴菲失望，仅此而已。"这时，又有人敲门，苏南一放下林娜，打开了门，竟是谢平。

看到是苏南一开门，谢平一脸恼怒地问：“你怎么在这里？”

“我是来送林娜的，你不觉得这么晚你出现在这里更奇怪吗？”苏南一反问。

“我不跟你说，我有事找林娜，请你回避。”谢平边说边往里走。

苏南一有意地挡住他，揶揄道：“有见不得人的事吗？”

谢平停住，说：“你不走，那就先说说我们俩的事，我的新公司马上开业，等着用钱，我要你把我的股份变现给我。”

苏南一冷笑了一声：“好事不能都让你占了，你抢了南南公司的客户，拆公司的台，这个账我还没跟你算。你打着南南公司的名义到处招摇撞骗，现在又要把客户变成私产，我不会坐视不理，我们不做兄弟可以，我是做大哥的，我还不想多你一个仇人，话说到这份儿上，你掂量着办。”

“别扯远了，我说的是股份的钱，你打算什么时候给我？”

“股份可以分红，但你凭什么要我给你现金？”

“我要撤股，你不给我钱给我什么？”

“好，退一步讲，钱可以给，但不是现在，我跟你说清楚，2015 年你只能参与分红，明后两年，每年将按净现值返你 10% 股份的现金，现在就要兑现，着急了点吧。”

“两年，还净现值，你这个算盘打得未免太精明了吧？告诉你，苏南一，就在今年，不，就在这个月，按资本市场估值返现给我，不然我们法庭上见。”

“法庭上见就法庭上见，我正求之不得，法庭上我会和你新账旧账一起算，我本不想撕破脸，你不仁就不要怪我不义，咱们走着瞧。”

看着两个男人吵得不可开交，林娜“砰”地把杯子摔在地上，边咳边说：“你们以为这是什么地方？斗牛场还是自由市场？谁请你们来的？”

看着林娜咳得不行，谢平凑上去，被林娜一把推开，只见林娜声嘶力竭地吼：“你给我滚！”

谢平被骂，脸臊得通红，但还是忍住气问：“林娜，娜娜，我们不都说好了，你怎么就突然变卦了呢？”

林娜坐起来，喘着粗气，冲着谢平说：“我从来都没答应过你，倒是你跟那几个女人的事，你现在给我说清楚。”

谢平一脸无辜，摊着手说：“什么女人，你怎么这么莫名其妙？”

林娜甩出苏南一给他的几张照片，咬牙切齿地说：“利欲熏心，色胆包天，你看看你还能有多无耻？”

谢平从地上捡起照片，见是自己和其他女人的亲密照，一时尴尬至极，转身用手指着苏南一的鼻子吼道：“苏南一，从今天开始，我跟你势不两立，不共戴天。”说完，夺门而出。

第十章

单刀会：暗度陈仓

一回到南山科技园公司总部大厦，项前就急急地敲响了董事长的门。

康华集团的董事长董方卓可不是一般人。少年得志，二十八岁做到一家大型国企的副总经理，算是当时的局级干部，在风头正劲的时候毅然下海，创办自己的公司，这需要魄力。初时，创业不顺，血本无归，睡过人家的阳台，吃过人家的剩饭，练就了一张刀枪不入的厚脸皮。后来东山再起，靠做配件起家，生生死死十几次，才打下了如今的一片江山。

等项前坐好，董方卓问："什么情况？"

项前详细讲述了整个事件的经过。

听完项前的汇报，董方卓轻轻放下茶杯说："天塌不下来，何必慌张？不过你安排得不错，值得表扬。"

项前一脸苦笑，说："老板，这才到哪儿啊？还得劳您出马啊。"

董方卓敲了敲桌子，说："是要加强这次事件危机公关的力度，我现在把品牌部的方华、我的助理曲哲充实进危机事件公关小组。方华媒体关系熟，帮助你处理舆情，曲哲政府关系熟，帮助你协调政府尤其是公安系统的资源，至于我吗，听你的安排，不能让你食言。

“但我要提醒你：事是大事，可你要举重若轻，不能乱了方寸，我会派工会主席姚少功协助你，就像下棋，我们不能还没开打就弄出个老将来。”

项前连声说是，起身离开老板的办公室。

项前把方华和姚少功叫到自己的办公室，三人小组迅速召开了一次紧急专题会。

听完项前对整个事件的讲述，方华说：“事不宜迟，请董办让人在凯宾斯基定个包厢，我马上约华南商报的总编和深圳卫视新闻频道的主任到酒店，你安排工业园的人把记者带到酒店，记住，按人头准备好车马费。”

姚少功接着说：“家属那边，当务之急是要想尽一切办法把他们转移出工业园，最好是在南山市区给他们安排一家酒店。在事件没有完全平息之前，警察不能离开工业园，这个我来协调，我会接洽好法院和仲裁机构，死者补偿标准就高不就低，大家没意见的话，我就去安排。”

项前表示无异议，三人随后分头行动。

再去工业园，项前已不那么形单影只，由于老板董方卓出动，现在开往工业园的已是一个浩浩荡荡的车队。两个小时前去工业园，项前有一种泰山压顶的感觉，现在事态明朗了，局势已基本可控，到此时项前才觉得如释重负。

园区门口，已有王宇春带队的几个干部等候，王宇春把以董方卓为首的若干领导带到办公楼，下车后，董方卓对项前说：“我先去看望一下记者，你先带着姚总去现场。”

王宇春凑到项前的身边耳语道：“工人都在会场，曲总在二楼的接待室陪几个来访记者。”项前点头表示明白。

项前带着姚少功走进十楼的大会场，只看到有站的有坐的，黑压压的一片。见项前回来，背后跟着一个不认识的人，但一定不是老板，下面的人躁动起来。

坐第一排中间的周正猛地站起来，质问道："项总，你不是请不到老板提头来见吗？你给我们保证的老板呢？"

见周正这么严肃，项前半开玩笑地说："别急，老板就来，有点耐心嘛。"

等激动的周正坐下，项前又郑重地对大家说："老板已到了工业园，正在接待政府的有关领导，随后就到。"项前把目光转向工会主席姚少功，做了个手势，接着说："大家知道，工会是我们的工人之家，有困难、有要求要找组织，下面有请我们康华集团的工会主席姚总给大家讲几句。"

姚少功健步上台，从项前手中接过话筒，对着大家微笑了一下，向大家深鞠一躬后，说："我不是代表老板来的，我是代表工会来的，工会是大家的组织，理应维护大家的利益，说起来惭愧，平时和大家沟通少了，没能当好大家的保护伞，这让我今天深感不安。你们为王小虎打抱不平，这我不但理解，而且也非常支持，发生这样的悲剧，让我无比痛心，也为他和他的家人感到难过。我今天陪同老板来到工业园，就是要听大家的心声、大家的意见、大家的要求的，一句话，我作为工会主席来到这里是为大家撑腰的。"说到这里，姚少功挥了挥拳，表达他要为工人撑腰的力量与决心，而台下响起稀稀拉拉的掌声。

姚少功拿着话筒从台上走到台下，语速放缓，语重心长地说："我们都是自家人，想什么就说什么，说你们的心里话，不要怕。"

周正站起来，伸手要话筒，工作人员急忙递过去，周正敲了敲话筒，见有声音，说："我是大家推举出来的代表，我叫周正，经过大家讨论，我们一共有四个要求，答应我们的要求，我们今天就正常复工，不答应的话，我相信会有更大规模的罢工。”他说的话得到了工人的热烈响应，掌声一片。

周正做了个“停”的手势，说：“我们的四个要求是，一、血债血还，严惩凶手；二、王小虎，按工伤标准，及时赔偿；三、全体一线工人，按去年收入标准，提薪 20%；四、按国家法定节假日休息，拒绝加班。”周正体格壮，底气足，声若洪钟，话音刚落，掌声雷动，工人表示声援。

姚少功走过去和周正握了下手，然后说：“说得很清楚，好！大家的掌声表明，这些要求说出了大家的心声。”

姚少功迟疑了一下，说：“这里有个小问题，关于凶手的说法不太恰当，王小虎属于跳楼自杀，所以不存在凶手一说，至于他的车间主任，我认为用‘肇事者’比较恰当。我问大家一个问题，你们经常加班吗？”

工人一致点点头。

得到工人的反馈，姚少功又说：“关于加班的事我是这么看的，我们工会是主张按国家法定假日正常休息的，但有这样几种情况我们还是要考虑，一是我们的市场是分淡旺季的，旺季不加班我估计我们无法满足市场的需求。二是据我所知，我们是有加班费的，我们中间，有的人养家的压力很大，他们希望挣更多的加班费，如果个人有加班的意愿，公司还是尽可能地满足，所以加班的事不能一概而论。”

看着差不多了，项前从姚少功的手中接过话筒，调侃道：“娘家人就是娘家人，说的都是体己话，有问题找组织，工会始终和大家心连心啊。”

姚少功到贵宾接待室找到了董方卓，把工人们的要求一一跟董方卓做了汇报，然后补了句：“老板，我看您可以出场了。”

会场安静了几分钟，董方卓的秘书何方匆匆赶过来，跟项前耳语了一句："老板来了。"

"周主任非要我提头来见，我不知道他是真的想见老板，还是就想要我的脑袋。"大家哄堂大笑，项前把目光投向会议室大门，只见老板董方卓在王宇春、姚少功等一帮干部的陪同下已到了会场门口，项前拔高声音说："让我们用热烈的掌声欢迎董事长的到来。"

作为一线工人，大家很少有机会见到董方卓，今天这么近距离地接触，大家多少有些激动，于是纷纷起立鼓掌。

董方卓迈着方步，神态自若地走到台前，正了正台上的话筒，说："你们这么想见我，又用这么热烈的掌声欢迎我，我感动啊，是你们让我觉得我责任重大，康华这艘船不能沉啊。"

说到这里，台下的工人纷纷点头，看来老板的话还是让他们入心了。

得到大家的响应，董方卓接着说："习主席提中国梦，那我们今天就讲讲中国梦，我理解的中国梦往大了说是国富民强、国泰民安，往小了说就是我们老百姓生活有盼头，日子有奔头，人人都能过上小康生活。中国梦靠什么支撑？实业！我们就是要通过做好实业实现我们产业报国的理想，中国制造业的全面崛起不是无缘无故的，这里有大家的贡献，有大家的心血和汗水，我读中学时，有一篇作家魏巍写的《谁是最可爱的人》，那里面最可爱的人是抗美援朝战场与敌拼杀的战士，今天，谁是最可爱的人？我们奋斗在生产一线的将士们才是最可爱的人，你们是了不起的英雄啊。"

一下子成了老板眼中的英雄，工人们想都不敢想，但又觉得老板说得有道理，于是台下的人很是兴奋，一时间会场被掌声所淹没。

因为是一次答疑式的沟通会，大家的反应这么热烈，董方卓多少有些意外，所以心有触动：员工是淳朴的，也是可爱的，他们得到的关怀可能是太少了。

掌声停下来，董方卓略带感叹地说："康华是一艘船，我是你们的船长，船长难当啊。市场是大海，我们这艘船航行在大海上，有时候会找不到方向，有时候还会一不小心触礁，可我们不能成为第二个'泰坦尼克号'，我想的是如果船沉了，大家怎么办？什么叫风雨同舟？什么叫同舟共济？说的就是我们啊。经济面不好，实业难做，这大家都感受到了，今天，我在这里跟大家说实话，如今康华的发展的确遇到了问题，2014 年是康华发展史上最艰难的一年，你们收入降低了，有怨气，这我知道，在需要患难与共的时候，问题来了：我们是树倒猢狲散，各奔前程，还是众志成城，共渡难关？"

问了这个问题，董方卓停下来扫视着会场，等大家的答案，姚少功适时地站出来望着大家，挥着拳头喊："我们工人兄弟要与企业共渡难关！"之后，大部分现场的工人也跟着姚少功挥着拳喊："共渡难关，共渡难关！"

得到了想要的说法，董方卓点了点头，接着说："作为船长，我有信心带领康华、带领大家走出低谷，迎接新的发展高潮，但我需要你们给我信心，我需要从你们身上看到你们对公司的信心，此时此刻，信心重于黄金！"

老板停顿下来，掌声再次响起。

"再说说你们的要求。你们的要求我看了，我是毫无保留地支持。今天发生的事是一个悲剧，我们都很心痛。你们找我是还信任我，现在把你们的要求我分别做个答复：严惩肇事者，那个肇事的车间主任解除合同，开除，人事部门正在安排。王小虎，按工伤申请，根据国家有关劳动法规，补偿标准就高不就低。至于加班，公司反对加班，但加班自愿，按国家法规提供加班费。关于加薪的事，我想跟大家做个探讨，这里请大家先回答我一个问题，想在深圳安家吗？"

“想！”大家异口同声，声音无比洪亮。

“可以说在深圳工作的人没有不想在深圳安家的，对大家而言，问题是房子贵，买不起，所以，我想设置一个住房特别基金，就是帮大家买房，按3%的比例，我们把工作表现优秀的困难职工评出来每年发住房基金特别奖，标准一人30万，我们工厂的周边，付买房的首期就够了，这是帮大家圆一个在深圳安家的梦。而大家的薪资，保证不低于去年的同期水平。”

听到30万的数字，大家的眼睛直放光，掌声、欢呼声响彻大厅，甚至有人喊出了“老板万岁”。

出了这么大的事，仍能得到员工们的拥护，说明大家还认他这个老板，还有足够的理性，董方卓最后说：“说到底我们是一家人，作为家长，我怎么可能不关心、不关注自己的家人呢？困难时期，大家要往远了看，没有翻不过去的火焰山，唐僧取经还要九九八十一难，我们眼前的这点困难算得了什么？如果对我的答复你们还算满意，那么你们现在可以鼓掌了。”

项前终于弄明白了老板为什么提示自己要举重若轻。现在看，举重若轻是一种能力，是一种境界。每一个人的成功都不是无缘无故的，老板尤其如此，一次别开生面的演讲，项前从老板身上看到了康华的希望，也看到了自身的差距。会场中的掌声如潮水一般经久不息，董方卓向大家挥手致意，在干部们的簇拥下走出了会场。

第十一章

假行僧：趁火打劫

罢工事件基本算是平息了，项前长出了口气，暗自庆幸，终于没有酿成大祸。

送走了老板董方卓，项前跟随王宇春来到了贵宾接待室，一眼望去，里面除了陪同的曲哲、孔亮，还有三人，两男一女。两个男的，一个中年秃顶，眯缝眼，棕色夹克，似乎在半梦半醒之间，无限深沉的样子；另一个学生模样，身材修长，黑色边框眼镜，眉目清秀，一身深色的耐克运动服；那个女记者是一看就让人心动的那种，黑裙黑丝袜，紧身上衣，波浪短发，有小S的味道。

看项前走进接待室，曲哲起身向客人介绍说："这是我们集团人力资源总监项前先生。"

众人点头致意，曲哲又转向王宇春说："王总已经认识了，就不再介绍了。"

然后，曲哲把秃顶男人介绍给项前，说："这位是华南商报的记者部主任宋西洲先生。"项前跨前一步，紧紧握手问候。

曲哲又介绍另外的一男一女说："这两位是深圳卫视的记者，美女冯怡，帅哥白勇。”项前上前分别握手致意。

宋西洲对今天的遭遇很是不爽。人命关天的大事，加上群体性的罢工事件，简直是爆炸性新闻。得到消息的一瞬间，凭他多年的职业敏感，他有信心把这件事做成一个大新闻，可他却是起了个大早赶了个晚集，一到康华他就被隔离了。一上午的时间，好吃好喝好招待，会议室里，人一波接一波地来，连老板董方卓都来过了，话都说得好听、客气，但他们就是到不了新闻现场。虽然受到了前所未有的礼遇，但有违他们来此的初衷，他根本就得不到有价值的信息，项前的到来让他又看到了一丝希望。

宋西洲自认是一个有新闻理想的记者，也正是他的新闻理想支撑着他走到今天。从业十五年，他一直冲在新闻业务的最前线，苦没少吃，但结局并不理想。他从不怀疑自己的专业水平，但一路走来，他却不断地受到打压和排挤，以至于今日，他带过的徒弟都成了他的领导。在别人眼里，他不识时务，可他一直忠于新闻理想，探求事实真相，为弱势群体发声，为民请命。今天康华出了事关人命的大事件，人命关天，他暗下决心，绝不能无功而返。

一番寒暄，大家坐定，曲哲说："项总，老板要求我们一定要支持记者朋友的工作，一定要做好东道主，做好接待工作，还倡导大家学习记者朋友的职业精神，同时要求我配合好项总，做好服务，好让记者朋友不虚此行，满载而归。"

事态缓和下来，项前此时也显得放松，举起手中的茶杯向客人示意了一下，说："老板一向如此，一直要求我们善待新闻界的朋友，康华在深圳乃至全国都有良好的媒体关系，都是老板广交友、结善缘的结果，今天算是见识了。"

冯怡示意白勇架上摄像机，微笑着说："项先生，听说您代表公司在具体负责处理这次意外事故，一上午了，把我们困在这里，曲总各种理由不让我们出这个门，请问，现在可以给您做个专访吗？”

“冯记者，你们的敬业精神真让人佩服，都这个时间了，你还要专访？我们还是把饭吃了再说，后面有的是时间，有的是机会，我是接你们去用午餐的，饿坏了身体，你们让我怎么跟老板交代？”项前边说边走向白勇，拍拍小伙子的肩膀：“收拾好家伙，我们马上出发。”

看冯怡又碰了个软钉子，宋西洲断定此路不通，今天算是没戏了，宋西洲现在想的是如何才能快点冲出包围圈，用“曲线救国”的方式解决问题。

公司安排了辆商务奔驰，曲哲招呼着记者上车，之后，项前带路，曲哲断后，一路直奔南山凯宾斯基酒店。

一路上，项前盘算着，工人那一关算是过了，但记者这一关比那一关还要难过。

有人说“防火、防盗、防记者”，这话看似无理，但许多人心有戚戚，媒体的人都难缠，接受记者采访风险巨大，想想陕西的“表哥”，因为采访现场一次不经意的微笑被人肉，继而被审查，想想都让人不寒而栗，这也是对记者人见人怕的原因。媒体是把双刃剑，捧你时是它，贬你时还是它，康华今天出了这么大的事件，面对媒体无论如何都做不到坦然，项前心里的忐忑就可想而知了。

下午一点整，项前和三位记者出现在了凯宾斯基二楼门牌号898的包厢内，一阵寒暄，宾主落座，客人除了前面的三位记者，还有华南商报的总编吴演仁和深圳卫视新闻部的主任邓再新。吴总编五短身材，略显富态，红光满面，头发稀疏，但向后梳得纹丝不乱，一看就是不容易打穿的老江湖。邓再新，电视人，衣着得体，玉树临风，一副彬彬有礼的样子。

今天这场午宴，曲哲因为紧急事件被董事长临时叫走，方华是召集人，主宾坐主位，吴演仁和邓再新一左一右，姚少功挨着吴演仁坐，右手宋西洲，项前作为副主宾坐在方华的正对面，两位电视台的记者坐在项前的右手边。

方华举杯开场："没过十五都叫年，所以我首先祝大家新年快乐，身体健康！我今天请大家来，一是吃饭，二是叙旧，再一个嘛，就是请大家给康华助威和保驾护航。三位记者，多有怠慢，不周之处，敬请海涵。这第一杯，我们还为新年快乐干杯。"说完一饮而尽，大家陪同。

倒上酒，方华再次端起杯，说："俗话说'佛度有缘人'。此言不虚，又结识三位新朋友，很是高兴，新一年的开始，第二杯酒，让我们为我们的友谊干杯。"方华左右碰杯，向远处的三位记者示意，随后把酒干掉。

"这第三杯酒，我要多说几句，为什么三位记者会来？因为发生了事故；为什么我今天会请两位大佬来，因为我是请你们来为今天发生的事故如何处理出谋划策。多少年了，平时我们喝酒归喝酒，但我求人的事不多，今天破个例，这杯酒我干，有劳诸位了。"和左右碰过杯，方华离开位子分别和三位记者握手碰杯。

等方华坐回原位，吴演仁说："方总何至于此啊，虽说是大事，人命关天，但在我们这里就是小事，世界就这么乱，天天都死人，正月初七，深圳机场，一车九命，怎么说？生死由命，富贵在天，这是天道。"

邓再新把话接过来，拍着方华的肩膀说："你们这个事故，企业的责任不大，自杀嘛！我不说不负责任的话，说实话，你们这么大的企业出个把事故是再正常不过的事，我上大学的时候，万把人的学校，我在校四年的时间里，每年都有人跳楼，人要死，鬼都拦不住，再说你们前面不有富士康的十九连跳吗？那才是个纪录。"

项前起立移步过去跟吴演仁、邓再新以及三位记者分别敬了酒，坐回原位，看大家分头坐好，感叹道："吴总和邓总不愧是见过世面的人，很能理解企业的难处。流年不利，市场的压力本来就大，又出了员工跳楼这样的事件，我们具体分管的人是有苦说不出啊。现在的孩子心里脆弱，富士康都能出十九连跳，恐怖至极，这可是广泛的社会问题，企业不能说无辜，但赶上了，确实是无奈啊。"

看大家在认真听，项前接着说："今天的事故是一个偶然事件，我们为死去的员工惋惜，更为死者的家属难过，做好善后，及时补偿，给家属一个交代就是对社会负责。"

项前边说边站起来："维护经济大环境是我们共同的责任，你们的记者来了我们欢迎，新闻嘛，真相嘛，但做不做报道，或者说如何报道，都是你们的选择。很多企业都死在不负责任的舆论报道上，这是企业承受不起的，我们需要两位大佬给我们做好高参。"

项前还要接着说，这时冯怡插话道："邓主任，我们今天算是白忙活了，到现在我们也没有得到有价值的资料，他们康华是好吃好喝好招待，就是没有人愿意接受采访，我说给项总做个专访吧，他说吃完饭再说。"冯怡摇了摇手中的红酒杯对项前说："项总，吃完饭我看你怎么说？"

"冯大记者，冯美女，平时你不都挺有招的吗？怎么今天吃了闭门羹？你们对新闻热点高度敏感是好事，这叫职业素养，但你们不跟我请示就出现场，这有违惯例。"邓再新先是调侃，后面则显得有点严肃了。

看着邓再新的脸色由晴转阴，冯怡连忙解释："邓主任，邓领导，我们不是不请示，我们不过就是想在开年的第二天给您制造个惊喜，现在好了，泡汤了！"

项前看出了邓再新的不爽，为防场面陷入尴尬，端着酒杯向冯怡伸出手，说："有什么好失望的，缘分难得，认识这么多新朋友，又有今天的高朋满座还不算收获啊？你这样的大美女，没有今天的事，我们是请都请不来啊，你专访的邀请我接受，但有条件，专题和时间都由我来定，美女你看如何？”

手被项前握住，冯怡略显娇羞，打趣道：“项总啊，不带这么逗人的，饭前你说饭后，要饭后了，你说由你定，你要是我领导我就认了，可你又不是我领导，所以我决定，今天不算，罚你再请一顿。”

“变相约会啊？我嫉妒！”邓再新冲项前挤了下眼说。

看着宋西洲一直没有说话，吴演仁对他说：“西洲啊，今天辛苦了，你知道，方总是我的老铁，康华公司是我们的战略合作伙伴，方总轻易不张口，我们也不能驳了方总的面子，不然我们今后还怎么在深圳这块地盘上混啊？”

宋西洲微微一笑，点头称是。吴演仁回身和方华碰杯，说：“方总，今天的事我打保票，一定不会见报，这个我说到做到。我们和康华战略合作的事，我回头让西洲去找您。”

方华心里苦笑，心想：这些媒体如今都成了吃人不吐骨头的鬼见愁了，名义上帮忙，暗地里下刀，这真是天下没有免费的午餐。

见吴演仁表了态，邓再新也见机行事，端起酒杯，站起来面向大家对方华说：“深圳能有今天，康华是功臣，你们是解决了就业，贡献了税收，发展了经济，活跃了市场，我们这些做媒体的就是要为你们保驾护航，为深圳的经济保驾护航。今天，小冯他们的专访就不搞了，已录的资料，我会收缴保管。春天了，我们开年的第一次大型公益活动‘西部新希望工程’的冠名权我看非康华莫属。”

方华暗自叫苦，就这么又被黑了两刀，但再疼都得忍着，谁叫你有求于人呢？

眼见曲终人散，项前连忙把准备好的礼物拿来，人手一份礼品，每个人都不能少。

送走了记者，项前对方华说："媒体那边的事你多费心，我们分头行动，我还要和姚总去见死者家属，我们这是要一关一关地过。"说完挥手道别，驱车直奔枫叶城市酒店。

按照紧急会议的部署，死者家属被安排在南山大道的枫叶城市酒店，公司专门安排了一名保安和一名行政部干事全程陪同，以防不测。一进大堂，正在等候的干事小刘就迎过来，跟项前和姚少功汇报说："和王小虎叔叔一同来的老乡都回原单位上班了，只有王小虎的叔叔王铁在酒店，目前情绪稳定。"

项前问："王小虎的直系亲属什么时候到深圳？"

"王小虎的爸爸和妹妹下午的机票，应该晚上到。项总、姚总请放心，接待工作已做了安排。"小刘说。

跟随小刘进了家属的房间，只见一个四十多岁中等身材的男人在拼命地抽烟，见项前来才站起身，小刘对王小虎的叔叔介绍项前和姚少功："这是我们公司的领导项总和姚总，你有什么想法和要求都可以跟他们说。"

一听说是公司领导，中年男人一下子来了精神，哭丧着脸摇着头说："我那侄子死得冤啊，一个好好的孩子就这么没了，领导们，你们说，人死了，又是在上班时死的，公司不负责谁负责？"男人一脸穷苦相，眼神里透出几分狡黠，少了乡里人的朴实，多了城里人的市侩，也难怪他能把事闹这么大。

项前反问道："公司是要负责，我们自己的员工嘛，但依你看公司要负什么责？"

那个叫王铁的男人有些气急败坏地说："王小虎是上班时跳的楼，应当属于工伤，他又是因为和上级领导发生冲突而跳的楼，公司应负管理上的责任，所以公司应当按全责赔偿。"

项前说："那么请问，王小虎是不是自杀的？"

“是又怎么样？”王铁满不在乎地讲。

项前又问：“那你认为王小虎应当负什么样的责任？”

没等王铁回答，项前接着说：“这就像交通肇事，不能因为肇事者死了，就说肇事者没有责任。公司有公司的管理责任，但王小虎是这次跳楼事件的主要责任人，你的心情可以理解，但你一股脑儿地把责任推给公司，这种行为本身就是不负责任。”

“我的亲人死了，到头来还要我负责任，哪有这样的道理？”王铁抬起头一脸不屑。

项前的口气越来越硬，说：“该公司负的责任，公司不会推卸，但事实上，有的责任该王小虎负，有的责任该你负，你带领老乡围堵康华公司大门，煽动工人闹事，造成工人大面积罢工，干扰公司正常经营，这个过程造成的损失谁来买单？这种恶劣的行为属于违法行为，你说这个责任我们要不要追究？”

看着项前咄咄逼人的架势，王小虎的叔叔有些胆怯了，只顾抽烟，不再反驳什么。看火候已到，项前把语气缓和下来，说：“家里的人出事，本来很值得同情，但把事情闹到不可收拾的地步，对你，对王小虎的事故处理都没什么好处？在这里我劝你好自为之。”

王铁有些不服气地反问：“人死了，总得有个说法吧？”

项前直视着王铁，说：“我就是跟你来谈说法的，王小虎是公司的员工，发生这样的事我们也很心痛，公司更不会置之不理，但我们要友好地协商，妥善地处理，你要愿意谈，不再搬弄是非，我就把公司的处理意见说给你听，你看呢？”

王铁掐断烟，主动坐到项前身边的床上，说：“你说说看。”

看王铁的那股蛮横劲没了，项前平复了一下心情，认真地说：“我们给出的条件有两个，一、王小虎直系亲属往来深圳的差旅及食宿费用，包括你本人的，公司统一承担；二、王小虎的死我们按工伤申请，补偿标准按法院和劳动仲裁部门的核定，就高不就低，公事予以赔偿，赔偿款月底到位。”

看王铁不住地点头，项前补充说：“但公司有两个前提条件，一是你和其他家人不得就王小虎事件接受任何媒体的采访；二是不能再有任何闹事的行为。”

见王铁未置可否，姚少功上前，摊着手对王铁说：“家属的悲痛心情我们可以理解，我是做工会工作的，我们的员工出了这样的意外，我们也心痛，我们通过充分协商妥善处理好死者的后事，是对死者的尊重，这个条件公司拿出了最大的诚意，公司给予合理的补偿，我们工会也在为死者争取最大的利益，让死者安息，让生者安心，如果这种安排你们家属没有明确的态度，我想补偿的标准，只能更低，不会更好。”

见姚总这样说，王小虎的叔叔王铁很勉强地点点头，算是同意。

家属总算有了一个态度。一路无话，项前和姚少功二人迅速回到公司召开危机公关小组会议。

第十二章

连环局：节外生枝

王小虎事件发生的第二天，新的危机又爆发了，而且来势凶猛，始料未及。

早上六点二十分，项前接到方华的电话，电话那头的方华显得有点着急，项前判断，能让方华着急的一定不是小事。只听方华说："大事不好，网上大面积爆发公司的负面舆论，请你赶快上网百度一下，随后我们再通电话商议对策。"

项前来不及穿衣，急忙点开百度，一篇标题为《康华生死局：罢工、停工，逼死员工；降薪、裁员，业务断崖，生路何方？》的文章赫然在目，百度首页几乎无一例外全是这些内容，项前一时有点懵，无数个"为什么"在他脑中闪现，他急忙打开电脑，看到四大门户网站的首页无一例外地都有相关报道。

项前全身袭过一阵寒意，下意识地点上烟，点开文章耐心地读，文章文风辛辣、内容翔实，详细地记述了王小虎跳楼和员工罢工的经过，关于裁员、降薪的内容，正月初五专题会会议纪要的内容赫然在目。项前意识到，不仅跳楼死人和罢工的新闻没压住，还涉及内部泄密。

项前努力地让自己静下来，仔细地复盘整个事件的经过。从文章内容的翔实程度来看，行文的人一定到过现场，那么，昨天到过现场的三名记者就脱不了干系，昨天的饭局他们的领导都做了承诺，问题是自己和方华轻信了他们的承诺，这中间嫌疑最大的就是那个自始至终都没怎么说话的宋西洲。

项前给方华拨通电话："方总，文章我看了，你怎么看这事？"

电话那边的方华停顿了一下，说："事态很严重，我们舆情监测室的邓佳最先反映了这个情况，文章是在凌晨一点半上的网，最先发文的不是深圳媒体，而是新华社中国网事，门户网站多半是在早上六点前后进行转发，文章应该出自昨天到过现场的三个记者中的某位之手。"

项前又问："给老板汇报了吗？"

方华响应道："没有，我是第一时间通报给你的，跟老板怎么说，我没想好，你有什么意见？"

"马上通知老板，挨骂是指定的，我们危机处理小组立即召开紧急会议，七点半，总部第一会议室，你告知老板，通知姚总，其他人我来通知。"项前边说边穿衣服，一刻不敢耽误，驱车赶往总部。

南山区深南大道旁康华总部十楼第一会议室，等项前赶到，发现参会的人已经到齐，有人在窃窃私语，会场的气氛异常紧张，先到的方华示意项前坐到自己身边来，等项前坐下，方华小声说："老板马上也到了，老板一到就开始，你主持会议吧。"

项前点了点头，没说话。事发突然，到现在为止，他似乎还没个头绪，事情已经发生，现在无论怎么做都是亡羊补牢，对于这次危机事件，前面的处理都还算及时、得体，但现在看是百密一疏，事情到了这个地步，有可能一发不可收拾。

在秘书何方的引导下，董方卓进入会场坐下，面带愠色。

这时候，项前开场说："董事长，各位领导，今天早上舆情爆发，我有责任，这是我们对王小虎跳楼和员工罢工事件的处理上，对困难估计不足，盲目乐观。今天的紧急会议就是把大家请来，听董事长做新的指示。”

董方卓环视四周，最后把目光落到项前身上，一字一顿地说：“岂有此理，简直是奇耻大辱！”

此言一出，几乎所有的人都不自觉地低下了头。董方卓是一个极有修养的人，平时很少发火，像今天以这种口气说话还是第一次，项前想说什么，董方卓做手势让他打住。

董方卓又把目光转向方华，说：“窝囊！无能！”他停顿了足足有一分钟，之后接着说：“我是说这件事窝囊，你们把昨天的事故处理成这样，还不是你们无能？”

董方卓站起来，敲着桌子说：“由于事故处理得不周全，我们公司将承受巨大的压力，蒙受巨大的损失，就这一个事故，将导致我们公司直接的经济损失数以亿计，股价会跳水，一线业务会直接受到影响，品牌形象会受伤害，间接的损失更是不计其数。”

与会众人显得有些惊讶，因为大家谁也没有这样算账，董方卓喝了口水，又坐下说：“为缓解资金的压力，我们正在运作在香港H股上市，这个事件带来的影响会延缓我们的上市，严重一点，会让我们的上市目标化为泡影。更可怕的是，我们公司有内奸，这么短的时间，我们公司会议纪要的内容为什么会出现在媒体上？”

老板的质问让方华很是难堪。方华一脸愧意，不自觉地摇着头，恨不得有个地缝钻进去。

姚少功解围道：“董事长，现在还不是追责的时候，下面怎么办？我们还需要您的指示。”

从不抽烟的董方卓点上一支烟，说：“还能怎么办？控制舆情，挽回影响，安抚工人，查出内奸。半个小时后，我再听你们的汇报。”说完站起身，甩手离开会场。

看董事长走了，大家稍稍松了口气。这时项前说：“按照董事长的要求，现在我进行具体的分工，工人的安抚由姚总负责，重点是防止群体性事件的爆发；死者家属的接待和死者的赔偿事宜由王宇春负责，从速解决；舆情的处理由方总负责，查清信息源，防止二次扩散；内部泄密的事由我负责，必须严惩内奸。”

方华重新打起精神，说：“今天的矛盾主要集中在我这里，我先说一下关于舆情的想法，文章的发出应该与昨天的三个记者有关，到底是谁，要待了解后才能确定，这中间不排除有竞争对手从中作梗。找有实力的公关公司，让他们参与这次危机处理，利用他们的经验和媒体资源，防止负面信息的二次扩散。加强舆情监控，从现在开始实行二十四小时值班，即时即报。”

项前说：“我补充两点，一是加强正面宣传，迅速组织资源，多发公司的正面信息，冲淡负面舆论；二是做好后续媒体的接待工作，加强正面引导。如无意外，今天还会有更多的媒体到公司采访，方华你要有心理准备。”

方华回应道：“这个我已做了安排。”

看大家沉默不语，王宇春说：“死者家属的问题，我是这样想的，死者家属不宜在深圳久留，他们走越早，我们越安全。整个事件是由王小虎跳楼引起，所以要及时给家属一个说法。”

项前叹了口气说：“王总说得对。这样，死者家属全程由你陪同，除负责接待的人外，不能让他们与任何人接触，我以小组的名义申请100 万现金，就在今天把赔偿的事了结，协调好法院和仲裁机构的人，争取晚上把死者家属送回四川。”

姚少功见惯了场面，略显平静，慢条斯理地说：“工人罢工的事，看似平息了，但隐患还在，王小虎的死不过是他们闹事的一个由头，老板的承诺要形成政策发文下达。”

“这里我也补充两点：一是带头闹事的周正最好在公司范围内外调，条件可以谈；二是加强保安力量，警察这两天一定要驻厂。”对于后面一句，项前还加重了语气。看姚少功点头默认，项前接着说：“查内奸的事，由信息化部和督察部配合，全力查清内鬼，必要时请警方协助调查。”

项前看着大家问：“大家还有没有其他意见？”众人摇头无语，项前示意何方请老板到会场听取汇报。

董方卓再次走进会议室，先前的怒气消减了一些。有了明确的方案后，大家都感觉压力小了些，项前把大家的讨论意见进行了详细的汇报，董方卓没有提出异议。

董方卓说：“我同意你们的方案，但你们注意，凡事要有万全之策，再有闪失，我撤你们的职。我现在订三条规矩：一、在全公司传达，没有征得危机公关小组的许可，任何人不得接受媒体采访；二、没有工作安排，危机公关小组成员吃住在办公室，保证随叫随到；三、从今天开始，一周之内，每天下午五点，准时开现场办公会，即时汇报工作进展。”

会散了，项前一个人回到办公室，呆呆地坐了几分钟，悔恨自己太大意了。是的，矛盾的焦点在舆情，信息是从谁那里发出去的？谁泄的密？挖不出根子，局面就无法控制。不但如此，后面还会衍生一系列棘手的问题，再有大批的媒体蜂拥而至怎么办？裁员、降薪的信息外泄，动摇了军心又怎么办？

职场向来是以成败论英雄。项前意识到，作为这次危机处理小组的组长，因为这次危机事件的处理不当，自己可能遭受从业以来最大的信任危机。本来通过老板的出面，顺利地安抚了罢工工人，没想到在媒体应对上出了这么大的纰漏。自己行事一向严谨，但不想在这次大事件的处理上百密一疏，这不是用一句“谋事在人，成事在天”能推诿过去的。现在局面有些失控，自己是要想清楚，不能再出问题了。

有人敲门，开门进来的是一脸愁容的方华，方华说：“项总，我们太大意了！”

“是啊，大意失荆州啊！”项前感叹道。

方华不无委屈地说：“跟老板这么多年，他说话从来没有像今天这么狠过。”

项前递烟过去给方华，说：“刚一过年，就摊上这事，看来今年是多事之秋啊！经营质量不高，不得已裁员、降薪，先是内忧，遭舆论攻击，再是外患，事坏在我们手上，再出差错我们可就有性命之忧了。”项前长长地吐了口烟雾。

“按既定的方案走吧，也只能尽人事听天命了。”方华一脸无奈的神情。

项前说：“方总，再听天命我们可能就死定了，眼前的事态我们要做最坏的打算，一方面，我们要动用老板的关系，争取政府的支援，一会儿你跑一趟市委宣传部，我们至少要保证本地媒体不参与这件事；再一方面就是，公关公司的人中午到，你要求他们想尽一切办法把稿子撤下来，具体的方案要等他们到了再说。”

第十三章

长相思：彩云出岫

尽管前一天晚上喝得有点多，苏南一还是打起精神早早来到办公室，公司的局面不容他有丝毫懈怠。

打开电脑，他看到了业务二部主任王飞的辞职信。“天要下雨，娘要嫁人”，也只能由他去了。

为稳定队伍，提升信心，可以说苏南一想尽了一切办法，并在利益上做出了最大的让步。不能不说昨天的开工晚宴是一场成功的宴会，虽然过程中有很多波折，但活动现场叶芳机智应对，挫败了谢平搅局的阴谋。更重要的是，他成功地挽留住了林娜，从而避免了公司分裂与崩盘的危险。但林娜还没有答应他回来上班，这是一个棘手的问题。公司发展遇到了瓶颈，如果再折损了林娜这样的大将，南南公司无论如何都是无法满足对赌协议的条件的。

经过了过山车似的昨天，苏南一总有一种劫后余生的感觉，公司的人要安抚，业务要理顺，而这是一个抽丝剥茧的过程。

把叶芳叫到了办公室，苏南一说：“昨天表现得不错。”

得到苏总的表扬，叶芳笑了笑，谦虚地说："哪里，都是我们应该做的。倒是林娜姐，姗姗来迟，把我这组织会议的都吓坏了，苏总的人格魅力大，政治思想工作到位，要不然，昨天的晚会不知该怎么收场。"

昨天的事，苏南一仍心有余悸，说："要不说车到山前必有路啊。晚会组织得不错，对谢平的应急处理也不错，这次提出表扬。"苏南一点上烟，接着说："王飞提出了辞职，我原则上是同意的，尽快办好他的离职手续，做好工作交接，确保客户资料完整，迅速跟进客户，减少客户流失，同时做好董云龙二人的安抚工作，多给大家打气，困难时期，大家需要的是信心。"

叶芳负责公司的行政人事工作有两年了，是一个能独当一面的干部，这次的开工晚宴，叶芳算是有上佳表现，苏南一心想，一旦林娜有意外，叶芳可以作为一个后备人选。苏南一特意给叶芳倒了杯水，然后说："我再给你布置两项新工作，一是五天之内完成本次人员调整的空编补员；二是快速完成从行政型干部向业务型干部的转型，准备接手林总的部分工作，具体是哪些工作，听从我后面的安排。"

对于苏南一的交代，叶芳感到有些意外，但都做了详细的记录，至于说要她接手部分林总的工作，她一下子有些蒙，哪些工作？自己能做得来吗？这算是对她的重用吗？此时的叶芳想法很简单，绝不能辜负老板的信任。

看苏南一停下来，叶芳问："苏总还有其他的工作交代吗？"

"你先去忙，顺便把董云龙给我叫来。"

叶芳合上笔记本，离开苏南一的办公室去叫董云龙。

董云龙敲开苏南一的办公室，有些惶恐地说："对不起，苏总，让您费心了。"

苏南一笑着说："过是过去了，但你要做触及灵魂的反思，都什么年龄了还受人蛊惑，意志不坚定是大忌！"苏南一明白，对董云龙这样的机会主义分子，要不时地敲打，当下这种情形，也只能点到为止。

因为知道自己有过失，董云龙一直毕恭毕敬地站着。说到这里，苏南一示意董云龙坐下，然后接着说："你所负责的传统业务板块是我们的命根子，我们不但要有办法止住跌势，还要打翻身仗，说说你的想法。"

董云龙好像早有准备，打开笔记本，一本正经地说："在华南市场，我们已是本土猎头行业的三甲企业，去年，我们的市场占有率达到了 18%，是第二名，排在天马之后，算上国际猎头，我们排名第四，即便这样，我们的规模也还是没到一个亿。我个人的理解，市场守是守不住的，我主张还是要打出去。我们是一个区域性的公司，本地市场的空间已经不大，再增长很难，所以我想，我们要从一家区域性猎头逐步成为一家全国性的猎头公司，选两到三个重点市场设立分公司，再逐步布局国内其他市场。"

苏南一边听边点头，说："这和我不谋而合，我支持你这个想法，但这个想法要付诸实施，要有前提，就是我们要有人员和资金方面的准备，所以力度的大小还取决于我们的融资是否顺利，以及我们在职人员成长的速度，我们还需要几个像你一样能挑大梁的人。"

得到了苏南一的首肯，董云龙眼睛发亮，把本子合上，认真地说："苏总，我的另外一个想法是，我们不能局限于高端人才的业务，高端人才的业务利润高，但不好走量，所以业务规模起不来，所以我建议我们向下走，大力开发中低端业务，把基础专业人才的业务快速推动起来，高端人才的质和中低端人才的量结合起来，我们的盘子才能越做越大，有规模才有影响力，有规模才有话语权，我们不能简单讲利润，还要讲规模效益。"

苏南一调侃董云龙道："看来你的酒没白喝，确实想事了。在这个'互联网+'的时代，企业的生存方式都在发生着变化，你说的规模效益没错，人才在线业务就是我们转型升级的试验田，在线业务的客户群体就是针对基础专业人才，公司转型的方向就是将来一定要建立强大的数据库，公司要靠大数据生存，公司的业务模式就是要通过大数据面向我们锁定的行业与区域快速、高效地配置人力资源，以互联网为手段，增加客户的黏性，提高服务的质量，提升服务的效率，从而实现我们期望的规模效益。”

“关于人才中介服务，你有具体的实施方案吗？”

董云龙把已经打好的材料呈报苏南一，说：“这是我过年期间准备的一个方案，我预计公司今年会有一些大的动作，所以自己也做了些准备，没想到我的想法和苏总不谋而合。”

三分钟的时间，苏南一看完了方案说：“有备而来，这是你有心。关于面向中低端人才的人才中介服务，我专门为你设立一个业务部，你来负责，这个业务要成为公司新年度的业务增长点，现在我给你的是旗帜，是队伍的番号，折腾成什么样，看你的能量。”

“我听苏总的安排，不过我手中是现成的业务，我可真有点舍不得啊。”董云龙得意之余做无奈状。

苏南一站起来，故作严肃地说：“没出息，你这叫老马恋栈呢，新业务才有挑战，我对你有信心，你也要给我信心，给你三天的时间，把实施方案搞出来，上会讨论。”

送走董云龙，苏南一又犯起愁来，林娜今天又没来上班，看来自己还要再上门做做她的思想工作。今年要有突破，林娜不可或缺。

林娜是个非常看重感情的人，感情的变故对她的伤害可想而知，利益解不开她的心结。该怎么跟林娜讲呢？苏南一自己反倒纠结了，哪怕有一万个理由，对二人分道扬镳的事实，林娜一定还是会耿耿于怀，是的，这么多年了，自己是要对林娜说点什么了。

苏南一驱车来到林娜所住的小区，敲开门，发现林娜正在搞卫生。

对于苏南一的到来，林娜似乎有心理准备，说：“你不忙公司的事，又跑过来干什么？”

苏南一笑笑说：“来你这里就是为公司的事啊，你这样不上班，公司的业务怎么开展啊？”

“谁离了谁不能过啊？没有我南南公司就不转了？”林娜有点撒娇，脸上有了笑模样。

听了林娜的话，苏南一一脸苦笑，回道：“能做是能做，但南南公司没有你今年一定不会好，我是来请你的。我们的感情出了问题，现在南南公司这么难，我们不能再让公司出问题，昨天你出面支持我，支持南南公司，这份情我记着，前面我欠你的情我也记得，有账不怕算，我会想办法还你的。”

“那你打算怎么还？”林娜逼问。

苏南一意味深长地看着林娜，显得有点感伤，说：“我不是没想过这事，那时候我们年轻赌气，我后悔过，这么多年，我过得也不开心，不过，我们家那位这些年相夫教子，也没什么过错，所以我下不了狠心。这几年为公司的事忙，感情的事顾不上想，我们今天说清楚，我一定给你一个交代，但你容我个时间，我不是敷衍你，等公司过了这道坎，我拿个主意，这样成不？”

林娜对苏南一的回答不满意，一屁股坐到床上，说：“可我还是不想上班，我的心里乱，我想休息。”

苏南一挨着林娜坐下，本想有进一步的动作，但想了想，又忍住了，只拍了拍林娜的肩膀，说：“我也不想强求你，你先上班，把工作安排一下，再休段假，出去散散心，明天我安排把你出国的机票买好，去欧洲怎么样？”

林娜点点头算是同意。

“公司还是走了几个人，王飞今天辞职，我同意了，还有两个业务员，他们的离开对公司的业务会有影响，这个你要有个安排，把人补齐，由老人带一带。今年，我的主要精力要放在融资方面，我们再这么小打小闹，不要说发展了，活下去都有危险，新三板的推出对我们是个重大利好，我们要抓住这个机会。”

苏南一帮林娜把卫生做好，二人在厨房边做饭边聊，看到林娜态度的转变，苏南一终于把心放肚子里了。

中午，见局面有了好转，苏南一给项前拨通了电话，电话那头的项前声音有些低沉，好像有心事，只听他说：“苏总，你这个电话打得不是时候，一两句话我说不清，出了大麻烦，你到网上看看吧，有什么好的建议，我们再通电话。”没容苏南一发表意见，项前就把电话挂了。

这么多年的交情，像这种情况是第一次，看来项前真有大麻烦，苏南一上网一搜康华公司，那篇关于康华的负面报道就出来了，而且转发的网站很多，看完文章，苏南一叹了口气，摇摇头，心里想：真是应了那句话，家家有本难念的经啊。

第十四章

风满楼：老僧论道

方华从市委宣传部回来，北京公关公司的人也到了。

事情紧急，来不及回酒店，公关公司的有关人员被直接送到了十楼的第一会议室，项前和方华一起接待。公关公司一共来了三个人，总经理李桐梓带队，项目组长谷楠，另外一个是一位资深媒体人赵一非。方华找的这家公关公司叫蓝标，据方华介绍，这是国内数一数二的公关公司，公司已经上市，有良好的媒体关系和政府背景，处理过很多大案子。目前康华公司的舆情危机十分严峻，公关公司的介入十分必要。

项前征求了董事长董方卓的意见，老板决定参加和公关公司的见面会。大家坐定，项前引导董方卓走进会议室，董方卓分别和公关公司的三位来访人员握手寒暄，待大家就绪，方华详细介绍了整个事件的经过以及当下的尴尬局面，也把公司正在采取的对策向公关公司的客人做了交代。

听完方华的讲述，李桐梓问："你们对舆情进行了即时跟踪和监测没有？"

“我们的舆情监控室在严密监控，已安排二十四小时值班，对于负面舆情即时汇报。”方华回答。

李桐梓接着问：“有相关舆情的数据吗？”

方华回应说：“基本情况有，详细数据没有。”

李桐梓再次发问：“发文的记者找到没有？”

项前回答说：“锁定了三个记者，但到底是谁，还未确认，舆情爆发后还没有接触。”

李桐梓这时看向项前，问：“工人和死者家属有没有异动？”

“这两个方面的情况正常，工厂正常开工，死者家属已到达深圳，我们已安排了工会主席负责接洽，正在协商赔偿事宜。”项前又回答。

李桐梓边问边记，又问：“媒体和政府方面你们做了哪些工作？”

方华回答：“和我们进行战略合作的媒体都做了沟通，他们已保证不转发，已发了的也会在今天撤稿，政府宣传口我们也做了对接。政府方面答应会从维护地区经济和保护地方企业的角度考虑，尽最大努力做好政府掌控媒体的沟通工作，保证他们尽快撤稿。”

李桐梓这时若有所思，停顿了一下，又问：“如果舆情不可控，会对我们哪方面的工作产生直接的影响？最坏的结果是什么？”

董方卓举了下手，示意这个问题由他回答，大家纷纷把目光移向董事长，听他说道：“这个事件，尤其是舆情的恶化事发突然，我们心理准备不足，眼下的舆情会对我们的品牌造成巨大的伤害，对内会动摇军心，对外，会让客户失去对公司的信心，从而影响康华集团的市场表现，要说最坏的结果，那就是让康华的香港H股上市计划搁浅，请你们来就是向你们讨教良策啊。”

听完董方卓的回答，李桐梓双手合十，对董方卓表示感谢。

一连串的问题问完，李桐梓把本子合上，走到会议室的黑板前，拿起油彩笔，画了个鱼骨图，说：“情况我了解得差不多了，你们的应对还算及时、合理，从我们处理过的案子来看，这还不是最严重的，也就是说局面还没有到失控的地步，关键看我们后面的应对与操作。首先，我们要分析一下这个事件的性质，这到底是一个偶发事件，还是一个有预谋的事件；其次，我们要看这个事件背后有没有推波助澜的势力；再就是，我们要看发文记者到底是为了什么，为名还是为利，他是出于对新闻的执着追求，还是受人蛊惑，被人当枪使而采取的一种极端行为。”

李桐梓在鱼骨图上标注了两个词“偶然”和“必然”，分别打了个问号，然后说：“先说第一个问题，这个事件有一定的偶然性，王小虎跳楼的偶然因素很多，但工人罢工反倒有一定的必然性，因为大家的收入降低，这种怨气积压已久，跳楼事件是罢工事件的诱发因素，员工罢工今天不爆发也可能在某一天因为其他的诱因爆发，所以罢工问题的解决在于如何化解他们心中的怨气。”

看大家频频点头，李桐梓接着边写边说：“再说第二个问题，舆情爆发的背后有没有推波助澜的势力，从现在的情况看，还没有迹象表明有人在推波助澜，这对我们来讲是一件幸事。但话说回来，这股势力今天没有，不等于明天没有，你们的竞争对手有可能借题发挥，很快介入这件事。如果真有人借此做文章，就会大大增加我们处理的难度，切不可掉以轻心。”

李桐梓转回身，对着大家说：“第三个问题，我们来说说发文记者，媒体公关和看病一样，就是要对症下药。我们急需应对的是，避免二次舆情的爆发，如果出现第二波舆情，可能比第一波要更凶猛，很容易把企业经营过程中的所有问题翻个底儿朝天。”

方华感叹道：“这正是我们现在所担心的。”

李桐梓把目光移向方华，仿佛是对他一个人说：“发生这种情况有这几种可能，一是大批媒体介入进行第二轮炒作；二是竞争对手介入，为打击康华进行有系统的策划。”

方华把笔放下，问：“这两种情况都有可能发生，针对这两种情况我们怎么办？”

李桐梓这时候笑了一下，对着方华讲：“方总，不要急，这正是下面我要回答的问题。从方总的介绍来看，已有大批国内媒体在今天为这一事件专程来到深圳，要求对康华进行采访，既然来了，他们绝不可能空手而归。老百姓有句话叫‘贼不走空’，记者也一样，所以，堵不是最好的选择，热情接待，准备合适的材料予以正面地引导，也许是最合理的做法。对于第二种情况，要密切关注竞争对手，正面做好沟通，注意在媒体和有敌意的竞争对手之间做好防火墙，力求避免他们的介入。这是我们对后续情况的考虑。”

话说到这里，坐在李桐梓对面的董方卓插话道：“李总分析得对，但那都是后话，眼下的局面对我们的压力很大，尤其是资本市场对这个事件高度关注，我在陆续接到他们的电话，询问我们对于这次事故与舆情的应对策略，我想听听李总的高见。”

李桐梓微微一笑，说：“董事长问得好，前面我所讲的是如何通过我们有效的应对，避免最坏结果的出现，现在我再讲讲对于眼下的局面我们如何控制。”

李桐梓又走向会议室前面的黑板，在鱼骨图的上下方各写了几个字，说：“第一，找到并控制住信息源，我说的信息源有这三个方面，一是我们自己内部的员工，尤其是熟知内情的员工与干部；二是死者家属；三是发文记者。第二，理顺媒体关系，就是媒体的渠道和信息出口，这中间包括这样几类媒体，一是门户网站；二是自媒体的微博、微信；三是电视媒体；四是纸媒。特别要注意与财经类媒体的沟通。

“我们后面的应对措施不能凭感觉或凭空想象。现在，我们一起回顾一下舆情爆发的路径与节点，这里我们有详细的监测数据，这部分内容由我们的项目经理谷楠给大家做个演示。”

谷楠是个二十八九岁的年轻人，眉目清秀，衣着得体，黑色衬衫，碎花领带，着一件米黄色风衣，显得很是干练，他走上前，拿起激光笔，点开PPT说："关于康华的这篇负面文章，原发是新华社的'中国网事'，时间是在今天的凌晨一点半。这类爆料文章发布有个规律，就是多半都在午夜前后，目的就是让人防不胜防。中国网事是一家非主流网站，经常发一些企业的爆料文章。

"文章转发高发点在今天的六点左右，国内共有128家主流媒体进行了转发，四大门户网站分别上了财经头条，由于时间节点的关系，目前只有三家财经平面媒体上报，按走势看，明天应当是纸媒的高发期。

"从点击量和评论数据看，高点是在七点钟前后，之后有所回落，九点半是个谷底，十二点是第二个高点，门户网站头条评论量都超过了5万，最高的是新浪，评论数超过了12万。

"关于康华的文章，除了今天新发的负面文章，先后又有十三篇以往的康华的负面新闻被一些媒体挖出来转发，有八家媒体发布了今天负面新闻的变种文章，就是截取今天文章的部分内容换标题进行发布。从我们监测的数据来看，舆情有继续恶化的趋势。"

从谷楠演示的十几页PPT中，大家可以看到各项详尽的数据，包括参与报道媒体的数量、点击量、评论、转发、走势，对舆情的路径、走势、拐点等也一目了然。

在场的每个人都知道舆情很恶劣，但多数人还停留在概念上，听完谷楠的数据分析与汇报，与会人员心中都豁然开朗，公关公司的专业也体现在这方面。

谷楠回归原位，李桐梓又走到前面说："通过前面监测到的数据分析，我们可以准确地判断我们康华公司所处的舆论环境以及我们自身的压力，每个人都想知道我们下一步应该采取什么样的行动应对，针对这种情况，我们也做了方案。”

点开PPT，李桐梓讲：“一是通过专业监测平台，严密监控舆情。这是一个知彼知己的过程，目前形势不容许我们有误判，客观是最重要的，压力过大或盲目乐观都是要不得的。有问题不怕，因为问题都有解决的办法，怕就怕在不知道问题出在哪里。对此，我们可以提供这方面的专业服务。

“二是疏通、管控渠道，做好媒体关系的管理，大家可以看，我们的媒体资源都在这里，我们可以通过整合媒体资源，撤稿、删帖、优化，改善我们的舆论环境，减轻我们在舆情方面的压力。

“三是我们策划了系列文章，这些文章要由公司提供素材，我们有写手，有出口，快速成文、上网，通过加强对康华公司的正面报道优化康华公司的舆论环境。

“康华公司的主要压力来自于舆论，我们工作的重点也在于舆论。作为乙方，我还是有几点提醒，一是我们康华公司一定要做好内部管控，不能再有类似罢工、示威这样的恶性事件发生；二是我们双方一起做工作，最大限度地争取政府方面的支持，力争党媒、官媒的客观公正；三是我们企业要及时做好资本市场的工作，以股东会的形式做好沟通，取得他们的理解和谅解。我们要通过上述的各项工作，力争把昨天发生的事件变成一个孤立的事件，我们康华危机公关小组重点在于稳定内部，外部舆论环境的改善我们需要小组的高度配合。”

听完李桐梓的讲解，董方卓表态说：“我相信蓝标公司的公关能力，也认可李总所讲的方案，从当前的局面看，压力很大，任务很重，我们康华危机公关小组，要通过和蓝标公司的密切配合，快速化解危机，给股东一个交代，给员工一个交代。一有重大情况，就要第一时间向我汇报。这是一场战役，关乎企业的生死，只许胜不许败。”

会议持续了四十分钟，董方卓做完部署，会议在掌声中结束。

第十五章

蝶恋花：情非得已

苏南一开车走在去深圳宝安机场的路上，副驾驶位坐着沉默不语的林娜。

“明天就是元宵节了，干吗不过了节再走？”苏南一问道。

林娜一脸落寞，心事重重的样子，回应苏南一道：“什么节不节的，反正是一个人，哪里都一样。”

苏南一直视着前方，下意识地用手轻抚了一下林娜的秀发，说：“出去了，玩得开心点，公司的事先不用想，想回来的时候再回来。”

“要是我不想回来了呢？”林娜反问道。

苏南一扭头看了林娜一眼，眼神里充满怜爱，满是温情地回答道：“怎么都可以，不想回来那就办移民，到时候我就把公司卖了，追随你。”

林娜略带嗔怒地说：“别把话说得那么好听，你要真这么想的话，早干什么去了？现在剩我一个人，上不上，下不下的，我为什么要出去，再这么下去，我非憋死不可，当初年轻，上了你的当，现在我可不是小孩子了。”

苏南一本能地为自己辩解道：“我哪是随便说，是真这么想的，累了，我也想出去躲躲清静，可我没你那么命好，可以做甩手掌柜。”

“想有什么用？做不到就不要说。”林娜咬着下唇，泪光盈盈，无限感伤地说，“你现在家庭和睦，事业有成，可我有什么？”

此时的林娜泪光点点，显得那么的无助，苏南一不知道该怎么回答她。如果当初林娜不是那么要强，如果双方有一方不那么赌气，如果没有母亲的离世，那么，今天的车里，将是满满的幸福！这个世界不允许有如果，无论什么原因，自己还是负了她，愧疚、懊悔，但一切都无济于事，苏南一右手握住林娜的左手，感觉到她的手心冰凉，在隐隐发抖，苏南一的心被刺痛了。

他不管不顾地把车停在路边，一把揽过林娜，紧紧地抱住，林娜抽泣着，如花的脸上满是泪水。此时的苏南一不能自已，双唇从林娜的脸颊滑过，他在寻找着，寻找着那种死亡般的感觉，他感受着林娜的心跳，感受着她的无助与绝望，感受着林娜的双唇从冰冷到火热。这份火热融化着空气，融化了天和地，林娜死死地咬住他的下唇，咬住他们曾经的过往。血液奔流，心跳的声音震耳欲聋，灵魂漂浮着，时光让一切归于忘川。

深圳宝安机场二号航站楼出发大厅，把林娜送走，苏南一无比失落，呆呆地望着林娜远去的背影独自神伤，他似乎又再一次被林娜点燃，他的感情苏醒了，心又开始躁动，他想呐喊，想狂奔，他站在那里，像一块石头任由身边蜂拥的人流冲刷。

苏南一愣神的当儿，感觉到有人拍他的肩膀，定睛一看，竟是项前，不胜惊讶。

“你怎么在这里？”苏南一问项前。

“又不是你家的机场，我怎么就不能在这里？”项前逗苏南一道。

苏南一握住项前的手，使劲地摇了摇，说：“不开玩笑，这也太巧了，你们康华的事，还没来得及关心，你也来送人？”

项前点点头说：“我送的是我们请来的北京蓝标公关公司的客人，他们是为我们的舆情危机来的，你又来送谁？”

“我是送林娜出国考察，正要回头找你，你们公司的事怎么样了？”苏南一关切地问。

项前苦笑着摇摇头，无限感慨地说：“一言难尽，我们咖啡厅坐坐，听我慢慢给你讲。”

咖啡厅的人不算太多，二人找了个僻静的地方坐下来，苏南一说：“你说吧，洗耳恭听。”

项前本能地抽出烟，刚有动作，服务员走过来提示禁止抽烟，项前只好作罢，把烟夹在手指间说：“我已经有两天没睡觉了，不敢睡，事关企业的生死，老板要求吃住在办公室，我已经四天没回家了，这都不算什么，在职场这么多年，这次跟头栽大了。”

苏南一一脸歉意地说：“那天我看了关于你们的新闻，为你们的事，这两天我的心也一直悬着，媒体的事，我不懂，帮不上什么忙，怕给你添乱，所以没给你打电话。我们小企业难，没想到你们大企业也这么难，事是大事，可与你有什么关系？”

“正月初九，开工的第二天，我们工业园有人跳楼，大批员工借机闹事罢工，为这事，我们成立了危机公关小组，我是这个小组的组长，你说有没有关系？”项前轻轻敲了下桌子说。

服务员端上咖啡，二人称谢。略有沉默后，苏南一问：“我有些想不明白，你一向行事谨慎，这次怎么出了这么大的纰漏？”

“百密一疏啊！”项前感叹道，“常言道‘智者千虑，必有一失’，这次事故处理，我自认为可以说把该想到的都想到了。罢工的事，那么难，最后我请老板出面，摆平了。死者家属，补偿条件也得到了家属的认可。媒体记者这一块，我和方华联合行动，饭吃了，钱送了，可就偏偏这一块出了问题。尽管我不懂媒体，但不能说出了事我没责任，谁让我是这个组长呢？”

项前仰起头，叹了口气，接着说：“怪就怪我们没有把三位记者的采访材料收回来。事后查明，文章是华南商报一个记者发的，叫宋西洲。一个老牌财经记者，三十五岁，在商报多年，一直未被重用，他的稿子写成，华南商报的总编吴演仁压住没发，他不服气，就把这篇稿子捅给了北京的一家网络媒体，祸就是这么惹起来的。”

“到过现场的记者和媒体你不是都做过工作了吗？”苏南一有些不解地问。

项前把烟摔在桌子上，手狠狠地用力揉搓着：“客请了，钱花了，我和方华以为应该没什么问题，可问题恰恰就出在这里。据华南商报的总编讲，那天回到单位，宋西洲把礼品袋退给了他，他当时感觉有些不对，想给我们打电话来着，怕小题大做了，自己以为一个记者也翻不了天，就把这事放下了。他少打一个电话不要紧，稿子出去了，我们康华可是翻了天。”

喝了口咖啡，项前继续说：“员工跳楼是一个偶发事件，跟着爆发了工人罢工游行示威。你知道我不是一个怕事的人，当时压力也很大，但还是把局面稳定下来了。可由于记者没有安抚好，致使事故第二天康华的负面舆论大爆发，老板大为光火，就差指着我的鼻子骂了。”

“事情已经发生几天了，现在呢？”苏南一又问。

“现在我只能谢天谢地了，舆情算是基本控制住了，没有再恶化。这不，我刚把蓝标公关公司的人送走，好在有他们的及时介入，几天下来，焦头烂额，新闻发布会、记者招待会、员工大会、股东大会，除此之外，内部会议天天开，没这么紧张过，眼睛都不敢眨一下，为公司计，为个人计，都不容许再有任何闪失了。”项前搓着手，一时若有所思。

双方的心情都很沉重，为缓和气氛，苏南一故作轻松地说：“流年不利啊，我比你好不了多少，刚刚开春就有一种泰山压顶的感觉，几天忙活下来，这才算刚松了口气。”

由于过度的疲劳，项前原本英俊的脸面色灰暗，眼睛亮了一下，又恢复到原来愁苦的状态，把玩着咖啡杯，神情漠然地说：“这一关还没有真的过去，只是舆情稍稍有所好转。更大的麻烦还在后面，我上次和你说过我们要裁员的事，媒体把这事给曝光了，眼下的康华是内忧外患，危机四伏，老板要求的裁员、降薪怎么推进？”

想想自己这么几天的忙碌，总算是有了一个心里可以接受的结局，现在，说出来了，也轻松了不少，项前抚着苏南一的肩膀，略带调侃地问：“我们算是同病相怜吧，好也罢，坏也罢，都会过去，还是说说你们南南公司吧。”

看项前有了笑模样，苏南一拍了拍自己肩上项前的手，说：“这就对了，没有过不去的火焰山，就像刘欢的歌里唱的，大不了‘从头再来’嘛。”

苏南一一本正经地坐好，认真地说：“按照我们上次沟通的意见，我做了相应的安排，谢平分裂公司的阴谋没有得逞，我最终还是说服了林娜，使她改变了主意，局面算是稳住了。但问题依然很多，公司还是走了几个人，林娜的心情很糟，不愿回来上班，所以我安排她到欧洲度假，这是不得已而为之。南南公司算是渡过一次难关，但还是伤了元气，压力依然很大。”

苏南一说完，二人一时无语，咖啡的清香洋溢着，项前轻轻摇动着咖啡杯，思忖片刻，说：“像你们这样的小公司，又属于轻资产行业，闹分裂是再正常不过的事，百姓讲‘生意好做，伙计难搁’，选对合作伙伴很重要。据我观察，你们这个行业，国内企业和国际品牌企业的生存方式是有差异的，国内的企业多半是靠明星生存，就是靠业务能力强的人做大业务，而国际品牌企业是靠数据库生存。对人的过分依赖意味着更大的风险，因为人有时是靠不住的，就像谢平这种情况，人一走就带走你的一大块业务。所以企业要走得长远，建机制，搭平台，建数据库，通过分散业务来降低风险也许是一种合理的选择。”

项前的说法让苏南一两眼放光，有点小兴奋地说：“高人高见，我同意你的说法，猎头行业，乱象丛生，就是裂变的速度太快，开公司太容易了，所以我们这种规模的公司，要通过谋求资本市场的介入快速做大，快速整合行业资源，向国际品牌学习，建立自己的生态系统，提高整个行业的门槛，所以今年我的工作重心在融资。”

项前会心地笑了一下，像发现什么秘密似的问：“你那个林娜怎么办？林娜这次是帮了你，但感情的问题解决不好，说不定哪天她也会再反水。看你那么难，林娜又那么痛苦，有时候我都想劝你收了她，但若你因为她抛妻弃子，我又不想做那个恶人。”

苏南一无奈地摇摇头，回应他：“林娜是我的心病，在她这里，我真没有万全之策，我犹豫过，后悔过，前面的路错了，变道的成本太高了，公司的事没落定，感情的事顾不上，从长计议吧。”

看看交流得差不多了，苏南一买了单，二人离开机场返回市区。

第十六章

采桑子：望梅止渴

送走了林娜，苏南一的心里有点空。

机场高速上，苏南一的车开得摇摇摆摆，这时候的他有点心神不定，林娜再次打开了他感情的闸门，他已不是一个容易动情的人，可林娜，他躲不过，也放不下，对苏南一而言，林娜是他的爱，也是他的痛。一个男人，注定会有几个重要的女人会在他的生命中出现，这种出现有偶然中的必然，也有必然中的偶然。八年的相处，起初的相恋，分分合合，这份纠扯不断的感情让人欲罢不能。

林娜是他大学同学林开的妹妹，毕业于深大，林娜还在大学读书时，苏南一和林开一起去看望她时认识的。林娜清秀纯净的样子让他有点小小的心动，以至于后来对她念念不忘。林开在外地，委托苏南一对自己的宝贝妹妹多加照顾，这让他有了更多接触林娜的机会。林娜家境好，父母都是教师，知识分子家庭背景赋予了她很好的教养。林娜毕业，就业不顺，正赶上苏南一出来创业，苏南一就先请她过来帮忙，做了一阵子，还算开心，就决定留下来了。南南公司最开始有三个合伙人，苏南一、谢平和王仕达，其中王仕达只出资，不参与经营。由于林娜在工作中表现出色，又是创业元老之一，经股东会同意，她也拿到了五个点的股份，成为合伙人中最小的股东。

对于林娜，苏南一喜欢归喜欢，但没敢轻易行动。创业初期，事多事杂，苏南一并没有在感情方面投入多少时间，也是把林娜当妹妹一样呵护着，苏南一又不是一个很会谈情说爱的人，那种隐隐约约的感情倒让他感到无限甜蜜。2007 年创业，到第三年，公司算是进入了正轨。有了稳定的业务来源，有了自己的团队，苏南一的心才算慢慢放下来，开始想成家的事。苏南一对林娜的追求并不是特别顺利，一开始是她本人不同意，因为林娜一直把苏南一当作大哥哥一样尊敬，而且那时候她有自己的男朋友。聪明、漂亮、能干，这样的女孩没人追求才不正常。对于林娜有男朋友的事，苏南一并没有特别在意，当得知林娜的男朋友出国读书后，苏南一觉得这是一个最好的时机。空间是座山，会隔断很多东西，越洋电话真的能维系感情吗？在苏南一的爱情攻势下，半年之后，林娜接受了苏南一。

苏南一向来主张先立业后成家，没有事业，拿什么给自己心爱的女人保证，这也是他一直没有着急成家的原因之一。

苏南一和林娜的感情并没有得到双方父母的认可，他第一次跟林娜回家就吃了闭门羹。

至今他还记得他和林娜父母那次尴尬的对话。当时，他进了林娜的家，没有让座，没有倒水，林娜的母亲冷冰冰地问：“你的父母是干什么的？”苏南一极不情愿地回答说：“他们是农民。”听完他的回答，林娜的母亲转身跟林娜的父亲说：“农村出来的孩子一般都少家教。”他知道那是故意在说给他听，正当苏南一无所适从的时候，林娜的母亲又问：“你不知道林娜是有男朋友的吗？”他思量片刻，回答说：“是有过，但林娜的男朋友现在就是我。”林娜的母亲一声冷笑，嘲讽地说："你这叫鸠占鹊巢，乘人之危。"

那时他和林娜算是刚刚正式恋爱，这种冷遇着实让苏南一纠结了一阵子，据林娜后来跟他讲，她父母反对他们恋爱的原因有二：一是苏南一出生在农村，而林娜原来的男朋友出生在大都市，家境优越，林娜的父母更接受她原来的男朋友；二是苏南一比林娜大八岁，年龄上的差距有点大。那次不愉快的探亲之行对苏南一的自尊心是一种伤害。

虽然没有得到林娜父母的祝福，苏南一还是和林娜正常地恋爱了。正式恋爱一年，二人在华侨城的东方丽景买了新房，这是他们为结婚准备的。房子装修好，2010 年的元旦，苏南一把乡下的父母接到深圳，想让他们体验一下大都市的生活，也是为让他们过几天好日子。愿望虽好，但总是事与愿违。

由于生活方式的不同，苏南一的父母和林娜生活习惯有着很大差异。一个多月的时间，老人和林娜的冲突不断，老人嫌林娜太浪费，什么事都大手大脚，不懂节俭；林娜则嫌弃苏南一的父母总是把家里弄得很乱，不讲卫生。

有那么一次，林娜把一条看起来很新但抽了丝的裙子随手扔掉，苏南一的母亲把裙子捡回来，数落林娜："把这么新的衣服都扔掉，这不是败家吗？"从小娇生惯养的林娜不以为然地说："我扔我自己的东西，碍着你什么了？"听林娜这么说，苏南一的母亲很生气："我儿子辛辛苦苦挣钱养家，你大手大脚花钱，像你这样能持好家吗？"林娜也是满腹怨气，不客气地讲："我花我的钱，我扔我的东西，别总你儿子你儿子的，这个家不是你儿子一个人的。"这对准婆媳二人吵得不可开交，等苏南一回到家，发现父母已收拾好东西准备回老家。

再后来，林娜怀孕了，苏南一说服急于抱孙子的母亲来深圳照顾林娜，不成想林娜没有和任何人商量就把孩子做掉了，这导致了一场世纪大战。因为母亲的去世，在内心深处苏南一始终没有原谅林娜，二人的分道扬镳正是源于苏南一的这个心结。

林娜走了，去了一个遥远的地方。想想曾经的过往，苏南一的心空了。

到了办公室，审批了几份报告，苏南一想了想今天要做的事，从项前那里得到康华要裁员的准确消息，苏南一的心里还是有几分暗自窃喜，康华的人员有变动，或有大变动，这正是南南公司的机会，人才的一出一入都是猎头公司的机会，尤其是像康华这样的品牌企业，因为品牌企业出来的人非常受人才市场的欢迎。

一想到康华裁员的事，苏南一马上指示叶芳组织召开业务会。

大家分别签到，人到齐，叶芳示意苏南一可以开始了。

苏南一讲："今天是个业务会，所以我们只谈业务，我们关注的焦点是当前的业务如何寻求突破，也就是要找新的业务增长点。我们每个人都要认真地思考，我们的增长点到底在哪里？今天我们不仅仅是布置工作，更多的是头脑风暴，把我们个人对这个问题的思考形成的想法谈出来。每个业务部，甚至每个人都要发言，说错了不怕，有想法不说才是问题。"

平时大家习惯听老板讲话，忽然让大家自由发言，有些人不会了。苏南一扫视着会场，足足有一分钟，终于有人举手。

业务一部的肖海平拿起话筒说："作为一个区域性的公司，尽管我们 2014 年的业务量有所下滑，但依然进入华南地区的三甲，我们没有做到第一，意味着我们还有赶超的对象，有上升的空间。我注意到有的公司抢市场用的人海战术，就是通过人海战术对市场进行扫荡，广种薄收，集腋成裘，这也不失为一种选择。"

肖海平放下话筒，众人纷纷鼓掌，苏南一也向肖海平点头致意，鼓励肖海平带了个好头。业务二部的吴亮边举手边说："我们业务二部的也说一说。"

工作人员递过话筒，吴亮说："大家都在谈互联网思维和大数据营销，连传统制造业都讲O2O，我们猎头行业非常适合做在线业务，所以我个人认为我们应当在大数据营销方面寻求突破，商业模式的创新是当务之急，我们在线业务不快速发展起来，很可能很快就被竞争对手甩在后面，所以我认为新的增长点我们要锁定在线业务。"

吴亮发言的时候，大家见有新想法，有的频频点头，有的则交头接耳，议论在线业务，等话音落下，大家又报以热烈的掌声。两个人的发言，讲出了不同的观点，也调动了大家的情绪，场面热烈起来，这时举手的不再是一个两个，而是好几个人同时举手，工作人员把话筒递到了行政部的叶芳手里。

叶芳说："我不太懂业务，但我知道这是个粉丝经济的时代，也是一个服务经济的时代，由于微信、微博的出现，新的营销手段层出不穷，所以我认为我们的营销手段也要创新，通过一定的营销创新，提升我们的服务质量和服务效率，从而促进公司业务的增长。至于增长点在哪里，我说不清。"

苏南一调侃道："连我们的行政经理都能谈业务了，按她谈话的水平，说不定一不小心就会成为业务高手，三日不见，刮目相看啊。"

听完老板的点评，大家哈哈大笑，并报以热烈的掌声。

没等举手，李子坤抢过话筒说："我来说两点，一是我们以往的业务，只是盯着大企业、大客户，其实，华南地区有无数的中小企业，他们的需求量很大，而且对于专业人才，开出的薪水并不低，所以我们应当把众多的中小企业也作为我们的服务对象，关注他们的需求；二是我们现在基本只做家电行业的业务，华南地区，家电企业多不假，但过分地局限在家电行业，也会限制我们的业务规模。"

业务三部，也就是在线业务部的方超说："在线业务，我们去年打下了很好的基础，平台有了，今年业务要上量；我们传统的大客户业务，目标是止跌回稳。传统业务稳住了，新业务的突破才有价值，要不然一边跌一边升，到最后还是实现不了增长的目标。"

众人发言的时候，董云龙也蠢蠢欲动，但他要了个小聪明，从策略上看，要想引起人们的注意，要么先讲，要么后讲，既然没有先讲，放后面讲才会给老板和大家留下更深的印象，等没人再举手的时候，董云龙才举手示意，然后接过话筒。

董云龙说："我要说的也是两点，第一点是南南公司要把自己的业务从区域延伸到全国，在重点市场设立分公司；第二点是拓展中低端人才市场，业务向下走，以质保利润，以量促规模。"

众人气氛热烈，发言踊跃，几乎都表达了自己的观点和看法。

苏南一总结说："都想事了，也开窍了，讲得不错，如果大家讲的都能做到的话，我们就不仅可以做到华南第一，还一定可以做到全国第一。士气可鼓而不可泄，尽管是这样，我还是要给大家泼点冷水，一口吃不成个胖子，饭要一口一口地吃，单要一单一单地做，所以我们要有节奏、有重点、有策略。常言道，'看米下锅，看菜吃饭，量体裁衣，量入为出'，现在讲'赢家通吃'，但我们还不是那个赢家，我们还没有通吃的能力。做企业有时候就像打扑克，怎么出牌，关键看你手里有什么牌，所以我们南南公司还没到那种四面出击、全面开花的阶段，但今天大家提出的思路和想法都可圈可点。"

苏南一把目光转向董云龙，目光交流后说："之前和董云龙交流过想法，我相对比较支持他的意见，一是我们要在重点市场设立分公司，拓展全国市场；二是以量促质，以质保量，开展中低端业务，为此，我计划设立专业人才业务部，锁定中低端人才市场，也就是我们将要成立的业务四部。这么多年来我们一直坚持的聚焦战略基本不变，就是聚焦区域、聚焦行业，我们是一家走专业化路线的公司，原因是我们资源有限，所以我们只能把有限的资源投放到能产生效益的市场上。”

话音落，掌声起，老板苏南一胸有成竹，大家也热情四溢。

得到老板的赏识，董云龙今天显得格外活跃，说：“苏总，我从这两天的网络新闻上看到康华公司要大规模裁员，康华是我们这么多年重点服务的大客户，现在，他们的人有变动，我看这是我们南南公司的一个机会啊。”

苏南一带头给董云龙鼓掌，扫视了一下会场上的与会人员，问：“这则新闻大家看过的请举手。”

看大家齐刷刷地把手举起来，苏南一点了点头说：“这正是我下面要给大家讲的，关于康华裁员，是一个准确的消息，我从侧面打听并得到证实。康华裁员将激活人才市场，一场人才争夺战在所难免，我们业务部门要全力备战，打好康华的人才争夺战。近水楼台先得月，天时、地利、人和都在我们这边，这是我们新年后的第一个攻坚战，我们在座的每个业务人员都要做好准备。今天的会议是一次战前总动员，打好这一仗，南南公司在 2015 年将旗开得胜，落实好我们的年度战略，我们将马到成功。”

业务会开完，看大家摩拳擦掌的样子，苏南一也很高兴。盘点一下这刚刚开始的一年，开门就闹分裂，出师不利，好在稳住了局面。一次战略会，一次开工晚宴，一次业务会，三次成功的会议和活动，打消了大家的顾虑，激发了大家的活力，这让苏南一终于看到了 2015 年的希望。

第十七章

三人行：十面埋伏

送走客人，回到办公室，项前马上召集危机公关四人小组临时会议。

与会的四个人都是一脸倦容，四天四夜的奋战把每个人都搞得疲惫不堪。大家坐定，相视一笑，似乎每个人都没有说话的欲望。

项前开口讲："我这个组长没当好，连累大家了。现在舆论平息了，舆情改善了，但我以为危机还没有真正过去，这次是蓝标给我们解了围。今天的会主要是把这一阶段的工作盘点一下，好给董事长做个汇报。"

方华用笔敲了敲桌子，说："我们这次的事件，矛盾突出表现为舆情恶化，公司的压力也在这里，但我以为根不在此，跳楼、罢工，这都是恶性事故，出了这样的事故，捂是捂不住的，所以，我们不能就事论事，还是要回头看一些问题，隐患不除，大难不止。"

姚少功无奈地摇摇头，说："我同意方总的意见。跳楼事件，我们已经和死者家属协商解决了，罢工也平息了，但现在开工量不足，工人没活干，收入下降，真金白银的东西，不是几句好话就能摆平的，我们裁员的事又被媒体捅了出去，怎么让工人安稳？”

大家平时看不到曲哲抽烟，但见他把手中的茶放下，也点上了一支，只听他不急不慢地说：“我不这么看，和经营有关的事，我们在座的各位任谁也无法改变现状。危机处理，这是一个技术操作的问题。今天发生这样的事，是我们的预案不足，如果我们对形势估计不足，说不定还有更大的恶性事件发生，救火是事后管理，我们应该从事后到事先，多出几套应急的预案，减少恶性事件的发生。”

听完三人的发言，项前心里很不舒服。从方、姚、曲三人的发言看，这叫话中有话，是在通过找原罪推卸责任。项前也知道，这个危机公关小组的工作是个苦差事，老板临阵点将，说好听点是信任，说难听点是抓劳工，这种擦屁股的事，做好了无功，像现在出了差错，背个处分完全正常。

项前看二人等自己说话，便道：“大家说得都对，有的问题我们能解决，但有的问题我们解决不了，比如市场的问题、经营的问题。从本质上讲，是由于公司经营陷入困境导致了这一系列的问题，所以我们只能在我们的掌控范围内消化问题，方式就是力求避免恶性事件的发生，即使发生了，也要避免来自舆论的攻击。”

方华说：“现在内部泄密的人还没找出来，这是一个隐患；舆情转好，但负面舆论还大量散布在网上；工人复工了，收入状况依然得不到改善。这些都是我们下一步工作的着力点。”

姚少功又说：“工人维稳的问题我谈点想法。开工不足，无事生非，我们要打破这种局面，给工人找事做，因此我个人建议，加强工人淡季大练兵、大比武，创造兴奋点，在提升士气的同时，保证工作量，再就是把董事长给工人们的承诺尽快形成文件下发。”

项前马上回应姚少功说：“好，工人淡季大练兵、大比武，我抽调精干人员全力配合这次活动。”

方华看起来有点烦躁，站起来踱着步，说：“在舆情控制方面，蓝标的人走了，我们的压力又来了，用他们的专业术语讲，这次的合作只是一个小case，点对点地解决问题，形势这么不稳定，如果问题再来了呢？所以我建议我们要和蓝标公司建立长期的战略合作，签订战略合作协议，把服务常规化。临时抱佛脚，费用高，效果也差些。”

“大家的意见都很好，我会整理进汇报方案。再说说我自己的问题，内鬼没查出来，这是我的失误，我会向董事长汇报，请求处分。我们是一个临时性的团队，发生了不该发生的事，一旦老板有不好的说法，也请大家理解。”项前不好意思地笑笑。

姚少功接过话：“项总，我们是不求有功，但求无过啊。”

临时会议开完，项前整理好资料，来到十六楼的董事长办公室进行专项汇报。

由秘书引导，项前走进董方卓的办公室，这时老板正在打电话，以手势示意项前先坐下。危机事件发生以来，每天开专题会，项前每天都要向老板汇报一次，舆情现在平稳了，蓝标的工作告一段落，所以项前决定给老板进行一次阶段性的汇报。

看董方卓放下电话，项前拿着资料和笔记坐到了董方卓的对面。

董方卓问：“人送走了？”

“送走了。”项前答道，然后摊开资料，把这一阶段的情况进行了详细汇报。

听完项前的汇报，董方卓点点头，说：“压力是减轻了，但一定要避免再出意外。”

项前又检讨说：“关于查内鬼的事，我没办好，已经有了线索，但还没有找到十足的证据，老板，我请求处分。”

听到这里，董方卓又严肃起来，说：“要处分的不止你一个，你起草个文件，一是对方华、王宇春记大过一次；二是你和姚少功通报批评一次，通报下班前发出去。”

“董事长，您怎么处分我，我都认，但方总和王总能不能给个轻一点的处分，大家在这次的危机处理中确实尽力了。”项前小心翼翼地说。

董方卓摇着头说：“尽力有用吗？给企业带来的损失怎么算？在其位谋其政，捅了这么大的娄子，差点把我的H股上市计划搅黄了，这样的处分还算重吗？岂有此理。”

话说到这个份上，项前知道再怎么争取都于事无补，便拿起资料准备离开。

“等一下，我还有事说。”董方卓招招手示意项前坐下。

项前又重新坐下，听董方卓说：“这次事故打乱了我们前面裁员、降薪的安排，但这个事不能停，要尽快安排。说说你的意见？”

由于没有准备，项前愣了一下神，回答道：“董事长，事故引发的舆论风头还没过，裁员、降薪的事可不可以缓一缓？”

董方卓斩钉截铁地说：“不能缓，我们最大的压力还是来自于市场和经营层面，我们要快速甩包袱，不然会被拖死的。”

为缓解一下当前的压力，项前想再争取一下，说：“董事长，收入下降的不仅是一线工人，一线营销人员、总部管理人员的收入都在下降，目前是人心浮动，军心不稳，再有大动作，会有更大的风险。”

董方卓不为所动，冷笑了一声说：“想动？他们不想动我还要他们动呢，没有谁不能离开，所有人都要服从我们战略调整的大局。我再补充一点，裁员的同时，我们总部的机构要合并，实行大部制。庙没那么多了，要那么多和尚干什么？我的要求是，原则不变，动作要快。裁员实施方案明天报给我，研究通过，立即执行。”

领了新的任务，项前心事重重地离开了董事长办公室，这真是一个包袱还没放下，又一包袱背在了肩上，项前苦笑了一下，安慰自己道：“总会过去的。”

下班了，终于可以回趟家了，几天吃住在办公室，身上都馊了，这对爱干净的项前来讲，比受刑都难受。回到地处南山蔚蓝海岸的家里，项前痛痛快快地洗了个澡，换上睡衣，躺下来才知道自己真的累了。项前内心感叹着，真是个多事之秋啊，刚开年就搞得这么紧张，鬼门关一样，一关过了又来一关，裁员，裁员，这个员到底怎么裁啊？

元宵节照常上班，原有的半天假取消了。一进公司，每个人都行色匆匆，没有笑模样，有三三两两的人在议论，看项前走来便不言语了。项前感到公司变了，公司里的人也变了，有种山雨欲来风满楼的阵势。

项前出门倒垃圾的时候，远远看到曲哲进了方华的办公室，前面开完大会，会后开小会，正常的工作交往还好说，如果不是呢？

曲哲敲门的时候，方华正在办公室里一个人抽闷烟，关于他和项前等人的处分公告是昨天下班前看到的，虽说有心理准备，但真的处分下来了，心里还是很沮丧，更让他恼火的是他的处分是记大过，而作为危机公关小组组长的项前却是通报批评。为了按老板指示有效地控制舆情，他动用了所有能调动的关系，整个过程也非常顺利，结果却适得其反，这是大意失荆州，他也为此而感到深深的自责。

对于曲哲的到来，方华始料不及，以前工作上没什么交往，更谈不上私人交情，缘何造访，方华心生疑窦。方华招呼着曲哲坐下来，递上烟，苦笑着说：“曲总大驾光临，顿感蓬荜生辉，欢迎指导。”

曲哲摆着手拒绝了，说：“不会抽烟，您客气了，但看方总这云山雾罩，莫不是有事烦心？”

方华给曲哲倒上茶，把烟缸里的烟掐灭，说：“不爽快，曲总是明知故问，何必嘛。”

曲哲恍然大悟一般，急忙说：“是为了那个处分的事吧。”接着又叹了口气，深表同情地摇了摇头，说：“大敌当前，我们是在协同作战，今天我过来是把我两个过硬的媒体关系介绍给方总，也许对方总的工作有帮助，一个是新华社的副编审，是我的一个校友老乡；一个是央视的调查记者，是我曾经的一个同事，转行做了新闻。关系没得说，提我就行了。”说着，曲哲掏出两张名片递过来。

方华接过名片，看了看上面的名头，果然不虚，边给曲哲续茶边说：“曲总这么有心，难得。”

曲哲端起茶站起身，说：“我看了昨天的处分公告，又能理解，又不太理解，工作出了差错，影响很坏，所以要有人担责，从这一层意义上来讲，我能理解。危机处理，我也去了现场，了解整个过程，项前是这个小组的组长，危机处理的过程出了差错，他避重就轻，公告中只是个通报批评处分，而方总却代人受过，被记了大过，这是我不理解的地方。”

“公告白纸黑字，能像曲总这么想的有几个啊？舆情失控，我有责任，我认；若是项前和我受同样的处分，我也认，但现在这样的处分我真的咽不下这口气。”

“说实话，我理解方总的心情，但这口气咽不下也要咽，大局为重啊，为了康华，兄弟劝你还是忍忍吧。”曲哲说完站起身和方华握手道别。

方华不了解曲哲这个人，也不知道该怎么和这样的人打交道，但曲哲今天的话，今天的做法，既是有意地帮自己，也算是为自己说了句公道话，怎么说呢，日久见人心吧。

项前的办公室不大，但视野很好，打开窗能看到海。这是寸土寸金的地方，物业公司是按办公面积收费的，小小的办公室，办公设施配置齐整，熟悉而又温馨，五年了，对于项前这种工作拼命的人来讲，办公室就是他第二个家。现在顾不了这些，项前打开电脑，把昨晚修改过的裁员方案走OA流程发给了老板。

项前呆呆地看着电脑里的方案，盘点着中间的一些数字，总部职能部门，从原来的二十五个撤并成十二个，精减管理干部342人，精减员工5855人，解除劳动合同按劳动法进行补偿预计要1.8亿元。连项前都有点不明白了，赚钱这么难，一甩手近2亿就没了，这到底是甩包袱，还是添负担啊？

曲哲的做法给项前带来些许不安，除了一些基本资料，他对这个人可以说是一无所知，包括老板引进曲哲的用意和初衷。曲哲现在的身份是董事长助理，这是一个弹性很大的岗位，他可以是顾问，可以是军师，可以是智囊，也可以是某个岗位的备胎，由于专业方向的相似性，无疑他对自己的威胁最大。开门红一起处理工人的罢工事件是他和曲哲第一次正面接触，看得出这是一个很善于伪装的人，他那不可捉摸的笑容耐人寻味，他内敛、寡言，知进退，有分寸。曲哲的出现与存在让他如鲠在喉，芒刺在背。今天这样的日子，曲哲出现在方华的办公室，不由得让项前产生许多联想。

对于曲哲的情况，项前觉得自己还是要做些功课，卧榻之侧岂容他人酣睡，一个时刻威胁着自己的人，敌明我暗，怎是了得！

正当项前独自沉思的时候，方华敲门进到办公室，只见他一脸怒气，一屁股坐到沙发上，看都没看项前一眼地说：“几天几夜不睡觉，到头来弄了个‘记大过’，项总，什么情况，你给我解释一下？”

作为危机公关小组组长，参与处理事故，加班加点，不吃不喝，到最后还背了个处分，项前也觉得自己委屈。方华被记大过，项前早就料到他会有这样的反应，所以昨天的会议项前特意打了预防针，看来效果有限。

项前倒了一杯茶给方华端过去，拍了拍他的肩膀说：“消消气，弄坏了身体犯不上。”

“八年了，被表扬了无数次，被处分还是第一次，给别人擦屁股，到头来弄了自己一身屎。”方华愤愤不平地说。

项前半开玩笑地说：“人总要有第一次嘛！再说这次舆情危机我们确实有责任，不能怪老板。”

方华敲着桌子，指着项前说：“项前，危机公关小组，你是组长，我是组员，你通报批评，我记大过，记者接待我们可是一起去的哟，这公平吗？”

项前把方华对着自己的手指按下去，尴尬地笑着说：“冲动是魔鬼，注意不要失了你的绅士风度。”随后解释道：“这我跟老板提过，对我的处分重一点，对方总你的处分轻一点，不过老板没同意，这个你可以找老板求证。”

方华还不罢休，质问道：“文件是你起草的，你们部门发的，为什么你事先不给我通报一声？”

项前耐着性子回答：“开会的时候我暗示过，不是我不想通报你，是通报给你有违原则。”

这时姚少功又敲门进来，等姚少功坐下，项前笑着把茶端过去，说：“姚总，你也是兴师问罪的？”

姚少功摇摇头，说：“问什么罪，你不也跟我一样吗？忙活了几天，落这么个下场，心里不痛快。”姚总又转了下身，拍了拍方华的肩膀安慰道：“赶上这事了，出了差错，这不是罪有应得，而是命该如此啊。”

项前给二人分别递上一支烟点上，然后说：“方总、姚总，处分就处分吧，这才是刚开始，后面的噩梦多着呢。”二人神色有异，项前顿了一下，故意压低声音说：“裁员的事老板要求马上行动，我们的舆情危机还没有解除，更大的危机、更大的压力还在后面呢！再出差错可就是饭碗的问题了。”

姚少功吐了口烟，急忙问："按下葫芦浮起瓢，眼前这个形势，裁员的事就不能缓缓吗？"

项前摊开手，一脸无辜与无奈，说："不能缓，老板要求马上，我提过把裁员缓一缓的建议，被否决了，老板态度很坚决，现在看来没有变通的余地。"

"眼下舆情警报还没解除，再来个群体性事件，舆论怎么能控制得住？"方华火气未息，极不耐烦地讲。

"这也是我所担心的问题，但控制不住也得控啊，这可是火药桶上放爆竹，说炸就炸啊。"项前咬了咬下唇，然后一脸严肃地说："今天就算我们危机公关小组的临时会议，形势就是这么个形势，如何应对新局面，我们分头出个方案，下次会上再议吧。"

刚说轻松了点，压力又来了。本来是找项前发泄发泄，不成想又添了堵，二人悻悻而去。

第十八章

英雄会：周公问计

新的一年，一切都来得那么早，有危机，有机会。

可以说苏南一是最先从项前那里得知康华裁员消息的，但由于康华裁员被媒体捅到网上，成了一个公开的秘密，这一信息就不再那么有价值。康华裁员本身就是一个机会，机会来了，重要的是南南公司自己要准备好。对于众多猎头公司来讲，康华公司裁员绝对是一个大事件，在家电领域，康华是一个绝对的一线品牌，本来冲着康华公司挖人的就不少，如今，康华主动释放，可不是天赐良机？

元宵节，公司里到处都是一片喜气洋洋的气氛。经过一番努力，大家好不容易走出那场分裂的阴影，战略清晰了，目标感强了，公司上下士气得到了极大的提升。对于苏南一来讲，美中不足的是林娜不在，有业务问题，没有合适的人商量。从近阶段观察，董云龙老牛回头，思路还不错，干劲足，想到这里，苏南一安排叶芳把董云龙叫到自己的办公室。

董云龙是南南公司业务上的一把好手，来公司刚刚两年。

由于业绩突出，第二年就被提升为业务一部的经理，他是从竞争对手那里跳槽来南南公司的，不但有较强的业务能力，手里还掌握着一定的客户资源，人机灵，会来事，是属于小聪明特别多的那种人，来深圳打拼五年，算是在这里扎下了根，如今有房有车，也算是中产了。

新的一年，董云龙仿佛总是喜事不断，红包就不说了，先是被谢平邀请作为创业合伙人的股东，后是被苏南一挽留，手里还有了公司的股份。他是一个谨慎的人，留在南南公司，一切顺理成章，如今又受到老板苏南一的重视，因此这几天做事格外卖力。前面的两个方案都得到了老板苏南一的认可，他想这应该是自己大有作为的一年。

人逢喜事精神爽，现在的董云龙就是这样。董云龙接到叶芳的电话，说老板找他，心里很美，知道苏南一好烟，看老板这两天心情不错，过节了，他把事先准备好的两条极品黄鹤楼和春节带回来的四袋京武鸭脖装到一起，拿上资料，快步来到苏南一的办公室。

进到办公室，董云龙把礼品放到苏南一的办公桌上，刚想说什么，苏南一就问：“你给我送礼？”

董云龙赶紧辩解说：“苏总，这哪叫送礼，土特产而已，新年开工，你又是红包又是股份的，做下属的，不知道该怎么感谢您，就算是送礼，也是礼尚往来嘛。”

“好你个董云龙，把你对付客户的那套用来对付我是不？记住，要是有心，客户订单才是送给我的最好礼物，这次算了，下不为例。”苏南一把东西放进柜子里，坐下接着说：“康华公司裁员马上行动了，我们还没做好准备，说说你的想法吧。”

董云龙打开笔记本，说：“苏总，您信任我，给我机会，不是说‘士为知己者死’嘛，所以我要对得起苏总的信任，昨天，康华公司的事我想了一个晚上，制定了一个‘全面围剿、定位攻心、抓大放小、移花接木’的十六字方针。”

听了董云龙的十六字方针，苏南一点点头，喝了口茶水，品了品味："不错，还弄出方针来了，你这十六字方针怎么解释呢？"

看老板感兴趣，董云龙就放开了说："先说'全面围剿'。康华是我们的大客户，又是我们的老客户，我们合作这么多年，有很多关系在里面，可以说是天时、地利、人和全占了。天时，我们是最先得知康华裁员消息的，后面的各种异动我们也有办法最先搞到；地利，同城同区，近水楼台，行事方便；人和，有您和项总的关系。尽管我们有康华部分在职干部的联系方式，但远远不够，我们这次要想尽一切办法弄到康华公司完整的通讯录，就是所有骨干的联系方式，建立联系，力求一网打尽。"

说着，董云龙还做了个一网打尽的手势，苏南一半闭着眼睛没说话，董云龙接着说："再说'定位攻心'。人才像鱼，都在我们的网里了，但我们不能认为'捡到篮子里的都是菜'，我们还要挑挑拣拣，有个甄选的过程，以定位的方式锁定我们的目标人群，通过和目标人群的深度沟通，掌握他们的个性化需求。

"'抓大放小'的意思是，我们的人手有限，资源有限，我们南南公司还没有消化这么大一个人群的能力，对于那些放在我们手里没用的小鱼小虾，我们还要放出去，我们不要的，可以让竞争对手去捡。"

苏南一补充说："这是我们的一厢情愿，竞争对手不会去捡，而是会来抢，守好我们的客户资源很重要。"

董云龙点头称是，然后讲："'移花接木'，这么多人才到哪里去呢？这是个大问题。我们自己现有的客户需求是远远不够的，家电行业不景气，其他的品牌有的也在裁员，行业需求又有限，所以我们要在相近行业和中小企业为他们找下家，原来是找上家难，现在反了，是找下家难。"

讲完，董云龙略显得意地笑笑，问："苏总，我想得还不周全，看您还有什么要补充的？"

苏南一摇了摇头，定了下神，心平气和地讲："思路已经很完整了，我准备把这个攻坚任务交给业务四部，四部的经理你来兼任，一部的人你都可以用，二部、三部全力配合你，四部的人手我会尽快给你配齐，业务四部一定要打响这个头炮。"

苏南一把叶芳叫到办公室，说："通知二部、三部的经理，你也参加，针对康华公司这个项目，我们开一个小范围内的业务会，马上。"

算上苏南一，参会的一共是五个人，看大家坐定，苏南一说："针对康华公司裁员的项目要即刻启动，正值春天，我们开年的第一个大的行动，我现在把这个项目命名为'春雷计划'。这个计划由我们新成立的业务四部负责实施，四部的经理由董云龙兼任，计划实施的思路与步骤由董云龙给大家讲一下。"

业务二部的赵非说："苏总，这样安排不太好吧，康华公司一直是由我们业务二部跟的，现在这么安排，不但业务员会有想法，就是我个人也有想法，再说，业务四部是一个新部门，这么大的项目交给他们，苏总您也放心？"

看二部、三部对这样的分工不服气，由于对董云龙的思路很有信心，苏南一干脆说："那好，这样，如果你们二部、三部对这个项目也感兴趣，说说你们的想法，谁能胜任，谁能做得好就谁来做，今天我们就来个现场PK，你们三个讲思路，我和叶芳当评委，大家有没有意见？"

三人均表示同意。随后的时间，三个经理分别针对康华的项目谈了各自的思路，等大家讲完，苏南一问叶芳："作为评委，你来点评一下。"

叶芳看了看三位经理，含蓄地笑了笑，然后开口："应该说各有千秋，如果说要我选的话，我还是支持董经理，他的思路可能更清晰、更完整。"

苏南一双手扣紧，语气平静地说："现在看，我和叶芳的意见是一样的，大家抢业务是好事，我支持你们这样做，之所以交给董云龙，不光是因为他的思路，我们还要保证我们新成立的业务四部打好第一炮，开个好头，非但如此，我们还要抽调二部、三部的部分业务人员支持四部，你们二部负责康华的业务员从今天开始就调到四部。我们整个业务线要调动全部的资源和力量，保证打好这开年的第一炮。

“我们要再补招八名业务人员，其中四名放到业务四部，另外四名填充一部、二部、三部因抽调而形成的空缺，时间是一周之内，这项工作由叶芳负责。董云龙要根据你所谈的思路，形成具体的实施方案，明天完成，下午开会。一部、二部、三部的业务员，这两天要撒出去进行扫街，搞到康华公司各职能部门、各事业部，甚至更详细的通讯录，对目标人群进行跟踪调研，信息汇总后报给我，这项工作由二部赵非负责。我们原有客户的需求，要分类整理，逐一沟通，汇总后交给我，这项工作由张迪负责。

“我们上述各项工作，动作要快，一有新情况我第一时间给大家通报。”

说完，苏南一宣布散会。

第十九章

破阵子：精兵简政

项前报批的裁员方案通过了，可他真的不知道是喜是忧。

项前努力让自己静下来理一理头绪，他真的想把裁员的事往后拖一拖，前面的危机还没有过去，如果再因为裁员闹出新的事故，自己当何以自处？人的事都是大事，有时候小事也是大事，因为小事会闹大，一次裁员，砸掉六千多人的饭碗，六千多人身后又有六千多个家庭，这是多大的动作啊？风险真是大得要死，稍有不慎都会造成不可收拾的乱局。

方案现在是批了，但绝不能按老板要求的那样立即执行，因为这中间各种隐性的风险太大了，他当即决定一定和老板再做一次面对面的沟通。

项前拨通董办的电话，问老板在不在，得到了老板秘书何方的肯定答复，于是拿出打好的方案来到十五楼老板的办公室，征得秘书的允许后，项前敲响了董事长办公室的门。

一进办公室，老板董方卓便热情地招呼他坐下。看来老板今天心情不错，这让项前心里的压力也减轻了不少。项前谨慎地说："董事长，裁员方案的事，我还是想得到您的一些具体指示。”

董方卓点上一支雪茄，吐了口烟雾说：“裁员是个大事，这是公司本年度基于形势的一个战略举措，看来你有顾虑，说吧。”

多年不抽烟的老板都开始抽烟了。这在项前看来是个意外，老板看起来容光焕发，但身体多病，做过心脏搭桥手术，遵从医嘱，戒烟多年，现在把烟捡起来，可见老板的压力之大。项前这样想着，正了正身子，说：“方案执行没问题，但这里面有很多潜在的风险，我们得有预案。”

董方卓回应道，“风险什么时候都有，我们这次就是要搞推土机式的裁员，谁挡杀谁，风险是后面的事，总之一句话，我们不能因噎废食。”

“我们的潜在风险突出表现在四个方面，一是法律风险。要和这么多人解除劳动合同，员工通过法律维权的事一定少不了。二是群体性事件风险。因为涉及面太广，很容易爆发和上次一样的罢工事件。三是舆论风险。由于上一次的跳楼、罢工事件，媒体当下盯上了康华，如果真正进行实质性的裁员，媒体一旦进行跟踪报道，我们将很难脱身。四是人才流失的风险。业务不好，收入降低，军心不稳，裁员一旦动起来，优秀员工的流失将不可避免。”项前将自己的担心一口气说了出来。

董方卓镇静地说：“兵来将挡，水来土掩，怕什么？但防范风险的工作不能掉以轻心，注意裁员补偿严格按国家劳动法执行，无论花多少钱都要把那些冗员清走；做好内部维稳的工作，快刀斩乱麻，以防夜长梦多；舆论方面，汲取上一次的经验，加强媒体关系管理，再签一家公关公司，严防死守，争取主动。”

项前为难地说：“董事长说得对，但我们人力资源部人手有限，调动资源的能力有限，有些方面，我们根本就无能为力啊。”

董方卓轻轻弹了弹烟灰，冲着项前说："这个我考虑到了，公司要结合这次裁员行动，由董办、人力、工会、法务、品牌、财务等六大部门的一把手组成一个临时管理委员会，由我亲自任组长，你任副组长，确保这次行动万无一失。"

董方卓站起来，挥着拿雪茄的手说："马上组织这六大部门的一把手，召开临时委员会的第一次会议，你去安排。"

离开董事长的办公室，项前心里觉得踏实不少，因为裁员的事是一个复杂的系统工程，人力资源部独立操作实在是太吃力，现在老板挂帅，大树底下好乘凉，自己总算可以喘口气了。

临时委员会的阵容比危机公关小组强大了不少，除原危机公关小组的四个人外，还增加了副总裁兼法务总监孙波、财务总监吴法文，最重要的是董事长亲自挂帅。

十五楼的第一会议室里，各位领导悉数到场，参会的人只知道要开会，但为什么不知道，大家互相打探着会议的内容。

十点整，董事长走进办公室，会议准时开始，项前主持会议。

项前说："今天这个会是临时召集的，主要是落实我们正月初五紧急会议的会议精神，具体安排，请董事长指示。"

会议室异常安静，因为不知道内容，大家都等着新的会议精神。董方卓看了看大家，说："我们刚刚经历了一个大事件，就是由员工跳楼而引发的舆论风波，我想大家也看到了通报，我们对相关责任人进行了处理。"

说到这里，受到处分的方华和姚少功不自觉地把头低下去，躲开老板的目光。董方卓略作停顿，又说："现在舆情有所好转，所以我们要抓紧落实正月初五紧急会议的精神，我决定公司上下要联合行动，全面推动我们的'瘦身计划'，为此，我们专门成立一个临时委员会，今天到会的人都是临时委员会成员，项前是这个委员会的副主任，主任由我担任，今天这个会就是我们临时委员会的第一次会议。"

董方卓指了指项前面前的报告，说："项前呈报的裁员计划报告我已经批复，我们这次行动的中心任务有两个，一是撤并机构，二是裁减冗员，具体实施方案由项前给大家汇报。"

项前打开PPT，把方案向大家进行了详细的讲解。听完方案，大家议论纷纷，唏嘘不已，裁员六千多人，撤并十三个职能部门，简直不可思议。

曲哲问："部门撤并这么多，原来的部门职能怎么办？原来的干部去哪里？"

项前回应道："我们操作的思路是，公司职能部门实行大部制，原有的总部职能，部分下放到各经营单元，另一种情况是同类职能合并，撤销的部门，原部门降为科室，归并到同类部门，原部门负责人变为新部门的副职，配合工作。"

主管法务的孙波边摇头边讲："这个方案，一下子裁掉这么多人，尤其是涉及这么多的干部，一定会有数不清的法律官司，弄不好会再次爆发群体恶性事件。刚刚发生一起事故，如果再有同类事故发生，我看不好收场啊。"

主管财务的吴法文也讲："公司的现金流本来就紧张，按这个方案，光补偿金就将近两个亿，会吃掉我们多少利润？让我到哪里弄这么多钱去？"

姚少功苦笑了一下，对项前说："项总，经营质量不好，军心本来就不稳，这么一弄，会造成大面积的人才流失，到头来，能干的跑了，有关系的留下了，人心散了，队伍就更难带了。"

方华欲言又止，想了想还是说："我们自己的员工我们可以管，这么多要离职的员工，我们怎么管住他们的嘴巴？几千张嘴，我们砸了他们的饭碗，他们不通过媒体拼命喊冤才怪，到时候，我们又要四处救火了。"

每个人的发言，项前都认真听，认真记，他们说的正是自己所担心的。问题出来了，他真的没有答案。

听着大家七嘴八舌的议论，董方卓勃然变色，声色俱厉地说：“我请你们参加这个委员会，不是请你们来发牢骚的，我难道不知道会有这些问题？谁的问题谁解决，我要问题解决方案，明天上报，方案第一次通不过，会上通报；第二次通不过，全公司通报；第三次通不过，自己递交辞呈。”说完，董事长愤然离开会场。

今天的会开得很纠结，从大家的反应看，大家对这个方案都有异议。项前想，自己只是按老板的要求出方案，大家不敢把火发到老板那里，所以大多数人都冲着他来了，本来是想找些盟军分担压力，但现在他首先感受到了来自“盟军”的敌意，一次事故处理不周就背了个处分，这次更大动作的裁员还不知有什么样的厄运等着自己呢！

第二十章

夜深沉：柳暗花明

办公室里，项前不自觉地把烟点上，他深知自己正陷入加盟康华以来最大的信任危机。

眼前是一团迷雾，项前思忖着，想试着把这一切理个清楚。临时委员会六个人，像他这样的“空降兵”有一半，另外两个是方华和曲哲，其他三人都是跟老板一起打天下的，姚少功受了处分有怨气，孙波老道，吴法文精明，都是来者不善的主。上次的危机处理稍有差池，自己就被老板骂了个狗血淋头，这次呢?

曲哲的城府很深，让人捉摸不透，而问题是他的身份有极大的变数，自从和他一起处理了那起罢工事件，这种感觉就更加强烈。一段时间来，曲哲的表现中规中矩，就好像他是一个永不犯错误的人，工作要协作、合作，这方面曲哲无可指责。项前知道自己是一个在明处的人，无论曲哲是何用心，项前想的是自己要少犯错误，只有自己滴水不漏，那些包藏祸心的人才无从下手。

项前苦笑了一下，拍拍自己的脸，好让自己清醒些，顾不了那么多，事还是要按部就班地做。

项前把部门文员李虹叫进办公室，说："安排个会议室，通知我们部门的四个经理十分钟后到会议室开会。"

李虹应声而去。李虹是个四川妹子，大学一毕业就到了公司，是项前从校招生中挑出来的，学的是新闻，人长得乖巧、机灵，做个文员有点屈才，但也是一个成长的过程。

项前走进会议室，见四个经理已到齐，项前打开PPT，把裁员方案进行了详细的讲解，见有人做笔记，项前制止，说："用心记，不是用笔记。"

听完项前的方案，经理们有些呆了，虽然大家看到了网上的新闻，也听到了一些风声，但现在得知公司真是这么大面积裁员，很多人还是感到惊讶。

项前问："方案我讲过了，大家有没有没听懂的？"

众人摇头，项前接着说："根据方案，我现在安排方案实施的分工，一、人事管理科刘琼，由你们科起草通知，要求各事业部和总部各职能部门按10%的比例上报公司骨干员工的名单；二、劳资科朱晓军，根据裁员比例、裁员数量、工资标准，由你们科测算被裁人员的补偿金金额；三、考评科钱思明，汇总公司所有在职经理以上的干部最近三年的考评结果，按级别进行综合排名；四、培训中心吴燕如，结合这次的裁员、降薪行动，制定全员的学习和考试方案。"

看大家并无问题，项前又补充道："特别补充几个纪律要求，一、对本次会议内容保密，对各科室制定的方案和汇总材料保密；二、所有材料均不得出现'裁员'的字眼。"

几个经理按照分工分头行动去了，项前刚坐回办公室，刘琼敲门进来，她进来的样子有点可笑，有点鬼鬼祟祟的，她轻轻关上门，悄悄地说："项总，我想给你汇报个重要情况。"

项前淡淡一笑，说："有见不得人的事吗？有事说事。"

见项前这么说，刘琼这才大大方方地坐下，小声说："项总，我听朋友说，我们小家电事业部的人事经理罗本辉辞职了。"

罗本辉辞职，这确实让项前有点意外，罗本辉是人力资源系统的得力干将，人精神，能力强，就是品行差了点，经常曝绯闻的那种，但人家是单身，又能说什么呢？小家电事业部是大事业部，这时候人事经理离职，不是什么好事！大难来时各自飞，按老板的话讲，没有谁不可以走，何况只是一个小小的人事经理。

项前有点惊讶地"哦"了一声，没说话。

"罗本辉是到我们的竞争对手那里去了，据说是高升了，年薪翻倍。"说着，刘琼在纸条上写下一个名字递给项前。

纸条上写的名字叫"九洲"，这可是康华的死对头，项前立马有一种不祥的预感，联想到前一段时间的泄密事件，项前似乎明白了什么。

泄密事件查到最后进入一个死胡同，这项工作是项前负责的，明察暗访，一无所获，这时候罗本辉辞职，不能不让人产生联想。罗本辉是为数不多能看到裁员工作会会议纪要的人，卖主求荣，古已有之，该不会就是他吧？

"小家电事业部的人正张罗着给罗本辉开欢送会，去哪里，他本人并没有说，我有一个在九洲公司的同学说，他昨天已经去报到了，问我他的一些情况，我这才知道的。"刘琼有点小得意地笑了笑。

关于刘琼说的罗本辉的事，他一定要查个水落石出。此时，他的脑海里闪过一个名字：曲哲，是的，就是曲哲，这个神秘的存在他也必须弄清楚，他示意刘琼凑过来一些……

项前安排刘琼针对曲哲做一个全面的背调，这并不超过他正常的职权范围，重要的是他不能跟一个完全一无所知的人共事，尤其是他们的工作有明显的冲突，这种风险带来的后果他承受不起。

再说罗本辉。按说这些管理干部是和公司签有竞业协议的，但约束力有限，像这种情况，为个把人打一场官司，有些不值得，但罗本辉是个例外，他掌握了公司太多的秘密。

正当项前沉思时，苏南一来电话，说有重要的事找他，没多说什么，项前回了句："五点，老地方。"

人生得一知己足矣，对项前来说，苏南一就是他为数不多的知己之一。公司是大平台，人多，看起来朋友也多，但能说真心话的人不多，为什么？有利害关系！人是孤独的，当你没有可以交流的对象时，即使身在人群中，也是最孤独的。

这时，他不禁想起自己年轻时写过的几句诗：不要刻意靠近谁/靠近谁也解脱不了你的孤独/欲望如森林让你迷失方向/这是一场上帝精心策划的化装舞会/退出角色你最终明白/孤独才是人生的真相。

苏南一比项前长一岁，项前一直把他当兄长看，职场这么多年，苏南一是他不折不扣的军师，每一次职场变化，苏南一都能为他准备好下一个台阶。他能稳步上升，从没踏空过，这都拜苏南一所赐，所以苏南一的事他是有求必应的，今天不知道又是什么事。

十一道茶庄，项前一进门，易冰就迎了出来，半开玩笑地说："大过节的，不陪你的小女朋友，到这里来喝茶，这是哪根筋搭错了吧？"

"没搭错，就是来看你的，我和苏总就是来陪你团圆的。别忘了，煮碗汤圆，一会儿苏总来。"项前故作神秘地一笑。

易冰把项前引进包厢，倒上茶，出去了，项前点上烟，一个人发呆。

一支烟的工夫，从易冰甜美的笑声中，项前判断是苏南一到了。苏南一对易冰有点意思，易冰半推半就，未置可否，玩笑开多了，大家就当作有什么了。

天好，苏南一一进门就把外套脱了，一屁股坐下，喝了口水说：

"不是我的事，是为你的事，你们公司的。"

这话让项前有点蒙，问："怎么讲？"

"说来话长，你让我慢慢说。"苏南一抽出烟，项前上前给点上，二人这才算安静下来。

就听苏南一说："你上次不是说你们公司泄密的事吗？我无意中得到点线索，这不就叫你过来了。"

这正是项前特别关心的，竖起耳朵，调侃道："我专门查，查不到，你无意中却找到了，有点神。"

"什么叫无巧不成书，这就是！"苏南一边说边挥动着拿烟的手，一脸得意。

只听他说："我中午约了我原来的客户，九洲的质量总监鲁四平吃饭，中间说到了一个人和你们有关，这个人叫罗本辉。"

由于前面听刘琼说到过罗本辉辞职去九洲的事，项前并没有感到意外，由于急切想知道泄密事件的真相，项前听得格外认真，也许真相就在这里。

只听苏南一讲："鲁四平问我，九洲新来了一个人力资源总监，是不是我弄进来的？我没作声，他又说，康华这次出了死人和罢工事件，九洲的人也很关心，后来看到媒体上的报道，中间有关康华裁员、降薪的详细情况，这些内容都是从罗本辉那里透露出去的，因为出事当天下午，罗本辉在九洲的一个会议室里，接受了一次华南商报记者宋西洲的采访。"

项前心里暗骂，想知道更多，又着急地问："关于采访，他还说什么了？"

"具体的内容他没说，但他说，在内部小范围的一个会议上，罗本辉把康华今年的经营情况以及康华裁员、降薪的事做了大致的介绍。"

"难怪了。"项前自言自语地感叹，难怪裁员、降薪的消息那么快就出去了，在项前看来，这就是罗本辉为投靠九洲而送出去的一个见面礼。康华的舆论风波，原以为没有竞争对手参与，现在看，其实不然，对康华而言，自己的人背叛，竞争对手趁火打劫，和刘琼讲的情况串起来看，一切都是顺理成章。

对于罗本辉，这时的项前恨得牙根痒痒，心里想，这真是奇耻大辱，如果老板知道了，一定会暴跳如雷。应该说，华南商报的宋西洲在康华并没有得到多少有新闻价值的东西，但死人和裁员、降薪结合在一起，新闻效应就出来了，问题的关键是宋西洲怎么就找到了罗本辉?

项前禁不住问："那宋西洲是如何采访到罗本辉的？"

苏南一讲："这个也不难理解。据鲁四平讲，宋西洲本来就是行业记者，那天的采访是他主动上门的。九洲品牌部的苏化成是宋西洲的老乡，平时很熟。那天，宋西洲在康华采访受阻，就想到九洲看看九洲对康华事件的态度，看看九洲有没有类似的压力。宋西洲到了九洲后，九洲品牌部主动帮助安排了那次采访。"

这时候，项前才说："罗本辉辞职去九洲的事，我知道，我只是有过类似的联想，觉得康华泄密，罗本辉的嫌疑最大，但不成想是这么发生的。"

福无双至，祸不单行，屋漏偏逢连夜雨，对于当下的康华和项前而言，就是这样。项前苦笑着对苏南一讲："好兄弟，你说的这个情况对我很重要，看来，你不仅可以当军师，还可以当侦探。"说完站起身，对苏南一说声"谢谢"，急忙赶回了公司。

第二十一章

车前子：棋逢对手

十五的月亮十六圆。正月十六，本来是个好日子，苏南一却怎么也开心不起来。

一大早，来到办公室，打开电脑，泡上茶，点上烟，拿起谢平邀请他出席开业典礼的请帖，心里很不是滋味。能说什么呢？谢平的离开是他不愿看到的，分拆了他的业务，挫伤了团队的士气，还差点把公司搞成大分裂，但人各有志，所谓道不同不相为谋，所以只能无奈地接受这样的结局。

从道理上讲，是车都挡道。谢平的理德公司，尽管是一家刚刚开业的新公司，但对南南公司而言，这不是一个一般的对手。谢平太熟悉南南公司了，在谢平那里，南南公司没有秘密，谢平手里的客户都曾经是南南公司的客户，理德公司抢的都是南南公司的生意。对理德公司，南南公司能做的只是防守，守不好就会丢失阵地，丢一单是一单，这样的压力最直接，这让苏南一如鲠在喉。

罗本辉的事，是无意间的一个发现，无论是对于项前，还是对于自己，苏南一都感受到这背后有一只无形的手，盯上康华公司的不只有自己。罗本辉的异动说明，在康华裁员这件事上，南南公司已失了先机，康华是块肥肉，虽说南南公司有所谓的天时、地利、人和，但第一个吃到肉的不是自己，一场人才抢夺大战已然开始，之所以无比纠结，是因为他和项前的攻守同盟。在利益和道义之间，苏南一有自己的坚守，一句话，南南公司只能帮康华解决问题，而不能添乱，苏南一的纠结在于这个度太难把握。

苏南一叫来叶芳，说："今天谢平的新公司开业，给我发来了邀请函，公司里的事太多，我不便出席，你代我参加。"

叶芳问："苏总，你真给他面子，还要准备什么吗？"

"一个花篮，封一个 2000 元现金的红包。"苏南一回答说。

"还封红包？苏总对我们都没这么大方。"叶芳小声说，一脸的不乐意。

苏南一尴尬地笑了笑说："我也不乐意，但起码的人情还是要的，一起打拼了八年的兄弟，我不想把双方变成仇人，做人留一线，日后好见面嘛。"

见叶芳站起来要走，苏南一又提醒道："人家的好日子，不要闹事，做人要有分寸。"

叶芳点了点头算是应允，转身离开办公室。看着叶芳婀娜多姿的样子，苏南一又想起了林娜，南南公司的日子难过，他希望能有林娜为他分担，可林娜走了，在他最需要她的时候走了，苏南一真的想和林娜来一次双飞游。纷纷扰扰的生活，没有静下来喝一杯茶的心情，自己到底在追求什么呢？风景怡心，时间疗伤，林娜远赴欧洲，为的就是躲开自己，两天了，没有一个电话，她能释怀吗？但愿这次欧洲之行能愈合她的创伤，平复她的心情。

董云龙敲门进来了，坐下说："苏总，有个情况向您报告。"

"什么情况？"苏南一问。

"自从康华的裁员新闻发布以后，公司的人心大乱，已有人在陆续离职，据说康华小家电事业部的人事经理已到了他们的竞争对手那里。"董云龙有些神秘又不无忧虑地说。

“我正要为这事找你。”苏南一把烟递过去，一脸正色道。

缥缈的烟色里，苏南一显得若有所思，他感叹道：“在康华公司的事情上，我们由于忙于内部的事，罗本辉的事表明我们已失了先机，对手比我们行动得要快，你们的进展怎么样？”

董云龙摇摇头，显得有些羞愧，说：“我也这么认为，通信录和联系方式找到了大部分，但还不全，正在汇总，重点目标正在加紧沟通，大家都很努力，由于谢平带走了几个人，人手显得有点不够。”

苏南一做了个果断的手势，说：“要快，要和对手抢时间，加人的事我让叶芳抓紧。”

“天马的人我不怕，打交道这么多年了，大单他们抢不过我们，我怕的是谢平的理德公司。尽管理德公司是一家新公司，但谢平是一位业务老手，抢单的能力强，如果有正面交锋，我会感到很吃力，不过也没什么，我们的身后还有苏总您呢。”

苏南一显得有点不高兴，说：“以后这种灭自己威风的话少说，你背后有什么？有一个强大的团队，有我。谢平背后有什么？几乎一无所有！两家不可同日而语的公司，拿出来说就是在心理上先输了一成，记住，原则是战略上轻视，战术上重视，具体的自己把握。”

听了苏南一的话，董云龙不好意思地笑笑说：“苏总，我们的客户中有人看上了康华的产品总监李济刚，我打他电话，他说了几句就挂了，再打不接，这个人我看要苏总您出马帮我一下。”

“你说的客户是康华的竞争对手吗？”苏南一问。

董云龙回答道：“不是，是一家互联网公司，他们需要一个传统制造业懂产品的人规划他们的网上产品，目前他们认为康华的李济刚是一个不错的人选，这个人他们接触过，但不好谈，转而求我们帮忙。”

苏南一沉吟了半晌，说：“这是一个好事，但在康华公司的业务上，我给你明确几个原则，一、康华公司的人，不是主动离职的，不允许搞同业竞争；二、跨行业的，挖人也不要过分勉强；三、凡是涉及高层的，必须经过我的允许。”

董云龙有些不解地说：“为什么？我们能放着生意不做吗？”

苏南一似笑非笑地说：“你说呢？我们要有我们的原则，我们公司的宗旨与使命是帮助企业优化合理配置人力资源，我们的价值就在这里。我们不能为了自己的业务搞破坏，我们的工作目标是帮助企业成长，业务要做，原则不能丢。在康华公司的业务上，要避免用力过猛，要做隐形人，康华是我们的大客户，也是我们的老客户，如果我们在操作上稍有不慎，我们会失去这个客户，知道吗？”

董云龙点点头，表示认同，又问：“苏总，您看李济刚的事？”

“你说的李济刚，我不能答应你，我接触一下，回头我找你。”苏南一挥了挥手，意思是可以走了。

对苏南一的回答，董云龙还是满意的。按常识判断，苏总出马，应该能够搞得定。

其实，苏南一真没把谢平的公司放在心上，他最担心的还是老对手，同城的天马公司。

天马是南南公司的老对手，业务规模不相上下，业务领域和业务模式非常接近。天马的老板是一个女性，在国际品牌猎头公司做过高管，业务能力超强，属于个人创业。从管理的规范性上来讲，苏南一自觉略有不如，好在自己有几员得力的干将，这几年才形成这样一个旗鼓相当的局面，对于康华公司，从各方面的信息看，天马出手了。

苏南一正在想天马的事，业务二部的赵非敲门进来，看着他乐颠颠的样子，苏南一笑着问：“啥喜事？中奖了？”

“天马的人出事了。”赵非边说边从苏南一的办公桌上拿起烟给自己点上。

“别人家出事，你幸灾乐祸什么？”苏南一显得有点失望，他着急的是自己家的业务。

赵非手比画着，显得格外兴奋，说：“苏总您别着急，听我给您说，这件事和康华公司的罗本辉有一定的关系，为了把罗本辉弄到九洲，可以说天马公司是下了大功夫。负责这个单的是天马公司的一个女业务员，叫汪紫衣，人长得漂亮，这次帮九洲挖罗本辉，就是她先搞定了九洲的招聘经理，然后才把罗本辉弄过去的。”

“这很正常啊，有什么不对吗？”苏南一听得一头雾水，不解地问。

“是啊，前面的事都很正常，后面的事就不正常了。九洲的招聘经理叫郑介明，听朋友讲，郑介明和汪紫衣，一个为了挖到罗本辉，一个为了拿回挖罗本辉的佣金回扣，两人做了一笔肮脏的交易。结果是，事办成了，郑介明反悔了，汪紫衣没能拿到那30%的回扣，最后，一怒之下，汪紫衣给九洲的高管群发短信，投诉郑介明拿回扣，现在是闹得满城风雨，圈子里的人没有不知道这事的。”赵非幸灾乐祸地说道。

本来不以为然，由于事关竞争对手，又有这么强的故事性，苏南一听得倒认真。等赵非讲完，苏南一强调说：“所以你们要小心天马的那帮娘子军，从这事来看，她们是没底线的，后来呢？”

赵非从故事中缓过神来，答道：“听九洲的人讲，九洲的高层对这件事很恼火，九洲人力资源正在研究对郑介明的处理决定。汪紫衣惹了祸，人玩消失，天马的人也在到处找她。”

听完赵非的描述，苏南一想笑，又笑不出来，他是透过这件事看到了行业的乱象，看到了天马公司在业务方面的凌厉攻势。他想了想，对赵非说：“你们不要光看笑话，出这样的事是我们猎头行业的耻辱。”

“天马出事对我们总归是好事，我们这叫坐山观虎斗，乐得看热闹。”赵非扮了个鬼脸，诡异地笑了笑。

苏南一仍一脸严肃，说：“直接看是好事，往远了看则未必。每个行业都有潜规则，什么叫潜规则？不能公开说的，上不得台面的，见光死的才叫潜规则。汪紫衣这是在挑战潜规则，回扣的事由暗变明，企业势必加强对这一块的监管，我们和客户打交道就会变得敏感了，说大了，这件事也许会让行业的生态发生变化，光看热闹，我们能置身事外吗？”

赵非不乐了，略显惊讶地问：“苏总，有你说得这么神乎吗？”

苏南一这时候反倒笑了，说：“你们可以拿这件事做点文章，但不要过分，提醒客户小心天马，这是我们的一个机会，看你们的智慧了。”

赵非走了，苏南一一个人静下来，天马的事算是给他敲了一次警钟，这种业务层面的缠斗，天马是出手快，下手狠，南南公司看来不占优势，如果天马的这件事不这么爆出来，天马的女将们就这么一路杀下去，真不知道怎么应对。一个罗本辉的案子，算是把天马的口碑搞臭了，对南南公司和苏南一来讲，这算是吉人自有天助吧。

学如逆水行舟，做企业也如逆水行舟。2014年，南南公司遇到发展上的瓶颈，业务下滑，人员动荡；2015年如果再不能突出重围，就会很快被这场行业洗牌的大潮淹没。

苏南一下定决心要进行融资，要借助资本市场的力量撬动市场，新三板对南南公司来讲是天上掉下个林妹妹。但天下没有免费的午餐，融资有风险。融资是什么？所谓融资，就是变相卖公司。马云把阿里卖了，王志东把新浪卖了，吴长江把雷士卖了。因为融资，创业者出局的不在少数，刻薄一点说，融资就是“卖孩子”，生了，养了，再把“孩子”卖了。对有些公司来讲，融资纯属无奈之举。也有些公司，为了把“孩子”卖个好价钱，按券商的要求，拼命地做规模，现金流耗尽，市没上成死掉的也比比皆是。

想想这些，苏南一也有些怕，但就目前来看，融资是南南公司破局最好的出路。

第二十二章

课中课：祸起萧墙

罗本辉辞职的事对项前的刺激很大，因为罗本辉辞职他是第一责任人。

从第一时间知道罗本辉辞职，到苏南一给他讲了罗本辉辞职的详细经过，他一直在想这件事的危害，以及该如何跟老板汇报这件事。总之，对项前而言，这件事很棘手。没有泄密就不可能有那么大的舆论风波，为平息舆论，改善舆情，康华付出了高昂的代价，品牌受到损害，经营环境恶化，甚至影响到公司重大的战略举措——H股上市。裁员，大批量的裁员本来就是一个极其复杂的工程，裁员信息的提前释放，给裁员这件事蒙上了阴影。罗本辉的事，意味着项前没管好自己的队伍，祸起萧墙，这是项前所不能容忍的。

一上班，项前就把法务部的徐中林叫到办公室，咨询罗本辉的事从法律层面应该怎么办。

徐中林给出的答案让项前很失望，徐中林说：“罗本辉已然辞职，公司制度对他已构不成约束；罗本辉和公司签有竞业协议，但这种协议的约束力有限，最多涉及赔偿问题；至于罗本辉泄密，我们只是从现象上、从推理上得出是罗本辉泄密，证据呢？”

项前把刘琼叫进办公室，要她把罗本辉和公司签的竞业协议找出后拿进来，刘琼则回答说：“项总，罗本辉的竞业协议我找过了，没有。”

“怎么会呢？他应该是签了竞业协议的。”项前问。

刘琼解释说：“听我们的档案管理员黄书同说，罗本辉去年元旦借过档案，想是那时借机抽走了，管理员失职，让罗本辉钻了空子，看来罗本辉辞职是早有预谋。”

“人跑了，文件又丢了，真是岂有此理！查，一定要查清到底是怎么回事！落实到责任人！”一向很少动怒的项前敲着桌子，怒气冲冲地对刘琼说。

听到这里，徐中林说：“竞业协议都没有，那就更难办了，要从法律层面解决问题，那就要证人、证言、证据，眼下这些东西，都难办啊。”

项前不满意徐中林的态度，说：“中林，我看不一定是这样，罗本辉泄露了公司的机密，这是事实，事实就是天大的证据。具体的证据，你想办法，一定要追责罗本辉，这是政治任务。”

泄密的事有了眉目，送走徐中林，项前又把方华、姚少功召集到会议室开会。

项前说：“二位领导，查泄密的事我办事不力，我检讨，现在这个人我终于查到了，从方方面面得到的信息看，泄密的人就是我们小家电事业部的人事经理罗本辉。”

等项前说出“罗本辉”这个名字，二人显得有点惊讶。

方华诘难道：“家贼难防，这可是你分管的家贼啊。”

见项前无语，姚少功附和道：“我们自己的人反水，授人以柄，惹出这么大的事，听起来真是个笑话。项总，发生这种事，我们到老板那里怎么说？”

项前强压着怒火，故作平静地说：“这也是我们开会要研究的，或者说是我要向二位请教的，但我们的重点还不在这里，我们公司的信息安全工作做得不好，以至于出现这么重大的泄密事件，我们怎么消除罗本辉泄密带来的负面影响，怎么从法律层面惩治罗本辉这个人，这都是眼前的问题。而如何杜绝这类泄密事件的发生，这才是我们的目的和落脚点。”

方华说：“没什么好研究的，老板那里，实话实说。罗本辉吗，公事公办。”说完方华连招呼都没打，转身离开了。看方华离开了，姚少功扔下了句“有事找我”，推门而去。

会议室里就这么莫名其妙地只剩下项前一个人，项前一向自恃聪明，这种局面让他极为难堪。项前狠狠地把笔记本摔在桌子上，他被怒火燃烧着，但这怒火又无处发泄。他点上烟，大口大口地吐出烟雾，想想这些年的过往，何曾受过这样的冷落，连老板都没有这么对待过自己，他们凭什么？

从新年上班到现在，项前算了一下，只有短短的八天时间，可这八天里发生了多少事啊，事都有因果，不是吗？泄密的事由项前负责，可偏偏泄密的人又是自己分管的，若追究起责任来，自己脱不了干系。因为上次被处分，方华和姚少功两个人都有情绪，现在以这样的方式发泄对自己的不满，本来说事情有了个结果，想三个人讨论一下对策，可现在呢？

危机公关小组本身出现了危机。项前意识到，这是一次信任危机，危机不消除，危机公关小组将无法正常工作。方华是那种自视甚高的人，同事几年了，两个不同的系统，原来合作的机会不多，而作为品牌总监的方华掌握着公司大把的广告资源，每年几个亿的广告合同都是他签字生效的，平时被乙方皇上一样地供着，所以，压根没把他这个人力资源总监放在眼里。危机处理小组成立，对于他这个组长方华并没有心理上的认同，没事的时候大家还可以将就着合作，出了事，受了处分，借题发挥也属正常。姚少功是那种专打太极的老江湖，表面功夫了得，内心里怎么想，你根本猜不透，他也许不是有意给自己难堪，自己有话柄在别人手上，姚少功也不过是和方华一样借题发挥。

每个人都有权利发泄自己的不满，恰恰自己的工作不力给人提供了这样的口实，三人小组需要团结，项前决定放一放，事缓则圆，更大的一关是老板。

十五楼董事长的办公室里，项前像一个刚犯了错的小学生一样，被老板董方卓训斥着，这时的他表情木然，眼神散乱，低着头一言不发。一向泰然自若的董方卓被项前所说的情况激怒了，他站起来，敲着桌子对项前说："项前，这么多年，我一直很看好你，倚重你，觉得你为人正派，做事稳重、严谨，所以这次危机处理我才安排你做这个组长，可不成想你给我捅了这么大的娄子。"

项前想说什么，看老板怒气未消，又咽了回去。董方卓坐回到自己的位子上，接着说："项前，今天造成这个局面，无论是作为组长，还是作为人力资源负责人，你都难辞其咎。看看这几天你的表现吧，舆论风波，你参与了整个过程，方华是第一责任人，你负有领导责任；泄密事件，查处不力，时间延后，你负有直接责任；罗本辉反水泄密，你是他的分管领导，你用人失察；罗本辉竞业协议丢失，你负有管理责任。危机处理，接连不断的失误，再这么下去，你会坏我的大事！"

项前知道，在老板所说的这几件事情上，自己多多少少都有责任，但这么一味地沉默不是办法，于是说："董事长，我有我的问题，如果您觉得我办事不力，您可以追加对我的处分，在危机事件的处理上，我自我感觉，我的能力有限，影响力有限，可以调动的资源有限，我能做的就是尽力而为，这是我能掌控的最好的结果。一句话，这个组长，我不胜任。"

董方卓似乎觉得自己把话说重了，态度有所缓和，用安慰的语气说：“你这个组长，胜任要当，不胜任也要当，俗话说‘国难思良将，板荡识忠臣’，不经历一些大事怎么能成长，年轻人，犯错是正常的，重要的是认识，公司危难，你们要帮我分担啊。”

项前站起来，表态似的说：“董事长，这是我们的本分，是我们的职责所在，能为董事长分忧是我项前的幸运，罗本辉的事我会加紧处理，有结果再给董事长汇报。”

一说到那个罗本辉，董方卓一下子站起来，用一种气愤的语气说：“那个罗本辉，反水、泄密，乱我军心，你们必须给我严惩，不要说没证据，办法是人想出来的，泄密这么大的事是要坐牢的，泄密、叛逃这股歪风不刹下去，就会有无数个罗本辉出现，打罗本辉就是要以儆效尤，绝不手软。”

离开董事长的办公室，项前直接到法务部找孙波，他知道罗本辉的事，徐中林那里已没有什么好办法，孙波是有办法的人，孙波不仅有办法，而且有关系。当下的社会，关系就是生产力。

孙波是个讲究的人，法学博士绝不是浪得虚名，平时穿着得体，派头十足，说话慢条斯理，言必引经据典，在大是大非方面是一个绝不含糊的人。

敲响门，发现孙波刚好在，项前推门而入，一阵寒暄后，项前说：“孙总，泄密的事我们有了进展，但需要您的帮助，董事长要求我们要严惩泄密的人，对于罗本辉，我们现在没什么好办法，想得到孙总的指导。”

孙波放下手中的笔，推了推眼镜，抬起头说：“项前，罗本辉的事徐中林给我讲了，这个事是不好办，但也不是不能办，法律讲证据，我们就要在证据方面做文章。”

“我们最苦的就是没证据啊，我们的会议纪要，罗本辉只是把看到的讲出去了，他和公司签的竞业协议又被他拿走了，至于采访的材料，我们不可能从记者那里拿到的，事是这么个事，但从证据材料来讲，我们是一无所有啊。”项前摊开手，一脸无辜地说。

孙波摆摆手，摇着头说：“那是你看到的，事件既然发生了，那就不可能不露痕迹，证据就隐藏在这个过程中。记住，我们要盯紧的是那个华南商报的记者，文章是他发的，重要的证据一定在他手里，如不出意外，他手里一定有罗本辉的访谈录音，如果有录音在，罗本辉能跑得了吗？”

项前又说：“孙总，你说的录音可能有，也可能没有，即使真的有，报社也会出于对报料人负责任的态度，不会轻易把录音资料给我们的。”

孙波站起来踱着步，不以为然地说：“这正是我们可以做文章的地方，我也相信他们不愿意给，也就是说华南商报不到没办法是不会给我们想要的资料的，媒体爆企业的料一般要有真凭实据，我们要通过先打华南商报逼他们拿出真凭实据，等这些证据拿出来，我们再收拾罗本辉就易如反掌了。”

项前似懂非懂，说：“孙总是说要曲线救国？先打华南商报，打华南商报是假，逼出证据是真，然后再用这个证据起诉罗本辉？”

孙波点了点头，没说话，神秘地笑笑。

泄密的事有了一个明确的思路，项前多少有些心安，对着孙波连声说了“谢谢，谢谢”，离开了办公室。

第二十三章

花为媒：峰回路转

利益所在就是矛盾所在，项前感到自己被困在了网中央。

对于康华而言，裁员是公司的大事，受到所有人的关注，项前是这次裁员方案的制定者和执行者。方案还未正式执行，他已感受到了来自方方面面的压力。

午后小憩，给自己泡上一杯浓茶，把烟点上后，项前把审批后的方案重新拿出来反复审视，逐一分析在方案执行过程中可能遇到的阻力。这是一盘大棋，事关很多人的命运和自己的职业生涯，执行得好，公司才有望翻盘，再续辉煌；稍有差错，则可能分崩离析，纷争不断。凡事预则立，不预则废，所以对于所有潜在的风险都要有预案，以防不测。逐一推敲了方案的细节后，项前又把各个经理上报的汇总材料仔细看了两遍，在一片烟色迷雾中，他陷入了沉思。

按公司惯例，每个新财年开始都要进行一次涉及面颇广的人事调整，对于这种人事调整，大家俗称“洗牌”。牌要年年洗，谁上谁下，业绩说话。种种迹象表明，今年的洗牌与历年不同，动作大，牵扯面广，涉及一些高层的变动。由于2014年的业绩不佳，业绩下滑明显的主体事业部，一把手更换，这似乎已成定局。而撤换干部的攻坚点，就是黑电事业部。黑电事业部是康华公司起家的本钱，其销售规模占公司销售总额的五成，利润占公司利润额的六成。2014年，黑电事业部的规模和利润双双下滑，这是公司创业以来少有的现象，因此也是董事长董方卓所不能容忍的。就用人来讲，将易帅难，对于换帅的人选，董方卓一直在斟酌。

大企业都有大企业病，康华也不例外。由于公司前几年发展势头一直保持良好，所以不断地设立部门，派生机构，以至于现在衙门林立，官僚风气日浓。时至今日，康华公司总部已经有二十五个职能部门，平时数一遍都要费点工夫，更不要说下面办事的了。现在董事长下定决心撤并机构，实行大部制，二十五个职能部门，合并成十二个，部门撤并过半。按老板的话说，庙没那么多了，还要那么多和尚干吗？一次机构合并，这又要有多少人遭殃啊！

裁员，这是公司不得已的一个动作。在人的问题上，做加法易，做减法难啊。业绩好时，一俊遮百丑，各条战线都是拼命加人，有关系的，没关系的都来了。现在业绩不好了，过多的冗员成了公司巨大的包袱。三万人，光每年的人工成本就有三四十个亿，把公司的利润侵蚀大半。工资增加、福利费用增加、管理费用增加，一到月末，签工资单的手都会颤抖。人满为患，尾大不掉，业务不回头，公司会被这些冗员拖死的。如今，老的、新的、大的、小的，会有一批人在这次裁员风暴中悄然退场。老板痛下杀手，纯属无奈之举。

降薪？从干部到员工，所有人都过惯了加薪的生活，上去容易下来难，对于每个人来讲，降薪就等于割肉，到时候民怨沸腾是必然的。但从公司经营的角度来看，裁员六千多人，降薪10%~30%，一年可省下来八九个亿的人工成本，这可抵得上当下一年的利润。刮骨疗毒，此之谓也。

正当项前埋头沉思之时，竞争力研究部的王少春敲门进来。

王少春乐呵呵地说："项总忙，看你最近总加班，但劝你也要注意休息，白头发都多了不少哦。"

王少春是竞争力研究部的总监，属于公司的少壮派，公司自己培养起来的大学生，人看起来憨厚，但精明得很，很得总裁余东风的赏识，年纪轻轻就成了公司高管级别的人物，但项前心里明白，这次竞争力研究部属于被撤并的部门，但现在又能说什么呢？

项前拿了个纸杯倒上茶，示意王少春坐下。

这时，王少春说："项总，我来不是谈工作的，私事。"他边说边拿出一个红色的信封，"看你那么忙，都不好意思来打扰你，这个周末我摆结婚喜酒，还要请项总赏光啊。"

"噢，终于把自己嫁出去了？好事，恭喜！"项前半开玩笑地说。

王少春插科打诨道："我老是单身，你们部门的那么多美女不也不安全吗？我这是在帮项总减轻压力啊。"

"你这是玩够了，不知道你祸害了多少姑娘呢。你结婚了，良家妇女才能多睡个好觉。"项前边说边把烟递过去。

王少春拿着烟在自己的大拇指上面顿了几下，点上烟说："项总，你这是在说自己吧，你这样的钻石王老五一天不结婚，我们整栋楼的姑娘就一天不死心，我这是在给你做榜样，我们大家也在等着喝你的喜酒呢。"

"喝酒我去，不瞎扯，还有事吗？"项前无心跟他闲扯，站起来有送客的意思。

王少春则凑上来，小声说："现在公司上下传得厉害，机构合并的事搞得大家人心惶惶，我们竞争力研究部，小部门，是不是有被撤并的风险？项总能不能透露点消息呢？"

项前拍拍王少春的肩膀说："先忙你的人生大事吧，机构撤并的事，尚无定论，我不也一样等着老板发话吗？"

"官话，官话，看来等你的实话要到酒桌上了，周末，凯宾斯基三楼，恭候大驾。”王少春边说边往外走。

王少春的红色炸弹把项前炸得有点蒙，自己的人生大事，自己花的心思太少了。到如今，同学的孩子都上学了，自己还这么犹豫着。说是没时间，还是自己不上心，业已立，家未成，不是自己的要求高，而是自己的运气差。和现在的女朋友艾佳也谈了七年了，越来越找不着感觉，放又放不下，爱又爱不起来。项前摇摇头，叹了口气，心里想，现在真不是想个人感情的时候。

职场十几年，项前自认为是个有规划的人，但今年开年，几件大事都事发突然，而且无一例外地超出了自己的掌控范围。沟通的成本之高，协调的难度之大，一时间把项前弄得手忙脚乱。尤其是这两天，像王少春这样以各种各样方式刺探消息的人很多，工作时不时受到打扰，安静不下来，心很乱，这样的状态让他有点难受。

多事之秋，真是一波未平，一波又起，前面的舆情风波刚有好转，气都没喘一口，现在裁员的压力又来了。危机公关三人小组出了问题，方华有情绪，姚少功摇摆不定，这样的局面不改于后续不利，项前意识到自己现在要有所动作了。项前从书柜里拿出自己从老家带回的本地特产黑砖茶，包好了以后带上离开了办公室。

项前决定去找方华谈谈，方华的办公室在十二楼，尽管只有两层，项前还是选择了坐电梯。项前像这样给人送礼的时候不多，心里不舒服，但这确实是缓和关所必要的。

敲开门，项前看到的是一种意外的场景，方华的办公室里还有曲哲和姚少功在。项前本能地想退出来，却被方华叫住。曲、姚二人也起身表示对项前的欢迎，项前站在门口，冲着方华说：“方总，我的事不急，你们要是开会，我待会再来。”

方华打着哈哈回应道：“不是开会，正有事向你汇报，配套裁员的方案都被老板打回来了，我们都离提交辞呈又近了一步，这不大家一起想万全之策呢。”

“哪有什么万全之策啊，这样不分青红皂白地裁员，是对工友利益和尊严的践踏，我正准备组织工会委员召开会议，把大家对裁员方案的意见形成报告提交给老板。经营上稍有压力，就拿自己的员工开刀，这不是一种负责任的行为。我是工会主席，我不能站在资方说话，我是员工利益的代表，为员工讲话是我的本分。”姚少功把话说得义正词严。

听姚少功这么一说，项前有点蒙，项前知道，这些话当着老板的面他敢说吗？不敢，姚少功分明是把话说给他听的，算是表达一种不满。因为姚少功的这些说辞完全出乎项前的预料，刚坐下又站起来的项前只好赔着笑脸说：“姚总，姚主席，道理是这个道理，您的说法我完全赞同，但对我们康华而言，今年是多事之秋，乱子已经够多了，要是工会再和老板唱对台戏，您老于心何忍啊？”

一旁的曲哲，表情冷冷的，好像是不以为然，又像是不愿意发表意见，趁大家说话的间隙，插话说：“董事长那里有事催我，失陪了。”

曲哲以董事长助理的身份进入康华也有小半年的时间了。他自己知道，这个所谓的董事长助理是个很尴尬的身份，这是一个虚职，有时候像万金油，帮助董事长处理一些他处理不过来的事情，但他不是来当备胎的，这不符合他的性格。对于眼下的人力资源总监项前，尽管他为老板所倚重，但从最近的几次接触看，他对项前不以为然。公司人的矛盾已很尖锐，项前作为这次危机公关小组组长，在处理危机的过程中是漏洞百出，可以说项前的问题都是他的机会。

大家正热烈地讨论，曲哲的抽身离场顿时改变了办公室的气氛，看曲哲离开，发了一顿牢骚的姚少功也借故告辞。

场面冷清了，项前自己也冷静了，项前不知道在他进来之前发生了什么，但他判断一定不像他们说的那样讨论所谓的方案。曲哲频繁地出现在方华的办公室里，这里似乎有什么不正常，但他又不知道该往哪里想，所以只能提醒自己加倍小心了。

见方华办公桌上也放着一个红色信封，项前知道定是王少春送的，见机说：“这个王少春，真是要红色炸弹，炸死一片啊。”

方华坐起来，说：“炸就炸吧，你还有机会，我可是肉包子打狗，有去无回啊。”

“不能这么说，保不齐你还会娶个小的嘛。”项前玩笑道。

项前把手里的黑砖茶放到桌子上推到方华面前说：“方总，你是茶道专家，我老家的黑砖茶你帮我鉴赏一下，喝得惯的话，我再给你带些。”

方华摆摆手，一副拒绝的样子，说：“项总，你这是知法犯法，陷我于不仁不义。”

“俗话说，烟酒不分家，茶也一样，我喝你喝大家喝，你还让我拿回去不成？”项前笑着坐下点上烟。

方华起身从身后的书柜里拿出一条中华，说：“不拿也成，烟你一会拿回去抽，别断了粮草。”

见气氛缓和了下来，项前便一本正经地说：“方总，公司的舆情有所好转，但裁员才刚开始，更大的风险还在后面，我们不能不防啊，这方面你是专家，看看我需怎么配合你下一步的工作？”

一听这话，方华又板起脸，一脸严肃地说：“别说配合，危机公关小组你是组长，是我的领导，你说怎么干，我就怎么干，处分再多一次不多，再少一次不少。”

“我哪敢当你的领导啊，小组是为救火而设的，今天有明天无的，董事长这是赶鸭子上架，没有你和姚总，这担子我是担不起啊。这种工作是做好了，太平无事；出了问题，锅烙一起吃，谁能独善其身啊？”

项前把身体微微前倾，压低声音说：“还有一点我不能不提醒方总，我们都是空降兵的身份，我们跟姚总比不起，我们要多打配合，合则是双赢，分则双输，一损俱损，错是不能再犯了。”

方华一副若有所思的样子，没说话，而是拿壶烧水，水烧上后回到位子上说："项总，眼下的康华就是一艘破船，前面的事件还未了，后面又要有这么大的动作，几千人的事，真是防不胜防，眼下的媒体都是些吸血鬼，想让他们不说话，那得多少钱才能喂得饱啊？"

听方华这么说，项前马上想到董事长安排再签一家公关公司的事，便说："在舆情管理和控制方面，我们是需要加强力量，董事长有安排，要我们再签一家公关公司以确保安全，媒体不计其数，我们自己一一对接很辛苦，借助公关公司的力量，我们会省力些。"

一听说可以再签一家公关公司，方华应道："那敢情好，公关公司的事我来落实，但这还不够，今年我建议我们要加大品牌方面的投入，多签几家战略合作媒体，多交友，少树敌。对当下的康华来讲，舆论环境最重要。"

项前顺着方华话说："品牌方面的费用我们一起去争取，今天明确几个方面的事情，一是和蓝标方面的合作，要由短线变成长线，切实地加强舆情监控；二是对罗本辉泄密的事情，按孙总的建议，我们要想尽办法从宋西洲那里拿到证据，以便我们对罗本辉采取法律措施；三是再落实一家新的公关公司，两家打配合，为我们后面的裁员工作多做一手准备。"

方华抿着嘴点了点头，表示赞同。

看差不多了，项前站起身，摇着头说："方总啊，如果这次闯关成功，我请你喝庆功酒；失败的话，到时候我引咎辞职，我就请你喝散伙酒。酒是喝定了，就看怎么个喝法了。"

方华起身相送，安慰项前说："别那么悲观，公司难过，大家日子都不好过这是真的。"

有了方华积极的态度，项前多少感到轻松了些，离开方华的办公室，他知道还有姚少功的工作要做通，这样四处拜佛，为的是一致对外打好眼前这一仗。

第二十四章

喜相逢：异想天开

3 月 6 日，正月十六，是谢平为自己的新公司选好的开业的日子，福田区深南大道旁格兰云天的楼下一时豪车云集，美女如云，热闹非凡。

谢平的如意算盘落空了，本来新的一年会有一个完美的开局，但随着事态的发展，他发现一切并不像他想象的那样，他低估了苏南一，那天晚上从南南公司晚宴现场出来，他就知道他输了这一局。林娜是这盘棋的胜负手，从那天说服林娜发出辞职短信起，他以为林娜已是他可以任意摆布的棋子，但不成想她后来变卦，到今天开业为止，林娜不知所终。南南公司三个要投诚过来的业务骨干，最后只来了一个王飞，再就是两个可有可无的小卒子，有时候谢平也感叹，人心难测啊。

黄道吉日，天公作美，这一天的深圳蓝天白云，风和日丽。上午九点半，受邀参加开业仪式的客人陆续到场。谢平一身藏蓝色西装，红领带，白衬衫，头发收拾得纹丝不乱，打扮得新郎官一样，精神百倍，忙不停地招呼着客人。受邀参加开业典礼的都非凡人，有他的大学同学，有湖南商会的老乡，更多是多年来积累下来的客户。这些客户多半是一些知名企业的高管，格兰云天的楼下，十几个朋友赠送的花篮分两侧排开，几十辆豪车整齐地排在一楼停车场，十几个礼仪小姐穿梭于停车场和大厅之间，一波一波地引导着客人。

在这些客人中间，有三位是谢平邀请到的贵客，一位是深圳市人力资源协会副会长方宏达，一位是中国人民大学劳动人事学院副院长秦一明，还有一位是家电业的大佬李东平，其中秦一明是本次仪式的主讲嘉宾。主要嘉宾到齐，谢平心里的石头算是落了地，嘉宾就是他的门面，嘉宾的品位体现着他的影响力。正当谢平准备抽身的时候，只见一位身着深色旗袍、杏色披肩的少妇朝他走来，定眼看时，见是叶芳。想起上次晚宴上的场景，谢平一时不悦，但还是勉强上前伸手欢迎。

谢平上前客气地问道：“苏总怎么没来？”

“谢总这是嫌弃我了？要不我再去给你请一下苏总？”叶芳从谢平的手里抽出自己的手，上下打量着谢平，不怀好意地笑着问。

谢平连忙道：“哪里，哪里，叶小姐赏光，不胜荣幸。”

叶芳揶揄谢平说：“谢总啊，看你这打扮，看你这排场，不再找个二房可惜了，林娜今天不来，真对不住你。”

谢平压着怒火，强颜欢笑道：“都是朋友赏光，你不也是，多谢捧场。”

叶芳把封好的红包甩给谢平，绷起脸扭动着腰肢径直走进大厅。

开业仪式被安排在了二楼的紫光国宴大厅，一时间大厅内是高朋满座，人头攒动。

为筹办开业仪式，谢平可以说使出了浑身解数，按谢平的策划思路，整个上午的活动分为四个环节：第一个环节是开业仪式庆典；第二个环节是由中国人民大学劳动人事学院副院长担任主讲嘉宾的“互联网模式下的知识型员工管理”专题报告；

第三个环节是理德公司现场参观；第四个环节是“赢在中国”的主题酒会。活动的流程和细节，谢平委托给一个叫“花样年华”的礼仪公司操办，为提升开业庆典仪式的品位，谢平还通过朋友专门请到了深圳卫视的金牌主持李红剑。十几天的时间，在筹办庆典仪式的过程中，谢平可以说既兴奋又失落，兴奋的是自己终于有了属于自己的公司，做自己的老板，失落的是林娜倒戈，从南南公司挖人的计划基本落空。

九点五十分，在欢快的迎宾进行曲中，到会的嘉宾依次入场。众人坐定，音乐停下，主持人出场，这时整个大厅回荡着主持人李红剑那磁性的声音。介绍完与会的嘉宾，九点五十八分，主持人宣布庆典仪式正式开始，一时间，格兰云天楼下鞭炮炸响，鼓乐齐鸣，众人起立鼓掌。

在众人的掌声和祝福声中，谢平跟随着礼仪小姐健步走上演讲台。这一刻对谢平来讲，是无比神圣的时刻，过程中的苦恼、焦虑与不安此时都烟消云散，他无法按捺内心的激动，尽情地享受着此刻的鲜花与掌声。谢平稍稍平复了一下自己的心情，拿起话筒，开始了他的庆典致辞。

“这是一个伟大的时代，这个时代给我们每一个平凡的人创造了无穷多的可能。深圳是一个充满魔幻色彩的城市，三十年的时间，这个城市诞生了无数的奇迹，我们是这些奇迹的创造者和见证者。今天是一个无比美好的日子，深圳的春天就这样来了，在这个日子里，鲜花盛开，芳香四溢，我们就这样被春天包围着，一起在这里见证又一个奇迹的诞生。我们这里，有从北京远道而来的专家，有叱咤风云的商界精英，有我们一起奋斗打拼的战友和朋友。在这里，请允许我代表理德公司的全体同仁对各位嘉宾的到来表示热烈的欢迎，并致以崇高的敬意！”

讲到这里，谢平离开演讲台，走向舞台的中央向与会的嘉宾深鞠一躬，大家报以热烈的掌声，谢平又回到演讲台前，接着下面的发言。

“我们每人都有一个自己的中国梦，可以说创业是无数青年人的梦想，有人说‘青年人的成功往往源于他最初的梦想，人因为梦想而伟大’。本人谢平，是这众多青年人中的一个，我的梦想和在座的各位息息相关，我的梦想就是通过帮更多拥有梦想的青年人找对自己的位置，帮更多的企业发现更多、更好的人才，通过打造一个国际化的人才平台，助推中国经济的腾飞。理德公司不是一个无中生有的小公司，理德公司脱胎于猎头行业华南市场的领导品牌南南公司，八年前，我和朋友联合创办了南南公司，今天，为了打造一个更大的舞台，实现一个更大的梦想，理德公司就这样应运而生。理德公司志在成为行业的领军企业，志在帮助中国更多的品牌企业实现人才的合理配置，从而激发整个团队的活力。当下的中国，人本思想已深入人心，理德公司就是要通过优质、便捷、高效的服务，与大家成为休戚与共的合作伙伴。在追求梦想的路上，你们是理德公司的骄傲；在追求梦想的路上，理德力争成为你们最可信赖的助手。”

谢平一番激情洋溢的演讲赢得阵阵掌声。演讲结束，他连连拱手表示答谢，然后回到自己的位置上。

最后发言的是深圳人力资源协会副会长方宏达，方宏达的发言在掌声结束后，庆典仪式进入最后一个环节——签约仪式。签约仪式开始后，先后有深圳八家知名企业的人力资源总监被请到了台上，他们在台上一字排开，谢平则作为理德公司的法人代表，端坐在布置好的签约台前，逐一和他们签署协议，之后握手合影留念，镁光灯、摄像机闪得人眼花缭乱，不断响起的一阵阵掌声也让谢平心潮起伏。

坐在嘉宾席上的叶芳听了谢平的演讲，看着眼前的排场，一时莫可名状，心里想：谢平尽管长得帅，但真不是靠脸吃饭的，他懂业务，能折腾，眼下还看不出什么，说不定将来会真的成为南南公司强劲的对手。苏南一没来是明智的，来了的话心理上一定会受到刺激；他派自己来也是明智的，这样的一手资料是剖析这个新对手最好的机会。

会议进入到了第二个环节，就是中国人民大学劳动人事学院副院长秦一明的专题报告，今天的仪式之所以有这么多人来捧场，多数人是冲着秦一明来的。也就是说，大家来一是为一场免费的午餐，二是为一场免费的精神盛宴，秦一明的报告就是那场精神盛宴。对于一些企业来讲，秦一明这样的人物不容易请到，何况又是免费的，谢平的工于心计也在于此。

一个小时的时间，报告结束，进入互动答疑环节。叶芳这时见机行事，第一个把手举起来，礼仪小组在递话筒的时候，谢平一看举手的是叶芳，心里咯噔一下。上次在晚宴上，谢平领教了平时不显山不露水的叶芳的辛辣，本想提出制止，但碍于场面，谢平抬了抬屁股又坐下，心想只能听天由命了。

叶芳拿过话筒说："我是谢总原公司——南南公司的行政总监叶芳，感谢秦教授的精彩演讲，感谢秦教授到理德公司给我原来的老板谢总捧场。我的问题是，像我们南南公司这样的企业，遇到核心业务骨干，甚至像我们谢总这样的股东跳槽，公司应该怎么应对？"

因为谢平是从南南出来分田单干的，这在谢平的发言中也曾经提到，所以无论是秦一明教授还是现场的来宾都感到这是一个棘手的问题，场面一下子冷了下来，会场气氛显得异常尴尬，坐在第一排的谢平死盯着叶芳，恨不得上前抽她两个巴掌。

秦一明教授毕竟是老江湖，稍作停顿，从容不迫地答道："这是一个好问题，这样的问题几乎所有的企业都会遇到。人才流动，或者跳槽是再正常不过的事，流水不腐嘛！猎头行业是干吗的？不就是促进人才合理流动的嘛，毫无疑问，业务骨干离开公司会对公司的业务产生冲击，要想将这种伤害降到最低，公司应当在这样几个方面做工作，一、对于核心骨干，不但要给金饭碗，还要给金手铐，上市公司针对高管的期权就是这个道理，要让人想走又舍不得走，人都会权衡利弊的嘛；二、消灭英雄，成长型的小公司是需要英雄的，但人是靠不住的，或者说英雄是靠不住的，一个小公司过分地依赖一两个明星，那么风险就会很大，要注重培养团队，让英雄在这个团队中变得无关紧要，依赖团队的力量而不是依赖某一两个人，企业的风险才会小；三、公司要知道什么是核心资源，并学会掌控自己的核心资源，尤其是客户资源，客户不能是某个人的，而应是公司的，所以公司要建立统一的客户档案，公司要绕过业务员对客户进行定期回访，让客户认公司而不是认个人。

“像南南公司和理德公司这种情况，这种轻资产的行业，比如咨询公司、猎头公司、广告公司、律所等，树大分家的情况也很正常。合伙人制，就是合则聚，不合则散。有时候裂变不可避免，大股东留下的是品牌和团队，小股东带走的是客户和业务，对公司发展是会有一定的影响，但对股东利益却没有太大的伤害，各得其所。这个时候就看出选对的合伙人，设置合理的股权结构，就显得格外重要。”

秦一明教授的回答显得很理性，两不得罪，既回答了叶芳的问题，也没有让理德公司的谢平难堪，回答完毕，大家报以雷鸣般的掌声。

秦一明教授的回答让谢平松了口气，他暗自庆幸一个好端端的开业典礼总算没有让叶芳这个女人砸了场子。

之后的参观、酒会，一切顺利，等送走了众多来宾，谢平瘫倒在自己办公室的老板椅上。谢平暗自思忖，苏南一坏了他的好梦，叶芳差点在开业典礼上坏了他的好事，他暗下决心，一定要在市场上与南南公司决一雌雄。

第二十五章

风乍起：暗箭伤人

2015 年 3 月 9 日，康华公司发布机构合并方案，方案一出，就像炸了锅，大家议论纷纷，莫衷一是。

方案在小范围内发布后的这几天，对项前来说有三多，就是电话多、客人多、是非多，打听消息的、摆功的、抱怨的、投诉的，一时间让项前有点应接不暇。方案是方案，原则是原则，在方案落定之前，也就是说在新的任命文件下达之前，这中间确实存在着很大的变数。按方案看起来可以不变的，心里不落地，想办法求证公司领导说法；岗位明确有变动的，不甘心，做困兽斗，托关系，找靠山，谋求上位。这中间的内幕有待多说，猫有猫道，蛇有蛇道，各有各的路子，各有各的算盘。

总裁余东风是项前的顶头上司，一过春节就出国参加美国的电子展。昨天，也就是 3 月 11 日，才刚刚回国，关于公司近期发生的事件，了解不多，参与不多，一回来就把项前叫过去问这一段时间发生的情况，项前如实做了汇报。余东风财务出身，营销起家，精于营销，长于管理，是国内不可多得的企业家，人儒雅，作风正派，外柔内刚，是公司唯一一个敢于和董事长董方卓叫板的人。对于裁员方案，余东风的说法是，公司经营陷入困境，裁员是不得已的事。公司出现这种状况，个体的员工没有错，是市场的事，经营的事，公司的员工，尤其是一些忠诚的老员工跟着公司打拼十几年，现在突然被扫地出门，心理上不太能接受，所以公司在裁员这个动作上，要把握一个基本的原则，就是善待员工，好聚好散。在裁员的调性上，董事长董方卓的说法和余东风的稍有出入，这也从心理上折射出资本家和经理人的区别。

一和人有关，事就复杂。从总裁办公室回来，项前发现办公桌上摆着一封从董办转过来的投诉信，被投诉的对象是公司的产品总监李济刚，写投诉信的人是产品部的一名室主任王大雷。王大雷是老康华，是参与康华创业的第一波人，人本事不大，是非不少，但凡有一点作为，人早就上去了，何至于现在寄人篱下。而李济刚，年轻，有才，技术过硬，思维敏捷，有些偏执，算是智商高情商低的那种人。

投诉信项前已经看过了，项前深知这是一个难办的是非官司。王大雷是跟老板创业的第一批老康华，创业的人不能动，或者说不能轻易动，他们都是通天的人，动不动就会一个折子呈报给老板。更要命的是，老板又是一个念旧的人，按说老板关爱老员工没错，但在人事安排上，这种关爱会让老员工有恃无恐，会让政策的执行者投鼠忌器。现在是一个敏感时期，因为人事安排的问题，上下级之间的冲突会很多，但王大雷这样的投诉，项前不能不管。

为了解更加具体的情况，项前让人把王大雷叫到了办公室。

王大雷推门进了项前的办公室，一副趾高气扬的样子，一张不让人待见的脸上，一对暴牙格外醒目。进了办公室，王大雷自顾自地把烟点上，一屁股坐到沙发上，若无其事地跷起二郎腿，似乎这不是项前的办公室，而是他自己的办公室。王大雷的这种做派让项前产生了一种深深的厌恶感。

项前极力控制着自己的情绪，端着水杯，拿着王大雷的投诉信坐到他的对面。

项前敲了敲茶几上的投诉信，对王大雷说："王主任，信我看了，说说更具体的情况吧。"

王大雷欠了欠身，说："我以为老板会找我，没想到信弄到你这里来了，你想听什么？"

项前知道，坐在他面前的王大雷就是老百姓常说的"滚刀肉"，典型的倚老卖老，所以他压根就没把自己放在眼里，心里较着劲呢。项前放下茶杯，直视着王大雷说："王主任，你是等老板召见你呢，还是等老板召见你呢？"

王大雷一时不知所以，项前接着说："老板把你的投诉信转给我，很明显是让我处理，再说处理员工投诉是我们人力资源部的职责所在，你一定要老板的说法，你就要等，而我则爱莫能助，看看今天你要不要跟我说点什么？"

王大雷这才把身子正过来，边掐灭烟边说："今天说就今天说，你若不能为我伸张正义，我还是会去找老板。"

看项前没什么反应，王大雷才接着说："李济刚要下我的课，凭什么？就凭他那张小白脸？我就是要投诉李济刚，他排斥异己，在部门内部安插自己的亲信，打击我们这些老康华。我是什么人？跟老板创业二十年，忠心耿耿，没有我们这帮老家伙能有今天的康华？我工作这么多年，从没出过什么差错，他今天整我，就是嫌我碍眼，你看他重用的那些人，哪个不是跟他穿一条裤子的人。"

看王大雷吐沫乱飞，项前倒了杯水递过去，说："慢慢说，别激动。"

王大雷喝了口水，接着说："李济刚的作风有问题，后来他招的几个女生全是美女，而他跟这些女孩子也是不清不楚，只要出差，一定要带一个美女，尤其和我们部门的文员，大家都说他们有事，上没上床不敢说，但平日里眉来眼去的。公司又不是妓院，天天闹哄哄的，怎么做事？我就想问，公司配给他个人的专车，凭什么他那个文员汪雯雯天天开着到处乱窜？”

项前边听边做着笔记，对于王大雷反映的这些问题，他自己也早有耳闻，李济刚一向恃才傲物，放荡不羁，工作没得说，作风不好说，尽管没结婚，玩玩还说得过去，但窝边草吃多了，保不准会出事。尽管王大雷说的这些投诉信上都有，但项前还是耐心地记了下来，看王大雷又点上了烟，项前问：“还有其他的吗？”

王大雷深吸了一口烟说：“当然有！李济刚他还有经济问题，他经常接收下属的礼品，这算不算受贿？我一开始也想跟他处好，所以给他拿过两瓶五粮液，他收了，结果呢，还不是照样整我。”

听到这里，项前笑了，反问道：“王主任，收不收是他的事，但你送礼算不算行贿？如果他算受贿，那你就是行贿，你说呢？”

听项前这么说，王大雷一时无语。

看多说无益，项前合上笔记本，说：“王主任，你说的情况我都做了记录，还有什么要求，尽管说，能说清楚，对双方都好。”

“要让我说我就说，我们是老员工、老康华，但我们不是吃闲饭的，也不是吃干饭的，他要让我下课，我就让他下课，大不了大家一起玩完。对于李济刚这样的问题干部，公司要处理，如果你不处理，我就找老板处理，总之，你们要给我一个满意的答复。”

说完，王大雷依然是愤愤不平，站起身，手都没握一下，转身就离开了项前的办公室。

王大雷走后，项前坐回自己的办公桌。他深知撤并机构、裁员、干部调整，就像鬼门关，要一关一关地过，这个过程中，将有大批的人受到影响，按说像今天的事算不了什么，不过是王大雷的身份特殊了一点。这次机构撤并，事关李济刚的部门，产品部要和竞争力研究部合并，李济刚能不能坐稳他那个部长的位置，本来就很难讲，再让王大雷这么一闹，就越发危险。李济刚是一个专业高手，难得的人才，公司要保护这样的人才，但多事之秋，谁又能保护得了谁呢?

对于王大雷，项前有说不出的厌恶，让他想到了红楼梦里的焦大，公司像王大雷这种情况的不是一个两个，一批老员工都在吃老本，说本事没本事，仗着和老板一起打过天下，倚老卖老，目空一切，动不动就拿“我们创业时怎么样怎么样”说事，属于典型的占着茅坑不拉屎的那种。这次裁员，这批老员工是要动动了，项前一直在想怎么和老板沟通，王大雷告刁状正是一个绝好的题材。

对于项前来说，今天最重要的一项工作就是要根据机构撤并方案重新拟定一个总部二级机构负责人的名单，并起草一个任命文件，他拿起电话，让刘琼把有关的干部材料拿给他。

刘琼敲门进来，把材料拿给他，欲言又止地说：“项总，有这么两个事，一个是原来竞争力研究部的王少春王总打电话过来，中午要请我们部门吃饭，他说他的婚宴您没参加，今天他一定要补上，重要的是请您，您看我怎么回他？”

项前摇摇头说：“你回了他，说我没时间。”

刘琼示意性地点点头，又说：“另一件是我刚听说的，产品部的文员汪雯雯，今天开李济刚李总的车去高铁站接她从老家来的父母，出了车祸，小臂骨裂，因为涉及住院，她告诉了我们，您看我们要不要派人去慰问一下？”

项前重重地叹了口气，心想，这节骨眼上又出这事，那边王大雷正告李济刚公车私用，他这边撞车住院，正好授人以柄，自己不检点，活该李济刚倒霉。项前对刘琼说：“那就你去，不过要记住，不要声张。”

看着刘琼离开的背影，项前情不自禁地摇了摇头，心里感叹，这个李济刚到底要闹哪样？眼下这种情况，李济刚不能再出问题了，为了保护这样一个难得的人才，项前决定找李济刚谈谈。

刚把东西归拢好，听见又有人敲门，项前连喊“请进”，只见推门进来的是王少春。

王少春还是一身新郎官的行头，头发如钢丝，纹丝不乱，一身米黄色的得体的西装，显得精神非凡，左右两手各拿着一个手提袋，不知装的什么东西。王少春把东西放到项前的办公桌上，边伸出手边说：“项总，你是真的不给兄弟面子啊，一生一次的大事，你居然爽约，你让兄弟情何以堪啊？”

项前把被王少春握住的手松开，坐回到位子上说：“少春，这是我的不对，公司临时有紧急会议，你知道的，我真的不是有意的。”项前略显尴尬地笑了笑。

“那今天呢？我今天请您和你们部门的人补上这顿喜酒你怎么还不肯赏脸呢？你是大忙人我知道，今天再不给我面子我就真的没脸见人了。”

看王少春这么盛情，项前勉强地点了点头，算是答应了。

王少春笑了，说：“这就对了，当官是当官，兄弟是兄弟，我们还要在你手底下工作，你总得让我们抬头做人啊！”

项前问：“你不在家休你的婚假，这么着急跑回来做什么？”

“项总啊，我也想，可我哪能待得住啊，我们的部门都被合并了，饭碗都是问题了，休的哪门子假。不过，今天我也是给你表个态，竞争力研究部并入产品部，我百分百拥护公司的决定，我个人一定服从李济刚李总的领导，副手就副手嘛。公司有困难，我们要服从大局，我给竞争力研究部原部门的同事开了会，也要求他们全力配合李总的工作。李总是公司重金引进的人才，不像我们土生土长的，我们受点委屈没什么。我知道，干部调整，为难的是项总，我理解你，所以你不用做我的思想工作，我自己的思想工作我自己早就做通了，一定不给你添乱。”

王少春说的话有多少发自内心不知道，但公司确实需要干部有这样的态度，共渡难关的时候总要有人做出牺牲，退一步想，就算他说的都是面子话，听着也让人舒服，项前也跟他半开玩笑地说：“你这态表早了，任命文件发布之前，谁知道会怎么样呢？”

看项前这么说，王少春面露喜色，说：“矫情，典型的矫情，别人这么说都能理解，你还这么跟我们卖关子，不是在拿我们开涮吗？人人心里都有一本账，可谁的账能有你心里的账清楚，你若非要这么说，那我就认为我还有机会哦。”

王少春从手边的袋子里拿出一包极品红双喜，打开给项前递上一支，边给项前点烟边说：“抽喜烟有喜事，你猜我今天给你带来了什么？”

项前回答说：“烟我抽，你带什么东西我不感兴趣。”

这时，只见王少春从另一个手提袋里拿出一个精美的盒子，打开后，里面是一块精美的玉石，王少春把玩着那块玉石说：“我有一个搞玉石加工的朋友给我弄了两块玉石印章，我自己用了一块，另一块我留着没用，我想着最适合用的就是项总了，不值钱，但实用，大喜的日子你给我捧场，我总得有所表示吧。”

项前连忙挥手说：“喜烟、喜糖我收下，这块玉你还是自己留着，俗话说‘无功不受禄’，这么贵重的东西，你不是故意让我犯错误吗？”

王少春把东西放下，站起来要走，项前也起身，郑重其事地说：“少春，你的心意我领了，但东西我不能收，尤其是这个时候，难免有瓜田李下之嫌，俗话说‘君子之交淡如水’，有心就好。”

看项前态度坚决，王少春悻悻地收好东西，说：“本无他意，是你想得太多了，那我们就中午海岸城新桃园见。”

多事之秋，人来人往，连安静下来写个文件的时间都没有，项前决定移身到十一道茶庄办公，顺便约李济刚谈谈。

第二十六章

诉衷肠：用心良苦

离开了公司，项前感到像鸟儿出笼一样，身心都解放了。

十一道茶庄的兰花包房内，项前奋笔疾书，一份在办公室搞了一上午都没搞完的任命文件，在这里不到半个小时就完成了，他现在的感叹是，偌大的一个公司已放不下一张安静的办公桌，这是逼着他到茶庄来办公啊。

每隔十分钟，易冰都会来加一次水，项前看她每次离开的时候都是欲言又止的样子，这让他有点奇怪。易冰是个好姑娘，一副美人坯子，俗话说“湘女多情”，在她身上有最好的体现，平时话不多，但说出来的声音总是那么好听，只可惜学历不高，不然在职场上也可以大有作为。项前知道，苏南一之所以愿意来十一道茶庄，多半是因为易冰的缘故。苏南一对易冰有想法，插科打诨久了，真真假假都闹不清了，因为苏南一，项前从未对易冰有过企图。

看项前关上笔记本电脑，不忙了，易冰倒完茶停下来问：“来之前也没打电话，今天苏总也来吗？”

此时的易冰真是笑靥如花，那种浅浅的微笑让人如沐春风。看易冰问苏南一，项前打趣她道：“想苏总了吧？可今天我约的人不是苏总，你要真想苏总的话，我可以把他约来。”

听了项前的话，易冰害羞地笑了笑，不经意间脸上飘过一抹绯红，这让她显得有些娇羞，只见她说：“你们都是我的客人，谁来都欢迎，说什么想不想的，苏总是名草有主，我是未婚的，项总，你这么开玩笑，还打不打算让我嫁人？”

“苏总本来就喜欢你嘛，有什么不对吗？”

“他喜欢我是他的事，没有谁规定我一定就要喜欢他，你们是我的客人，动嘴的事也不好发脾气，项总你真要为我好，就在你们单位帮我找一个像你这样有学问又帅气的，愿意帮忙吗？”

项前刚想说点什么，这时他约好的李济刚敲门进来了，易冰给李济刚倒好茶转身推门离开。

从本职工作出发，李济刚是项前竭力想保护的人，把他叫到十一道来也是出于保护他的想法。李济刚是那种典型的白面书生，平时不苟言笑，目光凌厉而冷峻，网上的流行语所谓的“高冷”，说的就是他这种人。从专业角度来看，李济刚最大的特点就是敏感，对市场敏感，对技术敏感，对产品敏感，这么多年来，康华在产品方面一直是走高端路线的，消费者为什么要认可你的高端，并愿意为你所谓的高端买单？从概念上讲，不是有高技术含量的产品就是好产品，而是符合消费的审美需求、消费者愿意为之买单的产品才是好产品，这么多年来，康华的产品能大行其道，和李济刚超人的产品规划能力不无关系。

今天的李济刚比以往更加严肃，双眉紧锁，坐定后，似乎有点不耐烦，问：“项总这么忙，怎么有工夫找我喝茶？”

项前没有正面回答他，而是问：“听说你的车撞了，今天是怎么过来的？”

“噢，撞的是公司配给我的那台奥迪，我自己还有台路虎，今天我是开自己的车过来的，刚发生的事，怎么连项总都知道了？”

“员工受伤住院，我不能不知道，汪雯雯是开你的车出的事，汪雯雯怎么会开你的专车？公司都在传你和汪雯雯的事，今天就我们两个人，我也想知道你的个人问题解决得怎么样了，可以说说吗？”

听了项前的问题，李济刚讪讪地笑了笑说：“这都是我个人的私事，不方便说太多，车是借给汪雯雯接她父母的，不想就出了事。”

违规使用车辆的事本来是小事，但原则摆在那里，很容易让人抓住把柄，在王大雷对李济刚的投诉信里专门说到这事，所以，项前一定要让李济刚对这事有清醒的认识。项前敲着桌子，一字一顿地说：“李总，你要知道车是配给你的，这叫专车，家里来人是要接，汪雯雯甚至可以从公司申请车接她父母，但你借给她，这叫公车私用，是制度不允许的，现在又出了事，影响很不好！”

“有制度就按制度来，我这人敢做敢当，又没什么见不得人的事，别这么七拐八拐的，犯得上吗？”很明显李济刚是误解了项前的意思，以为项前是在指责他，所以说话很不客气。

项前知道违规用车的事只能点到为止，他要把王大雷对他的投诉告诉他，并要让他有足够的心理准备。项前没有受李济刚态度的影响，很平静地说：“李总，你也不想我怎么会为了这么一件小事劳你大驾，我今天找你来不是谈这事的，不过是顺便提到了。你是公司难得的人才，我是管人的，为你们提供足够大的舞台，为你们做好服务，好让你们有用武之地，这是我义不容辞的责任。但今年市场环境是从未有过的恶劣，公司的压力大家都感受到了，目前公司机构撤并，人员调整，几乎涉及每一个人。你我都是职业经理人，属于空降兵，这些年能融入团队并坚持到今天不容易，无论为公司还是为个人，我们都不容有失，你说是吗？”

看项前这么说，而且说得这么诚恳，李济刚出于自我保护的敌意淡了些，他点了点头算是对项前问题的回答。

项前又问：“你知道我为什么请你来吗？”

李济刚茫然地摇摇头。

项前指了指手边的一封信说：“说说你和王大雷之间发生了什么，他投诉了你，信在我这里。”

一听到“王大雷”三个字，李济刚立马警觉了，他站起来，面露愠色，说：“王大雷，他投诉我？在我眼里，他就是一个不学无术的混蛋，我没炒他的鱿鱼，他倒来投诉我？项总，我这个人光明磊落，清清白白，靠本事吃饭，他能投诉我什么？”

这时候，李济刚像摇酒一样摇着杯子里面的红茶，语气平静，目光依然冷峻，说：“公司撤并机构，要求我们各部门按指标裁减干部，项总，你让我们怎么办？像王大雷这样的人，倚老卖老，我带不好，也容不下，现在这样的人你要不让我动，那这个部长你们另请高明。”

动不动就撂挑子，恃才傲物的大都这样吧？在项前眼里，李济刚这样的反应再正常不过了，只是到现在为止，李济刚还没弄明白他的良苦用心。做人力资源的，对这样的主就要有耐心，项前用一种略带安慰的语气对他说：“公司正在裁员，我们的干部都承受着这样的压力，我今天请你出来，更多地是想提醒你要学会保护自己，现在部门合并，你那个位子有多少人盯着你知道吗？你要是辞职不干，那正中某些人的下怀。对于王大雷这样的老员工，我们不能等闲视之，他们有根基，没有根基的反倒是我们，这是一场你死我活的斗争，但斗争是讲艺术的。”

对于项前这样说话，李济刚不以为然，愤愤地说：“斗、斗、斗，窝里斗个个都是好手，也不看看外面发生了什么。有什么好讲的，斗不过竞争对手就是死路一条，内斗，我没这个心思，也没这个工夫。让干，我就尽自己的本分；不让干，我也不赖在这里。让我和王大雷那样的‘猪’斗，我没那个兴趣。”

特立独行是李济刚一贯的个性，他不是那种委曲求全的人，项前的本意是给李济刚一些提醒，在这样的非常时期不要树敌，做法上收敛一些，就像违规用车这样的小事，不要授人以柄。但现在看，他很难听进去，为了不失去这样一个人才，项前觉得还是要尽到自己的义务。

项前意味深长地望着窗外，一时间若有所思，他喝了口茶，心不在焉地说：“王大雷的投诉信我带来了，你要不要看一下？”

李济刚摇了摇头，没说话。

项前低头拿起那封信在手上掸了掸说：“你没兴趣的话我就复述一下投诉信的意思，一是投诉你任人唯亲，搞自己的帮派，排斥异己，打击老员工；二是说你作风不正，行为不端，跟下属搞暧昧；三是投诉你收受下属礼物，有受贿之嫌。”

一直还算平静的李济刚猛地站起来，直视着项前质问道：“项总，他说的这些你信吗？”

“重要的不是我信不信，重要的是老板信不信！”项前平静地回答他。

“老板要信就让他信好了，公司花钱就是为了养这样的‘蠢猪’？项总，王大雷这样的人，除了搬弄是非，你能告诉我他还能干什么吗？”

看出来李济刚是被刺激到了，在房间里来回踱着步子，猛地敲着桌子对项前说：“说我任人唯亲，你们查查产品部的人哪个和我沾亲带故？人是有我带来的，也有我招的，他自己是‘废物点心’，还不许我用几个能干活的？”

李济刚坐下喝了口水，“砰”的一声把杯子放下，接着说：“说我作风有问题，他是看到我和谁搂搂抱抱了，还是抓到我和谁上床了？”

项前看了李济刚一眼，漫不经心地说：“可你和汪雯雯的事，大家都在传。”

“我是不是一个单身男人？我可不可以有自己的生活？我就是和汪雯雯谈恋爱了，又怎么了？”

“是没什么，但办公室恋情还是不正常，容易让人说三道四，公司还没有这样的硬性规定，但很多公司还是禁止的。”

“要真有这样的规定，要么她走，要么我走，但这和作风扯不上。至于他们带给我的那些所谓的礼品，还不是大家吃大家喝了，这也能扯上受贿？”

“李总，你说的我都能理解，但王大雷在信里反映的也不是空穴来风，问题不在大小，在这种特殊的时期，小问题也是大问题，这就像家里上锁，防君子不防小人，对王大雷这样的老康华，不上道、跟不上公司发展节奏的是要处理，我们要把握原则，还要注意方法。今天我之所以叫你来，就是要听一些真实的情况，也是给你一个提醒，打狗不成反受其害，这不是一个好结果。”

听了项前的这些话，李济刚平静了些，点了点头，算是认可项前的说法。

项前又补充道：“当下，产品部和竞争力研究部两个部门的整合是当务之急，操作不好也容易出问题，你还是要花些心思在这上面，注意和王少春的沟通，王大雷的投诉我会酌情处理。”

说完，项前站起身，和李济刚握手道别。

看着李济刚的背影，项前情不自禁地摇摇头，心里感叹，李济刚的情商真是个大问题啊。

易冰把账单拿过来，没给项前，而是坐下来，给自己倒上一杯茶，望着项前，说：“项总，您那么忙，平时不敢打扰您，今天我确实有一事相求，不知耽误您几分钟是否可以？”

虽说茶庄经常来，但和易冰单独相处的机会并不多，易冰这个孩子招人喜欢，如今有事相求，怕是不好推辞，项前把收拾好的包放下，说："什么事？说得那么客气。"

易冰不好意思地低下头，幽幽地说："我有个弟弟，今年要大学毕业了，学电子工程的，到现在工作还没个着落，项总，您是分管人事工作的，想必有的是办法，您看他有到康华工作的机会吗？"

易冰的问题让项前很是为难。若是在前几年，对项前而言，解决个把学生工作的问题是小事一桩，但今年就不同了，整个公司都在忙着裁员，康华指定是没机会了，但易冰这是第一次有事相求，他不好正面拒绝她，于是说："康华今年不进人，所以没机会了，在别的公司我还有分管人事的朋友，我帮你试着问问看，一有消息，我就通知你，好吧？"

听项前这么说，易冰有些失望，她失落的样子让项前有些怜香惜玉，急忙补充道："你给我点时间，你弟弟工作的事，尽管放心，算我的了。"

听项前这么一说，易冰喜出望外地说："项总，苏总每次来都会给我带礼物，你就不想送我点什么？"

项前一想还真是，来喝这么多次茶，真从没送过易冰东西，便微笑着对易冰说："想要什么尽管说。"

易冰诡异地笑了一下说："那你就送我一张电影票吧，你要能请我一起看最好。"

项前仔细端详了一下易冰那张俊俏的脸，见她的眼神有些迷离，似乎看懂了什么，什么呢？

第二十七章

鸿门宴：讨价还价

罗本辉泄密的事一直是项前的一块心病，如何把他绳之以法让项前很是心急。

罗本辉是人力系统的一员干将，平时有很好的人缘和口碑，业务能力过硬，沟通能力超强，他所负责的小家电事业部原本是项前最放心的一个事业部，现在却出了这么大的事。项前自责自己太看重表面了，没有在意下面这些干部各自的心里到底在想什么，他只是从侧面了解到罗本辉是一个急功近利的人，按说年轻人经事少，急于求成，算是正常现象，但像今天这样，为了所谓的成功而不择手段，对项前来讲，这不是遇人不淑，而是御下无方。这样的责任，项前觉得自己负不起。

泄密的事是董事长下决心一定要办的事，原因就是由泄密而引发的一系列连锁反应一时让康华疲于应付。下午一到公司，项前就来到徐中林的办公室，按照法务总监孙波的建议，就是先起诉文章的原发媒体，逼他们拿出证据，然后再根据他们出示的证据起诉罗本辉，也就是起诉媒体是假，起诉罗本辉是真，这是一个连环局。公司就是要双管齐下，逼出罗本辉，最终将其绳之以法。如何贯彻这个思路，前面孙总已做了相应的安排。

一坐下，项前就开门见山地问徐中林：“立案的材料准备得怎么样了？”

徐中林从文件夹里拿出两份材料，说：“立案的材料都准备好了，在这里，这是两个案子的材料，一份是起诉媒体的，另一份是准备起诉罗本辉的。针对罗本辉的立案材料还不全，但基本的东西有了，就看能不能从媒体方面拿到过硬的证据。”

徐中林边起身泡茶边说：“案子的事要靠证据说话，我们目前的证据不足，如果要起诉媒体逼出证据的话，周期太长，等我们把证据收集全了，这阵风可能也吹过了。只是处理了罗本辉这个人，对我们改善舆情帮助不大，所以，项总你看有没有变通的办法？”

项前点了点头，若有所思，停了一下，问：“你的意见是？”

徐中林坐下来，接着说：“我们起诉媒体本来就是一出戏，但我们可以假戏真唱，板子举起来，打则未必，我们可以高举高打，给媒体施压，看能不能在立案的过程中逼他们交出证据，不一定非要等到上法庭，这是可以通过沟通来解决的，你说呢？”

项前把立案的材料粗略地翻了一下，然后放下，点上一支烟说：“我理解你的意思，我们还是从发文记者下手，找华南商报，华南商报的吴总是给过我们承诺的，尽管这次的文章他们不是原发，但文章还是发了，不能说完全没有责任，所以沟通工作要从华南商报入手，这个我和方总晚上约吴总。”

徐中林收起材料，下意识地敲了敲桌子说：“如果我们起诉罗本辉的话，除了泄密一项外，还有另外一个角度，就是职务犯罪。本来我们可以根据竞业协议来起诉他，但他利用职务的便利拿走了他自己的协议，这属于盗窃公司机密文件，我到档案室了解过，在档案室有他的调档记录，他就是在那个时候拿走了他的竞业协议，这件事，有证人、有记录、有录像，这和泄密不是一回事，但也可以根据我们手中的材料立案。”

徐中林停顿了片刻，又补充道：“关于职务犯罪，我们还可以从另外一条线展开突破。在我收集罗本辉立案证据的时候，有人举报他平时手脚不干净，招聘员工的时候，有和人才中介公司内外串通，收人头费这种情况，如果这种说法成立，这是一种典型的职务犯罪。如果坐实了他有经济问题，那罗本辉就真的是在劫难逃了。”

徐中林的说法让项前眼前一亮，站起身拍了拍他的肩膀，说：“好想法，看来你是动了脑筋了，抓紧搜集证据，争取快速立案。”

从徐中林的办公室出来，项前又来找方华。舆情有好转，方华的怨气也没那么大了，这次的危机重点体现在舆论方面，方华不动，事就没得做，因为上次被处分的事，这几天项前在方华面前可以说是赔尽小心。

坐下后，方华先开了口：“项总，签公关公司的事，我前天去了趟北京，已经落实了。这家公司的长处不在于媒体关系，而在于策划，打过‘大仗’，有过很多成功的案例。这件事我们要高度保密，原则上只有我们危机公关小组的人可以知情，尤其是要屏蔽两家公关公司。”

项前点头称是，说：“我赞同，今天我是要就罗本辉的事和你商议一下，看下一步的行动，这事老板很着急，老板说了，对罗本辉，要不惜代价将其绳之以法。这是我的失误，我也希望能处理好这件事将功补过。”

方华有些不解地问：“需要我做什么？”

方华事不关己的样子让项前心里很是不舒服，好在他现在已经愿意配合，路还要走，合作还要继续，有时委曲求全是必需的，所以还是笑了笑说：“我们要将罗本辉送上法庭，需要证据，他泄密给记者，所以搜集证据要从记者下手，而记者是华南商报的，你还是要动用一下你的关系，看晚上能不能约一下华南商报的吴总。”

“但文章不是从华南商报发出去的，找吴总有用吗？”方华反问道。

项前看出方华不想惹这个麻烦，但眼下看又没有别的路可走，于是说道：“那个宋西洲不是还在华南商报吗？吴总还是有话语权的，华南商报不是想和我们谈战略合作吗？”

“人我可以约，吴总愿不愿意卖力，就看诱惑够不够大了，我们原来合作的标的是 50 万，现在看怎么定？”

方华这是在有意无意之间抛出了一个难题，术业有专攻，项前心里有的只是原则，到底怎么办，感觉上真的吃不准，含糊地回答道：“我在这方面没经验，还是你把握一下，增加的部分我们一起跟老板汇报争取。”

方华站起来，很肯定地说道：“100 万，我建议增加到 100 万，吴演仁是个老狐狸，不见兔子不撒鹰的主，就这个数我都没把握，谈着看吧。”

看方华有了一个明确的态度，项前感到一块石头落了地，站起身和方华紧紧地握了一下手说：“听你的，我等你通知。”

项前回到自己的办公室，把上午起草的任命文件又重新审核了一遍，又把附件里每个人的资料认真复核了一遍，OA 发给了总裁和老板，才算松了口气。一路走下来，对于如何处理罗本辉泄密的事心里总算有了底，点上烟，他独自盘算着如何进行晚上和华南商报的谈判。

刘琼敲门进来，项前示意她坐下，刘琼开口说：“项总，我向你反映个情况，今天下午有人发现有一家叫天马的本地猎头公司在我们对面国脉大厦的大厅内进行现场招聘面试，专门收我们康华员工的资料，我们有的员工居然上班时间去交个人材料，知道这事后，我带着保安和管委会的人交涉，把他们赶走了。”

项前苦笑了一下，说：“你做得对，非常时期，你们要密切关注员工的动态。”

刘琼认真地点点头，接着说：“项总，今天一天，我这里就接到了五份辞职报告，三个信息化部的，两个研究院的，都是公司的骨干员工，你看怎么办？”

项前知道，正在裁人的时候，有人辞职本来是好事，但如果走掉的都是骨干员工，好事就变成了坏事，项前已经安排对公司要保留的骨干员工进行了梳理，并要求各部门领导和他们进行个别沟通，但能不能留住，真不好说。

针对刘琼所说的情况，项前指示道：“马上反馈给他们的部门领导，你对照一下我们前面梳理的名单，属于骨干员工的，告诉他们的领导要尽力挽留，我们要做好沟通和服务工作。”

“项总，还有个情况我要给你说，现在公司都乱了，大家都不怎么做事，见面就议论谁谁谁又找到了好工作。周边的企业都在盯着挖我们的人，本来我们公司的工资就没有竞争力，再一降薪，在这一带，我们公司的薪资算是偏低的了。从我了解的情况看，那些出去的，工资翻倍的很多，现在的情况是，好一点的拼命跳槽，没用的人赶都赶不走，说是骨干不能动，但留人太难了。”说这话的时候，刘琼面露难色，一副没信心的样子。

“你说的情况我清楚了，这段时间，要加强跟踪，及时反馈，注意保密。”项前回答道。

刘琼离开后，项前闭上眼睛，无奈地摇了摇头。从他了解的情况看，康华从来没有这么危险过，而他的压力也从来没有这么大过，大厦将倾，风雨飘摇，裁员工作才刚刚开始，他感到更大的危机还在后面，几千人的大裁员，这中间得有多少法律纠纷，可再难也要一关一关地过。

项前独自揣摩，队伍一散就真的没法带了，作为人力资源的第一负责人，有用的人才都跑了，他才是最大的失职。裁员是裁员，但留人，留住那些对公司有用的人才是当务之急。眼下的人才流动有点失控，员工主动，公司被动，不能掌握主动权，公司就会面临大面积的人才流失。主动，主动，怎么才能主动呢？员工军心不稳，一是气氛，二是待遇。项前暗下决心要启动新一轮的薪酬改革，让留下来的人有更好的待遇，基本的原则是“少用人，用好人，多给钱”，薪酬改革和裁员方案要配套实施，这时候提出给员工加工资，老板那一关不好过，但要推行裁员方案，又要保证队伍不伤筋动骨，还有更好的选择吗？至少他心里是这样想的，主意已定，他决定冒一把险，说服老板。

方华把晚上的宴会约在了深圳福田的金悦轩，参加的人不多，华南商报的吴演仁和他们一个管业务的副总，康华这面由方华、项前和姚少功出面。

金悦轩是一个吃饭的好去处，紧挨高速出口，毗邻深南大道，旁边就是深航酒店，门面不是富丽堂皇的那种，但很精致，看上去就让人很舒服。考虑到离华南商报近，方华才选在那里，那里的粤式大龙虾甚是有名。一下班，项前就驱车来到金悦轩，到了预定的888包厢，发现方华和姚少功已经到了。

项前坐下，喝了口水说：“你们跑得倒快，工作是不是也这么积极啊？”

“不都说‘吃饭不积极，思想有问题’吗？今天可是场鸿门宴，不也是救你的急嘛，怎么能说不是工作？”姚少功乐呵呵地说。

项前给两人分别递了一支烟，点上后说：“今天方总是主角，我们是陪练，所以老姚我们的主要任务是吃，方总是我们的全权代表。”

方华笑了笑，说：“我们来给你解围，还没开始你就把我给卖了，要不要我先撤啊？”说着就站起身往外走。

项前急忙起身挡住方华的去路，说：“还来真的？”

“我方便一下，你挡住我干吗？不轻装上阵，怎么能干倒一片？”说着轻轻把项前推到一边。

话说着，客人也到了，宾主落座，方华半开玩笑地说：“吴总啊，上次喝酒你说让宋西洲找我谈战略合作，怎么不见动静啊？”

吴演仁的头发虽少，依然是纹丝不乱，他下意识地理了一下鬓边的几缕头发，打着哈哈说：“你这是揭我的短呢，那小子捅了那么大娄子，哪还敢见人，我已经停了他的职，今天我是赔罪来了，所以今天客我请，大虾管够，不醉不归。”

方华接过话说：“客谁请都不重要，我们今天可不是兴师问罪，而是谈合作，能不能合作好，先要看酒能不能喝好，规矩你定，你看怎么喝？”

“怎么喝，老传统吧，‘三中全会’，白酒打头阵，让我定规矩的话，今天不分阵营，单挑，这样才公平嘛。”吴演仁左右环顾了一下，像是在找酒。

服务员把茅台打开，五个杯子平均分配，各自认领。

今天陪吴演仁来的是华南商报的业务副总马东平，人精神、干练，话不多，但一看也是那种工于心计的人。

一支烟的工夫，菜上齐，六菜一汤，最显眼的就是金悦轩最负盛名的粤式大龙虾，个大，色泽暗红，格外新鲜，其余的有浇汁鲍鱼、日式海鲜、清蒸鳜鱼、红烧乳鸽、西芹百合，还有一大盆甲鱼汤，齐刷刷地摆在那里，煞是诱人。

吴演仁端起酒杯说：“今天我做东，方总让我做司令，那我说先提议三杯酒。”

吴演仁站起身，分别和众人碰过杯，接着说："我这第一杯酒是一杯赔罪酒，上次酒桌上我答应的华南商报不会发康华负面新闻的稿子，我做到了，但我没管好自己的下属，稿子最后还是发出去了，给康华造成了伤害，当罚。"

说完，吴演仁一饮而尽，大家纷纷鼓掌，一起端杯陪饮。

等服务员把酒又倒上，吴演仁又端起杯说："这第二杯酒是一杯合作酒。宋西洲的事是一个意外，我们不能因为一次意外而影响了我们的合作，我们的合作是战略合作，不能是一锤子买卖，我们要为康华的长期发展保驾护航，要为地方经济的稳定和腾飞摇旗呐喊。"

说完又是一口干，众人鼓掌，也随着他纷纷端杯，各自大大地喝了一口。

吴演仁自己把酒倒上后，冲着方华说："方总啊，我们是多年的战友啊，酒场是，战场上也是，所以第三杯酒，我是一杯表态酒，只要我吴演仁在华南商报，华南商报就绝对不会发一篇康华的负面文章，那个宋西洲，老子准备把他开了。"

众人起身，纷纷端起杯跟吴演仁碰杯，共同举杯，而吴演仁则一饮而尽。

吴演仁似乎感慨颇多，三杯喝完已是泪眼婆娑，等他坐下，大家纷纷鼓掌，吴演仁是酒场上征战惯了的，酒量自不待说，保守一点白酒一斤，上限不好说，平时方华都是甘拜下风的，今天的胜负手是姚少功。

方华看该自己出马了，把酒满上，举起杯，说："吴总的三杯酒让我很感动，这说明吴总是一个重感情的人，我方某人也是一个讲感情的人，康华今天是遇到一些困难，但患难才能见真情啊，这杯酒也是我的态度，我们和华南商报的合作不会停，也不能停。"

满满的一杯白酒，方华一饮而尽，众人报以同样热烈的掌声。

一时间大家推杯换盏，气氛异常热烈。

项前放下筷子，自饮了一口说："吴总，你能不能说说那个宋西洲的情况？"

吴演仁擦了把汗，摇着头说："今天我们不提他，坏了我的心情。"

这时，方华接过话："说说无妨，是坎总要过，祸是他惹的，也算你给我们一个交代。"

吴演仁有所顾虑，翻了翻眼白，狠狠心说："你们真想听，那我就说说这个过程，那天我们喝完酒回去，他把写好的关于康华的稿子拿给我，我说我给康华那边有承诺，稿子不能发，他说，这是当下最有新闻价值的文章，你让跟踪采访，忙了一整天，说不发就不发了？坚持要发，当时跟我拍了桌子，后来赌气走了，但我真没想到他会把稿子捅到网上。"

姚少功端起杯冲吴演仁说："你说到还是做到了，也算尽力了，但宋西洲还真是把我们害惨了，一篇文章让我们的股价连跌三天，几十个亿的市值就蒸发了，股民们受伤不轻，我们三个人则是几天吃住在办公室，眼都不敢眨一下，一星期的时间，公司上下都在忙活这事，这都拜那个宋西洲所赐啊。"

吴演仁不好意思地笑了笑，说："是啊，第二天，文章一出来，我看这事闹大了，也不知道怎么跟你们交代，我就停了他的职，让他写检查，这不，这小子几天没上班，检查还在我办公室里放着呢。"

方华一看刨根问底的时候到了，冲吴演仁举了下杯，抿了一口后说："吴总，宋西洲那篇文章里的很多信息根本不是从康华的现场采访到的，尤其是康华裁员和降薪的有关数据，你了解过吗？"

吴演仁点点头说："我了解过，他说他是从你们的竞争对手那里搞到的，那天他离开康华后就去了九洲，也就是你们的竞争对手那里，也是因为那里他有关系，据说康华的信息是一个叫罗本辉的人提供的，具体的细节我不清楚。”

方华接着问：“采访应该都是有录音的，惹了这么大的祸，我们真的想知道那个罗本辉都跟他说了什么，吴总，你能不能费费心，弄到那个采访录音？”

这时候，只见吴演仁的头摇得像拨浪鼓，说：“恐怕这个不好办，我们记者有自己的规矩，要保护当事人秘密，否则一旦录音外泄，在这个行业里就没法混了，所以这个我不能答应你，其他的事都好办。”

方华也预料到了吴演仁的这种表现，对于这样的老江湖，蒙不住的，所以急忙转移话题说：“趁着大家都还没醉，我们还是谈谈合作的事吧。”

一听说谈合作，吴演仁立马笑逐颜开，转向身边的马东平，做了个手势，说：“为了我们的合作，我今天特意带了我们的马总过来，合作的事由马总跟你们来谈。”

马东平一直没怎么说话，看到吴演仁的示意，他从手边的公文包里拿出了一份材料，说：“合作的方案我今天带来了，除了按去年的服务条款，我们额外赠送一个整版，外加一篇5000字的高端访谈文章，一是表达我们的诚意，也是弥补一下宋西洲的文章给康华带来的伤害。”

马东平把方案递给方华，方华把方案接过来，没有看，而是说：“方案我就不看了，我们信得过华南商报，如果非要说我们还有什么要求的话，希望吴总能再考虑一下宋西洲的那个采访录音，我们也是办差，老板想要那个，为了能让吴总有个交代，我把合同标的再加30万，这样总算可以了吧？”

吴演仁迟疑了一下，似乎有些意外，但这个30万还是让他的眼睛一亮，他端起酒杯，说：“方总大方，我们求之不得，但这不是一个钱的问题，这是一个原则问题，再说，采访录音并不在我们手里，宋西洲的工作难做啊。”

看吴演仁的话里有活，方华决定趁热打铁，决定亮出底牌，端起酒杯，一饮而尽，然后说：“我再追加 20 万，标的 100 万，买吴总个态度，就看吴总这个朋友怎么做。”

看着方华把酒喝下去，听到 100 万这个数字，吴演仁把眼睛眯起来了，等方华坐下，他又和马东平对了一下眼神，也端起酒杯，说：“方总爽快，我吴某人也不是熊包，为交你这个朋友我豁出去了。”分别和众人碰杯，然后一饮而尽。

项前叫服务生把空杯都满上，端起酒杯起身说：“古有秦琼为朋友两肋插刀，今有吴总舍命陪君子，方总有豪气，吴总有霸气，华南商报和康华的友谊将在二位的手中万古长青，今天我替方总做一回主，明天请吴总安排人带着合同和采访录音到方总办室，到时候我也到场，见证签约仪式，见证这次伟大的合作。”

看吴演仁没有异议，方华也没反对，项前就接着说：“我们同举杯，还是用酒来祝愿我们的‘友谊万岁’。”

大家纷纷起身举杯，彼此握手庆祝这次伟大的合作，酒干掉，吴演仁走到方华身边和他紧紧拥抱，这种大团圆的结局让每个人都很感慨，而此时的项前也如释重负。

第二十八章

巧设伏：机关算尽

第二天早晨醒来，项前只觉着头重脚轻，人都软化了，有些低烧。想想当天的事，他不敢倒下，挣扎着爬起来，穿戴齐整，来到办公室。

裁员的文件下发后，各事业部、职能部门都在行动，正可谓紧锣密鼓，而公司仿佛在一个险滩上行船，不知道会碰到什么样的礁石，项前知道这样的动作一定会出问题，但会出什么样的问题，他不敢妄言。在公司大规模裁员的过程中，小的风险是个别的法律纠纷，大的风险是群体性事件，隐性的风险是人才的大面积流失。要规避这些风险，一是靠政策，二是靠技术操作，风险总是会有，只是大小而已，项前深知自己身上的担子，所以不敢掉以轻心。

昨天OA发出去的总部直属部门负责人的任命文件，今天也许会有反馈，他在等着董事长董方卓或总裁余东风的召唤。身体虚，似乎酒劲还没过，总之这种感觉很不好，浑身不自在，项前一边闭目养神，一边暗自感叹：喝酒不仅误事，还伤身，但人在江湖，身不由己。像昨天晚上的场子，都是没办法的事，拿100万来买罗本辉泄密的证据，这都是残酷的现实给逼的。

徐中林敲门进来，因为罗本辉泄密的证据有进展，项前正要找他，看徐中林坐好，急忙起身倒茶，说："徐主任，关于罗本辉的事，我正要找你，现在你是不请自来，看来我们是心有灵犀啊。"

徐中林讪笑道："项大人，我可不敢和你心有灵犀，我今天找你不是为案子的事，是为人的事，裁员，裁员，一天到晚，人心惶惶，人都走光了，活还怎么干？这不，又有两名资深的执业律师要辞职，剩下一批生瓜蛋子，项总啊，你让我这个主任怎么当啊？"

项前是见怪不怪，不以为然地说："怎么当是你的事，当不好就下课，你还可以到我这里发发牢骚，每天这么多的人员异动信息到我这里，我又能找谁发牢骚？"

项前把茶冲好，打手势示意徐中林近些，然后小声说："罗本辉的案子，证据的事今天会有结果，不出意外，今天会拿到记者采访罗本辉的录音证据。"说完，项前很是兴奋地挥了挥拳。

徐中林也有些小激动，站起身转了一圈，似若有所思，又走回到项前跟前，俯下身问："证据怎么弄到的？能否指点一二？"

"天机不可泄露，"项前故作神秘地说："证据可以确定能拿到，但代价也很高，对于那种出卖公司的人，我们就是要赶尽杀绝。在舆论方面，我们眼下所有的被动局面都是罗本辉泄密导致的，罗本辉卖主求荣，投靠对手，把公司秘密文件泄露给媒体，给公司经营带来这么大的压力与伤害，真是孰不可忍，所以你动作要快，早点将这个罗本辉绳之以法，不出这口恶气，大家都寝食难安啊。"

徐中林喝了口茶，说："只要有证据，人不愁抓不到，万事俱备，只欠证据，后边的事交给我好了，但我现在都快成光杆司令了，你这个人力资源总监要救我啊。"

"怎么救，说说看。"项前给自己点上烟，站起身静待下文。

一说到人，徐中林立马一脸哭相，说："我们法律事务部原来一共十二个人，满编，这次要求裁掉四个，这十二个人中，有四个关系户，铁定了不能动，还有两个是新招的应届生，你们人力资源部发过文，要求保留新生力量，所以不好动。为完成任务，我忍痛割爱，裁掉了两名执业律师，正当我琢磨下一个裁谁的时候，两名最好的执业律师王峰和刘平都提出辞职，你看怎么办？"

项前弹了弹烟灰，半开玩笑地说："有人辞职，你不正好借坡下驴，可以完成任务了吗？"

看项前不以为然，徐中林也站起身，有些气愤地说："项总，不是我说话难听，这话你也能说出口，如果准了他们辞职，活谁干？如果我不准他们的辞职，四个指标的任务怎么完成？"

项前上前把徐中林按回到椅子上，不紧不慢地说："中林啊，你的难题也是我的难题！公司这个局面，老板是这么要求的，会议精神要各部门逐步落实，你所面临的问题，别的部门也是一样的，你不过是突出点而已，要说怎么办？丢卒保车，避重就轻，你这两个人，我们一起做工作挽留，至于该裁谁留谁，你自己想办法。"

"项总，我要是有办法，今天也不会向你求救，现在我只问你一句，那些关系户和学生到底能不能动？"

"这个我也不好说，你非要一个答案的话，我的说法就是，公司眼下这个局面，除了老板不能动，其他没有不可以动的人，就像你们部门，这个不能动，那个不能动，到最后只能动你。能干的跑掉了，是等死，动了关系户，得罪了人，是找死，从公司长远计，我们还是要保留一支能打仗的队伍，具体怎么做？两害相权取其轻嘛！"

听着项前的说法，徐中林一会儿点头，一会儿摇头，一副似懂非懂的样子。显然，从项前这里他没有得到他想要的答案，悻悻然离开了项前的办公室。

徐中林的来访提醒了项前，在公司裁员的大背景下，由于业绩不景气，目前是有大批优秀员工主动离职，按目前骨干员工流失的速度，再不采取措施，存在着人才崩盘的危险，项前揣摩着要尽快出台稳定、保留骨干的政策与文件，不能泼水把孩子也泼出去了。想到这里，项前马上打电话给刘琼，让她把那五个辞职的员工，和徐中林讲到的王峰和刘平一并叫到会议室，他要亲自找他们谈话。老百姓的说法叫“死马当作活马医”，能挽留一个是一个，因为这些人是对公司真正有价值的人才。

十分钟后，刘琼通知他，人已到齐。项前端起茶杯，拿着笔记来到会议室，仔细看时，清一色的男生，大的三十二三岁，小的二十七八岁，虽然同在一栋大楼里，有些面熟，但没有像今天这样近距离地接触过，除了两个律师外，其他都叫不上名字。

七个人都坐在项前的对面，旁边的刘琼一本正经地打开笔记本，介绍说：“这是我们公司的人力资源总监项总，你们的情况我都跟项总汇报过了，他很关心大家，所以今天专门抽出时间跟几位做个交流。”

给大家介绍完项前后，刘琼又把七个要辞职的人分别介绍给项前。大家都点点头，交流了一下目光，都没说话。项前把话接过来说：“听刘琼说你们都是技术高手，来康华都有一阵子了，所以你们都是公司的宝贝，你们的意愿我都清楚了，但我想知道原因，依次说吧。”说完对着最左侧那个叫吴超的人，项前做了个开始的手势。

几个人分别谈了离职的原因和想法，有说看不到前途的，有嫌待遇低的，有说家庭原因的。以项前的眼光判断，不尽真实，但都接近真实的想法。

看大家都垂头丧气的样子，项前笑着说：“不用那么悲观嘛，依我看，无论是对于公司，还是对于你们个人，这都是暂时的困难，天还有阴有晴呢，凡事往远看，这才叫人无远虑，必有近忧！”

听项前这么一说，大家的精神似乎好些了，项前接着说：“我看了你们的简历，来公司短的三年，长的七八年，可以说都是老康华了，我相信你们对公司都是有感情的，之所以有现在的想法，我也相信你们有不得已的苦衷，所以你们的理由我都给予足够的理解。”

这时，五个人里面年龄最大、来公司时间最长的刘爱华举了下手，然后说：“项总，我来公司八年，八年抗战，老婆总想让我挣大钱，可在康华哪有机会啊？”

项前笑着指了指他，说：“你真是个妻管严，那你回答我，在康华有没有挣到大钱的？”

“有，但我可能没机会。”小伙子摇着头说。

项前摆出一副不以为然的样子，说：“那是你以为的，别人能意味着你就可能，今天没有不等于明天没有，你要以发展的眼光看问题，所以你这么以为，不就是不自信嘛。像你们这样的技术高手，公司会越来越重视，重视就会有更好的待遇，我以人力资源总监的身份向大家保证，大家的待遇很快就会有改善，半年内，如果你们几个的待遇没有改善，你们拿我是问。”

几个人仍然将信将疑，目光充满疑虑。项前扫了一眼他们，说：“你们和我打交道少，多一点的话你们就会知道我不会说莫名其妙的话。但话又说回来，家庭生活，夫妻之间讲究同甘苦、共患难，员工和公司也未尝不是如此，不能共患难，怎能同富贵？道理上讲，只有困难时期坚持得住的人，公司才愿意给他们机会，换你们做老板会不会这样？”

一番沟通后，项前最后说：“我不能帮你们拿主意，但我建议你们谨慎，我代表公司劝你们都能留下来，机会好我们建功立业，机会不好我们至少可以安身立命。给你们一天的时间考虑，我等你们的消息。”

说完，项前起身一一和他们握手道别。

上午，项前和方华一道接待了华南商报的业务副总马东平，按约定终于以100万的代价拿到了罗本辉的采访录音。项前明白，董事长之所以要不惜代价拿下罗本辉，不仅因为罗本辉这样的人太可恶，更重要的是他的泄密给康华带来了毁灭性的打击。在战争年代，罗本辉这样的人就是叛徒，叛徒让企业没有秘密，在眼下的非常时期，对待叛徒就是要不择手段。

拿到录音材料的第一时间，项前敲响了副总裁孙波的门。搞法律的人，都出奇的冷静、节制，孙波就是这样一个人。项前知道，不仅是罗本辉这一件事，整个裁员过程还有很多的法律风险，能否及时地化解这些风险，孙波的意见很重要。

项前坐定，把刚拿到的采访录音推给孙波说："孙总，罗本辉的采访录音拿到了，下一步的动作，看您的安排。"

孙波拿起拷有录音的U盘插到电脑上听了几分钟，之后说："好，要的就是这个，徐中林报上来的立案材料我看了，有了这个录音，我们马上立案。对于罗本辉，我们就是要穷追猛打，杀一儆百，老板不这么做，我们也要这么做，这样的人是蛀虫，这样的人一多，公司不打自垮。"

项前点点头，表示认可，然后说："我会和徐中林配合好，力争打赢这场官司，现在是证据确凿，又有孙总掌舵，我们一定给老板一个满意的交代。"

说完，项前起身要走，而孙波却示意他坐下，说："项总，案子的事，你让老板放心，这样的官司不存在变数。"他把话停下，一时间若有所思，平时很少抽烟的他把烟点上说："今年的干部调整力度很大，有关某些干部任命的事，我想和你交换一下意见。"

孙波突然提出关于干部调整的事，这让项前有些意外，所以只是点点头，做出一副洗耳恭听的样子，待孙波的下文。

"公司大了，尾大不掉，部门林立，本位主义严重，干部多了，干活的人少了，公司当前的问题表象是市场问题，症结还是人的问题，所以我拥护老板撤并机构、调整干部的决定。我们的干部调整不一定是非得大部门吃掉小部门，像产品部和竞争力研究部，李济刚是外来的，王少春是我们自己培养的，多用年轻干部，多用自己培养的干部，王少春是我看着成长起来的，要多给这样的干部机会，项总，你说呢？”

王少春是孙波的妻侄，这么年轻升到总监，一方面有他能力的原因，另一方面他的背景无疑也是他升迁过程中的助力，今天看孙波明确地把王少春的任职问题提出来，项前虽感到有些意外，但也能理解，人之常情嘛。对于李济刚和王少春两个人，项前都非常熟悉，李济刚是专家型选手，属于空降兵，平时恃才傲物，属于智商高但情商不高的那种。而王少春在同届的学生里面属于优秀的，这么年轻坐到总监这样的位子已属凤毛麟角，根正苗红，背景好，面子功夫好，属于变色龙的那种。从人才合理配置的角度看，项前对李济刚有自然的倾向。

项前还是不想得罪孙波，于是应道：“原则是原则，实际还是要视情况而定，当然，我们自己培养的学生要好用些，具体怎么安排，还要看几位领导的意见。”

看项前没有明确表态，孙波还是有几分不高兴，项前把话说得含糊，孙波也不好发作，没再说什么，起身倒茶，似有端茶送客的意思，见此情景，项前急忙起身告辞。

回到自己的办公室，项前暗自揣测，五年来，在康华公司，自己可以说是踩着钢丝走过来的，所以他深知人力资源工作的难做，对于孙总，项前之所以没有明确表态，他是真的不愿意看到王少春把李济刚挤掉，不是说王少春不好，而是李济刚人才难得，如果每一次人才动荡都有一批优秀人才流失，这就是他这个人力资源总监的失职，一面是人情关系，一面是职责所在，这是一个极难权衡的事。

第二十九章

桃花劫：狡兔三窟

自从被项前约谈，这几天李济刚的心情糟糕透顶。部门撤并，女朋友汪雯雯遭遇车祸，被王大雷投诉，所谓的“福无双至，祸不单行”，说的就是他现在的处境。在康华，他奉献了全部的激情与青春，获得过各种各样的荣誉，收获了成长，所有的眷恋与不舍都由此而起，但今天的康华还是他熟悉和习惯的那个公司吗？部门林立，钩心斗角，扯皮推诿，袖手旁观，市场动荡，人心思迁。不敢想这些，又不得不面对，此时的李济刚已萌生去意。

九点钟，公司十楼第三会议室，产品部和竞争力研究部合并之后的第一次例会。

会议由王少春主持，虽说在同一栋楼办公，但两个部门的人还是有些陌生，合二为一，二十几个人把一个小会议室挤得满满当当，产品部多美女，竞争力研究部多帅哥，因为熟与不熟的关系，按照李济刚和王少春的坐向分成了两大阵营，显得是泾渭分明。看人已坐齐，王少春很是客气地向李济刚请示是否可以开始，李济刚没有说话的欲望，点了点头算是回答。

王少春扫视了一下会场，说："今天是我们两个部门合并后的第一次会议，《三国演义》开篇说'天下大势，分久必合，合久必分'，我们今天就是顺应这种大势，产品部和竞争力研究部走到了一起，这让我想到了井冈山会师，两大主力的会师改变了中国革命的进程，希望我们两支业务精英的会师也能推动康华的战略落地和转型成功。国家宏观经济进入一种新常态，经过十几年的快速发展，康华公司也进入一个调整期，企业发展如潮汐，有潮涨就有潮落，有高峰就有低谷，结合当前的市场形势和业务需要，公司正在进行战略调整，决定实行大部制，大部制，有利于打破部门墙，减少推诿扯皮的现象，有利于提升组织的系统效率，所以，公司进行转型升级，我个人认为大部制是一种英明的决策。"

看着王少春侃侃而谈，李济刚的内心很是复杂。一个年轻人，能坐到今天的位置，不单单是背景的问题，这中间也有他个人的禀赋和努力，王少春少年老成，智商高，情商更高，要和这样的人做搭档，李济刚的内心还是感受到了相当大的压力。

只听王少春接着说："部门合并，也有利于我们在座各位的成长，平台大了，机会多了，我今天表个态，我们这个部门，头只有一个，权威也只有一个，就是李济刚李总，李总在业内有口皆碑，对于竞争力研究部的同事来讲，有这样一个值得学习的榜样，是我和大家的一种幸运。"

说到这里，王少春起立转向李济刚带头鼓掌，在大家的掌声中，李济刚也起身致意。所谓"千穿万穿，马屁不穿"，尽管李济刚感受不到王少春言语上的真诚，但这种虚情假意还是极大地满足了他的虚荣心。王少春又讲了结合定编定岗进行全员述职的具体安排，安排了一次周末的东部华侨城的部门联谊，最后请李济刚做总结发言。

李济刚不想多说，只强调了十六个字："听从指挥，按部就班；关注市场，锁定对手。"

散了会，李济刚驱车直奔南山医院。

到了南山医院住院部404病房，开门看时，一种意外的场景让他大吃一惊，只见汪雯雯的床头摆着一大束漂亮的百合花，两个颇有姿色的女孩子正陪着汪雯雯聊天。一见李济刚进来，汪雯雯眼前一亮，挣扎着要起来，李济刚急忙上前要她不要动，汪雯雯伤得不重，小臂骨裂，算是不幸中的万幸。

汪雯雯用没受伤的右手打着手势，给李济刚介绍她身旁的两位女伴，先介绍靠近她身边的长裙、长发、学生模样、有甜美笑容的女孩说："这是我的大学同学，也是我最好的闺密，叫田恬，原来是九洲公司的人力资源专员，现在是天马公司的办公室主任。"

然后又介绍稍远一点的短裙、短发、职业打扮的美女说："这位是田恬的老板，也就是天马公司的总经理马莎，她们今天都是专程来看我的，一听我说起你，两位美女非常想认识你，希望能与你一起共进午餐。"虽说是住院，但有人来看望，汪雯雯脸上还是有几分小得意。

李济刚上前，分别和她们握手，并自我介绍说："我是李济刚，是汪雯雯的上司。"

听李济刚这么介绍自己，田恬打趣他道："李总可真有官瘾啊，当着娘家人还自称上司。"

汪雯雯轻摇了摇田恬的手："田妞，别闹，我一直也是叫李总的，我们还是'地下工作者'。"

望着有点害羞的汪雯雯，田恬一脸坏笑地说："孩子都快生出来了，还当地下工作者，再不快点结婚，我这个伴娘都要等老了。"

美女总能给人不一样的感受，听说两位美女是猎头公司的，李济刚感到这不是一次偶然的巧合。这几天，他经常接到一些猎头公司的电话，也许是康华公司的人事异动让这些猎头公司认为有机可乘，但由于心情的原因，他要么拒见，要么拒接，但无论怎样，像今天这样的美女，他还是乐意奉陪的。

马莎白了田恬一眼，接过话说："来看雯雯，很有幸认识李总，看雯雯说起您时幸福的样子，就知道李总是一个与众不同的人，今日一见，果然不凡。小男人的帅叫帅，李总的帅叫酷；别人的高冷让人心生敬畏，李总的高冷则让人心生爱慕；李总不仅是少女杀手，也一定是少妇杀手，看来雯雯是得小心了。"

几句恭维的话，从这样一个女人嘴里说出来，还是很入心的，李济刚被马莎说得有点不好意思了，回应道："多谢马总来看雯雯，你这么年轻就闯出一片天地，我李某人自叹弗如，今天中午的客我请，地方你选。"

田恬听说李济刚请客，搭话道："那雯雯这里……"

"你们放心，我还有同事给我送饭，你把李总给我看好了就行。"汪雯雯冲着田恬比画道。

一行三人驱车来到深大旁边的老树咖啡，拣靠窗的卡座坐下。要说聊天谈事，老树咖啡是个好去处，毗邻深大的老树咖啡在南山还算小有名气，马莎之所以选这样一个所在，因为今天吃是次要的，聊才是正题。

点完菜品和咖啡，马莎说："有李总这样的商界精英托付终身，真替雯雯高兴。聊天的过程中也听雯雯讲了些您在康华的情况和处境，真为李总感到不值，以李总的才情和在业界的口碑，多少企业是求之不得。关于康华的近况，稍有耳闻，不介意的话，可以说说吗？"

李济刚一时若有所思，摇着头说："公司的事，还是算了，眼下宏观经济形势不好，日子难过的也不只康华一家，只不过康华的问题严重些罢了。"

田恬一脸好奇，很认真地问："李总，能说说你自己吗？你以前是雯雯的偶像，现在也是我的偶像，对偶像我们都想多知道些。”

没等李济刚回答，马莎接着说：“李总的与众不同我们看到了，李总的魅力我们领略了，康华的景况不好，李总在康华的压力格外的大，我们是做李总这样的高端客户的，如果李总不介意，我们愿意帮助李总积极寻求一些改变。”

“马总说的改变就是换东家吧？这个没想过，真的没想过，至少我对康华还没那么绝望。”此时的李济刚显得若有所失。

尽管年龄不大，但马莎也是老江湖了，在深圳的猎头界也是响当当的一面旗帜，场面见多了，对人的把握早就有了独到的体会。马莎创业成功，靠的不仅仅是胆大心细和貌美如花，还有智慧。马莎愿意琢磨人，因为人最难捉摸，所以琢磨起来才最有味道。人和人交往，很多时候就是一个心理博弈的过程，掌控别人是件不容易做到的事，博弈过程的主动首先是基于一种正确的心理判断。马莎揣测，李济刚是一个孤傲的人，有才的人一般都这样，这叫恃才傲物，这样的人不容易被改变，不容易接纳别人。

看着怅然若失的李济刚，马莎反问道：“难道有什么不对吗？良禽择木而栖，像李总这样的千里马需要伯乐，需要更大的舞台展示你的才华，现阶段的康华似乎不再适合李总。”

对于马莎的说法，李济刚似乎不以为然，说：“康华遇到了麻烦，我在康华的处境也不好，这是事实。有人说见异思迁是人的本性，但动不动就跳槽不是我的风格，企业危难也正是用人之际，所以暂时我还没有一定要怎么样的想法，话说回来，这并不妨碍我们做朋友。”

有想法的人都不容易被控制，从感觉上，马莎觉得自己控制不了眼前这个男人，所以最好的选择是边迎合边适应，于是，马莎含蓄地笑着说：“当然，就是把李总当朋友，我才这么提我个人的建议，人无远虑，必有近忧，职场是个万花筒，变化是再正常不过的事，李总也知道，有的变动是主动的，有的则是被动的，我个人的体会是，主动则于己有利，被动则任人宰割，所以，对于机会李总不会一定要拒绝吧？”

“那要看是什么样的机会，我不是那种三心二意的人，对于莫名其妙的机会，我通常视而不见。”李济刚的淡定里透着一种冷，就是那种刀枪不入的感觉。

李济刚的话里有话，表面看是拒绝，但门并没有关死，马莎搅动着咖啡，幽幽地说：“这符合李总的性格和做派，但我所说的机会一定不是莫名其妙的机会，这就像是做衣服，这个机会是为李总量身定制的。”

一旁坐了半天没有发言的田恬抢过话说：“马总说得对，这个机会真的是为您量身定制的，千载难遇，你将来是要给雯雯做老公的人，雯雯是我最好的闺密，我要对雯雯负责，你是我的新偶像，所以，我也希望您能飞黄腾达。”说完话，田恬矜持地笑了笑。

“是有这样一个机会，你是做传统制造业的，相较于传统制造业，电商平台这两年发展迅猛，我所说的机会就是中国最大的两家电商平台之一，岗位是产品规划总监。”说到这里，马莎有意地放慢语速，加重了语气，接着说：“看起来是跨行业作战，但你的专业背景有了更大的用武之地，至于说待遇，翻倍不成问题。”

在李济刚看来，马莎说的岗位是个不错的机会，前面之所以拒人于千里之外，一是因为他的高傲，二是因为他的心情，现在他有了心动的感觉，是因为他讨厌现阶段在康华这种尴尬的处境，眼前这两个以往和自己没有多少交集的漂亮女人，也许真的会改变自己人生的轨迹。但他还是不愿表现得太主动，男人要的是脸，所以他要的是高开高走。

李济刚总觉得有什么不对，站起来漫无目的地走了几步，提醒服务员去催一下菜，然后坐下来说："萍水相逢，今天我不想谈这个话题，能坐到一起是我们的缘分，感谢你们来看雯雯，我们还是先做朋友吧。"

"好，今天不再谈这个话题，这个话题我们留着下次谈，今天李总请客，也希望李总给我一个做东的机会，没问题吧？"马莎美丽的大眼睛忽闪忽闪的，对着李济刚媚笑了一下。

李济刚点点头，算是回答。

"雯雯受伤了，我会常来看她，她说她结婚会邀请我做伴娘，所以，我很关心你们的婚期，能否透露一点点呢？"说完，田恬做出一脸期待的样子。

李济刚面露难色，不情愿地说："婚期？我说不好，雯雯伤着，这个时局我真的没有谈婚论嫁的心情，等雯雯伤好以后再说吧。"

田恬提到婚期，在马莎看来这是一个好的由头，借着话说："李总可真是先立业后成家的典型，如果婚期定了，请第一时间通知我，我要为李总的婚礼准备一份厚礼。"

菜上来了，不丰盛，但很精致，三个人有说有笑，聊兴正浓。

马莎吃着饭，瞟了李济刚一眼问："李总的身材真好，一看就知道是常健身的人，平时做什么运动？"

李济刚把刚夹好的菜停在空中，说："有空闲的时候打打羽毛球，偶尔跑步。"

俗话说："心急吃不得热豆腐。"对于李济刚这样的经理人，要曲线救国，"工夫在诗外"，马莎把正吃的饭停下，说："说到运动，我这里有个高尔夫俱乐部，常活动的根据地就在沙河高尔夫，目前有五十多名会员，都是各知名企业的优秀职业经理人，我是这个俱乐部的秘书长，平时我们也做一些公益活动，这个周末有一次比赛，看李总能不能出席？"

由于问题突然，李济刚一时未置可否，停顿了一下说："我不能确定是否有时间，如果时间上没有冲突，我一定参加。”

在马莎来看，这一次没有把李济刚搞定，所以有点小小的失落，但这是再正常不过的事了，尤其是对李济刚这样在行业里有影响力的人，太顺利反倒不正常了。天马公司和南南公司的竞争已进入白热化的状态，这次康华大规模的人事异动是天赐良机。前面撬动罗本辉，可以说是天马公司先下一城，这一次，自己有天时，正赶上康华大范围的人事调整；有地利，同城同区，嘴边的肉；又有人和，田恬和汪雯雯的这层关系可以充分利用，诸多有利因素没有搞不定的道理，拿下李济刚，打一个漂亮的歼灭战，天马对南南就可以形成压倒性优势。

看着马莎伸出来的纤纤玉手，李济刚一时有点不知所措，也下意识地伸出手，手握在一起后，只听马莎说：“一言为定，李总，我会在活动开始的前一天提醒您，至于雯雯，您不用担心，到时候我会让田恬过来陪她，感谢今天的盛情，静候佳音。”

马莎是一个不一般的女人，这引起了李济刚的兴趣。三人就此告别，各自离开。

第三十章

空天猎：掉转枪口

细细看时，你会感慨深圳的春天才叫春天。当北方还是春寒料峭，南方的鹏城已是花团锦簇。随着时间的推移，项前是越来越迷恋这座城市，走过无数次的深南大道，花香弥漫在空气中，一如情人的味道让人迷恋和痴醉。一大早，小雨纷纷地下，项前特别喜欢这种雨天的感觉，空气湿漉漉的，心情也湿漉漉的。春节之后的这段时间，他感到被压得喘不过气来，今天一大早行走在深南大道上，被这春天的氛围包围着，才感到些许的放松。虽然有小雨，项前还是把车窗打开，大口大口地呼吸着新鲜空气，这是一种久违的感觉。职场就像一座迷宫，项前感到越来越找不到自己。

开车途中，项前接到徐中林的电话，说是罗本辉的案子又有新进展，拿到了他和中介联合作案拿回扣的证据。这绝对是一个好消息，罗本辉的事给项前的压力很大，是罗本辉的泄密引爆了舆论，而舆论风暴对品牌有极大的伤害，让康华在经营环境上和资本市场上都承受着前所未有的压力，因为这事，董事长大为光火。问题的关键就在于，罗本辉是自己线上的人，在自己的管辖范围之内，自己在分工上被责令彻查此事，又长时间未果，拿不下罗本辉，自己就没有办法向董事长交差。所以，从徐中林处得到这样的消息，项前格外高兴。

还未到办公室，项前一眼看到了等在门口的方华，这让他有一种不祥的预感，按方华的性格，没有大事，他是不会这么着急的。项前招呼着方华进了办公室，方华来不及坐下就急切地说："项总，又出事了，看我们怎么跟董事长汇报？"

项前立马紧张起来，急忙问："怎么回事？说说看。"

方华把烟点上，说："我们昨天的舆情监测发现新情况，网上零零散散地出现一些公司的负面新闻，这些信息都和一个叫'反康华联盟'的组织有关。散布信息的人都曾经是康华的员工，因为对被公司辞退强烈不满，所以他们成立了这么一个虚拟组织，集中发泄对公司的不满。"

对于出现这样的事，可以说项前是早有预判，但没想到是以这样的方式出现，方华所说的情况是一种极其危险的信号，如果不能有效地控制事态，后果同样不堪设想。有一种说法叫"祸起萧墙"，这些曾经的康华员工，他们要是揭康华的短，那可是刀刀见血，一个罗本辉已经把康华弄得如此不堪，这么多的人又联合起来，弄不好会给康华以毁灭性的打击。

项前平复了一下自己的情绪，问："方总，根据现在掌握的情况，这个'反康华联盟'到底是一个什么性质的组织？有多少人？都是由哪些人组成？"

方华深深地吸了口烟，然后说："这个'反康华联盟'是一个虚拟组织，在现实中他们有没有交集还不知道，目前有三百多人的规模，都是这个阶段被迫离开公司而对公司极度不满的一些人，他们是通过在网络上散布对公司不利的信息向公司施压，从而达到他们联合维权的目的。"

“还有其他的情况吗？”项前又问。

方华边打开自己的电脑边说：“噢，一发现情况，我就安排了卧底进去摸情况，根据现在掌握的情况来看，这个组织里面的人绝大部分都是在这次人事调整中被清掉的2014届的大学生，这些学生相互很熟，又抱团，由于工作经验少，故而他们成为这次裁员的主要对象。这些小孩子思维活跃，敢干，像火药一样，一点就着，所以发生这样的情况有它合理的一面。”

作为一名老人力资源工作者，说实话，项前非常同情这些学生的处境。但企业不是慈善机构，市场有它残酷的一面，所以，有时候企业也不得不残酷，项前接着问：“这个联盟有自己具体的诉求吗？”

方华把手中的资料拿给项前说：“这些都是‘反康华联盟’的发帖情况，具体的你可以自己看，诉求是有，但不是特别清晰，他们首先是控诉，控诉康华公司是一家骗子公司，说公司在招聘的时候说得天花乱坠，把他们骗进了公司，但在公司他们受尽了白眼，不但遭受到各种各样的冷遇，在这次人事调整的过程中，又被无情地清洗。”

对于方华说的这种情况，项前感到特别的心痛，学生是他悉心挑选的，又是他用心培养的，对于这种结果他曾有过预计，所以，特意发过关于如何保护大学生的文件，但文件是文件，现实是残酷的，对于这些工作还不能上手的学生，一到裁员，经理们就无情地把他们抛了出来。

方华接着说：“其次，他们是爆料，爆料他们被裁员的细节，爆料公司大量的产品积压，爆料公司业绩下滑的具体表现。他们都非常极端，只要是能伤害公司的，他们都干。再就是联合维权，他们认为公司在和他们解除劳动合同的过程中用了下三烂的手段，通过不断地调岗，通过所谓的培训逼他们辞职，虽然也提供了补偿，但远远低于劳动法规定的标准。”

项前边看材料，边认真听方华的叙述，从项前自己了解的情况来看，方华说的这些情况都是实际情况，有的就是公司的计谋，但也是一种不得已的做法。这些东西如果就这么被学生们放到网上，一旦传播开，杀伤力极大。

项前匆匆地看了一遍方华拿给他的材料，合上之后说："方总，情况大概就是你说的情况，你打算怎么办？"

听项前这么问，方华有几分不高兴，把烟掐灭后说："知道怎么办我就不来找你了，这看起来是舆情的事，但没有这么简单，这里有人事问题，有法律问题，我们要立马开会商议对策，而我的问题是我们是先给董事长汇报，还是先开会？"

项前急忙说："先开会，开短会，然后，第一时间跟老板汇报我们的应对方案，不然，又不知道该怎么挨骂了。"

项前和方华草拟了一下参会的人选，分头通知，参会的人不多，除了项前、方华、姚少功三人小组外，又叫上了舆情监测小组的三个人，外加法务部的徐中林。

会议由方华主持，他简要通报了一下情况，然后由舆情监测小组组长冯晏较为详细地汇报了整个事态发展的经过，并对各项监测数据进行了详细解释。最后，冯晏说："现在舆情正在发酵的过程中，进一步恶化的趋势很明显，所以，我们要当机立断，快速反应，拿出对策。"

听完汇报，姚少功说："这是内讧啊，自己人打自己人，虽然他们辞职了，但曾经都是自己人，这些人了解我们的情况，数据真实，内容翔实，可信度高，所以杀伤力也大。舆情恶化只是一个方面，他们的这种行为起到了极坏的示范作用，会极大地动摇我们的军心，所以我们要严防死守。"

徐中林说："个体维权，我们可以各个击破，这种联合维权的事不好办，他们人多势大，有攻守同盟，他们现在是在线上，这种联盟一旦转移到线下，就可能爆发像上次一样的群体性事件，我们得想办法避免这一最坏结果的出现。”

方华这时候说：“姚总和中林说得都对，我们必须当机立断，不能任由事态发展，根据我们掌握的情况，他们发帖攻击公司主要是在微博、微信、贴吧、QQ群，开放平台主要是微博和贴吧。我个人的建议是，一、会后立马通知公关公司，通过他们删帖、沉帖，减轻我们在舆情方面的压力；二、我会立马关照我们的战略合作媒体，尽最大可能切断他们和媒体的联系，避免他们的信息通过正规渠道传播。”

看大家的意见发表得差不多了，项前才不紧不慢地说：“前面，大家的意见我都同意，尤其是方总的意见非常有建设性，我想说的是，这个‘反康华联盟’的存在对我们是一个极大的威胁。既然他们的主体是刚离职的2014届大学生，首先，我会立马安排人力资源系统查清最近离职的2014届大学生有哪些人，从而确认这个组织的构成。他们发帖的目的，一是泄愤，二是维权，所以我要清查我们在和这些学生解徐劳动合同的过程中有没有违规操作的情况存在，有的话，要予以纠正。既然他们是以一个组织存在，我们就要分化瓦解他们，‘反康华联盟’是一个群，我们要找到他们的群主，以及这个群的骨干，晓之以理，动之以利，现在关键是如何找到这些人。”

前面刚发过言的冯晏又说：“说到这些人，我在这里要特别提醒方总，这个联盟里面有一个人身份比较特殊，是从我们公司刚刚辞职的一名律师，名字叫杨斌，他一方面晒公司还未给他报销的票据，一方面鼓动大家联合维权，由于他熟悉法律，所以他的说法很容易得到大家的呼应。”

方华问徐中林：“这个杨斌，徐主任熟悉他的情况吗？”

徐中林回答说：“这个杨斌的情况我比较了解，他是我们这次要调整的一名律师，今年年初被我们调到事业部，编制也在事业部，但由于对新岗位不满意，一直未正常上班。他个人在经济上和公司有一些纠纷，他去年买车，有公司担保的银行贷款，他已有8个月未正常还贷。作为担保方，公司在帮他还，他最近的报账需要冲抵他们的欠款，他拒不同意报账还款，所以，现在他在网上晒票据，污蔑公司不给他正常报销差旅费用，不还款还诋毁公司的名誉，十足的无赖。”

听徐中林这么说，方华愤慨地说：“天不怕，地不怕，就怕流氓有文化。这种人就是十足的文化流氓，仗着自己懂一点法律，不但自己耍赖，现在还鼓动这帮涉世未深的学生，可恶！”

项前说：“冯晏讲的这个情况很重要，擒贼先擒王，我们就是要死盯几个关键人物不放。对于下一步的动作，我的个人建议是，第一，控制舆论波及的范围，减少冲击面；第二，复查解聘员工的政策操作，及时纠偏，不授人以柄；第三，采用人盯人的策略，搞定‘反康华联盟’的几个关键人物，瓦解他们的组织。所有的这些事，动作都要快，快才能主动。”

项前讲完话，看大家没什么补充，大家分了工，各自行动。

三人来到董事长董方卓的办公室汇报，近期市场稍有起色，舆情没有大的事情发生，看老板的神色不错，大家顿感压力减轻了不少。方华汇报舆情监测到的关于“反康华联盟”的情况，项前汇报了他们讨论后的处置意见，整个过程老板面露愠色，未置一词，一副若有所思的样子。

等项前汇报完，董方卓说：“员工要闹事就让他们闹，天塌不下来，本次精干队伍是我们的战略举措，必须坚定不移，企业要发展，总要有人以各种各样的方式做出牺牲，这是大局，市场变了，我们就是要轻装上阵。”几个人边听边频频点头，董方卓喝了口水，放下杯子站起来踱着方步说：“至于怎么应对他们的捣乱，那是你们几个的事，我就一条，如果再出现上次那样的舆论事件，那你们几个就全都下课。”

项前顺便汇报了一下罗本辉案子的进展情况，董方卓满意地点了点头，感慨道：“出了罗本辉这样的干部，这是我们康华的耻辱，这样卖主求荣的干部不进监狱天理难容，动作还要快，我就是要敲山震虎，杀一儆百。”

离开了老板的办公室，三人小组又在项前的办公室开了个紧急协调会。

看得出来，这次舆情事件，方华的压力很大，应该说方华还没有从上次的舆情风波中走出来，项前的压力也有，但基于对趋势的判断，他是有心理准备的。根据工作经验，他知道一定有人反弹，口水官司会有，法律官司也会有，有多少或有多大，那要由技术操作的效果来决定。现在口水官司来了，在项前来看，只不过是该来的来了而已。

项前泡了上好的茶端给二人，说：“罗本辉的案件又有重大进展，先是我们通过方总的关系，从吴演仁那里拿到了采访的录音证据，现在我们拿到了他联合中介作案拿回扣的证据，徐中林告诉我已经立案，抓人只是这几天的事，感谢方总，我们也算对老板有了交代。”

姚少功和方华相视一笑，没说什么。

似乎不关他们的事，所以二人对罗本辉的事都不怎么上心，他们的心思都在刚刚爆发的这一次危机上面。刚刚消停了几天，又出来一个“反康华联盟”，现在的员工，动不动就维权，何况康华这次有这么大动作。项前分别给二人点上烟说：“方总这次可是立了功，发现得早，及时安排了卧底，弄清了他们的动向，不然我们今天跟老板汇报就是一头雾水。”

方华摇着头苦笑了一下说：“这么个虚拟组织，我们鬼影子都抓不到一个，他们现在还是零敲碎打，不成气候，他们是隐蔽的，他们手中还有什么料我们根本就不清楚。我最怕的是这两种情况，一是他们的联合维权从线上转到线下，群体性事件很容易形成新闻效应，搞不好就会像上次一样；二是怕他们和正规的媒体搭上线，别的不说，如果有媒体盯着我们今年的裁员不放，我们就会被弄得狼狈不堪。”

姚少功附和着说："我们吃过一次舆论的亏了，这一次千万别弄大了，裁员的方案是你做的，现在看问题不少啊。"

姚少功的说法听着让项前多少有些不舒服，他本能地为自己辩解道："出这样的情况，有时候是方案的事，有时候是操作的事，今年的人员调整这么大的动作，有人跳出来叫几声是再正常不过的事，我们几个就是这个阶段的消防队员，当务之急是不能让火烧起来。"

三个人，七七八八扯了半天，在这样几个方面达成了基本的共识：一、加强媒体公关，借助两家公关公司的力量，疏堵结合，避免火势蔓延；二、继续派卧底跟踪，弄清虚实，知己知彼，对症下药；三、紧急动员，严把人员分流过程中的政策关，不授人以柄；四、分化瓦解，定点跟踪，威逼与利诱相结合，淡化这个组织的声音。

三人分好工后分头而去，他们刚走，刘琼敲门而入，交给了项前一份李济刚的辞职报告。

对李济刚的辞职，项前并不意外，但他确实感到心痛。

总部二级机构负责人的任命文件刚刚发布，随后李济刚的辞职报告就到了他的办公桌，这说明李济刚是早有预谋。李济刚的辞职有他十二分的理由，昨天发布的任命文件中，李济刚只是产品部的副部长，按他特立独行的性格，不肯屈就实属必然。文件发布之前，关于干部任命，董事长曾召集干部管理委员会对相应职务的干部逐一进行了讨论，需要认真核准的干部并不多，李济刚是其中的一个焦点。李济刚的才华大家都还是认可的，但他的做派很多人不以为然，加之他又刚刚被投诉。在大家莫衷一是的时候，孙波提出多用自己培养的子弟兵的说法，虽然项前始终倾向于李济刚，但在大家众口一词的时候，项前感到多说无益就没再坚持，王少春的上位也便顺理成章。

第三十一章

今世缘：大失所望

林娜出国回来，这多少让苏南一有点小兴奋。

从接到林娜要他接机的电话，苏南一感到自己心里满满的都是林娜。一大早坐在办公室里，苏南一安排叶芳买一束花回来，这是他接机用的。他设想着他们再次见面时的场景，享受着种种设想给他带来的幸福，林娜此时回归对他是一个大惊喜，他也希望能给林娜制造一点小惊喜。

林娜的出走对苏南一的影响很大，苦苦支撑了十几天，这时候他才意识到林娜对他来说是多么的不可或缺，林娜是业务高手，由她分管业务，他省心也放心。在谢平分拆公司这件事上，他从内心深处感谢林娜，是林娜帮助他避免了一次大分裂，他猜不透女人的心思，或者说他猜不透林娜的心思，但他有理由相信在最关键的时候，是他们之间曾经的那份真情促使了林娜的改变。

苏南一打开电脑，翻看他和林娜恋爱时的一些照片。幸福？苦涩？一时间五味杂陈，没有什么能够改变他和林娜劳燕分飞的事实，所以他于心有愧，是的，他有的是理由，但所有的理由都是借口，他现在所想的就是做什么才能弥补对林娜的亏欠。

林娜离开的这段时间，苏南一的压力格外的大。谢平的理德公司成立了，对于南南公司而言，公司还处在疗伤阶段，这是一次不大不小的分裂，公司的业务受到了冲击，士气受到了挫伤，虽然侥幸避免了一次大分裂，但还是造成了一定的伤害。康华公司的人事变动为南南公司提供了一次翻盘的契机，这次机会能把握住吗？

董云龙进来报告，苏南一上下打量着董云龙，他希望董云龙能把担子担起来，但事实上还是难堪大用。董云龙，工作努力是不必说的，工作过程也是有板有眼，但最大的问题是没有突破，看着董云龙神色不定的样子，苏南一感到又出了什么问题。

“苏总，从我各方得到的信息来看，李济刚那里我们似乎没机会了。”董云龙摇着头，一脸失望。

本来这两天苏南一正打算约李济刚见个面，董云龙却说李济刚那里没机会了，这多少让苏南一有点意外，追着问：“快说，你听到了什么风声？”

董云龙把一份材料拿给苏南一说：“这是一份李济刚的个人档案，我们能查到的资料都在这里。在李济刚的身上我们花了不少力气，但没有明显进展，我们用了各种办法，但始终没有约到这个人，也就是说我们一直和他没有面对面的交流。昨天晚上，我们的业务员李涛和天马的业务员喝酒，天马的人炫耀说，没有他们的老板搞不定的人，这次他们又把康华的一个大佬级别的人搞定了。这个所谓的大佬我猜就是李济刚。”

对董云龙的说法苏南一还是不以为然，问：“何以见得？”

“苏总，是这样的，今天一大早，我在和京北谈产品总监岗位的时候，他们说这个岗位不再招人了，我问他们是否人已经找到了，他们未置可否，京北产品总监的岗位，他们不只是放给我们一家，现在不需要了，我个人以为更多的原因是他们找到了，结合着天马业务员的说法，这一单生意又给天马做成了。”

苏南一点点头，补了一句：“应该是这样。”

苏南一沉吟了半晌，用拳头狠狠地砸了一下桌子，很懊恼地站起来说：“你们怎么总是干这种无功而返的事情啊？”苏南一说的是董云龙，但也是在自责，从上次董云龙提出希望他能出面约李济刚，他确实也在想办法，但由于这几天因为融资的事接待一个很重要的券商，耽误了几天，下面不给力，自己精力有限，本来已失了先机，接着又输天马一阵，连打败仗，自己真这么无能吗？

转了一圈，苏南一坐回原位，盯着董云龙布置任务说：“结果出了问题，说明我们的过程出了问题，或者说是我们所有的人都出了问题。结合李济刚的案子，你立马招开业务会总结教训，一是安排人打探信息，确认是否是天马真的搞定了李济刚；二是查找我们在业务活动中的纰漏，界定责任；三是集思广益，讨论如何打好攻坚战。会议今天我不参加，下午回来我听汇报，李济刚那里，无论他是否已被天马搞定，两天之内我一定约到他本人。”

董云龙领命而去，苏南一陷入深深的反思。要约到李济刚本人，现在的苏南一也只有寄希望于项前，这样挖人墙脚的事一般不好向朋友开口，但现在情况不同了，他更多的是为了求证，也想知道整个事情的来龙去脉，于是他拨通了项前的电话。

南南公司的发展到了一个关键的节点，本轮融资成功，再理想一点，年内如果能在新三板上市，那南南公司将一飞冲天。但如果融资受阻，业务萎缩，并受分家的影响，军心不稳，那南南公司则是江河日下，也许从此一蹶不振。最近一段时间，苏南一之所以把手中的业务工作交给董云龙全权负责，就是因为公司融资到了一个非常关键的时期。为了在本轮融资中融到更多的钱，专家建议：一、把网络建起来，全国布点，要迅速形成新的业务增长点；二、最好有机会并购一些运营不佳但业务类似的小公司，把营业额做大；三、全力发展在线业务，构建国内一流的在线业务平台，为融到的资金找好出口。苏南一的心思都在融资方面，回头再看业务的时候，他觉得自己有点舍本逐末了。

林娜终于回来了，苏南一觉得他一分钟都不能等了，时间有点早，但他还是按捺不住急切的心情，早早地驱车前往机场了。

到了机场，苏南一似乎从来没有像今天这样渴望见到林娜，他坐在车里，往事像电影一样一幕一幕在眼前闪现。从感情上来讲，苏南一觉得自己是一个负罪的人，林娜那么一个如花似玉、百里挑一的姑娘，因为和自己的感情纠扯，就这么沦为剩女，这是一个残酷的现实，林娜的今天，苏南一感到自己无论如何都脱不了干系。那么长时间，因为孩子，因为母亲，苏南一一直都没有原谅林娜，但现在，他释然了。林娜是有意的吗？林娜知道事实的真相吗？人生有那么多的阴差阳错，有那么多的稍纵即逝，错过了就错过了，现在这一切该如何收场？苏南一知道事情到了今天，他和林娜之间要有一个说法，要有一个了断。

苏南一手捧着鲜花在候机大厅内焦急地等待着，他感到自己仿佛又变成了一个小男生，几分忐忑，几分狂热，机场出口的人流熙熙攘攘，苏南一仔细辨认着出来的每一个人，生怕错过了林娜。一瞬间，林娜那熟悉的身影映入了眼帘，但出人意料的是林娜的身边还有一个人，这让苏南一的心陡然一沉。仔细看时，只见那人高高大大的，是个帅气的男生，二人有说有笑，快到出口时，两人轻轻拥抱了一下对方，各自分开，这时林娜才径直朝苏南一的方向走过来。一时间，苏南一百感交集，五味杂陈，瞬间产生了无数的疑问：那个男人是谁？那么亲密的举动，林娜到底和他什么关系？林娜明知道今天他会来接她，她这么多莫名其妙的举动，她是有意的，还是无意的？苏南一被这些问题折磨着，原来的冲动和兴奋一时无影无踪。

献上鲜花，苏南一说了几句问候的话，推着行李车来到停车场，二人上车，车子发动，走在了回城的高速上，双方沉默了一阵子，苏南一还是忍不住地问：“那个人是谁？”

“男朋友。”林娜回答得很干脆，挑起眉毛，挑战似的看着苏南一。

“噢，我以前怎么不知道，能说说吗？”苏南一有些不甘心，装作漠不关心，却又非常想知道。

林娜很神秘地笑了一下，一副满不在乎的样子说：“说说也无妨，就是这次旅途中认识的，是一个中国留学生，刚完成学业，说要回国发展，我们是报的同一个旅行团，在旅游的过程中，谈得来，玩得也很开心，他对我很在意，也很照顾。我想做男朋友这就够了，本来想介绍你认识的，怕伤了你的自尊，临时改了主意，这是我这次出游最大的收获。”

苏南一又不愿意相信，又感到这件事很滑稽，说：“一个星期，男朋友？”

林娜被苏南一这种戏谑的态度激怒了，不服气地说：“一个星期怎么了？我们八年又有什么好结果？感情不是用时间来计算的，我为什么成为剩女？不就是死心眼害的，难道天底下就你苏南一一个男人？好男人多的是，我一个星期捡的就不知比你好多少倍。”

苏南一被抢白得无话可说，苦笑着摇摇头，小声说：“别赌气。”

“赌气，犯得上吗？请放心，我不会拿自己的幸福赌气，走出去我才知道天地很大，走出去我才知道机会很多，想想自己的过去，在你身上，我用八年的时光证明了自己的愚蠢。”林娜眼里含着泪花，冷笑道。

苏南一想起送林娜在高速路上忘情接吻的那一幕，可短短的几天时间，一切都变了，他满心期待的、朝思暮想的难道就是这样一个变了心的女人？可感情归感情，反过来一想，林娜如此，似乎并无不妥。

这么多年，林娜一直在等自己回心转意，可他真的能听从自己的内心和她重修旧好吗？家中那个举案齐眉的妻子怎么办？还有那个懵懂无知的孩子怎么办？他知道他没有徐志摩的勇气，今天的结果也许是最好的结局！

双方沉默了几分钟，这个过程，苏南一暗暗地想，出现了这样的局面，就感情而言，扯什么都很无聊，所以他决定转移话题，说："为给你接风，我订了京基100的上井，我们是直接过去，还是先回公司？"

林娜毫不犹豫地说："先回公司，接风的事放在晚上，我不要在上井，我要在欢乐海岸，如果你是诚心的话，我就带上我的男朋友，而且我也不希望只有我们三个，我要带上我们部门的人，我要当面向他们宣布我恋爱了。"

苏南一一时不知该怎么回答，最后，很勉强地点点头。

第三十二章

伤别离：心照不宣

搁在平时，对于一个人力资源总监来说，李济刚这样的人辞职，那可是天大的事，但在这样的非常时期，一个李济刚的辞职却变得微不足道、波澜不惊。辞职、诉讼、维权，事情一件接着一件，项前真被眼前的现实弄得焦头烂额。

苏南一约他，看他不容置疑的语气和焦急的样子，一定是遇到了棘手的问题，地点依然是约在了十一道茶庄。项前忽然想起易冰提过的电影票，小姑娘第一次张口，他不想让她失望，于是提前买好了两张电影票揣着，早早地来到了十一道茶庄等苏南一。

十一道茶庄的老板周子瑜是个收藏家，进门大厅的柜子内摆着几件藏品。对于收藏，项前是个外行，但那几件藏品看着是有模有样，若要是真品的话，那可是价值不菲。据易冰说，这些藏品只是他们老板收藏品的百分之一。以往没有像今天这样认真地看过，项前一边品着易冰给他泡好的茶，一边听着易冰的解说。以前只以为易冰泡茶是行家，没想到小姑娘对收藏也懂得不少。易冰笑靥如花，眉目传情，项前则徜徉其间，心猿意马。

项前把准备好的电影票掏给易冰，半开玩笑地说："我不是苏总，没那么心细，礼物送了，心意到了，可不许再说我了。"

易冰接过票，轻轻地拈了一下，笑语盈盈地说："我好像还有一个要求呢，能一起满足吗？"

项前回忆了一下，问："看电影？"

易冰点了点头，说："电影是两个人看的，我又不是个女汉子，况且又没有对象，你总不能让我一个人去吧？"

项前似乎猜到了易冰的意思，但想到她和苏南一不清不楚的关系，一时不好应承，于是答道："到时候电话约吧，有时间一定陪你，好不？"

看项前有了态度，易冰笑着去泡茶了。

苏南一进门，易冰急忙招呼着迎上去，苏南一拍了一下易冰的脸蛋，没说什么，拉着项前就进了侧面的包间。

一进门，没等项前坐好，苏南一就急不可耐地问："你们康华的产品总监李济刚最近有什么异动没有？"

项前被问得有点蒙，反问道："我们的人，你这么关心干什么？"

"不是我要关心他，是他坏了我的好事，因为我们有君子协定，所以我不好意思明目张胆地挖你们康华的人，但现在他好像是被我们的竞争对手天马公司挖到了一家电商平台，确切地说，是天马用你的人抢了我的生意。"苏南一一脸懊丧。

作为一个负责任的人力资源总监，项前不愿意就这么把李济刚放走，现在听苏南一这么一说，似乎一切都一目了然了。看起来是李济刚主动辞职，实际上他早已有了下家，现在看是被天马挖走的，于是，项前问："你今天是为李济刚的事找我？"

苏南一点点头算是回答，项前又接着问："李济刚是被天马挖走的，你敢肯定吗？"

“我是为李济刚的事找你，是不是天马的人挖走了李济刚，我今天就是要找他本人核实，这对我们南南公司很重要，帮个忙，请你出面帮我约一下李济刚，希望我们一起当面聊聊，只是聊聊，我不会做对不起朋友的事，放心。”苏南一吐了口烟，长舒了口气。

多年的朋友，所以苏南一的话他信，知道他不会害自己，但这种情况让他约李济刚多少有点不合适，但转念一想，李济刚已经辞职了，约他出来，确认一下情况，对公司也不会有什么伤害，也可以解自己一个心疑。权衡再三，苏南一这个忙，项前确定帮。

给李济刚打过电话，项前对苏南一说：“你的问题我现在来回答，李济刚已经递交了辞职信，但公司还没有批，公司不希望他这样的人走，正在做挽留的工作。不就是一个人的事，看你魂不守舍的样子，至于吗？这不像你的风格。”

苏南一苦笑了一下，说：“我把话撂这里，李济刚你们康华留不住，因为京北开的条件太诱人。你说得不错，如果单单就这一个案子，真的没什么，目前，天马是我们最重要的同城对手，在罗本辉的事上，我们先失一城，李济刚如今又被天马抢了先机，这个单子我们盯了很久，我没好意思直接到你这里挖人，可接连吃败仗，再又被谢平那么折腾一下，我们南南公司现如今是内外交困，输不起啊。”

项前点点头表示理解，对于南南公司，由于兄弟的情分，引进人才，项前可以帮，这几年也没少帮，但这种从康华公司挖墙脚的事，项前真不知道该怎么帮。由于今年的人事变动，猎头公司盯上了康华的人，“不怕贼偷，就怕贼惦记”，康华公司俨然成了众多猎头公司眼里的一块唐僧肉，他们必须对这种情况引起足够的警觉，所以，找李济刚过来聊聊也好。

约李济刚，看项前答应得还算痛快，心里很是感激，心里感叹，人还是要有几个靠得住的朋友，关键时候能指望得上啊，于是问：“看你气色不好，是最近压力大吗？”

项前喝了口茶，很是感伤地说："压力大，不是一般的大。春节后的这些日子里，那可是一波未平，一波又起，李济刚辞职，你看到的是一个，我看到的可是一批啊。非常时期，人心思迁，这两天，网上又闹出一个什么'反康华联盟'，再这么下去，我也要挺不住了，下课是迟早的事。"

"2015，多事之秋，你难，我也难，我们算是难兄难弟了，在李济刚这件事上，我们都是受害者，这次天马的阴谋如果得逞，他们一定还有更大的图谋。"苏南一拍拍项前的肩膀，一脸的愁容，满脸的苦笑。

易冰进来倒茶，平时只要易冰进来，苏南一就会坐不住，插科打诨、打情骂俏是常有的事。今天，苏南一看着天花板发呆，对易冰视若无睹，易冰稍稍感到有些意外，瞅瞅发呆的苏南一，又神秘地对项前笑了笑，转身离开。

"如果失去李济刚，这是我们康华的一大损失，可李济刚的出走，原因是多方面的，他在康华不得志，人往高处走，这是人之常情。从本职工作出发，我也想为公司挽留这样一位人才，可人微言轻，无力回天。离开康华，他能有一个好去处，也算是他的造化了。"项前自言自语地感叹道。

"尘埃尚未落定，一切还有变数，这也是我今天找你来的原因。"二人对视了一下，彼此点点头。

一壶茶的工夫，易冰把李济刚带到了房间，项前和苏南一二人起身招呼着坐下，苏南一和李济刚原来没有见过面，一看有生人，李济刚一脸疑惑地看了看项前。

项前急忙给二人介绍了一下，然后对李济刚说："南南公司的苏总今天是专程为李总来的，也可以说他是慕李总的大名而来，萍水相逢，因缘而聚，今天我们都是朋友的身份。"

听项前这么说，李济刚不停地点着头，时不时地瞟一眼苏南一，内心琢磨着眼前这个人的来头，而苏南一尽管是第一次见到李济刚，但由于对这个人的情况太熟了，所以有那种熟人相见的感觉，并没有什么陌生感。人到跟前，和想象的差不多，所以，当项前说话的时候，苏南一始终对李济刚保持着善意的微笑。

项前停下话，苏南一接着说："关注李总有一阵子了，今日得以相见，很是荣幸，不过今天还是很冒昧，我们是做猎头生意的，李总这样的人才算是我们的客户，基于行业的自律，我们不忍心挖康华的墙脚，我们不挖，还是有人挖了。今天借项总的光，认识一下李总，有缘人总会相见的，算是吧？"

苏南一的一番话把李济刚说得有点蒙，他有些茫然地看着项前，想知道这是怎么回事。这时，项前笑着说："苏总是李总的粉丝，苏总做猎头业务，和康华已经有多年的合作，由于李总在行业里面的影响力，所以对李总很钦佩。尽管苏总的南南公司有心挖李总，但却碍于情面，说实话，即使他们真的要挖，也过不了我这一关。"

李济刚今天能来，是给项前面子，一看有猎头公司在场，心里多了几分戒备。和项前，同事之谊，交情不深，但在处理王大雷投诉自己的这件事上，还算地道，上一次项前能把自己叫到十一道来当面沟通，说明他是在很认真地处理这件事，对自己是善意的。短短的时间，李济刚对猎头公司的态度有变化，无心的时候，觉得猎头公司的电话是一种骚扰，但自从和马莎吃过饭，才觉得他们本没有那么烦人。时间对了，一切都是好的。

项前的话，苏南一听着不舒服，但都是心里话。朋友贵在真诚，于是对着李济刚说："我们不挖康华的墙脚，我们更不敢拆项总的台，可李总这样的人才，哪家公司都想挖，哪个猎头公司都想挖，可要挖得动才行啊！项总放心，今天我就是想认识一下李总，绝对没别的意图。"

项前想弄清楚李济刚离职的真实想法，于是说："李总的辞职信我收到了，李总离职说明我的工作不到位，我想知道为什么？"

李济刚低头看了看手表，略带感伤地说："我也不想这个时候离开康华，青春在这里，朋友在这里，十年了，不舍归不舍，有些情况项总应该比我清楚，我不走，有人希望我走，我不是一个看别人脸色的人，不是我想走，我是别无选择。"

对于李济刚的处境，项前确实比谁都清楚。被王大雷投诉，弄得满城风雨，被王少春排挤，现在是仰人鼻息，而李济刚又绝不是那种委曲求全的人，所以，提出辞职是正常的，再这么熬下去反倒不正常了。

对李济刚，项前表示理解地点点头，说道："事缓则圆，即使真要辞职的话，我也劝李总不要那么着急。公司难，优秀的人都走掉了，公司会更难。'国难思良将，板荡识忠臣'，作为职业经理人，我们要多为公司考虑，赌气的事千万不要干，也不要简单地因为所谓的利益而改弦更张，行业有高潮和低谷，企业发展有顺与不顺，最大的问题是你无法评估这个过程给你带来的风险。"

项前的话让李济刚面露难色，做无言状。看二人谈李济刚辞职的事，苏南一不失时机地插话道："我不忍心挖康华公司的墙脚，如果李总去意已决，我苏某人愿效犬马之劳，助一臂之力。"

李济刚说了声"谢谢"，摇了摇头，表示不用了。

这时的苏南一讪笑着说："看来李总是心有所属了，李总这样的人才，其实我们南南公司也有很好的下家，假如李总稍微关注一下的话，也应该知道我们南南公司在华南猎头界的口碑和声望，之前我们有人多次联系李总，但都被拒绝了，我说的下家，机会，绝对的是机会，如果我没猜错的话，李总的下一站应该是京北吧？"

李济刚未置可否，自己的那点秘密一下子就被人猜中了。

就像女人，衣服脱了，所有的隐私都在别人的眼底下，多少都有些不自在，他冷笑了一下，显得很无辜。

看李济刚没表态，苏南一认为他是默认，于是接着说："京北的职位我们南南公司不是第一家拿到的，如果我没猜错的话，帮李总运作的应该是天马公司，我们南南公司的竞争对手，但我今天想强调的是天马公司能做到的，我们南南公司都能做到。项总最清楚我们南南公司的实力，久慕李总的大名，我本人非常期待能和李总有一次成功的合作。"

本来以为一切都是在秘密状态下进行的，可眼前的苏南一对自己的情况了解得一清二楚，再装下去，反倒不够朋友，于是回应道："苏总太看重李某人了，我的情况你了解得好像比我还清楚，苏总说得都对，所以这次就不能合作了。"

看李济刚说得这么肯定，苏南一知道没什么戏，又试探性地问："见过京北的刘总了？"

李济刚点点头，苏南一又问："背调做过了？"李济刚又点点头，苏南一感叹道："那李总是等着报到了，可喜可贺。"说到这里，苏南一伸出手向李济刚表示祝贺。

项前的朋友，看起来也是一把业务好手，人爽朗。所以，李济刚对苏南一没什么恶感，从心理上接受了这个人，心里感叹，人生何处不相逢啊，可人生又是那么容易地错过。

"有缘做朋友，真为李总高兴，我们也想帮到李总，但李总没给我们南南公司这样一个机会，结果我知道，如果李总还认我这个朋友的话，对李总这次变换平台的过程李总不妨透露一点。"

"每行都有每行的规则，我想猎头也是吧，所以，关于天马的事我不能说很多，这段时间，很多猎头公司约我，这中间可能也有你们南南公司的人。天马之所以能约上我，是因为他们的一个业务员和我的女朋友是同学，就像今天，我们能坐在一起，是因为你是项总的朋友一样，人生有很多的阴差阳错，所谓的机缘巧合就是这样吧。”

经李济刚这么一说，苏南一懊悔得要死。对于李济刚这个案子，由于有项前这层关系，可以说苏南一是志在必得，由于前段时间分身乏术，林娜又不在，董云龙不堪大用，又因为碍于情面，不忍心拆项前的台，挖康华的墙脚，种种的原因都是因为自己不够上心，现在鸡飞蛋打，也只能自认倒霉。

李济刚对项前的印象一直不错，项前是公司的少壮派，为人谦和，责任心强，工作有魄力，是老板眼中的红人。以往的工作交往，配合算是默契，从未有过什么冲突。这次的王大雷事件，李济刚感觉到无论是什么原因，项前都是真心帮自己的，包括对自己的工作变故，项前的真诚还真是让他有继续留下来的冲动。今天这个苏总，人大方细致，言语得体，生意场上一定是把好手。

基于上述种种，李济刚犹豫了一下，接着说：“和项总共事多年，他对我的工作很支持，难得苏总这么关注我，但事已至此，爱莫能助。不过，如果您真有好的机会，条件如您所讲，我倒是有一个人选，能不能帮到您我不敢说，但希望还是有的。”

听李济刚这么一说，苏南一的眼睛一下子亮了，把手中的烟掐死，认真地看着李济刚问：“你说的人选我感兴趣，说说情况。”

看苏南一认真的样子，李济刚微微一笑，说：“我说的这个人选是我的大学同班同学王辉，我们的专业方向一致，专业水平绝不在我之下，上学的时候，我是班长，他是学习委员，学习成绩在我之上。他目前在南京，同一个行业，但他所在的企业是一个老牌国企，年轻人在那里机会不多。他和我一样是个工作狂，新谈的女朋友在杭州，上次同学聚会的时候，要我帮助寻找一个好一点的平台，他个人的资料我后面给你。”

看着苏南一“一往情深”的样子，项前拍着苏南一的肩膀说：“你这是失之东隅，收之桑榆，自助者天助啊。”

苏南一站起来，和项前相视一笑，然后，紧握着李济刚的手说：“李总够朋友，你同学的事包在我身上了，我决不会辜负李总的一片盛情。”

在业务上，苏南一这是被天马逼到绝路上才出此下策，不想还有意外的收获，李济刚的信息非常有价值，毫无疑问，他的同学是和他水平相当的人，这种人既能满足他客户的需求，又避免了挖康华的人给他带来的心理上压力，所谓功夫不负有心人，此之谓也。详细地了解了李济刚异动的情况，项前的内心有一种悲凉感，从某种意义来讲，人才的走势决定着企业的未来，李济刚的出走给他的感触是在大裁员的背景下，为了企业的高端人才队伍不伤筋动骨，他必须有所作为了。尽管李济刚还没有办离职手续，但那只是一个程序问题，他被天马公司挖到京北已成了一个既定的事实，李济刚的离开是康华的一大损失，国难思良将，现在的康华是在困难的时候不断损兵折将。项前不由得感叹自己很无能，是的，留不住人才就是他这个人力资源总监的无能。

根据目前掌握的信息，李济刚辞职似乎已成定局，基于李济刚对于公司的重要性，项前还是想再争取一下，于是他对苏南一说：“苏总，无论李总做怎样的选择，你都不许再打李总的主意，不然的话我会跟你翻脸，倒是李总提到的那个同学，你们南南公司下点功夫吧。我和李总还有几句话要说，要不你先……”

苏南一感到不虚此行，听懂了项前要他先走的意思，苏南一站起身和二位握手道别。

想想当初，看看现在，这种回天乏术的情形让项前感到如此无助，他起来踱着步子，李济刚手续没办，意味着还有机会，他还是想最后争取一下。他走到李济刚身边，俯下身说：“你对康华有感情，就像我对康华有感情一样，部门撤并影响了你，这我知道，形势现在是不好，但还会变好，如果留下来你有什么要求的话你提出来，我跟董事长去谈，当然你也可以自己去谈，在去留这件事上，我希望你一定要慎重。”

李济刚也站起身，握住项前的手说：“项总的良苦用心我懂，但我们能做的有限，能改变的也有限，我们不能改变世界，所以只能改变自己，我自己的事我会斟酌的，多谢项总提醒。”

“李总，你先不要把话说死，我会尽我所能解决你目前在工作安排上遇到的问题，公司在危难之际，也是用人之际，你对公司的重要性自不待言。”项前把握着的手松开，拍拍李济刚的肩膀，示意他坐下，接着说：“如果仅仅因为承受不了压力，逃避责任而改换门庭，那叫逃兵；如果仅仅是因为利益而心弦更张，那叫自私，我想李总不是这样的人。”

李济刚点点头，而后又不由自主地摇摇头，略显无奈地笑了笑，没有说话。

“换一个角度来看，你辞职这件事，如果康华公司容不下李总这样的人，那一定是公司的文化出了问题，也从一个侧面说明了我的无能，所以，李总的事我会再向董事长反映，争取保持你原来的职位与权限。今天，我算给你一个我的承诺，如果我做不到，我项前自己也会主动辞职，我们一起离开。”

项前的话一时让李济刚受宠若惊，摆着手说：“项总言重了，大可不必，我的事是我的事，何必连累到你呢。”

“李总，我也不是赌气，我这么做是为了你的事，但不仅是为了你，公司也需要好的风气和正确的用人主张。关于你的事，你不用急着答复我，你权衡一下，也给我一点时间，看我们是否还有缘分共事。”

茶室里弥散着茶的清香，该知道的都知道了，和想象的差不多，二人发着呆，彼此相视一笑，准备离开。

第三十三章

爱相随：情不自禁

走出十一道茶庄，项前就收到了易冰的短信："今晚有空，电影约吗？"这让他有些茫然，易冰弟弟找工作的事，因为眼下的工作忙，还没有眉目，项前怕见面不好说话，心里有几分犹豫。

易冰这姑娘漂亮、懂事，项前对她有好感，因为苏南一的关系，项前对易冰从没有非分之想。苏南一对易冰有想法，易冰对项前有意思，这让项前很为难，他担心和易冰走得太近会影响他和苏南一的关系，但转念一想，自己是未婚，只是看个电影，何况自己算是答应了易冰，于是回了个短信"约"，易冰马上回了短信："七点，海岸城嘉禾影院。"

短信发出后，项前感到了些许不安，想想自己在武大读博士的女朋友艾佳，项前认为自己的这种行为是某种形式的出轨。

项前的女朋友艾佳是大家眼羡的女神级女博士，读经济学的，是武大有名的校花，二人是郎才女貌的那种，但艾佳是个不婚主义者，她只愿享受恋爱的浪漫，而不愿承担家庭的负担。为这事，项前和她进行过辩论，有过激烈的争吵，但二人都不能说服对方。艾佳今年要毕业了，项前准备等她一毕业就结婚，结束这长达七年的爱情马拉松，这也是双方老人的意思，可艾佳不同意，她的说法是她只要恋爱的浪漫，不要婚姻的负担。

长达七年的爱情马拉松让项前感到身心疲惫，说到自己的这个博士女朋友，项前也是一肚子苦水。不是有人开玩笑说吗，这世界上只有三种人：男人、女人和女博士。女博士都不是一般人，她们是神一样的存在，艾佳就是这样的。作为女人，艾佳是漂亮而不温柔，端庄但不贤淑，两个人常常因为观点相左而辩得没完没了。项前是个工作狂，艾佳则是个女强人，火星撞地球，他们又似乎是两条平行的铁轨，离得很近，但总找不到交汇点。艾佳要读完博士了，目前，两人最大的分歧是，项前要结婚，艾佳要出国。

约会，多少都会让人有些兴奋，项前回到自己蔚蓝海岸的家，决定先洗个澡，好好收拾一下，讨女孩欢心的伎俩，项前是有的，只是没那个工夫罢了。春节后的日子，每天都是提心吊胆，如临大敌，项前感到自己似乎成了一个机器人，没有生活，只有工作，没有感情，只有是非，这种过度压抑的工作方式会让人发疯。项前想改变一下现在的状态，想有一个倾诉的机会，现在，易冰是一个好的人选。

沐浴更衣，卸下平时的那身行头，穿得随心所欲些，项前顿时感到轻松不少。六点半，项前早早地来到海岸城三楼嘉禾门口。约会是件让人心旷神怡的事，项前从不会因为迟到让人扫兴，他站在售票处呆呆地等，猝不及防易冰从后面冒出来。项前对着易冰上下仔细打量了一下，只见她轻衣薄纱，一袭长裙，性感而不失端庄，妩媚而不造作，活脱脱大美人一个。易冰对着项前做了个鬼脸，上前挽住他的胳膊，从没和艾佳之外的女人这样近距离接触，项前有那么一点点不习惯，但感觉还是很幸福，易冰选了刚上映不久的《我们结婚吧》，稍做等候，二人走进了影院。

电影院真是一个谈恋爱的好去处，因为它可以让人忘却尘世。

进了影院，按票号坐下，易冰有意无意地稍稍靠在他的肩上，说："项总，每次到我们茶楼，我都看你心事重重的，你就不能轻松些？"

项前轻轻抚弄了一下易冰的头发，轻笑了一下，说："我也想轻松，可没办法轻松，没事我不会到你们那里闲喝茶，今年啊！"项前欲言又止，意味深长地叹了口气。

易冰很妩媚地看了项前一眼，说："你看你，都到电影院了，就别再长吁短叹了，今天的电影，我在网上搜过，评价很高，保证好看。"

"选这么个电影，你是不是恨嫁啊？"项前和易冰开起了玩笑。

易冰做嗔怒状，反击道："你头发都白了的人都不急，我急什么，想让你放松一下，给你一个和美女近距离接触的机会，真是得了便宜还卖乖。"说完，易冰用左手扣住项前右手的五指，有一种舍不得放开的感觉，二人靠着，等电影开演。

等坐下来，项前才发现自己已经快两年没进过电影院了，进电影院是恋人之间的事，这么长的时间，是艾佳冷落了他，还是他冷落了艾佳，说不清。如今和易冰这么坐在这里，这让项前心里多少有些不安。一个未婚的男人，想有点有温度的生活，易冰给了他这样的机会，看着紧紧地靠着自己的易冰，感受着她的呼吸，项前不自觉地有了一种心动的感觉。

在项前看来，剧情并不复杂，感人也说不上，但易冰明显看得很投入，高圆圆演的女神最后竟然嫁给了一个大她十几岁的老男人，还有孩子，而那个背叛了她的男人居然还有脸回来找她，恬不知耻地说爱她，这种结局让人唏嘘。可生活就是这样的，你看不懂的每天都在发生。电影把易冰看哭了，这说明她还处在一个多愁善感的年龄，项前拿纸巾给易冰擦泪。易冰则捧起项前的手，亲了亲，一副无限感伤的样子，项前不知道她此时想到了什么，但易冰喜欢自己，并这样不能自已地表达出来是确定了的。

电影退场后，二人来到楼下的面点王，对于易冰，熟悉是熟悉，但并不了解，吃饭的过程中，项前问："你的资质并不差，为什么不多读点书？"

易冰把筷子停下，说："如果我多读点书，你就不会在这里认识我了，书谁都想读，但要看机会，我是湖南娄底农村的，家里孩子多，父母都是老实巴交的农民，我还有一个弟弟，一个妹妹，我早出来就是要挣钱供他们读书，不过书还在读，读的是深大的成人教育，本科。”

按项前的判断，以易冰现在的自然条件，如果能有一个正规的本科学历，她在职场应该会有很好的发展，听说她在自学本科，对这样一个自强的女孩子，项前又多了几分敬重。一个女孩子在深圳这样的城市打拼，真的不容易，她又这么自强，不由得让人多出几分怜爱。

易冰给项前夹了口菜，放下筷子问：“今天的电影这么好看，我看你无动于衷，你怎么那么无情无义？”

被人这么骂，项前还是第一次。这种话出自一个女人之口，应了那句话“打是亲，骂是爱”，于是不以为然地笑了笑，说：“这部电影在深圳这样的城市火爆很正常，电影这样选题明显是拍给那些恨嫁的女生看的，深圳剩女多，她们愿意到电影院找回她们失落的爱情，就是这样子的，你不至于这么恨嫁吧？”项前挑逗地问，又想起了什么似的，“噢”了一声，又说：“我怎么没听到过你提男朋友，有还是没有？”

“明知故问，有我还能约你？我们那个店，看着不大，但很缠人，我们的周老板信任我，把店交给我打理，我哪有时间谈男朋友？”易冰一脸幽怨地说。

“我们的苏总对你有意思，你不想有个说法？”项前又问。

这个时候，说这种煞风景的话，易冰有点不高兴，没好气地回答道：“能有什么说法，他送我东西，我要是退回去，那是打他的脸，生意场上，少不了要逢场作戏，要我和他有什么，不可能。”

看易冰把话说得斩钉截铁，项前愧对朋友的那种压力小了些。买完单，易冰央求项前陪她逛逛深圳湾公园，尽管还有工作没忙完，项前还是没忍心拒绝她。

深圳这座城市，风情比不过杭州，休闲比不过成都，温馨比不过厦门，但浪漫还是有那么一点点的。海岸城离深圳湾公园只有两站地的路程，二人驱车，十分钟就到了。到了海边你会发现这座城市的美在晚上别有一番韵味，天上的月光，海面上粼粼的波光，滨海大道上的车光灯带，远处欢乐海岸的霓虹灯，交相辉映，光怪陆离；汽车的笛声，隐隐的涛声，声声入耳，让人对这座城市充满无限的遐想。项前感叹好久没有这么看过月亮了，或者说好久都没有看到过月亮了，人人都忙，忙得忘乎所以，忙得来不及静下来想想而迷失了自己。

二人并排走着，易冰抬头问："你来深圳多少年了？"

项前暗自算了一下，回答道："七年了。"

听完项前的回答，易冰有些小激动地说："我来深圳五年了，这座城市，你喜欢吗？"

项前笑着说："这样的城市谁不喜欢，有海风的气息，有大海的浪漫，有自由的空气，有紧张的气氛，有无穷的机会，由不得你不喜欢。"

听了项前的说辞，易冰格格地笑着说："我说不出你那么多的理由，我就是喜欢，城市是好城市，在这里我就是觉得好孤单。"

易冰说的这种孤单感项前也有，似乎除了工作就没了个人的生活，这个快节奏的城市，一天到晚往死里忙，真是让人身不由己啊。于是，他便附和易冰道："这种感觉可能很多人都会有，移民城市嘛，没有那么多的亲戚朋友，但反过来想，正是因为如此，大家才觉得自由嘛。"

二人找了个凳子坐下来，易冰望着月亮，头自然地靠在了项前的肩上，她很小心地问项前："你有女朋友吗？"

项前没有立即回答她，或者说不知道该怎么回答她，他本能地想说没有，但转念一想，这种玩笑开不得，他不能欺骗她，最后还是老老实实地回答说："有，在武汉。"

这个答案让易冰很失望，她不希望项前有女朋友，因为她想成为他的女朋友，但一个钻石王老五，有个把女朋友也属正常，易冰躲开项前的身体，继续问："她是做什么的？"

看易冰这么有兴趣，项前想说说也无妨，说："她是个在读博士，我们确定关系有七年了，我们在跑一场爱情马拉松，至于终点在哪里，我也不知道。"

女博士是让人肃然起敬的那种，不想项前居然找了个博士。易冰跟他开玩笑道："你这样的人，也只有女博士才能管得住，喝喜酒的时候敢不敢请我啊？"

"只要你愿意，有红包干吗不请呢？"

"一个大老总，这样的便宜你也捡，好意思，我怕我去了把你的新娘子比下去了，让你下不了台。说说看，是我漂亮，还是她漂亮？"问这个问题的时候，易冰显出一副急不可耐的样子。

这不是一个好回答的问题，说自己的女朋友不漂亮显得自己没品位，说自己的女朋友比她漂亮她一定不高兴，项前稍做思考后回答说："你们各有千秋吧。"

没有得到自己想要的答案，易冰不甘心，紧接着又问："今天这衣服我是第一次穿，好看吗？"

客观地讲，易冰今天穿这身衣服比平时漂亮多了，加上月下看美人，别有一番韵味。项前意识到自己不是柳下惠，有美人这么坐在身边，有冲动的感觉。这时候易冰站起身，天有些凉，看着易冰瑟瑟发抖、楚楚动人的样子，项前站起来把她揽进怀里，易冰则顺势双手扣住项前的脖子，仰起头，闭上眼睛等待着。

项前也喜欢易冰，这也是他能答应易冰走进电影院的原因，爱则说不上。此时的易冰呼吸是急促的，人是酥软的，柔长的双臂蛇一样地缠住项前。怀中的易冰肤如凝脂，面若桃花，项前一时不知该怎么办。不得已，项前闭上眼睛，任由失控的情绪在海边挥洒。

第三十四章

西游记：好马回头

去了一趟欧洲，林娜的心情好多了，本来只是想散散心，可没想到又意外地收获了爱情。刚回来，要倒时差，本想休息几天的，但按苏南一说的情况，南南公司的业务已经乱成了一锅粥，连着被对手打了几个埋伏，所以，回来的第二天，林娜早早地就上班了。

林娜人长得干净，也爱干净。一到办公室，发现吴菲已经把她的办公室打扫得一尘不染。办公桌上，一束盛开的玫瑰娇艳欲滴，林娜轻轻俯下身对着玫瑰闻了闻，那种沁人心脾的花香令人陶醉，这不是花香的味道，这是爱情的味道。花是她的新男友佟一凡送的，在法国留学的人，别的学没学会不知道，但法国人的浪漫却是手到擒来。林娜发现自己被新男友的这些小招数搞得五迷三道，和佟一凡是八天，而和苏南一是八年，现在天平却向佟一凡倾斜了。死守了八年的感情败给了一次欧洲风情游，此时的林娜不愿想那么多，她只想享受这种花香带给她的幸福。

林娜给吴菲发微信，让她过来。吴菲是她一手调教出来的，尽管业务能力尚有欠缺，但她人聪明、机智，外加难得的善良，林娜判断几年后吴菲一定可以取得和自己一样的成绩。人就这样，寻常看不见，偶尔露峥嵘。病了一次，吴菲的悉心照料让林娜对她更添了几分好感。

吴菲探头进来，嗔怒地埋怨道："娜姐，你一个人潇洒，天上飞，地上跑的，我们可惨了，苏总忙不过来，董云龙在那里瞎指挥，公司都成一锅粥了。"说着捧起那束玫瑰花边闻边说："好香，不是苏总送的吗？"

林娜没有回答她，从包里拿出事先准备好的礼品，说："猜，这是什么？"

林娜手里，方方正正的一个盒子，很漂亮的包装，不大，一看就很精致，吴菲凝神想了半天，木然地摇摇头。

林娜嬉笑着说："傻丫头，法国除了红酒，还有什么？"

吴菲一下子蹦了起来，尖叫道："香水，一定是香水，法国香水。"

林娜点点头说："送你的，收着。"

吴菲拿过香水，亲了亲放下，抱着林娜转了两圈，小声叫道："娜姐万岁。"

林娜收拾了一下衣服坐下，说："闻香识女人，上等女人是体香，如《还珠格格》中的香妃，那是传说中的女人；中等女人是花香，自然而清新，她们的衣服是薰衣草熏过的，她们的身体是在奶液里泡过的，她们的皮肤是用高档法国香水抚过的；下等女人则是浓香，她们浓妆艳抹，她们身上散发着各种劣质化妆品刺鼻的味道。你可不能糟蹋了这上好的法国香水，好好收着。"

林娜的"三等女人"论断让吴菲有点蒙，但听林娜这么一说，越发觉得林娜礼物的珍贵了，吴菲神秘兮兮地说："我看那个佟一凡不错，你和苏总就这么拉倒了？"

林娜瞪了吴菲一眼，说：“不许多嘴，工作时间谈工作，赶快组织业务部门的人开会，叫上苏总。”

吴菲配合叶芳把人组织到会议室，三十几个在家的业务人员，会议室坐得满满的。当林娜走进会场的时候，大家报以热烈的掌声，算是对她回归的欢迎。苏南一进场，大家起立鼓掌，苏南一坐到主位，会议开始。

苏南一扫视了一眼会场，开口说：“大家这段时间都很辛苦，这我知道，但我们不能只讲苦劳，我们要讲的是功劳，只辛苦而没成绩那叫命苦，所以，我们今天的业务会主题是反思，反思我们过往的工作，反思我们接二连三的失败。林总今天也回来了，林总不在不能成为我们打败仗的理由，林总一不在我们就打败仗，只能说明我们无能。”

苏南一几句话下去，气氛立马紧张了，很多人低下头，董云龙主动站出来说：“苏总，林总，业务方面，现在的局面我有责任，在围绕康华的这个项目上，我觉得我们掣肘太多，天马可以把他们的招聘摊位摆到康华的大门口，我们不敢；针对锁定的目标，天马的人可以贴身肉搏，我们又不敢。我们总是顾忌和康华的关系而不敢放手，天马的人够狠，他们可以说处处都走到了我们前头，约李济刚的事我求过苏总，但我们还是晚了半步。”

董云龙说完，摇着头，一脸的无辜。吴菲看看董云龙，又看了一眼林娜，说：“我们是很忙，但瞎忙的时候多。我们一天到晚忙着收集信息，可那些信息有多少是有用的？我们的目标感不强，邀约的成功率很低，一个李济刚，人家天马把单都做成了，我们自始至终都没见上面。”

董云龙看吴菲对自己不满，辩解道：“苏总不是约到李济刚了吗？”

吴菲白了董云龙一眼，不屑一顾地说：“约到了，黄花菜都凉了，也不看是谁约到的。”

叶芳举了一下手，说：“我们把大量的时间都花在收集客户信息上了，客户资料的收集是我们业务活动的一项基础工作，但不是最紧要的工作，我们公司的客户邀约成功率低，邀约成功的人，转化率也低。由于林总不在家，我们缺少天马老板马莎那种临门一脚的人，我们总是跟在别人屁股后头走，那就只能别人吃肉，我们喝汤了。”

大家谈各自看到的问题，但谈自己的问题的人少，几乎所有的人都对着董云龙开炮，新官上任三把火，董云龙一上来打了哑炮，自然成了众矢之的。

看大家的炮放得差不多了，沉默多时的林娜终于开了口，说：“这个反思会开得好，大家的意见也都很好。不是天马抢了我们的生意，是我们自己没有学会怎么跟客户做生意。首先，我们要看清业务的本质，做业务就是做客情，就是做关系，就是做人心。业务的难，难在人心难测，我们业务工作的重点是和客户建立信任关系，关系建立了，信任有了，一顺百顺。建立信任的中心在于两点——情和利。先说情，中国是一个人情社会，做人情就是做朋友，所以，所有的业务活动，从逻辑上都是先做朋友，后做生意；再说利，市场就是商场，生意场上‘利’字至上，生意人都不会做亏本的生意，所谓‘天下熙熙，皆为利来；天下攘攘，皆为利往’，商场上的生意人，都是不见兔子不撒鹰的主，要合作就要让他们有利可图。情分到不到决定愿不愿合作，利益到不到决定能不能合作，所以情和利解决好了，没有做不成的生意。”

众人听了林娜头头是道的理论，似乎终于找到了问题的症结，看到了差距与不足，于是纷纷报以热烈的掌声。林娜挥挥手，示意大家停下来，接着说：“我们约不到人，是别人不信任我们，根本谈不到情分；约到的人谈不成生意，是诱惑不够大，就像平时买东西，他们也在货比三家。工作不是盲目的，我们工作的内容要看是否围绕着我们的中心展开的。李济刚的案子给我们敲了警钟，但一个案子做不下来天塌不了，大不了从头再来嘛。”现在的业务有点乱，林娜的回归对大家就是一个鼓舞，听林娜这么一说，大家的精气神又回来了，林娜的话音落，大家再次报以掌声。

等大家的掌声停下，苏南一拿出一份简历放到会议桌上，说：“李济刚的案子我有责任，是我不想挖康华的墙脚给了天马机会，这两天我约了李济刚，现在事情有转机。”

大家一听老板的口气，一下子兴奋起来，董云龙无比关切地问：“苏总，您怎么不早说！”

苏南一接着说：“李济刚我们还是挖不到，也不能挖。”听苏南一这么一说，董云龙又像一个泄了气的皮球，苏南一则点上一支烟接着说：“不挖李济刚是我和康华的项总有君子协定，我这次和李济刚见面的收获是他给我推荐了一个和他水平相当的人，他的同学王辉，他这同学的简历就在这里，这个案子我准备让林总亲自操作，只许成，不许败，要不然又让对手看我们的笑话了。”

林娜的发言让苏南一有很多感慨，真是应了那句话，术业有专攻。几年下来，林娜对业务的理解确实比自己深一些，苏南一看了一眼林娜，然后对大家说：“李济刚的案子，我们本来志在必得，却又被天马捷足先登，不是我们没机会，是我们的意识不到位，动作上变形，天时、地利、人和我们都有，但我们慢了半拍。反思这个案子，暴露了我们的一些问题，归纳起来，我认为有三个不够，一是我们的攻坚能力不够，围绕着康华我们成立了项目组，也做了很多外围的工作，但至今，我们没有一个像样的单，这样的结果说明我们的攻坚能力不够；二是我们临门一脚的能力不够，业务是一个链条，前面做得好，会促成后面的结果，转化率低，成单率低说明我们临门一脚的功夫不够；三是我们对竞争对手的关注不够，对手不是神仙，没有强大到不可战胜，天马的业务能力和我们南南公司比，最多能算旗鼓相当，但我们为什么屡屡受挫，是我们对他们的研究不够，是我们对他们的关注不够。现在林总回来了，这几个问题我相信会很快得到解决。”

散了会，苏南一回到办公室，默默地点上一支烟，陷入苦思。业务陷入被动，新年一开始就被天马打了个措手不及，本来林娜的回归是件令人高兴的事，一是可以帮他分担经营上的压力，二是可以解他几天来的相思之苦，但结果呢？在谢平分家这件事上，林娜最终站在了自己这边，为了平复林娜受伤的心，苏南一自己顶着压力把林娜送出国，可几天的时间，她居然带回来一个男朋友，自己结了婚，本来没权利、没资格管林娜的私生活，但感情是控制不住的。自始至终，苏南一都把林娜看成自己的女人，他依然期待着和她重修旧好，现在林娜忽然成了别人的女人，苏南一感到自己的内心有一种说不出的苦。

为自己说出去的话，苏南一给林娜办了个接风宴，林娜是带着她的新男友去的，林娜又从业务部点了几个将，饭局就选在了林娜要求的欢乐海岸。苏南一几乎不知道是怎么度过那一个晚上的，那是一种折磨，话想说又不能说，自己曾经的女人在别人的怀里，杀人的心都有却又无可奈何。晚宴上的林娜很开心，真的还是装给自己看的，看不出。当林娜当众宣布她和男友的关系时，大家不约而同地都望向他，因为大家都清楚他和林娜的关系，所以这时候大家都很关注他的反应。苏南一当时的反应是，笑，苦笑，然后跟着大家一起鼓掌，那一晚，他是行尸走肉。

一个人的苏南一很是伤神，林娜突然回来了，他有些不习惯，甚至有些手足无措。本没有什么问题的，但是林娜现在带了一个男朋友回来，他没有这样的心理准备，而且林娜跟他摊牌说，她要帮她男朋友创业，还能帮他多久是个未知数。

第三十五章

风还巢：阴阳易位

项前动了凡心，一下子被易冰搅乱了心绪，但工作还是要做。

一大早坐在办公室里，想理一理一天工作的头绪，却总是心神不宁，项前不由感叹，老大一把年纪还是过不了情关，一不小心就犯下一个天下男人都会犯的错误，真是不应该。

清理了一下办公室卫生，泡好茶，项前给自己点上一支烟，静下来用心盘点一下近期的工作。工作就是这样，稍有疏漏就有可能酿成大祸。第一次的舆情风波几近平息，为这事动用了公关公司，方华则是调动了所有能调动的媒体资源，回头看那场危机，也是百密一疏的结果。这次的“反康华联盟”在网上散布了一些于公司不利的信息，但和第一次的事件比，是小巫见大巫，不值一提。方华之所以这么紧张，是一朝被蛇咬，十年怕井绳，整个公司对于舆论是风声鹤唳，草木皆兵，反应过度而已。

机构撤并的事，算是顺利，但由于人员安置不当，现在李济刚出走似乎已成定局。对于李济刚的事，项前还不死心，为了挽留这样一个人才，项前希望能和董事长当面交流一次，做最后的努力。项前知道自己是对李济刚做过承诺的，但他做承诺不是一时冲动，如果连李济刚自己都没有能力留下，那么，要么是自己无能，不再适合现在的位置，要么是公司的文化生态出了大问题，让有才华的人无处容身，他会因失望而绝望。

裁员工作，不幸中的万幸是没有出大乱子，像集体线下维权的事到现在还没有发生，这个过程中，由于个别事业部、个别部门操作上的不当，流失了部分骨干，也是没有办法的事，幸亏项前自己及时争取，给留下来的骨干提出了加薪的期许，才没有导致大面积的人才流失。

作为危机公关小组组长和这次裁员工作的操盘手，项前觉得有必要把近期的工作打包跟董事长汇报一次，在正式汇报之前，危机公关小组先开一个小的碰头会。

项前通知刘琼组织会议，参加人员除方华和姚少功外，加上徐中林以及人力资源部的四名人事经理，项前主持会议。

十楼第三会议室，看人到齐后，项前分别和姚少功及方华点头致意，然后开口说："我们的工作都是围绕着公司这次大的战略调整展开的，现在是棋到中盘，有的工作有明显的进展，有的工作有了具体的结果，我们小组的这种联动机制可以说是功不可没。今天，我们将相关的信息汇总一下，明天，我将以报告的形式上报给董事长和总裁，并建议召开专题会，我不点将了，根据以往的分工，分头说。"

人力资源部的刘琼拿出资料，说："对'反康华联盟'的处理及进展是这样的，我们把所有 2014 届大学生梳理一遍，确认了参与人员名单，对于在解除劳动合同中的个别违规情况进行了修正，也就是说给个别人提供了有限补偿，并签了保证书，通过他们动员其他的人不要再发帖，放弃维权，这种做法效果比较好。对于那个挑头的律师，我们查到他在公司的关系，他曾介绍过两个亲属进入公司，通过亲属做他的工作，我们对他采取的策略，一是严格按照政策解除合同，二是以他亲属的饭碗相威胁，恩威并举，最后他选择了妥协。所以，‘反康华联盟’在网上的声音基本消失了。”

听完刘琼的汇报，方华点评说：“这次‘反康华联盟’的事，我们是防微杜渐，四方联动，处理及时，是一个成功的案例。在信息的出口上我做了布置，所以舆论的波及面有限，不过还是惊出一身冷汗。”说完，方华不由自主地摇了摇头。

徐中林接着说：“今天告诉大家一个好消息，罗本辉已经抓起来了，案子是一周前立的，并且我们给这个案子上了双保险，我们起诉的理由有两个，一是侵犯商业秘密罪，二是职务侵占罪。案子的缘起是因为泄密，但后来我们在调查中还发现，他私自盗取公司文件，就是他的竞业协议，再就是他利用职务便利伙同人才中介骗取公司费用，坐地分赃，为了立案的证据，我们付出了高昂的代价。所以，我们一定要把这个案子办成一个铁案。”

听完徐中林的发言，大家纷纷鼓掌，因为好多人被罗本辉这个案子折磨太久了。姚少功发言说：“案子有重大进展是个大喜事，但我提醒徐主任，罗本辉的案子董事长是要杀一儆百，但他的背后有竞争对手的势力，不可掉以轻心，我们要谨防他们借题发挥，再弄出什么是非来。”

徐中林抱手拱拳，说了句：“多谢提醒，一定，一定。”

方华瞅瞅大家，摊开资料，说：“轰轰烈烈的舆论风波，现在看算是平息了，但是对公司也造成了很大的负面危害，这也是对我们这个危机公关团队的一次大考验。从结果上看，不甚理想，但这个过程可以说是惊心动魄，可圈可点，大家都出了力。从我负责的舆情管理方向来看，我们还是有很大的突破和成绩，一是建立了舆情监控的常态机制，每天都有完善的舆情分析报告，对于发现危机，确认舆情走向，从而进行有效决策提供了可靠的依据；二是我们与两家知名的公关公司进行了战略合作，我们对这两家公司在舆情管理方面进行了明确定位，一家长于策划，媒体关系好，我们用它来进攻，多发公司正面的东西，另一家长于危机公关，政府关系好，我们用它来防守，减少公司的负面舆情；三是我们加强了媒体关系管理，与数十家国内一线媒体建立了战略合作关系，所以我们的声音能放得出去，关键时候，也能收得回来。”

看方华把公关公司的事讲得这么细，项前感到这种场合不合适，于是提醒方华道：“方总，公关公司的事我们改日另谈。”

项前一语惊醒梦中人，方华自知失言，停下话，连忙向项前拱手致谢。

其他几名参会人员也分享了一些事情的进展及手中的资料。

看众人都已发过言，项前整理了一下手中的资料，说：“由于公司经营上压力巨大，所以一开年公司就决定进行战略调整，尤其是对人事进行调整，但由于一次意外的员工跳楼事件而引发一场规模宏大的舆情危机，这属于马失前蹄，开局不利，也是我这个组长没当好，连累了大家。罗本辉的泄密是舆论危机的催化剂，我们发现得不够及时，没能有效地控制，使舆情火上浇油，以至于我们整个危机公关小组都忙得焦头烂额，这都是我们的问题，我负主要责任。几千人的大裁员，这是一个火药桶，随时都有不测，但经过我们团队的严防死守，到现在一切都算正常，虽然发现了一个所谓的‘反康华联盟’，但已经得到了解决。而到今天，罗本辉被抓了，舆论风波平息了，‘反康华联盟’基本解散了，我们危机处理的机制也建立了，这是我们这个团队的进步，也是我们的成绩，感谢大家的付出，我为大家受到的委屈感到抱歉。后面还会发生什么，谁都不知道，但只要我们有尽职尽责的态度，我想一切都不是问题。”

项前的发言是欲扬先抑，后面还是全面地总结了最近一个阶段的成绩，所以，等他发言结束，大家报以掌声。在广泛征求大家意见的基础上，项前又具体安排了工作，然后各自分头行动。

开完会，为李济刚的事，项前又来到董事长的办公室。

为一起大宗国际并购，董方卓跑了趟欧洲，今天是他回来上班的第一天，见项前进来，边招呼项前坐下边问："最近有什么新情况，说说看。"

见老板心情不错，看来事情办得顺利，项前汇报说："舆情得到了控制，裁员工作顺利，罗本辉已被抓，详细情况，明天再给董事长专题汇报，今天我是为李济刚的事来的。"项前边说边把李济刚的辞职信推给董事长。

"李济刚怎么了？"董方卓拿起李济刚的辞职信问。

项前回答道："李济刚打了辞职报告，离开康华的态度很坚决，正在等董事长的签字。"

本来神色温和的董方卓脸色一下子变了，严厉地质问道："李济刚怎么可以辞职，为什么辞职？你要给我弄清楚。"

看董事长的态度有变，项前知道今天不会有什么好结果，但还是硬着头皮说："李济刚的辞职和这次机构撤并及人事调整有关，产品部和竞争力研究部合二为一，李济刚对任命他为副部长大为不满，据我了解，正好有一个电商平台产品总监的职位，待遇比我们高出不少，所以他才要辞职。"

看完了李济刚的辞职信，董方卓对项前说："李济刚是个怪才，是个不可多得的人才，但这个人身上有很多毛病，如果是因为待遇辞职，我们可以做思想工作，如果因为位子而闹情绪，这说明这个人的心智不成熟，受不得委屈，将来也难堪大用。我们用王少春，是要用我们自己培养的人才，如何才能留住李济刚，你有什么意见？"

挽留李济刚，这是最后的机会，项前决定还是要据理力争，于是说："李济刚辞职是因为位子的事感到委屈，我的意见是，为了挽留他我们可否做适度的调整？”

“你的意思是把王少春和李济刚的位置掉过来？发布任命前，我们进行过讨论，启用王少春，当时你不也没有异议吗？”董方卓敲着桌子，质问道。

项前叹口气，略显无奈地说：“当时大家众口一词，我支持与反对已无关紧要。”

听了项前的说辞，董方卓声色俱厉地说：“冲你这句话，你这个人力资源总监就不称职，一个管干部的干部，就是要敢于坚持自己的意见，不怕丢官，这是本分，用好人是你的职责，不坚持你怎么知道你的意见不会被尊重呢？”

项前知道老板指责得对，他当时是没有从职责本分出发，而是出于一种自保的想法才没有提反对意见，现在被老板这么说是咎由自取，所以，面对老板的批评只能默默地承受。

董方卓喝了口水，对项前指示道：“如果把王少春和李济刚的位子调过来能留住这个人才，我就同意调过来，但这里要有一个半年的周期，因为刚发的任命文件，我们不能出尔反尔，如果调过来他还执意要离开，那是‘天要下雨，娘要嫁人’，就由他去吧，关键岗位的人才离职，你要确保把损失降到最低。”

董方卓站起身，踱着方步，一副若有所思的样子，只听他说：“项前，干部调整的工作才刚刚开始，总部的动过了，下面要调的是各事业部的经营班子。业绩不好，有市场的问题，但也有人的问题，总的思路是亏损的事业部一把手要动，负增长严重的事业部一把手也要动，经营班子的调整参考各事业部一把手的意见。给你一周的时间，你草拟个方案，原则和细节我们要上会讨论。余总回来了，别忘了，人事变动要知会余总。”

一番辩解，一顿指责，项前还是从董事长那里争取到了他想要的结果，但李济刚是否能留得下来，他心里还是没底。虽然不太理想，但这是他这个人力资源总监能够争取到的最好的结果，空口白话是无法让李济刚回心转意的，从留人的角度来看，项前现在是多了一块谈判的筹码。本来是汇报工作的，现在又领受了新任务，前面的工作刚看到点曙光，后面的工作又泰山压顶一般压过来，真是多事之秋，日子难过。

第三十六章

无间道：色胆包天

从董事长那里领了新任务，项前回到办公室，他心里明白这才是真正的硬骨头。

人事调整一年一度，面广人多，年年如此，项前有这方面的心理准备，但没想到董事长会在这个时候把任务布置下来。相对于前面的机构撤并、人事调整，各事业部经营团队的调整才是重头戏，现在是任务来了，更大的压力也来了。

对于康华公司，每年年初都要洗一次牌，这是惯例。今年与往年不同，由于去年的经营指标完成得不好，按老板定的原则，今年干部调整的力度一定是前所未有，亏损的事业部要动，负增长明显的事业部也要动，干部考核后20%的强制淘汰，这次干部调整将达到历史上罕见的30%以上，绝对是一次血腥大清洗。相对基层员工的裁员，干部的任免将更加残酷，干部都是在康华发展过程中立下过汗马功劳的人，他们是精英。按现在的形势看，业绩的下滑原因众多，个人到底要承担多大责任，这很难说，但结果是残酷的，下课就是下课。

对于年度干部调整，老板的中心思想是业绩导向，推陈出新，大胆起用年轻人。想法是想法，难在落实，新老创业者之间的矛盾是用人过程中绕不过去的一个死结。老干部都是过去跟随老板打江山的人，平时连董事长都会让他们三分，现在要搞推陈出新，砸他们的饭碗，势必会遭到报复式反弹，操作稍有不慎就会鸡飞狗跳。

对于如何实现老板提出的推陈出新，项前心里已有了安排。第一是用规则说话，用人过程中绕不过的是人情，而人情绕不过的是是非。第二是形式重于内容，有时候形式重于结果，国人向来是不患寡而患不均，公平是第一要义。基于上述种种，项前准备分别安排述职、竞聘、淘汰三种方式解决当下的干部任用问题。

干部调整之所以难，原因在于这些干部都不是一般人，他们每个人都有自己的关系，都有自己的势力范围，这中间的关系盘根错节。原则归原则，人的上下、任免少不了看人下菜。这就像主席说的："党内无党，帝王思想；党内无派，千奇百怪。"职场流行一种说法，叫"跟对人，做对事"，所以，从进入企业起，每个人都在找对的那个人，但机会不一样，眼光不一样，因跟对人鸡犬升天的人有，因跟错人万劫不复的也大有人在。

在康华公司，最大的帮派头子，一个是董事长董方卓，一个是总裁余东风。这两个名字，一个代表的是资本，一个代表的是职业经理人。可以说，从余东风站稳脚跟之后，二者之间的博弈从未停止过。这是一个是"店大欺客"还是"客大欺店"的问题，也就是说"不是东西压倒西风，就是西风压倒东风"。经理人队伍在发展的初期是弱势的一方，但随着经理人队伍的发展和壮大，随着企业职业化程度的提高，资本方慢慢就会变成弱势的一方。这两种势力，在眼下的康华正是旗鼓相当。

总裁余东风是中国家电市场上最优秀的职业经理人之一，是不可多得的企业家，他的性格用一个字来形容的话就是"硬"，用一个词来形容的话就是“倔强”。这是一个不服输的人，康华这么多年在市场上攻城略地，和他的这种霸气的性格不无关系，这就是所谓“兵熊熊一个，将熊熊一窝”。进入康华十五年来，余东风可以说是在公司危难的时候力挽狂澜，在公司得势的时候势如破竹，是为康华公司的发展立下过汗马功劳的人。所以，在如今的康华，余东风可说是振臂一呼，应者云集，功高震主，这也是让老板董方卓有压力的地方。

作为资本方的代表，老板董方卓是一个创业型的企业家。能创业的人都是胆大包天的人，能创业成功的人都是命硬的人。对于董方卓这样创业型的企业家，企业就是他们的命根子，企业的成败是他们人生价值的体现和生命的全部意义。他们对企业的爱，是赌徒对赌场的爱，是赌徒对金钱的爱，因为爱，所以他们不容企业有所闪失。董方卓是一个怀疑一切的人，对于以余东风为代表的职业经理人队伍尤其如此，在用人方面，他的主张就是“用人要疑，疑人要用”。基于对人性的了解，他认为，人是贪婪的，人的私心是会膨胀的，靠职业经理人道德的自我完善是不靠谱的。

在董方卓和余东风之间，项前是那个走钢丝的人。能在人力资源总监这个位子上坐满五年，可以说项前创造了一个奇迹。走钢丝是什么？就是不偏不倚，不左不右，刚刚好的中间路线，要有极强的平衡感才能把这个钢丝走下去。几年下来，项前看到无数人的起起落落，有跟老板跟得紧被余东风解职的，也有抱余东风这棵大树被老板赶跑的。站队就是这样，你可能因此受益，也可能因此受害。项前感觉在康华，自己的角色有点像双面间谍，他要让余东风认为他是职业经理人队伍中的一员，制定政策和贯彻政策充分考虑经理人的利益；又要让董方卓感受到他对企业的忠诚，对事业的忠诚和对他董事长的无限忠诚。做干部做到让人放心真的不容易。

多事之秋，今年的人力资源工作是非常态的。大规模的裁员是不得已的选择，机构撤并是附带动作，而马上就要开始的干部调整才是常规动作。任务下来了，要立马准备，项前通知刘琼组织部门有关人员到第三会议室召开专题会议。

时间紧，任务重，裁员工作是个大工程。一段时间来，大家天天加班加点，看着大家疲惫不堪的样子，项前也有些心疼，但工作就这样，赶上了就要挺住。

人到齐，项前看了大家一眼，开口讲话："相较往年，我们今年是忙了一些，这次大规模的人员调整是一个复杂的工程，我们能按部就班地做到今天而没有大的差错，这就是我们这个团队战斗力的体现，大家的辛苦我看在了眼里，大家的付出我记在了心里，感谢大家。"

大家象征性地鼓了鼓掌，个别人会心地笑了一下。项前接着说："工作就像打仗，是一个战役接着一个战役，我们要的结果是一个胜仗接着一个胜仗，机构撤并和人员优化工作已进入尾声，现在我们又有了新的任务，就是一年一度的干部人事大调整，这也是我们今天专题会的内容。干部调整的重要性不言而喻，我希望大家结合自己的本职工作做好充分的准备，现在就我急需的一些材料做如下工作安排，一是李红联系财务部，尽快拿到去年各事业部年度经营情况的数据；二是朱晓东准备一份全体干部去年的考评结果，把考评结果后 20% 的干部进行特殊标注；三是刘琼准备一份最新的在职干部名单，并准备好各事业部经营团队成员的履历表。这些材料，我明天就要，大家看有没有什么问题？"

参会的人纷纷摇头，看大家没问题，项前又说："我们的人员优化工作已经告一段落，我们可以从各自的角度把优化过程中存在的问题拿到会上谈谈，也许会对后面的工作有所启发。"

由于事先没有让大家准备相关材料，很多人不知所以。

停了十几秒钟，刘琼主动站出来说："那我就说说我们这些人员优化过程中的不正常现象，第一种是我们想留的留不住，不想留的撵不走，人才的流失率很高；第二种是关系户多，好多人都动不得，有的人有恃无恐，公然搞对抗；第三种是有的员工听到自己被优化掉，不以为悲，反以为喜，这些人为的就是挣我们的补偿。这些不正常的现象反映出一些问题，主要的问题是大家没有了归属感。"

见有人带头，吴燕如举了下手，说："我发现的问题是，我们很多员工干起了兼职，炒股的就不用说了，现在开微店的、摆地摊的，还有自己买车跑优步的，虽然劳动纪律不允许做兼职，但现在却成了一种普遍的现象。都想着干私活，谁还用心工作？"

看大家不再说话，项前点将朱晓东，朱站起来说："我们这次人员优化，使公司的帮派现象更严重了，裁谁不裁谁，不是以能力和业绩为标准，而是以关系的亲疏为标准。请客送礼的多了，拉帮结派的多了，甚至有人为了不被裁掉对主管领导不惜以身相许。"

看朱晓东说得有点离谱，项前追问："以身相许的这种事，你是道听途说的，还是真有其事？"

朱晓东呵呵一笑："看是没有看见，事是确有其事，就是我们总部职能部门一个女孩子，噢，不能叫女孩子，结了婚的，是个少妇。是谁我不说，大家注意一下，就是最近把自己打扮得无比妖艳的那一个。"

经朱晓东这么一说，大家你看我，我看你，都在猜，都想从对方那里找到答案。

项前接过话，说："我们是做人力资源管理工作的，也是为大家做服务工作的，在人上出了问题，从某种意义来说都是我们的问题。没有人天生就是坏人，也没有人就愿意做那些见不得人的事，所以会做，可以说是被现实逼的。一家企业要通过成长与发展为员工谋福利，企业裁员是一种不得已的行为，但被优化掉的员工都是受害的一方，所以我们要尊重他们，善待他们。像大家所说的这些情况，队伍不稳定，干私活，拉帮结派，都是不正常的现象，发现了要着手去解决，问题的关键在于，我们要知道，为什么会出现这样的问题？”

对于项前的发言，大家不住地点头。项前则拿出笔寥寥写了几笔，接着说："对于裁员优化工作，我们需要进行阶段性的总结，这个会放在下周开，希望大家准备好材料。为了写好总结，我还需要这样几个材料，一个是被优化的人员名单，一个是员工中的关系户名单，一个是流失的骨干员工名单，一个是优化员工补偿费用清单，这些材料根据以往的分工分头报给我。”

会议结束，项前回到办公室刚坐下，姚少功就推门而入。姚少功是一个老江湖，也是一个在老板那里说话有分量的人，这次裁员行动，多亏有姚少功的支持。工会嘛，姚少功的工作就是维稳，工会工作说开了也是人的工作，但工会的那一套，项前感到自己真的搞不来。见姚少功进来，项前急忙倒茶招待。

姚少功点上烟，喝了口水，放下茶杯说："项总啊，这次裁员，为了不爆发群体性事件，我是豁出了老命了。我是把人派下去盯得紧啊，不然不知道要出多少乱子，大家尽了心，项总你是不是也出点血啊？”

听姚少功如此一说，项前确实有点蒙。一个管全体员工福利的高管跑到他这里要福利来了，好像不是那么回事，项前也半真半假地回应道："我倒是想出血啊，但你们工会有大把的经费，我是蹦子皆无啊，要不你先借我点？”

姚少功奸奸地一笑，说："这个可以，但客还得你请，就是你请客，我出钱；你打报告，我掏银子。”

姚少功的这个回答出乎项前的意料，有些不解地问："为什么要这样操作？”

姚少功感叹道：“项总啊，现在是非常时期，花钱要有充分的理由，我是有钱不敢花，现在不过是让你给个理由罢了。”

经姚少功这么一说，项前才如梦方醒，从财务的角度看，这可是联合作弊，但想想他们为维稳付出的辛苦，项前还是把这事应承下来了。

事情谈妥，看姚少功没有离开的意思，项前说：“我们万里长征刚走了第一步，后面的工作姚总您要多多支持，多多指导。”

“我不是来指导你的，我是来请你指导的。”姚少功停顿了一下，把二郎腿跷起来，狠狠地抽了口烟，然后说：“有一个总部的员工，品牌部的罗美娟，是这次优化名单里面的。她找到了我，按说优化到谁都是正常的事，但她的情况不一样，她的老公是我们研究院的工程师，也进了这个名单，他们在深圳有房子要供，夫妻俩同时下岗，日子就过不下去了，向我诉了半天苦，所以，我只有来求你这尊菩萨了。”

姚少功说的这个情况真是个个案，一对夫妻同在康华，同时下岗，不考虑实际情况叫不近人情，但他们不下，又要谁下啊？优化的名单董事长已经签字生效，因为一个人的事重新打报告？尽管只是一个人的事，项前还是感到太难办了。

项前摇着头对姚少功说：“姚总啊，优化名单董事长可是签过字了，因为一个人值得我们大动干戈吗？”

姚少功坐起来，拍着项前说：“值得，非常值得，解决员工的投诉是我们工会义不容辞的责任，这是一件争取民心的事，我们要能争取就争取，争取一个也行，争取两个更好，老板的招呼我打，报告你打，我们分头行动，前面的工作我支持你，这件事你要支持我。”

这不是一件容易办的事，甚至是一件违反原则的事，项前不敢轻易答应，他看了看面有不悦之色的姚少功，特意强调道：“姚总，这件事我答应办，但要你跟董事长打过招呼后我再打报告，您看行不？”

听了项前的说法，姚少功笑了，连忙答应道：“行，当然行。”

说着站起身，拍着项前的肩膀说：“年轻人，能干，大有前途啊。”

项前把姚少功送到门口，对姚少功造访这件事多少感到有点不对，事件似乎都合情合理，但为了保住一名一线员工，姚少功居然甘于惊动董事长，看来这个女人不一般。姚少功提到的这个罗美娟，项前认识，知道她是一个容貌姣好的女人，联想到前面朱晓东提到的那个神秘的女人，项前揣测：难道是老姚老牛吃嫩草？项前一下子不敢想了，他甚至认为这是一种罪恶的想法。

心存疑惑的项前把朱晓东叫到办公室，问：“你说的那个女人是不是叫罗美娟？”

听完项前的问题，朱晓东没有回答，而是扑哧一声笑了，说：“项总，您真是个神探。”

项前呵斥道：“不许贫，说是还是不是？”

朱晓东眨了眨眼，点点头算是回答。

项前打发朱晓东离开办公室，仰面躺在沙发上懊悔不已，后悔答应了姚少功。心里想，这都是什么事，一个老男人，搞一个比自己女儿还小的下属，老姚这不是典型的乘人之危吗？转念一想，自己这是助纣为虐啊，但反过来看，如果自己不帮老姚，那姑娘不是偷鸡不成蚀把米，亏大发了？

第三十七章

美人计：顺藤摸瓜

周末，李济刚在田恬的陪同下来到“沙河高尔夫”。

对于李济刚来讲，今天是个好日子。天好人好心情好，到京北过了面试，天马也做完了背调，报到的日子已定下来了，所以，他感到十分轻松。女朋友汪雯雯还没出院，田恬为了他能参加这次活动特地帮汪雯雯请了护工。为了参加这次活动，李济刚把自己弄得格外精神，一袭黑衣，配黄色的帽子和腰带，外加一副特大号的墨镜，配上他健美的外形，看上去就是一个典型的潮男。

作为东道主，马莎早早地到了。她白衣红裤，一身职业的行头，穿得格外干净。李济刚下车，马莎笑着迎上去，说：“李总，你这身材，这行头，这打扮，老虎伍兹也相形见绌，一看就是职业选手，这得迷倒多少球童啊？”

刚下车的田恬一旁附和道：“要不然怎么是我的偶像啊，我也觉得李总今天帅呆了。”

李济刚最大的特点就是钟爱美女，跟美女打交道是他的长项，今天的马莎格外耀眼，让李济刚有心动的感觉。他边握马莎的手边说："马总平时是千娇百媚，今天更是英姿飒爽，我倒是先被你迷倒了。"

沙河高尔夫又名棕榈泉国际俱乐部，是一个休闲的好去处。放眼望去，停车场不大，豪车云集，美女如云。球童们一个个是人面桃花，妩媚可人，少不得让人多看几眼。在南山的中心区域能有这么一个高端的休闲场所，非常难得，在寸土寸金的深圳能拿下这么一块地做高尔夫球场，据说这老板相当有背景。沙河高尔夫是一个休息的去处，也是一个社交的场所，是人所公认的事实，但一个会籍上百万也着实吓退了很多白领，可一个人的身价就是这么起来的，能在这里经常出没的都不是一般人。

这场球赛是马莎专门为李济刚组织的。在一切没有就绪之前，马莎要死死绑定李济刚，而李济刚又不是一个轻易就范的人，组织这样高雅的活动算是马莎的一个手段。客人陆陆续续地到了，马莎则不断地为李济介绍着新到的朋友。

人到齐，一共是十个人，四个人一组，分两个小组下场，田恬做服务，马莎则主动提出做李济刚的替补。之所以如此安排，是由于马莎不知道李济刚的真实水平，又不好意思问，怕水平相差太远，到时候李济刚下不了台。做业务的，把所有的可能都考虑进来，"细心周到"这四个字马莎是配得上的。深圳的春天本来就让人着迷，何况是在沙河高尔夫这样怡人的地方，暖暖的阳光，细细的和风，人在画中，画在眼中。比赛就在一种欢乐融洽的气氛中开始了。

行家一伸手，便知有没有。几杆下来，马莎发现自己的担心是多余的，从持杆，从姿势，从态度的镇定，从眼神的自信，马莎都发现李济刚是个中行家。人就这样，只有近距离接触才能发现一些平时不能发现的东西。

趁打球小憩的时间，马莎凑到李济刚身前，说："李总好身法，看来我这个俱乐部又多了一员猛将，定个加盟的日子，我多约些朋友来，搞个隆重的仪式。"

望着前边正在捡球的球童，李济刚淡淡地一笑，说："手生，有几年没玩了，年轻时迷过一阵子，加不加盟，过了今天再说。”

“我算看懂了，李总就是那种不鸣则已，一鸣惊人的人，做什么都有个样，不但是职场上的一员闯将，还是一名难得的生活大师，像李总这样的会工作又会生活的人不多见。”把话说得好听是一门功夫，马莎又见缝插针地恭维道。

李济刚拄着球杆望着远方，一副舍我其谁的架势，轻描淡写地应道：“过奖，马总不也是。”

马莎顺水推舟地说：“所以我们才惺惺相惜啊，找到组织你就有用武之地了，常打球的人都是美女鉴赏家，哪天我把这里的球童约几个好好陪陪李总。”

说到球童，李济刚心里还是痒痒的。美女是李济刚的一个兴奋点，对于美女李济刚向来是兵不厌多，食不厌脍。所以，对于马莎的提议，他未置可否。

看李济刚没有反对，马莎知道该怎么做了，便微信田恬，安排晚上“神话”的活动。神话是毗邻深圳海岸城的歌舞场，里面那真是美女如云，个个都是要模样有模样，要身材有身材，能歌善舞，神话那可是一个销魂的好去处。

四个小时的球打下来，大部分人都已疲惫不堪，但李济刚却看不出有丝毫的倦意，这就是所谓的人逢喜事精神爽吧？凡事都有意外，今天也是，本以为李济刚所在的小组实力要弱一些，但结果却正好相反，李济刚所在的小组赢了，而且还赢得无可争议，李济刚则成了当之无愧的主力。

从球场上下来，李济刚是一脸的汗水，也是一脸的神气，田恬则是捧着一大束鲜花跑过来献给李济刚，并给了他一个热烈的拥抱。这种待遇确实让他有英雄凯旋般的感觉，很长一段时间来，忙于工作，忙于琐事，这种感觉真是久违了。

为了能充分地交流，马莎特意和李济刚坐了同一辆车，由于没有下场，马莎和来时一样干净，看开车的李济刚脸上有汗，马莎边给李济刚擦汗边说："李总好身手，一下子就把他们给震了，你不单再是田恬的偶像，你现在也成了我的偶像了。"听着马莎的恭维，李济刚自豪地笑了笑，没有作答。

马莎照了照镜子，边收拾自己边说："李总，按我们上次的约定，今天中午我请客，我们现在去新桃园，我订了包间，吃饭的时间，你再约两个同道的朋友，下午我们打个小场，晚上我安排了神话。"

对于马莎的说法，李济刚感到有些意外，说："下午还约人？这太突然了吧？"

马莎媚笑着回答："上午是我约的人，给你垫垫场，下午你再约几个球友，可以打得更放松些，玩呢，要的是尽兴，你说呢？"

为了今天的球赛，马莎的团队准备了好几天，拿下李济刚已是板上钉钉的事，但马莎有更大的胃口，马莎要的是以李济刚为突破口顺藤摸瓜，把李济刚关系网上的全都一网打尽。做这种事一定要让人心甘情愿，不露痕迹，高尔夫球赛提供了一个最好的借口。搞定这样的男人，最简单的方法就是投其所好，马莎知道，这时候花的每一分钱都是投资。

吃午饭的过程中，李济刚又以打告别赛为由约了三个朋友，这种结果让马莎称心如愿。下午打的是小场，上午为了给李济刚表现的机会，马莎做了看客，下午一下场，李济刚发现马莎真不是白给的，这个秘书长绝非浪得虚名，杆法、动作、身姿，那叫一个干净。李济刚暗叹，自己的高峰时期也许可以和马莎一较高下，但眼下只能甘拜下风。

下了场，回去的路上，几个朋友看了一眼旁边的马莎，对着李济刚直竖大拇指。李济刚约来的三个朋友，一个是他的大学同学，中信证券投资部经理张华峰，两个是他康华的同事，战略规划总监钱羿，创新设计总监吴大可，都是李济刚的铁哥们。曾经一起打球，玩得好，时有小聚，听说李济刚要离开深圳，打告别赛，焉有不来之理？今晚的马莎穿的是唐装旗袍，青花瓷的底纹，移步款款，凹凸有致。音乐响起，有女生唱《套马杆》，马莎很大方地约李济刚共舞一曲。

从和马莎的手搭在一起，李济刚的心就动了起来，马莎的手是温润的，指长而肤细，跟着音乐，踏着节拍，李济刚带着马莎转动、摇摆，他俩身材好，舞技精，旁边的人都看出这是一对舞林高手，虽然是第一次搭档，但都不显生疏。所谓珠联璧合，说的也就是他们这样吧。

一曲舞罢，二人坐下来边吃水果边聊。马莎感叹地说："李总，你今天真是让我刮目相看，不仅高尔夫打得那么好，舞也跳得这么好，不知道今天晚上还会不会有奇迹发生，看来我说你是生活大师，可真是没有冤枉你。"

李济刚今天是被马莎迷住了，李济刚端起酒杯和马莎碰杯致意，说："彼此彼此，马总白天的美是健康的美，晚上的美是婉约的美，这件旗袍穿在马总的身上才足显它的华贵。"

稍事休息后，马莎说："我帮你点首歌，李总您什么拿手？"

李济刚略做停顿，说："那就点首《菊花台》吧。"

菊花台是李济刚的拿手曲目之一，刚一张口，大家就报以掌声。李济刚的声音有那种特殊的质感，抬头望望马莎，一种莫名的感伤油然而生，李济刚全身心地投入，把一首周杰伦的歌曲演绎得悲悲切切，缠绵悱恻。歌曲罢，李济刚唱红了眼圈。见此情景，马莎急忙拿着湿巾递过来，感叹道："此曲只应天上有啊，在我眼里，你比周杰伦唱得好，这不，奇迹又发生了不是？"

歌唱完，李济刚忽然无比感伤，呆呆地坐了一会，端起酒杯一饮而尽。朋友们唱歌的唱歌，玩骰子的玩骰子，不断碰杯，不断干，十几杯下肚，李济刚已有了醉意。

风月场上，你来我往，马莎是见惯了大场面的人，但李济刚的表现还是多少让她有些意外，现在看来，李济刚不但是一个有能力的人，还是一个有才情的人，不觉对他又多了几分喜欢。

第三十八章

点将台：兵随将转

春节过后，康华公司发生了很多事。这一切，余东风都看在眼里。

由于忙于一起大宗的国际并购，对于最近发生的事，余东风一直是置身事外。

国内经济增长乏力，宏观经济整体向下，企业都在以自己的方式谋求转型。转型只是一种说法，往哪里转？怎么转？要转的话，这些问题企业都要有确切的答案。家电企业产能严重过剩是一个不争的事实，走出去，抢滩国际市场，这几乎是最后的机会，所以，余东风对这起德国的国际并购案非常重视。

一年一度的干部人事大调整马上就要开始了，一上班，打开电脑，余东风就看到了项前发过来的干部调整的初步方案。按方案上所设定的调整原则，今年，干部调整的比例、数量都将高于往年。余东风寻思，去年业务下滑，主要是主体事业部出了问题，其中最大的黑电事业部，销售下滑 20%，利润下滑 60%。这样的市场表现，经营班子不动不行，现在的黑电事业部总裁陆天明五年前空降康华，是家电行业出了名的“拼命三郎”。前面几年，问题有，但成绩是主要的，去年就不同了，市场上畏首畏尾，队伍上人心涣散，加之出口的一个大单被骗，直接导致了一个亿的损失。在一次和董事长交流意见时，董方卓明确表示，陆天明是不动不行了，问题是陆天明在黑电事业部经营五年，已经有了相当的根基，没那么好动，而且这么重要的一个岗位，谁才是最合适的继任者？

看过方案，余东风还是有很多疑问，让秘书把项前叫到办公室。在余东风眼里，项前为人精明，做事严谨，是家电业不可多得的人力资源专家，这次这么大面积的裁员工作能有条不紊，项前也算是立了一功。

总裁办公室的格局和董事长办公室的格局是一样的，但布局多少有些差异。桌子上有个上山虎的雕塑，上山虎回头，霸气十足，这符合余东风的性格。秘书任美虹给项前泡好茶，转身离开。项前把打好的干部调整文件交给余东风，正襟危坐，等着领导发话。

余东风把文件又粗粗看了一遍，说："文件我看过了，但由于事关重大，有些基本原则我建议上会讨论，董事长今天不在，参会的人就干部管理委员会的人，会议我已安排我的秘书任美虹组织。这里我要提醒的是，我们这次干部调整，会有大批的干部下来，这些人都为康华的发展出过力，我们要善待他们，给他们找出路。今天的会我们不讨论具体的人，我们讨论文件里设定的原则合不合理，原则的尺度怎么把握，你作为执笔者，要能给大家交代清楚。"

项前点头称是。余东风接着说："今年的裁员是一个战略行为，又是一个战术行动。舆论风波是我们操作失误导致的，这你有责任，所以你也受了处分。裁员工作到现在为止还算是成功的，这中间不排除有一些小的失误，比如一些骨干员工的流失。我没有全程跟踪裁员工作，但这里我要强调的是，裁员工作不是简单地把人弄走，我们是要把那些给公司不能带来正向价值的人弄走，他们走了，等于公司甩下了一个包袱。只是走掉也不行，我们还要让他们走得明白，裁员是公司发展过程当中最无奈的一种选择，我们要通过沟通，让这些离开的人理解公司的不得已，减少对抗情绪。如果每一个离开公司的员工都记恨公司，那我们就多了几千个敌人。”

客观地讲，余东风强调的，也是项前所担心的。项前这时又问：“余总，您说的我懂，所以每一个离开公司的员工我们都安排了离职谈话，了解他们的想法和要求，力求把危害降到最低。我的问题是，对于员工中的关系户，我们怎么办？”

余东风轻轻敲着桌子，沉吟片刻后说：“关系户不是不能动，至于动还是不动，这需要权衡，就是两害相权取其轻，这些人，因为关系我们给了他们机会，也就是说我们已经对他们照顾过了，他们不能再有恃无恐，裁员的原则是没有不能动的人，这个具体的操作你来把握。关于这次裁员，我关心的不是人走不走的问题，我关心的是队伍的战斗力的问题。如果队伍的战斗力因为裁员而打了折扣，这就是我们裁员工作的失败。”

作为一名优秀的职业经理人，总裁余东风能经常为干部和员工考虑，这里面有一种自然的倾向。相对于总裁余东风，董事长董方卓在裁员的事情上态度更激进。项前更加赞同总裁余东风的说法，因为余总的观点更加客观冷静些。

干部管理委员会一共五个人：人力资源部项前、工会姚少功、法务部孙波、董办徐宁、督察部陈坚，任美虹把这几个人组织到第八会议室，总裁余东风到场后，会议开始。

等任美虹把茶水、资料放好，余东风不紧不慢地说：“我们今天的会是关于干部调整的会，一年一度的干部调整是一个大工程，现在这项工作就要启动了，干部是企业的宝贵财富，但不称职的干部也会阻碍企业的发展，我们就是本着干部能上能下的原则对干部进行调整。今年是一个特殊的年份，队伍在缩编，干部显得多了，我们这次干部调整的任务，一是要把有魄力、有能力的干部推到领导岗位上去，二是对下来的干部要抱着一种负责任的态度，为他们找出路。”

说到这里，余东风转向项前说：“项前，你把方案给大家讲讲吧。”

按总裁的要求，项前详细地把方案给大家介绍了一遍，然后等待大家的意见。

孙波说：“这里面的第一条原则‘经营亏损的事业部和销售额下降20%以上的事业部原则上进行调整’，这里面有几个隐性的问题，一是这个说法是哪里来的？测算过没有？会涉及多少个事业部？涉及多少人？二是这里的调整，是只调整事业部一把手，还是整个经营班子都要动？”

陈坚附和道：“我要补充的是，这条原则涉及的人，有没有例外？”

项前解释道：“这一原则是董事长根据今年的经营情况提出的具体指示，我们人力资源部已经进行过测算，涉及哪些人有具体的名单，今天没有公布，因为余总强调今天只讨论原则，不讨论个案。一把手调整意味着整个班子都要动，具体怎么动，还要参考新任领导的意见。至于陈总讲的例不例外的问题，这要具体问题具体分析吧。”

孙波和陈坚分别点了点头，算是对项前的解释还满意吧。

姚少功向来是不为人先，不甘人后，看好了时机说：“项总，方案的第三条原则‘继续执行强制淘汰制度，但今年的干部原则上只下不上’，这种说法是否过于绝对？况且干部只下不上，对于那些表现优秀的干部员工是否有失公平？”

项前回答道：“这也是今天需要大家讨论的，按强制淘汰办法，就是只下不上，空间仍然不够，还有干部要下，看总裁有什么指示？”

余东风笑了笑，说：“干部调整就是要有上有下，不是因为额度不够就不上了，那表现好的人岂不冤死？这里面是一个比例把握的问题。”

徐宁看了看余东风的脸色，说：“干部都是公司花钱辛辛苦苦培养起来的，有人开玩笑说，培养一个事业部总经理比培养一名飞行员都贵，那可是用钱堆出来的。但据我观察，我们每年调整下来的干部，能留下来的是极少数，走出去的照样干得很好。我们康华不是黄埔军校，胜似黄埔军校，人才的浪费也是一种浪费，不知大家怎么看？”

孙波点点头，表示赞同，同时说：“干部有问题要调整，但不能一棒子打死，犯人还给一个改过自新的机会呢，何不给他们一些内部创业的机会呢？”

围绕着方案里的几条原则，会议讨论得很热烈，大家也算是各抒己见，畅所欲言了。看意见发表得差不多了，总裁余东风做总结性发言：“企业不是福利院，更不是养老院，有功要奖，有过要罚，这叫奖罚分明。所以，对干部来讲，吃老本的思想要不得，企业经营上出了问题，我们都有责任，只不过是责任大小的问题。企业经营出现了问题，表面上看是市场的问题，透过表面看本质，我更认为这是队伍的问题。过了几年好日子，有的人就开始翘尾巴，事实上是我们的干部有些过于居功自傲了，骄傲使人落后，谦虚使人进步，道理都懂，做到不容易，犯了错市场就会惩罚我们。对于调整的干部，我们要强调同舟共济，愿意留下的，我们给找出路，从头来过；愿意走的，我们拱手相送，不做战友做朋友。关于干部调整，我们这次讨论原则，下次讨论个案，希望大家做认真的准备。”

回到办公室，余东风想想过往的这些年，因为人的事，他和董事长董方卓没少拍桌子。余东风主张“用人不疑，疑人不用”，董方卓主张“用人要疑，疑人要用”；余东风主张“任人唯贤”，董方卓主张“任人唯亲”；余东风主张“干部队伍年轻化，多用新人”，董方卓主张“干部队伍忠诚化，多用旧臣”。愿望也许是一样，但主张的差别必然会带来冲突。

余东风感叹，在康华这样的企业做事确实很累，董方卓做事喜欢一竿子插到底，这让下面的干部会无所适从。再说，合作的基础是信任，但董方卓从不信任任何人，这种不被信任的感觉让人如芒刺在背，在康华十几年了，余东风就是这么一路斗争着过来的。

第三十九章

劫不归：危如累卵

苏南一最近的情绪很差，他在感情上和公司的经营上都陷入了困境。

林娜出去的这几天，苏南一觉得自己过的是一种备受煎熬的日子，有业务上的压力，有感情上的折磨，所以，林娜的回归曾经让他那么期待。现在，林娜回来了，他的世界却乱了。

花是美好的，花香是令人陶醉的，但林娜办公桌上的玫瑰花在他看来是那么的刺眼。自从林娜回来，每天早晨九点钟都有人准时给林娜送花，这都是她那个新男友佟一凡干的，他这种法国人的浪漫已让苏南一接近崩溃。

李济刚的事也让苏南一很沮丧，人就是这样，不见棺材不落泪。通过项前，从李济刚口中得知他已被天马挖走落户京北这一现实，苏南一感到自己还是受到了很大的刺激。尽管李济刚答应为他推荐一个同窗，但这并不能改变在这样的业务竞争中南南公司相对被动的事实。他感慨的是，南南公司业务团队的战斗力还是出了问题。天马的马莎确实是一个厉害角色，自己连面都没见到的人，她居然已经搞定了。

原指望林娜的回归能帮忙扭转势头，人是回来了，可她带回来的那个男朋友真是让苏南一如鲠在喉。

回到家里，妻子单虹和儿子多多都在，苏南一和他们打了个招呼就一头钻进了洗手间。家是一个幸福的去处，贤妻良母型的妻子，活泼可爱的孩子，加上一个事业有成的男人，一个幸福家庭的标准版。可这几天，苏南一的心思要么在工作上，要么在林娜身上，当他独自面对单虹时，多少有点愧疚。到家了，苏南一决定好好泡个澡让自己静一静，梳理一下头绪。苏南一一个人躺在浴缸里，眼睛闭着，心情却无法平静。

手机响了，苏南一对着外面喊了一句："多多，把爸爸的手机拿过来。"

听到苏南一的喊声，四岁的多多拿着响着铃的手机进来，当苏南一伸手接的时候，意外发生了，多多想快点递给他，不想地滑，一个趔趄滑倒了，手机掉到了浴缸里。当手机没入水中的一瞬间，苏南一绝望了，他猛地坐起来，一时间恼羞成怒，对着多多大声训斥道："你个小混蛋，作死啊？"

望着地上的多多，苏南一自知失态，多多从地上爬起来，大哭着去找妈妈。单虹不知道发生了什么，一边哄孩子一边对披着浴巾刚从浴室出来的苏南一说："有火对我发，干吗冲孩子？"

"手机，资料啊。"苏南一甩着手机咬牙切齿地说。

"不就是个手机吗？孩子给你送手机，他是故意的吗？为了一个林娜，你天天愁眉苦脸，天天给我脸子看也就算了，现在居然对孩子也发起了脾气，这个家你到底还要不要？"从不发脾气的单虹一反常态，居然数落起了苏南一，这让他很不习惯，看着抽泣的多多，看看愠怒的单虹，苏南一一时呆住了。

安顿好多多，单虹把苏南一叫进书房，说："苏南一，为了一个手机，你冲孩子发火；为了一个林娜，你天天甩脸子给我看，今天我就是要跟你谈谈，在你心里，手机重要还是孩子重要？林娜重要还我单虹重要？”

“我是一时性急，不是有意的，主要是资料没备份。”苏南一为自己辩解道。

单虹冷笑着看了苏南一一眼，说：“资料没备份是你的错，不是孩子的错，你也不看看你眼里还有这个家吗？除了吃睡，你正眼看过我和孩子吗？有些话我不说不等于我没想，你跟林娜这么多年不清不楚，一个姑娘被耽误了，你没责任？现在人家姑娘找了个留学生，你杀人的心都有，我不说你倒罢了，现在把火撒到我们娘俩身上，你说说你算什么？”

因为一个手机的事，看单虹扯这么多，苏南一恼羞成怒。单虹对他和林娜的事，甚至对林娜的个人情况如此清楚，这让苏南一很奇怪，说明公司有她的眼线。想想这个，苏南一有点不寒而栗，气急败坏地说：“说手机就说手机，你扯什么林娜？我和林娜除了工作上的关系，清清白白。”

“就是一个手机的事吗？不是因为林娜，你天天对我冷若冰霜？不是因为林娜，你气急败坏？不是因为林娜，天天是满城风雨？这么多年，我对你还不够吗？五年了，孩子都四岁了，你的心还在林娜那里，为了一个林娜，你什么都不管不顾，连四岁的孩子都不放过。”单虹边说边哭泣，苏南一本来就乱，被单虹这么一哭，一时手足无措，看着家待不下去了，苏南一决定出门避难。

天马和南南公司的竞争已到了短兵相接的时候，南南公司急需打一场翻身仗振奋士气。第二天一大早，苏南一一到办公室就把林娜找来。林娜回归后，召开了统一思想的会议，但如何选择突破口，由于她对现状不熟一直没有具体的意见。在这个问题上，苏南一想看看林娜有什么高见。

再次和林娜单独相处，苏南一还是有些激动，感情很复杂，但看林娜却很平静。苏南一轻咳了两声，说："你不在的这段时间，我没有把业务管理好，董云龙想法还可以，但权威不够，业务能力还是欠缺，连续几个单，都被天马抢了。现在，你回来了，我希望这种被动挨打的局面有所改观。"

"和天马争这么多年了，被他们压着打这还是第一次，我走时也有些不放心，但转念一想不是还有你苏总吗？现在的局面还能怎么办？哪里跌倒哪里爬起来呗。"林娜轻描淡写地说。

看林娜一脸的不以为然，苏南一有些失望。所有人都不着急，好像南南公司只是他苏南一一个人的。林娜接着说："你们制订的春雷计划为什么没有突破性的进展，往简单了说是临门一脚的功夫太差，往复杂了说是犯了战术性的错误。康华公司是我们经营了这么多年的客户，又有你和项前的关系，天时、地利、人和，我们一样不缺，为什么就是没有我们想要的结果？碍于情面，放不下架子，约不到人是正常的，动作不够快，下手不够狠，这都给了对手以可乘之机。再说你把董云龙提上来抓这个项目，这是用人上的失误，董云龙的聪明有，但他是一个夸夸其谈的主，论情怀论心胸都不能服众，所以大家在工作上敷衍他的时候多。"

对照眼下的情形，苏南一认为林娜说得都在情在理，不住地点头，然后问："你说得都对，眼下怎么办？"

林娜端起茶杯发了一会呆，然后放下茶杯站起来说："现阶段，我们南南公司的应对我归纳为两句话'捏死李济刚，缠住对手；打好伏击战，绝地反击。'"

林娜坐下来，拿出纸和笔把这两句话写下来，并把李济刚的名字圈了一下说："根据我对李济刚这个案子的了解，看似已是板上钉钉的事，但并不是没有变数。根据我们搜集到的情报，李济刚是刚刚被他部门的王大雷投诉了的，所以他的离任审计可能会有问题。如果我们在他被投诉的事件上做足文章，让他的离任审计过不了关，就可以用这个案子缠住对手，说白了就是给对手制造麻烦。”

林娜接着说：“李济刚同学的情况我已摸清楚，李济刚没有骗你，他那个同学叫王辉，确实是个业内高手，简历递过去后，客户进行了面试，对人很满意。我们正在对王辉做全面的背调，一旦背调没什么问题，这个单基本上就成了。”

听林娜这么一说，结果真是让人喜出望外，二人伸出手，击了一下掌。

而林娜则接着说：“再说说所谓的伏击战，士气怎么鼓？打胜仗，多打胜仗才能鼓舞士气，士气是打出来的。李济刚看起来是一条大鱼，但对康华来讲，这还属于个别的人事调整，康华一年一度的干部人事调整才是重头戏，这你比我清楚，裁员裁的都是小鱼小虾，干部调整，动的可都是大鱼，那可是我们南南公司的机会。”

苏南一摇了摇头，问：“你是打算挖康华的人？”

“不是挖，而是借坡下驴，是帮他们给被调整下来的干部找出路。”

“不行，坚决不行，你这样做，不但会让我们南南公司失去康华这样一个大客户，我还会失去项前这个朋友，在业务关系的处理上，我和项前是有君子协定的。”

从逻辑上来看，林娜的说法确实是个机会，但林娜的提法还是让他内心一惊，因为项前的关系，这么多年来，康华一直是南南公司的大客户。从朋友的角度，苏南一是对项前有承诺的，就是不挖康华的人才。林娜果真照她说的去干，显然违背了他和项前的君子协定，这会陷他于不仁不义，让他无法面对项前。

林娜对苏南一的说法似乎有些不屑一顾，说：“这也不行，那也不行，你让我负业务的责任，却又不尊重我的意见，这活怎么干？康华流失的人才，我们不抢，别人也会抢，就像李济刚，我们不挖，天马不还是照样给挖走了。俗话说，肥水不流外人田，你和项前这么好的关系，这样的情况，他不能不理解。”

“他能理解？我不信！这种拆台的事，任谁也不愿意发生，还理解？即便他理解，我也要征得他的同意，这是做朋友的本分。”

“这种事不能和项前说，否则我针对康华人才猎聘的计划就会胎死腹中，要说也要我们做完后再说。苏总，你把振兴业务的压力给我，就不能绑住我们自己的手脚，若真是为了公司业务的发展，得罪个把朋友，我看都是值得的。极端的情况，你就是要在朋友和南南公司的前程中间二选一，你看着办。”

看苏南一面露愠色，林娜缓和了一下语气说：“你要真觉得我们的做法让你愧对项前，还有一个补救的办法，如果我们的项目成了，你可以拉项前做我们的合伙人，以南南公司合理的股份补偿他，让他顶替谢平，补强我们的团队实力，对项前则算是他的一个退路，你看怎么样？”

苏南一本来不同意林娜的计划，但经她这么一说，苏南一稍稍有些心安。苏南一自己也思忖着，业务是公司的生命线，业务的压力这么大，没有业绩的支撑，就无法满足券商提出的融资条件，争取新三板上市是南南公司当前的第一要务，对赌失败的代价他承担不起。从业务的形势来看，他也只能由着林娜折腾，好杀出一条路来。想到这里，苏南一点了点头，一时无语。

苏南一略微沉思了一下，说：“对，我们要抓后面的机会，按你的说法，现在就有一个绝好的机会在我们面前，根据我对康华公司经营情况以及他们人事调整政策的了解，现在康华黑电事业部的陆天明就是一个绝佳的人选。”

“这么说你是早就有主意了？”林娜笑笑揶揄苏南一道。

“这不是受你的启发吗？康华的业绩下滑，主要是他们最大的主体事业部业绩下滑，黑电事业部的业绩下滑据说有20%之多。按康华的人事政策，这样的业绩，事业部的主要负责人是一定要下课的，所以说陆天明今年是在劫难逃。陆天明什么人？家电行业公认的‘拼命三郎’，人硬实得很，有能力，有魄力，是当初董方卓三顾茅庐从上海请到康华来的，对康华的高速发展是立过大功的。陆天明在康华黑电事业部威信颇高，可以说是振臂一呼，应者云集，所以行业里面，盯着他的不是一家两家。搞定一个陆天明，我们就等于搞定了康华的一批干部，按土匪的说法，这一票才是大的。”

“关于陆天明，你还有什么信息？”林娜问。

“根据我们的情报和周边信息，陆天明不是一个容易搞定的人，他为人高调，性格倔强，一般人跟他搭不上话。有人说，在康华他只把老板董方卓放在眼里。在黑电事业部，据说他和他的办公室主任周文静打得火热，以致有人说，一个周文静顶一个常务副总，顶半个老婆。”苏南一若有所思地说道。

“你这个信息太重要了，每个人都有自己的弱点，也就是说没有搞不定的客户，现在看周文静就是最好的切入点和突破口。”林娜眼前一亮。

第四十章

双龙会：模棱两可

洗牌是残酷的，也是不得不做的，这意味着一次利益的再分配。

这两天，项前一直被这个可恶的干部调整方案折磨着。一个方案，一个几页纸的方案不知道要涉及多少人，几条冷冰冰的原则一瞬间就将很多人判了死刑。每年一到这个时候，请客送礼的、拉关系走后门的、拉帮结派的就多了，小道消息也多了。在项前这个位置上，考验的是一个人的定力，项前也会被许多的电话和人骚扰，但他处理起来多半是点到为止。原则归原则，个案还是会有很多，而几乎所有的问题都会出现在个案上。现在项前研究的不是方案，让项前感到头疼的就是那一个个熟悉的名字和名字背后的面孔。

根据董方卓的指示，一大早项前来到办公室起草好一份关于陆天明的任命文件，文件的意思是董事长董方卓授意的，董方卓对陆天明新的任命是康华公司中国区副总裁兼任战略发展部部长。从职位上看，陆天明的职务是升了，但这样的任命明眼人都会看出来是典型的调虎离山。明升暗降，瞒天过海，这都是干部调整中的一些小伎俩。董方卓交代的意思很明确，先把陆天明从黑电事业部调出来、架空他，然后再做具体的安排。像陆天明那样绝顶聪明的人愿不愿意接受这样的安排，项前可是心里一点底都没有，但既然调整的调子定了，其他就是一个方式方法的问题。

项前知道，陆天明是董事长董方卓一直不愿动的人，在一些私下谈话的场合，老板不止一次地表达了他这种想法。其实原因很简单，一是陆天明是董方卓三顾茅庐从上海请的人才，这就叫请神容易送神难。用人靠前，不用人靠后，过河拆桥，卸磨杀驴，董方卓不愿意背上这样的骂名。二是陆天明确实是一名在行业内颇有影响力的职业经理人，能力不用说，成绩有目共睹。杀功臣的坏影响有多大，可以想象得到。陆天明的能力没问题，但思路有问题，也就是陆天明的营销思想有些跟不上市场的变化，加之市场状况恶化，业绩下滑是正常的市场表现。但陆天明的问题之所以棘手，是因为他所管理的事业部 2014 年的市场表现违背了公司坚持多年来的用人原则，不动他，别的人都不好动。三是调整陆天明的风险太大，陆天明通过几年的努力，通过其独特的人格魅力和出色的市场表现在黑电事业部扎下根了。现在的局面是黑电事业部的人眼里只有陆天明，没有老板。也就是在黑电事业部老板董方卓的影响力绝对没有陆天明大，动陆天明，黑电事业部的经理人队伍有可能哗变，如果主体事业部乱了，后果不堪设想。

更让项前为难的是，找什么样的人接替陆天明。黑电事业部是康华公司最大的主体事业部，销售额占康华公司的五成以上，一个主体事业部的一把手，举足轻重，不容有失。关于接替陆天明的人选问题，董事长董方卓和总裁余东风都和他有过交流，但二人的意见是不一致的。老板推荐的是杜一方，余东风推荐的是黄思明。毫无疑问，这两个人都是非常优秀的年轻人，二人共同的一点是都是康华自己培养的人才，属于根红苗正型，从一毕业就进入康华，有很好的业绩，在同一批进来的学生里面属于出类拔萃的。但二人在个人表现风格上，杜一方低调内敛，黄思明高调张扬；杜一方行事沉稳，黄思明八面玲珑；杜一方讲原则，黄思明讲变通。两个人真是各有特色，各有千秋，都是不可多得的人才，至于如何取舍，要看眼光。

企业发展到今天，其实老板的主要工作就两个，一是画好道，二是用好人。而在用人方面，项前也深知，自己的职责就是做好老板用人的参谋。两个年轻人，都那么优秀，很多场合，两个人也是憋足劲地比，谁也不甘落后。所以，起用一个，势必会对另外一个造成一定的负面影响。关于如何用好人，项前特别佩服联想的柳传志，为了自己心爱的两员大将杨元庆和郭为，柳传志不惜分拆联想，这需要多大的魄力？而柳传志最智慧的一面也充分体现在了这里。

根据项前的要求，刘琼把两个人的详细履历送了过来。为了做好一个可执行的干部调整方案，项前不敢掉以轻心，除了日常的接触和观察，项前要找到充分的材料证明他们的优秀以及这种优秀所适合的位置。

杜一方和黄思明是第二代康华人的“双子星”，在大家的心目中，他们都是属于少帅级别的人才。不过，人有好恶，董方卓推荐杜一方和余东风推荐黄思明就是他们好恶的一种体现，人所以成败，都有他的理由。在陆天明的替代人选上，项前更支持董方卓。杜一方是大家都容易喜欢上的人，因为他为人谦和，容易接近，做事有原则、有底线，公私分明，爱憎分明。但项前看重杜一方的却不是这些，道德的完善能帮你做好人，但并不能帮你做好事，项前看重杜一方的是他的决断力。杜是业务出身，品牌起家，现任康华公司海外事业部副总裁，他身上有很多传奇的故事。他是一个不喝酒能把业务做到最好的业务员，是一个靠一己之力进行渠道变革并且成功了的区域总经理，是一个非科班出身却把危机管理做到出神入化的品牌专家，项前欣赏杜一方的思想和他的思想背后的内涵。

黄思明是余东风这么多年来悉心栽培并提拔起来的后起之秀。在项前的眼里，黄思明一定是那种高调生高调死的人，他又是那种典型的“三好”男人：好外形、好口才、好情商，也就是说黄思明是那种一眼看上去就容易让人喜欢的人。黄思明是做市场推广出身，也属于典型的营销型人才，从办事处经理、分公司总经理一路走上来，现在是黑电事业部的常务副总。黄思明的高调是大家公认的，他的高调从他的说辞上可见一斑，他说在深圳他逛商场只逛万象城，而且他从不买打折货，穿着考究，注意形象是他的一贯风格。余东风之所以会喜欢黄思明，在项前看来是因为他们是同一类人：个性鲜明，风格独特。

在康华，作为投资方代表的老板董方卓和作为经营方代表的余东风关系十分微妙，二者互相欣赏又斗争不止，通过不断的妥协谋求合作，通过必要的斗争谋求自己的势力范围，从余东风通过自己卓越的经营能力坐稳总裁的位置之后，二者之间的博弈就没有停止过。有人在私下的场合调侃二人的关系，说是一种婆媳关系，生孙子的时候，婆婆求媳妇；养儿子的时候，媳妇求婆婆，总之是为争一个男人而斗争，为养一个男人而合作。在陆天明的替代人选上，谁推荐的人成功当选，意味着谁就扩大了自己的势力范围，如果没有充分的理由，相信在这个人选的问题上，二人都不会轻言放弃。这正是项前的为难之处。

看完杜一方和黄思明的履历表，项前一个人陷入沉思。他知道在陆天明的替代人选这件事上，简单地支持谁都会有巨大的风险。在他看来，事实和逻辑是能帮他化解风险的唯一办法。这个时候，项前脑子里冒出来一个人，姚少功，是的，他觉得在这件事上他有必要向姚少功请教。姚是董方卓的老臣，不光是他在老板那里有话语权，更重要的是他是康华为数不多能摸对老板脾气的人，也许从他那里能得到一些有价值的意见。

给姚少功沏好茶，点上烟，项前坐回到自己的位子上，说：“关于个别干部的事，我想听听您的意见和看法，还望姚总不吝赐教。”

姚少功端起茶沉吟了一下，说：“人的事我说不上话，不过要想听看法，多少都有一些，看看关于什么人的吧。”

“姚总，是这样，请你来我是想就个别干部做一下访谈。您知道，我们自己培养的干部里面，最优秀的当属杜一方和黄思明，这个大家都有共识。康华在发展，人才的新陈代谢也是一个不可回避的现实，我想问的是这两个优秀的年轻人里面，将来谁可堪大任？”说着，项前把刘琼为他找的二人的履历表递给姚少功。

拿到履历表，姚少功摇着头，一脸无奈的样子，说：“闲谈莫论人非，我从不私下里谈论别人的是非，但今天你是工作的原因要求我谈谈这两个年轻人，我破这个例，一家之言，仅供参考。”说到这里，姚少功沉思了半天，然后盯着项前的眼睛说：“要我说两个年轻人都可堪大用，关键在于怎么用？还有一个是谁来用？这就像古代战场上的大将，有的善攻城略地，有的善固国守土；有的善逆势而动，有的善顺势而为。之所以这么讲，因为这两个年轻人的差异太大了，无法一概而论。”

项前做着笔记，停下喝了口水，问：“那您对他们两个怎么看？”

姚少功把手中的资料放下，换上一支烟，项前急忙为他点上。只听他幽幽地说：“他们的业绩证明了他们的能力，他们的表现体现了他们的优秀，有目共睹的东西我就不说了。黄思明刚，杜一方柔。黄思明高调，唯我独尊；杜一方谦逊，从容不迫。黄思明打顺风仗，得心应手，善于锦上添花；杜一方打逆风仗，不乱阵脚，善于雪中送炭。所以从环境和条件来看，我的意见是顺境的时候用黄思明，逆境的时候用杜一方。”

姚少功稍做停顿，没等项前开口，又补充道：“说实话，这两个人，我没有明显的倾向。但这里我跟项总要特别提醒的是，黄思明因过于刚强和张扬，定力和耐力不够，所以求稳用杜一方，求变用黄思明。”

项前感叹着说：“姚总啊，今天我请您来是请对了，当领导贵在知人善任，通过您的点评看来，您是棋高一着啊。”项前站起来给姚少刚满上茶，又问道：“如果您是老板，这两个年轻人您怎么选？”

姚少功“呵呵”了一声，说：“可惜我不是老板。老板喜欢杜一方，这大家都知道，也许对于这两个优秀的年轻人，我们会有不同的看法，但企业是老板的，我们都是过客，包括我们的总裁也一样，项总，你是个聪明人，有些话我真不便多说。”

感觉话已说完，姚少功站起身，等着项前的说法。项前急忙起身，握住姚少功的手说：“姚总，领教，领教，怎么说来着？听君一席话，胜读十年书啊！”

送走姚少功后，刚回到座位上，项前就接到了易冰的电话。易冰说要项前和她一起接一下从湖南老家来深圳的父母，这个消息让项前多少有点吃惊。自从那个看电影的晚上和易冰有了第一次后，他和易冰的约会便常态化了，这突如其来的爱情如鸦片让人欲罢不能。尽管对苏南一和艾佳有些许愧疚，但爱情的火烧起来会让人本能地逃避那些令人不愉快的东西。项前的工作压力大，现在有易冰帮他分担一些，他们的感情也便这样飞快地发展着。项前吃惊的是，易冰并没有把她父母来深圳的消息告诉他，有意为之还是忘了，不得而知。项前明白，他和艾佳的关系还在继续着，易冰不过是乘虚而入。尽管他和易冰有了那种关系，但他还真的和她没有正式确认恋爱关系，更不要说见双方的父母了，易冰这时候把父母弄过来是什么意思？

中午时分，和易冰一起去深圳北站的路上，项前是一脸严肃，对于易冰父母的到来，他没有心理准备，何况现在的工作是泰山压顶，感情的事本来就顾不上，这节骨眼上又节外生枝，这让项前的心里很不舒服。

看项前一路没说话，易冰感受到项前对这次自己父母的到来不欢迎，于是，解释说："这次我父母来，不是我要他们来的，我是不小心把我们谈恋爱的事告诉了他们，想让他们高兴高兴，他们一听说就立马说要过来看看，我拦也拦不住，他们这不就来了，前，我真不是有意的。"

"都来了，还说这些干什么。我现在工作忙得很，没时间接待他们，我们才刚开始，还不到见父母的时候，我那边还有艾佳，这么一来，一切都乱了。"项前是边开车边叹着气说。

听项前的口气，一肚子的都是怨气，如果对自己的父母都不能善待，那将来如何让他善待自己。想到这里，易冰赌气说："我也没让你认亲，你要是不乐意，你就把我送到北站，我带他们坐地铁回去就是了。"

"现在轮到你委屈了，我来不就是接他们的吗？我们的事自己谈，让他们高兴，我们做什么都是应该的。"项前换了副面孔，笑着说。

看项前换了口气，易冰心里的包袱算是卸下来了，一只手搂着项前的脖子，在他的脸上亲了一口，说："算你识相，接完我爸妈，吃饭的事你先不用管，我暂时把他们安排在我住的地方，我临时搬到你那里去，让你占几天便宜，客你晚上请，地方我选，单你买，等我通知，可好？"

项前无奈地点点头，在项前的眼里，易冰还是个孩子，可易冰吸引项前的也是她的简单与透明。

第四十一章

姐妹行：项庄舞剑

在康华的业务上，南南公司接连失利，这一事实激起了林娜的斗志。

周末的时间，林娜早早地起床，梳洗完毕，简单收拾了下，驱车赶往深圳西丽的大学城，林娜是有想读书的想法，但这次去大学城的北大汇丰商学院却不是为了读书，而是为了见人，她这次要见的人是康华黑电事业部的办公室主任周文静。

市场低迷，经济下行，许多企业都在谋求转型，于是商业模式的创新与革命成了一个热点。结合当前的市场形势，北大汇丰商学院启动了一个“商业模式创新与资本运营总裁班”，周期是一年。林娜打听到，康华黑电事业部的办公室主任周文静就是这个班上的学员。南南公司要打翻身仗，周文静是必须要搞定的一个人，搞定了她就撬动了陆天明。天下大事就是这样：尚未开始，成败已定。是成还是败，关键就看你做了什么样的功课。为了陆天明的事，林娜这几天可以说是下足了功夫，他的过往，他的现状，他和周文静的故事，这一切林娜都了然于胸。事也凑巧，林娜恰巧有一个叫刘大河的客户和周文静同班，林娜通过刘大河弄到了去北大汇丰商学院蹭课的票，并已和刘大河说好，今天晚上由刘大河安排一个饭局，周文静将是这次饭局的主角。

对林娜来讲，深圳是一座让她爱恨交加的城市。她喜欢这座城市，因为它的热烈与优雅；她也恨这座城市，在这座城市里，她蹉跎了青春，迷失了方向。开着自己心爱的红色宝马X1，走过笔直的深南大道，看着两旁呼啸而过的楼群，林娜无法按捺自己的感伤。再次回归这座城市，忽然有些陌生，因为佟一凡的关系，她现在极不愿面对苏南一，不愿面对他们曾经的过往。佟一凡是不是她最终的归宿她不知道，但苏南一一定不是。办公室里，苏南一哀求她，让她等他，她真的没等吗？八年的时间，铁树都开花了，可她和苏南一呢？男人大多是贪心的，他们恨不得霸占所有的女人，他们能给女人什么，似乎他们从没想过。噢，他们能给女人的是承诺，除了承诺，还是承诺。

让林娜纠结的是，她和苏南一的这段感情该怎么放下。为了这段曾经的感情，她欺骗了谢平，中途倒戈，成全了苏南一；为了这段感情，她苦苦厮守，等待铁树开花。苏南一给了她爱，给了她温存，给了她幻想，是的，她对苏南一还有幻想，但就是这种幻想害得她形单影只，不伦不类。其实她知道答案，只是她不愿面对而已。

一天课下来，结识了许多新朋友，周文静算是其中之一。课程的精彩自不待说，晚上，刘大河把吃饭的地方选在了商学院后身的“野百合”。这个地方是一个文化人经常出没的地方，所以装修也显得特有文化，自然而古朴，房间里摆放的装饰品似乎都有些典故。但对这一切林娜都不在意，林娜在意的是人。

参加晚宴的一共是五个人，除了林娜、刘大河、周文静外，还有刘大河的朋友王成，另一个是周文静的朋友夏菲。进了包房，大家又彼此寒暄了几句，交换了名片，宾主落座。等坐下来，林娜仔细打量了一下周文静，可以说周文静是一等一的美女，身材高挑，五官清秀，皮肤白皙，一双丹凤眼有一点王熙凤的味道。原来知道周文静漂亮，但没想到这么漂亮，也难怪陆天明会迷这样一个女人。陆天明据说不是一般人，那能迷倒陆天明的也一定不是一般的女人，所以，看到眼前的周文静，林娜一点都不奇怪。

林娜边给身边的周文静倒茶边说："周总，各种各样的美女见过不少，但见到像你这么漂亮的，还是第一次。"

刘大河接过话说："说对了，现在周总可是我们的班花，甚至校花也不是没有可能。"

周文静自信地笑了笑，说："漂亮有什么用？漂亮又不能当花看，不能当饭吃，自己没本事不还得看人脸色？"

刘大河油腔滑调地抢着说："此言差矣，漂亮能当花看，叫美丽如花；也能当饭吃，叫秀色可餐。对一个女人而言，拥有了美丽就什么都有了。"

林娜瞟了一眼身边的两个女人，说："我赞成大河的话，美丽是女人一生的事业，有可恶的男人曾说，'女人丑陋就是一种不道德'，这句话刻薄了点，但有道理，美丽就像年轻一样是女人的财富，所以，女人经营美丽就是在经营自己的人生，美丽给男人看是女为悦己者容，给自己看，那叫赏心悦目，周总的美稍加点缀就可以倾国倾城。"

周文静拿出手机，对着瞄了一下自己，说："我不这么认为，再美的女人都有年老色衰的那一天，所以，漂亮靠不住；喜新厌旧是男人的通病，所以，男人靠不住；能靠得住的是金钱和能带来金钱的事业，所以我才来读这个班给自己充电。"

夏菲在一旁装作不乐意地说："周姐，如果漂亮女人都像你这么想，我们这样的人还活不活了？漂亮是你们的，事业是你们的，金钱还是你们的，什么都抢不过你们，那我们这些普通的女人只有一条路走，就是自杀。"

"就是啊，能靠脸吃饭的，为什么还要靠才华？能靠男人的为什么要靠自己？这就是我们周大美女与众不同的地方。"刘大河调侃道。

"人无远虑，必有近忧！在这一点上，周总是我学习的榜样。要不是周总来商学院充电，你大河哪能有这样的近距离接触美女的机会？”对着刘大河说完，林娜又转头对周文静说：“周总，有时候我就想，我们的美丽不是给臭男人看的，是给自己看的，天天赏心悦目的多好啊，我办了张雅典娜美容会所的会员卡，吃完饭，我们去美容，顺便做个SPA。累了一天，也好让身心放松一下，好不好？”

周文静瞅了瞅大河，点点头算是答应。菜上齐，大家又谈了些学习商业模式的体会，扯了扯雷军关于“猪会飞”的理论。散场后，周文静、夏菲便和林娜一道去了雅典娜，看着三个女人的车远去，刘大河长舒了一口气，林娜今天求他的事总算不辱使命。

雅典娜国际美容会所地处南山的创业大道，那里是深圳南山区特别繁华的地段。一进大门，给人的感受是如皇宫一般富丽堂皇。因为美丽是女人的事业，所以，如今美丽也成了一个产业，女人的钱好赚已是一种共识。雅典娜的定位就是“女人的美丽银行，给女人提供征服一切的资本”。

雅典娜的领班是一个身材高挑的大眼美女，一见林娜进来，林姐长林姐短地叫着，一看林娜就是这里的常客。林娜安排道：“小朱，我们先做个美容，之后再做个SPA，这是我尊贵的客人，要挑最好的技师，找一个私密一点的房间。”

按林娜的要求，领班小朱把她们带到走廊尽头一个临街看景的房间，敷上面膜，技师们给她们做着按摩。林娜开口说：“周总，你这么一个大美人胚子，都是做演员的料，窝在康华可惜了，何况康华这两年又这么不景气。”

周文静轻轻地叹了口气，说：“此一时，彼一时，不这样，又能怎么样呢？我到商学院读书不也是为将来做个准备。”

从周文静的语气中，林娜听出了她的无奈。看来她的心是活的，于是林娜也附和着感叹道：“我读书的想法和周总的想法是一样的，树挪死，人挪活，相机而动，华丽转身。唐骏的口碑尽管坏了，但他的做法还是值得借鉴的，我是做猎头生意的，如果周姐有想法，我倒是有这样的机会。”

听林娜这么说，周文静斜侧了一下头，用眼睛的余光瞟了林娜一眼，说：“想法倒没有，康华的日子不好过，今天裁员明天优化的，大家惶惶不可终日，好多人也都忙着找工作，你说的机会是什么，不妨说说看。”

看周文静有兴趣，林娜知道机会来了，伸出手和周文静的手拉了一下，以示亲密，接着说：“对周总，现成的职位有两个，一个是公关部长，一个是行政总监，也是家电行业的，都很适合你，公关部长的年薪是 60 万，行政总监的年薪是 50 万，据我所知，要是和康华比算是高薪了。”

“对个人有什么要求吗？”周文静有点不自信地问。

林娜轻描淡写地说：“这两个岗位，你的条件是足够了，这就像相对象，剩下的就是看眼缘和面试的现场效果了。”

听了林娜的说辞，周文静“哦”了一声，闭上眼睛，若有所思。

林娜也不再说话，因为她知道要给周文静一个适应的过程和思考的时间。房间里静静的，二人专心享受着按摩带来的快感，而自始至终未置一词的夏菲一不小心进入了梦乡。林娜知道周文静的态度很重要，只有她上了钩，才能抓住她身后的那条大鱼，按周文静的条件，她不值林娜前面所说的那个身价，这是一种策略，可以说为了吸引陆天明，康华的竞争对手海华也下了血本。下决心挖康华墙脚的海华是青岛的大品牌，行业里面的三甲企业，产业布局合理，产品门类齐全，看好了康华的业务团队，愿意花大价钱挖几个高手，他们最看好的就是陆天明，不过这一切都是林娜精心安排的一场局。

海华是国内响当当的品牌，但海华的黑色家电业务却一直半死不活，在黑色家电领域属于二线品牌，这和海华的品牌地位是极不相称的。陆天明用四年的时间把康华的黑电事业部从一个不折不扣的杂牌带进一线阵营，挤进行业三甲，他也因此而声名鹊起。海华可以说对陆天明垂涎已久，林娜把陆天明推荐给海华，海华的招聘经理满口答应。根据林娜的情报，海华对陆天明是志在必得，如今，林娜是怕在陆天明那里吃闭门羹，想通过周文静曲线救国。

做完了美容项目，三人来到了休息区，休息区很休闲，有各种各样的点心、水果和饮料，林娜把周文静和夏菲二人安顿好，匆忙来到洗手间，拨通苏南一的电话，要他赶快落实后面周文静的面试事宜。

回到休息区，林娜在周文静的旁边坐下来，笑着问："周总，这里的服务怎么样？"

周文静点了点头，接着说："我也在美容方面花了不少的钱，谁让我们是女人呢？美丽是女人的资本，这我懂，花都有败的那一天，何况我们还不是花，所以我转向投资自己的大脑了。"

说话的过程，苏南一把安排好的面试时间微信发了过来，林娜急忙坐到周文静身边，凑到周文静的耳边小声说："面试的时间安排了，后天下午三点钟，他们的人力资源总监专程从青岛赶过来给你做面试。"

这个结果让周文静有点意外，一脸惊愕地说："你的效率也太高了，你就这么急着把我卖了？"

林娜压低声音，眼睛对着眼睛，着急地说："不是我急，是机会不能等，他们的总裁后天正好在深圳开会，如果方便的话，你不妨约一下陆天明陆总和他们的总裁见个面，有陆总的面子，成功的概率就会大些，说不定对陆总也是一个机会呢！"

"我自己的事，我自己做好准备，约陆总，我要跟他请示，明天我给你回复。"说到这里，周文静怔怔地看着林娜，似乎明白了什么。三人又做了个SPA，各自打道回府。

第四十二章

隆中对：临阵换将

能受到董方卓的邀请，到老板家里吃饭，这是杜一方莫大的荣幸。

杜一方是为数不多能到老板家里吃饭的人，在人事调整的敏感时期得到老板的邀请，杜一方心里有几分兴奋，也有几分忐忑，按照以往的经验，每一次被老板召见，他的身份都会有所变化。这么多年，杜一方一路高歌地冲过来，他就这么被别人羡慕着、嫉妒着，在得失之间，杜一方却显得那么淡定与从容。

杜一方的办公室在康华综合办公大楼的十楼，可以远远地眺望深圳湾的海，一个下午的时间，杜一方都在为老板晚上的接见做着准备。为着老板的接见，杜一方准备了两样东西，一是思路，二是成绩单。成绩单代表的是过去，思路决定的是未来，而过去决定的是资格，未来代表的是机会。这世界就是这样，凡事预则立，不预则废，一次良好的沟通也许可以决定以后几年的职业生涯，所以，杜一方不敢掉以轻心。

在中国这片土地上，家电行业的价格战已打得惨不忍睹，产能的严重过剩已把一些企业逼得无路可走，所以，许多企业意识到，冲出去，抢滩国际市场才有生路。作为康华海外公司的重要负责人，杜一方春节后大部分时间都是跟着总裁余东风在跑欧洲市场，目的只有一个，搞跨国并购。中国企业直接打入国际市场的能力还不够，并购看起来是一种不得已的做法，但也是一种最聪明的做法，这种做法归纳起来叫作借船出海。不到一个月的时间，一个十几亿规模的并购项目已尘埃落定，这是康华2015年开局中的一抹亮色。

古人讲“士为知己者死”，在杜一方的心里，老板董方卓是他生命里的贵人。少不更事的年龄，凭着一腔热血闯深圳，是康华接纳了他，是董方卓发现了他，他如今的机会与成就都和康华有关，都和老板董方卓有关。回首这些年，杜一方感慨良多，作为一个其貌不扬的农家孩子，因为一次深夜的座谈而被老板发现，并被委以重任。做分公司总经理的时候，因为坚持渠道变革，砍大客户而遭客户投诉，财务死逼，审计不放手，在焦头烂额、无计可施的时候又是老板董方卓施以援手才全身而退。老板的知遇之恩，他一直铭记在心。

在杜一方的眼里，余东风是一位杰出的职业经理人，是一名优秀的企业家。余东风作为经理人的代表，和老板董方卓的关系十分微妙，在用人和经营的决策上，余东风和董方卓意见相左的时候为数不少，在整个经理人团队里，也只有余东风敢和董方卓叫板。在内心深处，杜一方对董方卓多的是亲近，对余东风多的是尊敬，平心而论，杜一方也认为余东风对自己并无恶意，但是在干部调整的机会上，余东风明显偏向黄思明。

在康华，杜一方是让人羡慕嫉妒恨的那种人，要风得风，要雨得雨，好事太多，眼红了多少人？在这个节骨眼上老板召见他，多半和今年的干部调整有关，而这种调整多半又和自己有关，自己负责的海外业务虽有增长，但主体事业部业绩下滑明显，着急的不是老板一个人，相信几个大领导都会忧心如焚，所以调整势在必行。已经有风声，黑电事业部的班子要调整，老板曾比较隐晦地表达过要自己接手黑电事业部的想法，但对于调整黑电事业部，老板真正要面对的难题在陆天明。

对于接手黑电事业部，杜一方早就有这方面的心理准备。年轻人都喜欢大舞台，但这中间还存着很大的变数，原因有二：一是老板能不能下定决心搬掉陆天明，根据黑电事业部的业绩，按照惯例，陆天明是到了非动不可的地步，但动陆天明又有非常大的风险，老板不能不权衡这中间的得失。二是，即使老板真的下决心调动陆天明，这机会也未必就是自己的，因为杜一方知道，他还有个对手，这个对手就是黄思明。黄思明算是自己很好的朋友，两人都被大家归为少壮派，平时的工作配合还算好，说说笑笑，但杜一方还是能从黄思明那里感到隐隐的敌意。《三国演义》的末篇有钟会和邓艾二将争功，他和黄思明也算是吧。从接手陆天明的条件上看，黄思明的优势是，作为黑电事业部的常务副总，对黑电的业务熟到不能再熟，另一方面，总裁余东风一定会是黄思明坚定的支持者。但黄思明的问题是，作为黑电事业部的班子成员，黑电事业部业绩下滑，黄思明责无旁贷。感觉上黄思明比自己更在意这次机会，海外的业务刚刚走上正道，杜一方没有想刻意地去争，到底怎么样，听天由命吧。

一下班，杜一方就驱车赶往西丽大学城附近老板家的别墅区。老板的别墅在深圳野生动物园对面的西丽湖别墅群，西丽大学城是一个天然的大氧吧，靠近动物园的西丽湖是这片天然氧吧的一颗明珠，别墅十几年前就是十几万一个平方米，不是标准的富人一定没资格住在这里。来多了，连保安都认识杜一方了，但为安全计，保安还是很认真地与主人电话确认了才放杜一方进去。老板是名动一方的大富翁，自然什么都不缺，但每次过来杜一方都想着多少带些东西。杜一方的妹妹手巧，花绣得好，这次来他给老板带的是他妹妹绣的几副鞋垫和两副看起来很艺术的挂毯。东西没几个钱，可心意都在里面。老板的家是临湖而居的三层独栋别墅，游泳池的边上，老板的奔驰醒目地停在那里，看来老板已恭候多时。尽管少了初时那种受宠若惊的感觉，但每一次进这个门，杜一方的心里总是暖暖的。

为杜一方开门的是老板家的保姆小琴，一个清秀的湖南妹子。小琴引导着杜一方来到客厅的中央，茶倒好后去招呼老板董方卓。片刻工夫，董方卓身穿休闲的运动服从健身房走出来。见了杜一方，伸出手握了一下表示欢迎，然后示意杜一方坐下。

小琴为二人递过刚消过毒的热毛巾，董方卓擦过手，为自己点上一支雪茄。看得出老板今天心情不错，也很放松。只听老板问："一方啊，你们海外是今年唯一增长的事业部，海外有增长，公司才有希望啊。这一年有成绩，没有辜负我对你的期望。"董方卓边说边点头，算是对杜一方去年一年工作的肯定。

老板的表扬没有出乎杜一方的意料，他也点上烟，抽了一口，慢条斯理地回答说："我们海外能取得成绩得感谢董事长的信任，但现在的竞争是全方位的，面向海外的产品出口竞争虽然不像国内，但也越来越激烈了，我们放眼海外的策略没有错，如果资源到位的话，我们还可以做得更好一些。"

董方卓微微颔首，意味深长地看了看窗外，然后对杜一方说："海外这两年，你是打了个好底子，今天我们不谈海外，国内市场下滑的势头遏制不住，海外的增长就没有意义，做好挑重担的准备了吗？"

杜一方没说话，点点头算是对董方卓问题的回答。

董方卓接着问："现如今，国内市场一团糟，这出乎我的意料，我想听听你的看法。"

喜欢问，喜欢听，这是老板的风格。杜一方知道老板比较喜欢有想法的人，而自己恰恰是一个长于思考的人。在老板面前，杜一方从不掩饰自己的观点。因为有坦诚，所以有信任。

对于国内市场，杜一方有自己的思考，说：“国内市场总体规模没有增长，这是事实，我们却在下滑，这也是事实，我个人以为，现在的问题不是市场的问题，是我们自身的问题。说到规模下滑的原因，一是市场变化太快了，我们有点跟不上，没有及时地谋求转型。随着互联网的发展，电商平台的异军突起正在颠覆整个家电行业，我们没有跟上这种业态的变化，渠道变革的节奏慢了半拍。二是过了几年好日子，我们有点过于自大了，抱残守缺，创新不足。模仿我们的人正在超越我们，虽然我们行业第一的位置没有被取代，但对手和我们的差距正在变小，按这种趋势，被对手超越只是个时间问题。”

杜一方说的都是实情，但对于他的说法，老板未置可否，面色却变得阴暗起来。杜一方推理出来的结果让他难以接受，一家企业，经历了二十几年的增长，忽然掉头向下，这让所有人都猝不及防，身为老板，董方卓的压力更直接，由此而来的痛苦也更深刻。见杜一方停下，老板说：“说说黑电事业部，不妨也说说陆天明。”

康华是靠黑电起家的，杜一方对黑电也是熟得不能再熟了，于是不假思索地说：“黑电事业部是守市场，整个团队没有了打市场的锐气，顺风仗打惯了，像今天这种逆风行船的局面，队伍明显乱了方寸，定力不够。陆天明的问题在于抱残守缺，刚愎自用，渠道方面的变革与创新，竞争对手都走在了我们前面，陆总啊，吃老本的思想太重了。再就是陆总这个人，人是好人，但江湖气太重了，黑电事业部干部队伍的帮派问题不解决，就不会形成真正意义上的战斗力。”

董方卓站起身，来回走了几步，说：“你的说法我赞同，天下是打下来的，我们还远远未到守江山的时候，思想上的保守导致我们应对市场的被动，市场的问题，说到底还是人的问题，不换脑袋就换位置。据我观察，做市场的都是年轻人，这就像打仗，林彪二十一岁做军团长，仗一样打得好，有志不在年高嘛。今年我们要起用一批年轻干部，年轻人里面，你是扛旗的，你说你这个旗手打算怎么做？”

看起来是质问，但这问题里面更多的是关爱与信任。杜一方憨憨地笑了一下，抽了口烟，说："我是一个做事的人，扛旗的事，黄思明比我更合适些，但无论怎样，做好本职工作，海外的业务要再上台阶，黑电事业部如果需要我，随时听从董事长的调遣。"

看杜一方表了态，董方卓挥了挥拳，说："说对了，我就是要调你到黑电事业部，这个旗你主动被动都要扛。老百姓讲'好钢要用在刀刃上'，海外事业部是锦上添花，国内的黑电事业部才是雪中送炭，关于你工作调整的事，明天上会，我只是今天给你打个招呼，让你有个心理准备。"

说话的时间，保姆小琴忙活出了一桌丰盛的饭菜，整理完毕，招呼着大家上桌。老板董方卓有一儿一女，一个奶奶八十多岁了，身体硬朗得很，妈妈快七十了，面目慈善，菩萨一样心肠的女人，妻子是他的同班同学，是一个很精致的女人，典型的贤内助，一双儿女都在国外读书，吃饭的人加上保姆一共是五个人。在老板家吃饭，杜一方一直有心理负担，因为老板的奶奶是过过苦日子的人，所以有个规矩，做好的菜和饭都要吃完，不剩饭菜，因为热情，饭菜每次都准备得充足，所以每次都撑得不行。对杜一方来说，这是一种幸福的烦恼。

吃过饭，董方卓把杜一方送到门口，对于老板的厚爱与盛情，杜一方自是心存感激，他心里思忖，自己不是一个有后台的人，甚至不是一个人情练达的人，康华给了他舞台，老板给了他机会，他今天所有的成就都要感念这个人。车徐徐驶出，反光镜里董方卓的身影让杜一方想起自己的父亲，他感觉这是一种父子之间的送别，这种送别有太多的不忍与不舍。

第四十三章

树反旗：大闹天宫

一年一度的干部调整本来是一件非常正常的事，但在多事之秋的2015年，正常中则有诸多的不正常。多方的信息表示，陆天明的调整已是一种必然。对于陆天明，董方卓很纠结，项前更纠结。什么叫牵一发而动全身？对于如今的康华而言，大概动陆天明就是这种情况吧！

2015年4月19日上午九点，陆天明的任命文件发布，文件任命陆天明为康华公司中国区副总裁兼战略发展部部长，同时免去他康华公司黑电事业部总经理的职务。任命文件一出，一时间，整个康华的气氛显得异常诡异。安心工作的人少了，大家对这件事议论纷纷，每个人都有自己的观感，甚至每个人都有自己的打算。置身其中的项前感受到了一种隐隐的压力，事情发生了，一定会有相应的连锁反应。但在这种情况下，没有人能准确地判断整个事件的走向。

关于陆天明的问题，老板董方卓之所以迟迟下不了决心，是因为投鼠忌器。作为掌管康华最大事业部的封疆大吏，陆天明可以说是名动一方，而且是拥兵自重，因为不好调整，所以才不敢轻易调。从接到董事长让他起草陆天明的任命文件后，项前知道老板终于下了决心要动陆天明，作为一名资深的人力资源专家，项前深知这份文件的分量，因为这份文件有可能引发一次地震，引发一次大的人事危机，波及面能有多大，事先谁都不知道，但这样的风险时刻都存在着。明升暗降，调虎离山，这些小伎俩在陆天明这样的老江湖那里统统不好使。业绩不佳是现实的，老板对他的不满他明显感受得到，所谓调任就是下课的代名词，陆天明也许早就做好了鱼死网破并另谋高就的准备，所以，随着文件的发布，一次空前的人事危机也就爆发了。

下午三点钟，项前陪同副总裁孙波来到康华工业园，目的是向黑电事业部的主要干部宣布关于有关干部的任免文件。所谓任免，一是免掉陆天明黑电事业部总经理的职务，改任中国区副总裁兼战略发展部部长；二是任命杜一方为黑电事业部总经理。到了工业园，综合办公大楼一楼大厅内，提前到达的杜一方已在那里等候。见面后，三人互致问候，平时不修边幅的杜一方今天打扮得非常得体，一身名贵的阿玛尼西装，褐红色领带，头发打过摩丝，纹丝不乱。人靠衣裳马靠鞍，经过一番打扮的杜一方显得格外精神。

孙波半开环笑地说“一方啊，瞧你这身新郎官的打扮，是不是该给你配个新娘啊？”

杜一方略显尴尬地笑了笑，说：“孙总，这也是工作需要啊，要是配新娘，我倒是愿意，我老婆的思想工作可得靠组织了。”

孙波呵呵一笑，说：“不要高兴得太早，你这是受命于危难之际，现在你要想的不是老婆怎么想，而是市场怎么想。新官上任三把火，我们今天是帮你烧第一把火，打铁还需自身硬，火能不能烧得旺，关键还是要看你自己，后面是我们敲锣，你唱戏，看你的了。”

杜一方没再说什么，点点头算是应承，一行三人在黑电事业部办公室主任刘强的引导下直奔六楼的会议室。

工业园综合办公大楼六楼的会议室里，黑电事业部的主要干部悉数到场。平时开会，大家见面不易，都有说有笑，今天不同，一是黑电事业部的业绩不佳，兴奋不起来。二是关于陆天明的文件大家都心知肚明，这件事也事关每个人的前程，此种情况，少说为上。一时间，整个会议室的气氛异常凝重。

会议由项前主持，看人员就绪，项前从主席台走向演讲台，项前向大家问好，大家报以掌声。项前说："黑电事业部是我们康华公司最大的事业部，也可以说是我们康华集团的长子，所以大家身上的担子都很重。康华公司这么多年能获得长足发展，大家功不可没，在此我代表董事长和公司对大家过往的付出表示感谢。"说完，项前移身离开演讲台对大家深鞠一躬，然后接着说："今天是个好日子，也是个大日子，俗话说'大海航行靠舵手''火车跑得快，全靠车头带'，过去的几年，我们在陆天明陆总的带领下取得了辉煌的战果，今天我们将迎来我们黑电事业部的新领导，并在新一任领导的带领下开始我们下一个征程，下面掌声有请孙总为大家宣读文件。"项前用手示意引导孙波上台。

身为公司的副总裁兼法务总监，孙波给人的印象是沉稳老练、心思缜密，派头十足。孙总在大家的注目下缓步上台，在演讲台前站定，打开准备好的文件，扫视了大家一眼，然后朗声宣读文件。先宣读的是关于陆天明的任免文件，文件宣读完后，会场一片躁动。孙波未作理会，继续宣读第二份文件，第二份是关于杜一方的任免文件，第二份文件宣读完，杜一方在主席台起身向大家致意。此时，会场里躁动不安的感觉更强了，窃窃私语声几乎汇成了一片声浪。

看到这种情况，孙波示意大家安静，然后说："对于黑电事业部的这次人事调整，大家有自己的想法可以理解，但我希望我们所有的干部看大势、顾大局。对于本次黑电事业部新的人事任命，我谈三点体会。一、市场在变，而且变得比我们想象的要快，我们要以变应变，以变制变，不变就是等死；二、我们向前看，而不是向后看，过往的成绩只能代表过去，抱残守缺我们将死无葬身之地；三、思路决定出路，所以，决定出路的是思想，而决定思想的是人。请大家相信这次走马换将会更加有利于黑电事业部的发展。”

孙波的话音未落，会议室第一排中间有人忽地站起来说：“孙总，我是黑电事业部的市场总监吴大伟，我对这次人事调整有不同意见。”

这种情况多少让孙波有点意外，但他并未惊慌，很镇定地做了个手势，示意吴大伟继续讲。吴大伟接着说：“黑电事业部去年的业绩滑坡，原因很多，但更多的是市场的问题，而不是人的问题，现在，做制造业的企业哪家不难做？不算去年，过往的几年，黑电事业部的业绩高速增长，不也是我们陆总带领我们干出来的吗？这能说是我们能力有问题吗？现在业绩稍有起伏，就过河拆桥，把功臣换掉，或者把我们也换掉，这样的决策我们不服。”

说完，吴大伟回头看了看，希望得到大家的响应。一共是二十几个中高层干部，这时真有四五个人站起身来，挥着拳说：“我们支持陆总，我们不服。”没站起来的也七嘴八舌，小声议论，有人说：“这是兔死狗烹、卸磨杀驴啊！”也有人说：“陆总打下的江山，这是有人要坐享其成啊！”更有人说：“陆总要是真走了，我们也不干了！”

场面一时很混乱。作为公司的副总裁，孙波从来没有像今天这样受到来自干部的质疑，他把脸沉下来，用凌厉的目光扫过会场，然后对着吴大伟说：“吴总，你是老康华了，你不服，或者说你们不服，你们到底不服什么？首先，干部调整，每年一次，今年也不例外，正常的人事调整，到了黑电事业部怎么就不正常了？其次，陆总为黑电事业部的发展做出过贡献，毫无疑问，他是康华的功臣，陆总这次调任，公司需要他承担更大的责任，是升职，而不是下课，你们有人这么愤愤不平又是为什么？人事调整的目的就是为了黑电事业部快速走出低谷，而走出低谷，你们想，董事长和公司更想，难道你们对这样的目的有什么异议吗？有想法说出来是好事，但我们不能单纯地为维护某个人，而要把公司的利益放在第一位，这就是我们经常强调的大局观。”

孙波的话音刚落，又有人站起来，这次站起来要发言的是黑电事业部的连锁渠道部总监钱壮壮，他有些激动地说：“黑电事业部是康华公司的主体事业部，如今把陆总从黑电事业部调离，说是升职，其实是典型的明升暗降，这一点，我想孙总你比我们更清楚。陆总是家电行业的一面旗帜，是行业里为数不多的营销奇才，想当年，是董事长三顾茅庐才把陆总请到了康华，现在把他调任闲职，搞什么战略发展，这是大材小用，对陆总不公平，对康华的发展也极为不利。我们也许人微言轻，但还是请董事长和公司考虑公司的发展，认真对待广大干部员工的呼声，如果陆总因为此次调整而改弦易辙，那将是康华公司的一大损失。”

有人放炮，有更多的人附和，场面比刚才更加混乱，刚才放炮的吴大伟从座位上站起来，迎着孙波走到主席台前说：“孙总，你有你的大局观，我有我的人生观，我吴大伟不做背信弃义之人。”吴大伟又转向会场，挥着手说：“有愿意跟着陆总干的，跟我走。”

有三五个人跟着吴大伟的手势站起来，走出来，几个人就这样扬长而去了。

看着几个人离开，孙波刚想就钱壮壮的质疑说些什么，这时，项前迎着孙波走向演讲台。等孙波坐下，项前说：“该走的人，无论以什么方式，总是会走的。变化大家会有一些不适应，黑电事业部的各种问题董事长都非常重视，我们现在有一些不同意见还算正常，但对于这次调整大家必须达成共识，因为共识是团结的前提。董事长这次把海外事业部的杜一方杜总调到黑电事业部，可以说是对黑电事业部最大的支持，下面我们请黑电事业部新一任的总经理杜一方杜总做就职讲话。”

杜一方走上演讲台，说：“听了大家的议论和说法，我发现我今天是一个不受欢迎的人，但无论受不受欢迎，我还是来了，我是来跟大家共渡难关的。陆总这几年带领大家创造了一个又一个奇迹，打下了一片天地，这种作为让人深感敬佩，但大家必须意识到当下的黑电事业部出了问题，而且是出了大问题，康华的经营质量问题主要就是由黑电事业部的问题带来的。我这么说一定有人不服，刚才吴总说，黑电的业绩下滑是因为市场的原因，那么，今天在座的各位哪位愿意回答我这样几个问题，一是我们业务下滑的速度比我们主要的竞争对手要快，这怎么解释？二是这个行业里还有企业逆势而动，还有个别的企业业绩有明显的增长，这怎么解释？三是从环比来看，我们比去年消耗了更多的资源、更多的销售费用和管理费用，但我们的赢利能力却不及前年的三分之一，这又如何解释？”

问完这三个问题，杜一方把话打住，似是等待有人回答，等了足足有一分钟的时间，杜一方又接着说：“所谓穷则思变，当下的康华已到了不得不变的时候，一味抱残守缺，康华将会死无葬身之地。现在黑电事业部人事上有调整，有人觉得这对陆总不公平，不公平也许会有，可作为康华的干部，我们到底是要对陆总的公平负责还是要对康华的公平负责？”说完这些话，杜一方死死盯了钱壮壮五秒钟，然后用威严而凌厉的目光扫视了一眼在场的与会干部。

钱壮壮略显无奈地坐下，会场平静了不少。杜一方接着说：“现在全国上下，国家在讲改革，企业在讲转型，对于康华这样的企业，问题是往哪里转？怎么转？问题应该有解释，找问题容易，找答案难，我就是要和大家一起找到这些问题的答案。现实生活中，人会本能地抗拒改变，因为人们不愿意离开自己的舒适区。当前的家电市场在变化，或者说是在恶化，有人说，不变是等死，变是找死，其实找死就是在找机会，找出路！对于黑电事业部和今天在座的各位而言，今天是变化的开始，锐意求变或能适应变化的，我们一起上路；不能适应变化的，我会请他下车。虽然我没有为自己准备棺材，但我做好了随时壮烈的准备。'苟利国家生死以，岂因祸福趋避之'，为了黑电事业部早日走出低谷，为了康华的明天，我一定会鞠躬尽瘁，死而后已。"杜一方前面讲得很理性，后面讲得很动情，讲到最后，他感到自己的眼睛有一种涩涩的感觉。

杜一方的就职演说没有高谈阔论，讲的都是黑电事业部的问题，加之平时大家对杜一方的印象不错，所以他的发言还是在部分干部中产生了共鸣。项前适时地站起身，边鼓掌边走向演讲台，和杜一方握了下手，站定说："家电行业的冬天到了，对于企业而言，逆境是检验企业品行的试金石，也就是说逆境会更加激发团队的斗志。杜总是我们新生代管理干部的代表，他在海外事业部的业绩有目共睹，这次黑电事业部的干部调整，董事长可谓是深思熟虑。请大家相信，只要我们黑电事业部全体将士能众志成城，黑电事业部一定能在杜总的带领下率先冲破黑暗，迎来黎明。"

项前讲完，又向大家深鞠一躬，然后宣布散会。

会开得尴尬，回程的路上，孙波和项前坐在同一辆车上，各有所思，长时间的沉默后，孙波说："今天的气氛不对，有很多干部对陆天明抱有幻想，你要多做准备，以防不测，对于今天的情况，到大厦后，我会直接跟董事长汇报。"

项前摇摇头，叹了口气说："这也是董事长的为难之处，在干部队伍中，黑电事业部有很多陆天明的铁杆粉丝，他们对这次人事调整不理解，有抵触情绪，这增加了杜一方打开局面的难度。我们还摸不准陆天明对这次人事调整的态度，他如果配合，工作还好做，如果他有反心，黑电事业部有可能会爆发一次剧烈的人事震荡，所以，孙总啊，现在我的心也是悬着的。”

车行驶在沙河西路上，说着话，孙波的手机响了，孙波回头看了一眼项前，说：“一方的。”听孙波这么说，项前有一种不祥的预感，也许最坏的结果正在发生，杜一方的声音项前听不清，等对方说了有一分钟，只听孙波问：“你在不在现场？”得到对方的答案后，孙波接着问：“有关情况是否已请示老板？”挂断杜一方的电话，孙波跟项前解释说：“我们离开工业园后，陆天明到了工业园，在工业园的篮球场上发表了公开演说，向在场的上千名干部员工宣读了他《致康华黑电事业部全体员工的一封公开信》。杜一方还说，在现场有记者出没，众多迹象表明，这是陆天明精心策划的一场反水行动。”

话音未落，项前的手机又响起来，一看是方华的来电，从方华紧张的口气中项前已感到事态不妙，只听方华说：“项总，你在哪里？现在有紧急情况。”项前回答说在回南山大厦的路上，方华接着说：“陆天明反水，各大门户网站都在头版刊登了他《致康华黑电事业部全体员工的一封公开信》，还有网站在现场直播他在康华工业园的发言及行动，许多前一阶段康华裁员的负面文章也被一些媒体翻出来了，总之是乱了，舆情有可能比上一次还要严重。”

挂断电话，项前又把方华所说的情况跟孙波进行了汇报。孙波当机立断，说：“情况紧急，我们兵分两路，你回工业园，配合杜一方稳定局面，我回总部找老板，等老板的指示，等老板有了指示，我会第一时间带人赶往现场。注意几点，一是尽最大可能隔断陆天明与员工及媒体的联系，不得已时要动用警方关系；二是让大家尽快恢复工作状态，避免事态扩大；三是把陆天明的铁杆粉丝找出来，用人盯人的办法，派人对这些人进行二十四小时跟踪。”说完，二人分头行动。

孙波打车回总部，项前坐公司的车风风火火赶往工业园。事情紧急，项前心急火燎，一路打电话，先是给杜一方电话，让他稳定局面，说自己马上就到。之后给方华电话，让他协调公关公司，让他们参与舆情的处理，再就是要方华立即召集危机公关小组成员开会，尽快拿出事件及舆情的处理措施，电话还没打完，工业园就到了。

到了工业园大门口，项前下车到门卫室，对几个值班保安强调说：“今天情况特殊，没有我的允许，任何外来人员不得入内，对于记者模样的人要尤其关注。”说完上车匆匆赶到综合办公大楼后面的篮球场，只见球场上人员骚动，几十个保安正在现场维持秩序。十点钟，正当上班时间，却有不明真相的员工不断往球场汇集，场面的混乱已接近失控，看到这种情形，项前的头一下子就大了。

项前从人墙的后面绕进去，看到杜一方带着几名干部正在和陆天明交涉，陆天明身边也有一帮人。这帮人里有黑电事业部的市场总监吴大伟、连锁渠道部钱壮壮等，这些人情绪都很激动，黑电事业部办公室主任周文静则不停地抽泣。吴大伟振臂高呼：“康华无情，我们不能无义，愿意跟着陆总干的有没有？”下面的人则跟着喊：“有，有……”吴大伟接着喊：“愿不愿意跟陆总走？”又有很多人跟着附和：“愿意，愿意……”

看项前走进来，杜一方把项前拉到一边，说：“陆天明是早有预谋，你们一走，他就以告别的名义把人召集起来，以吴大伟为代表，我们有一批干部和他里应外合，今天还有华南商报的记者在场，我已安排了人做记者的工作，陆天明那里，我已劝了很久，但有干部拦着他，不让他走，就成了现在这个局面。”

项前明白，只要陆天明在，场面就不会有改观，项前问杜一方：“报警了吗？”杜一方回答道：“报了，已有十几分钟，警察应该很快就到。”项前“嗯”了一声，径直走向陆天明，一步之遥，项前站定，向陆天明伸出手，陆天明无动于衷，而是向大家挥了挥手，观众是一片欢呼。陆天明，大块头，方脸浓眉，一个典型的山东汉子。陆天明在康华的口碑非常好，为人仗义，不媚权贵，善待下属，为给下属谋福利，跟董事长敲桌子的时候都有，所以下属之所以愿意跟着他干，就是冲着他仗义的做派。

项前知道，陆天明这是给自己难堪，项前压住怒火，微笑着说：“陆总高升，还没来得及道贺，我今天来传达文件，不想跟陆总错过了，请多包涵。”

陆天明依然对项前熟视无睹，而是对周文静说：“我不就是换个地方工作吗，你这么哭天抹泪的，有失身份。”

项前耐着性子，提高声音说：“陆总，您一向是高风亮节，大人大量，今天是您升职的大好日子，我这是代表董事长请您，给您接风，看来陆总是不肯给老板这个面子了。”

陆天明掸了掸衣服，目光朝天，一副目中无人的样子，说：“项总就省省心吧，升我的职，下我的课，老板的鸿门宴我消受不起。”说到这里，陆天明情不自禁地摇摇头，叹了口气，然后接着说：“老板是我的贵人，三顾茅庐把我从上海请到深圳，我能在康华建功立业，全赖老板所赐，但到今天，我们缘分已尽，不做朋友做敌人，请转告老板，后会有期！”

陆天明的言语中流露出他去意已决，今天他的告别演出说白了就是造老板董方卓的反。这是陆天明精心策划的一场活动，足以动摇康华黑电事业部现有的干部员工队伍，所以对康华的杀伤力极大，项前深知个中的利害。从当下的阵势看，康华似乎是在劫难逃，项前深感压力山大，眼前的难题是，当下的局怎么破？

项前压着自己的怒火，故作镇定地说：“陆总，话不要说得这么绝情，山不转水转，人生何处不相逢！何况你还没有离开康华这个大门！今天这阵势，一千多人放下手中的工作来听您演讲，我不明白这是一个什么性质的活动。”

只听陆天明一阵冷笑，猛地把头转过来，用凌厉的目光逼视着项前说：“项前，我在这里呕心沥血奋斗了四年，要离开了，和大家告个别，难道不可以吗？”

项前环视了一下四周在场的大批员工，说：“告别可以，闹事不可以，今天的这个局面，陆总您比我更清楚对黑电事业部意味着什么，生产停工，运营中断，公司几乎陷入瘫痪，这种结果要有人负责！”项前又指了指背后的综合办公大楼，接着说：“陆总，昨天您是这里的地主，让大家做什么您说了算，可今天，杜一方杜总已走马上任，您和我的身份一样，似乎总部的领导没有权力擅自调动这么多干部员工，杜总已经报了警，陆总，要不，我陪您一起等警察来？”

听了项前的话，陆天明有一丝迟疑，这时，吴大伟从人群里冲出来到项前面前，用一种挑衅的口吻说：“项前，这是什么地方？这是谁打下的天下？在这里指手画脚，你算是哪根葱！”然后，对围在陆天明身边的干部喊：“老板无情，我们不能无义，世界无论怎么乱，我们就是要跟着陆总干！大家干不干？”

陆天明身后的干部和操场四周的员工振臂高呼：“干，我们就是要跟着陆总干！”呐喊声淹没了整个操场，项前感觉一下子回到了那个革命的年代，在这震耳欲聋的呐喊声中，项前感到自己是那么无力和渺小，场面正在失控，项前从陆天明的神情中发现了他一丝得意的笑容。

警笛声响起，而且这种声音越来越近，杜一方急忙走到项前跟前说：“项总，警察到了，你盯着这里，我去迎一下。”说完，带着几个干部朝工业园的大门口走去。

项前则趁机拿起话筒，对着在场的员工说：“康华是大家的康华，相信大家不愿意看着它垮下去，今天有人别有用心，聚众闹事，对于这样的害群之马，公司一定追查到底，绝不姑息，现在警察来了，希望大家回到自己的工作岗位上，不要受到此事的牵连。”

听了项前的话，现场的员工陆续散开，项前则迎着陆天明走过去，说：“陆总，今天的事是因你而起，总归要有个说法，我跟你说不清，但有人能和你说得清，等等可好？”

那个陆天明的秘书周文静抢一步到项前跟前，说：“谁怕谁？警察局又不是你家开的，警察又有什么了不起，倒是你，做一条好的看家狗不容易，看好你的位子吧。”

陆天明轻轻地把周文静推到一边，对着项前说：“我陆某人一向是顶天立地，敢做敢当，怕过谁？跟我叫板，你没资格，回去告诉董方卓，我们的事没完，这笔账我会慢慢跟他算。”

说完话，陆天明带着那些追随他的一帮人离开球场，钻进他的奥迪车，一路示威似的鸣着笛离开了他战斗了四年的工业园。人散了，现场一片狼藉，望着陆天明远去的背影，项前一时怅然若失，难道这就是职业经理人必然的结局？

第四十四章

群英会：逼上梁山

这两天的苏南一是又兴奋又忐忑，兴奋是因为林娜在康华的业务上有重大突破，一举扭转了对天马的不利局面；忐忑是因为在康华的业务上，林娜的操作手法违背了他一贯的原则，林娜这么大面积地挖康华的墙脚，必然给项前的工作带来巨大的压力，从朋友的角度，苏南一于心有愧。

一大早，苏南一接到林娜的电话，林娜在电话中说，根据她和周文静电话沟通的情况来看，陆天明将和他的老板董方卓摊牌，并在今天上午有所行动。现在陆天明的《致康华黑电事业部全体员工的一封公开信》已上了各大门户网站的头条，就在今天必将有大变故，林娜要他到办公室，并召集会议商议对策。

苏南一一到办公楼，发现林娜已在一楼的大厅等他，看得出她既紧张又兴奋，林娜也是经历过大场面的人，今天这种反应说明事情非同小可，没等上楼，只听她说："苏总，陆天明已和董方卓摊牌，这必将是改变家电业格局的大事件，刚才我和陆天明的办公室主任周文静通过电话，她在电话中说她和陆天明一道去了康华在石岩的工业园，而且目的就是把事情闹大，陆天明有意把更多的手下从康华带出来。”

这个消息让苏南一多少有些兴奋。二人来到苏南一的办公室，苏南一把茶泡好，看着一脸憔悴的林娜，心生无限怜爱，把茶端到林娜的跟前，轻轻地拍了拍她的肩膀，说：“我们要把有关陆天明的事情全面理一下，以防大意失荆州。”

因为紧张的缘故，此时的林娜面带潮红，她稍稍平复了一下自己的心情，喝了口水，说：“前天中午，我安排海华的人力资源总监沈阳和陆天明见了面，双方谈得非常投机，从谈话中可以看出，陆天明对海华开出的条件算是满意，明确了加盟海华的意愿。”

林娜已是一名业务上的高手，在这方面苏南一对林娜是放心的，但这个项目事关重大，苏南一还是有所担心，关切地说：“意愿归意愿，陆天明不是一般的人，江湖经验丰富，说实话，这样的人不容易掌控，这里面的变数还很多，跟紧一点，以防夜长梦多。”

林娜矜持地笑了笑，说：“我也是这么想，所以才趁热打铁，晚上，我就安排陆天明和海华的董事长马征途见了面，二人是一见如故，一拍即合，马征途当场决定把海华的黑电业务全部交给陆天明打理，并给予充分授权，当场承诺陆天明 2000 万股的海华期权，陆天明表示会带领康华黑电事业部的骨干一起加盟，马征途发话说，正求之不得。二人的谈话结束后，在我的见证下，海华的沈阳和陆天明当晚签订了聘用合同。康华这边，同时和海华签订合同的还有康华的办公室主任周文静、市场总监吴大伟、连锁渠道部钱壮壮等四人。”

林娜汇报的情况让苏南一兴奋不已，好久没有这种扬眉吐气的感觉了，猎头做了这么多年，这样成建制地挖人，在南南公司还是第一次，毫无疑问，这都是林娜的功劳。听了林娜的汇报，苏南一也有些激动，情不自禁地朝着林娜伸出手以示祝贺，二人的手握在一起，苏南一欲言又止，他拉着林娜的手站起身，林娜看苏南一想有所动作，机智地躲开。

林娜推开苏南一，说：“你不要这样，工作归工作，我不能这样和你不清不楚，我这次是帮你，也是帮我自己，我是想给自己一个说法，记住，苏南一，我们的情分已尽，等康华的业务脱了手，我要走我自己的路，别说我没给你机会。”

看着林娜红红的眼圈，苏南一一时有些不知所措，抽了一张纸巾递过去，摇了摇头，说：“我们之间的事，改日再谈，康华的业务，我们要把每一个细节都考虑到，事情到了这一步，我都不知道该怎么跟项前解释。”

林娜一时正色道：“那是你的事，陆天明这次异动，不是一般意义上的跳槽，从现在事态的发展来看，将会有大批康华的干部追随他跳到海华，海华的马征途已表过态，只要是陆天明带过来的人，海华是照单全收。对南南公司来讲，这是一笔大业务，但海华的沈阳是个精明人，他提出除了前面已经签订聘用合同的四个人，南南公司可以按年薪的30%提取费用，康华其余追随陆天明跳到海华的人，费用将只按所聘人员年薪的15%提取。”

听林娜这么说，苏南一若有所思，站起身来回踱着步子，停下后说：“你与海华的人说好的事，我没意见，从你说的情况看，只要康华多一个人到海华，我们就可以多拿到一笔业务费用，这中间有你能力的因素，确实也有运气的成分。我想强调的是，第一，及时跟周文静沟通，力争第一时间拿到愿意追随陆天明到海华的人的名单；第二，加强对康华异动人员的跟踪，掌握他们的动向，督促他们及早把合同签了；第三，派专人盯紧天马的人，以防他们从中作梗。”

事情来得突然，和林娜谈过话，苏南一紧急召开业务会，他在会议上部署，要求采用人盯人的方式，对康华项目的有关人员进行全面的监控，在尘埃落定前，苏南一要求公司员工集体加班，二十四小时值班，力争通过大家的协同作战，打一场漂亮的歼灭战。

会议期间，林娜接到周文静一个电话，说陆天明晚上会在凯宾斯基举办一次告别晚宴，届时将有大批的康华旧部前来捧场，听林娜如此一说，苏南一知道这是一个千载良机，而且成败在此一举。

开完业务会，苏南一让叶芳在凯宾斯基给他订个房间，这个房间就是他这次战役的临时指挥所，苏南一安排叶芳配合周文静的人负责这次晚宴活动的签到，下午三时许，苏南一和林娜驱车赶往凯宾斯基，先是与海华的沈阳衔接关于人的接收工作，然后回到房间，坐镇指挥。南南公司三十几名业务人员被全部派到凯宾斯基，他们或明或暗，守住凯宾斯基的每一个进出口。

下午六时许，凯宾斯基三楼的大厅内，一时灯火辉煌，人头攒动。签到台前，扮作迎宾的叶芳身着深色荷花旗袍，显得高贵典雅，而一袭碎花长裙的周文静则显得妩媚妖娆，有两大美女迎宾，晚会的档次让人自觉非同寻常。陆天明一身藏蓝色阿玛尼西装，枣红色真丝领带，刚刚染过的头发呈微波浪型，纹丝不乱，精心收拾过的他显得派头十足。这哪像是离职啊？分明是在迎亲！陆天明在宴会厅的门口站定，和每一个到场的客人握手致意，而一身休闲装的吴大伟则是忙前忙后招呼着到场的客人。来的都是老康华，又都是陆天明的旧部，这种场合见面，自然是一番别样的情怀。

今天参加晚宴的人，除了陆天明的旧部，还有几个沈阳带来的招聘专员以及林娜抽调出来的业务精英，他们的职责是收集一手情报，配合海华的人员接收。六点十五分，林娜和苏南一俨然一对情侣出现在三楼大厅，苏南一是一身传统的西装，林娜则是一身宝石蓝的晚礼服，粉颈红唇，配上珍珠项链，林娜的美使三楼大厅平添几分春色。

看林娜挽着一个帅气的男人款款移步过来，陆天明上前一步向林娜伸出手，说："林小姐真是百变仙子啊，白天是魅力四射，晚上更是光艳照人啊！"说着，他扫了一眼苏南一，伸出手示意，并用疑惑的目光盯着林娜，问："这位先生是？"

林娜把和陆天明握着的手松开，介绍道："这是我的老板苏南一苏总，为一睹陆总的风采，特此赶来。今天的陆总就是今晚的男神，真是英俊直逼陆毅，潇洒不输周瑜。"

陆天明连忙摇着头说："廉颇老矣，廉颇老矣！"

等陆天明和苏南一二人互致问候后，林娜对陆天明客气地说："陆总，请借一步说话。"

于是陆天明随林娜到人少的电梯口，只见林娜和陆天明耳语了一阵子后，陆天明随后握着林娜的手连声说："谢谢，谢谢。"

苏、林二人告别陆天明，在签到台签过到，林娜和负责签到的周文静、叶芳相视一笑，便牵着苏南一走进宴会厅，找一个僻静的去处坐下。

落座后，苏南一好奇地问："你搞得那么神秘，和陆总到底说了什么？"

看苏南一迫不及待的样子，林娜一脸坏笑地说："我跟陆总说的是今晚的单是苏总你买。"

"家贼难防啊，你就这么几句话就把我卖了？"苏南一苦笑着摇摇头。

"卖你对我有什么好处？试探你一下，还真探出你的深浅来了，我跟陆总说的是海华的马总为今天每一个到场的人都准备了礼品，人手一瓶茅台和一个千元红包，各三百份，今天晚上的单他也全包了，看这样的老板够敞亮吧？"说话的过程，林娜流露出几分得意。苏南一也觉得这个马总是个大手笔，这一举动会为今天的晚宴增色不少。

六点三十分，晚宴开始。

出场音乐过后，刚刚换过衣服的周文静出场，她高挽秀发，一袭缎面黑色长裙，配上点睛的珠宝，显得雍容华贵，可以说周文静的出场惊艳四座，大厅顿时静了下来。

只听她说："亲爱的朋友们、同事们、战友们，今天是一个平凡的日子，但一定会因为我们这样一次聚会而变得不平凡。今晚是一次告别晚宴，我们一向敬重的陆总，将要告别他为之奋斗过的企业和深圳这座令人依恋的城市。康华，这是一个令人爱恨交织的名字。这个名字里，曾经有我们的喜怒哀乐，有我们的彻夜难眠，有我们的爱恨情仇，但在今天，我们尊敬的陆总将与之告别，想想那些一起奋斗过的日子，真是难说再见。此时此刻，嘉宾朋友们也一定想知道我们陆总的感受，下面就有请我们的陆总致辞。"

音乐声中，陆天明出场，掌声雷动。他像一个大将军一样，威严地站在那里，目光扫过大厅的每一个角落并不住地点头，然后只听他动情地说："亲爱的兄弟姐妹们，今天，我是跟大家来告别的，或者是说大家是来跟我告别的。人生不过百，总有说再见的时候，回首往昔，一千多个一起奋战的日日夜夜历历在目，有你们的支持才有康华的今天，有你们的厚爱才有我的今天。今天，你们的到来是对我过去四年工作最大的褒奖，在这里请允许我向你们表达我最崇高的敬意！"

说到这里，陆天明稍稍离开演讲台，朝着三个不同的方向分别浅鞠一躬，台下，大家回报以热烈的掌声。陆天明接着讲："2015 年是多事之年，对于我陆天明和所有的康华人来讲是流年不利，2015 年是改革开放三十多年来中国经济最艰难的一年，在这个制造业的寒冬里，我责无旁贷。"说到这里，陆天明声音有些嘶哑，眼圈红了起来，与会的来宾，有的低下头，有的摇头，也有的不住地点头。陆天明停下来喝了口水，然后接着说：“今天上午，我在工业园以公开信的方式向所有的康华人诉说了我的心声，我跟康华的感情，我和老板董方卓的个人恩怨在那封信里都交代得清清楚楚。老板对我有知遇之恩，感谢他给了我康华这个舞台和平台，业绩不佳，老板下我的课，这我认。俗话说‘道不同不相为谋’，缘分尽了，分道扬镳也是一种必然。所以，大家对于康华这次人事上的异动不必大惊小怪，长江后浪推前浪嘛！”

前面的这一番话，陆天明说得轻松而又从容，说明他是一个有胸怀也有情怀的人，坐在台角落里的苏南一也在内心感叹，人之所以能成事，一定是有原因的。今天，陆天明能振臂一呼应者云集，说明他有足够的人格魅力，能识时务，不诿过，让人看到了他的人生格局，也难怪在职场里他会受到那么多人的追捧。

“今天，我请你们来，喝酒叙旧是一回事，但更重要的是想让你们帮我拿个主意，我陆天明是就此马放南山，解甲归田，还是励精图治，东山再起？”说到这里，陆天明示意周文静把酒杯拿过来，台下的来宾则纷纷端起酒杯站起来，吴大伟则端着酒杯健步上台，从陆天明的手里抢过话筒，说：“为了康华，陆总可以说是呕心沥血；为了我们大家，陆总可以说是鞍前马后，现在我就要大家一句话，大家支不支持陆总东山再起？”

台下的人这时齐声大喊：“支持！支持！支持！”很多人振臂高呼，现场一时群情激奋。

看到大家的反应，陆天明此时也是心潮起伏，但他的表现还是足够淡定，他从吴大伟手里拿过话筒，说：“前面的问题是我留给你们的一个课题，以往你们是我的部属，今天你们都是我的兄弟，酒局终了的时候，你们要给我答案。”说完，他把话筒交给周文静，示意大家举杯，然后把杯中酒一饮而尽。

陆天明穿梭在众人之间不停地敬酒，碰杯的声音此起彼伏，他所到之处，都会有热烈的欢呼，受到大批人的簇拥，有的人握着他的手欲说还休，有的则是老泪纵横，场面煞是感人。

苏南一、林娜和海华的沈阳同坐一桌，在会场左后侧一个不起眼的角落。林娜端起酒杯和沈阳碰了一下，轻声说："沈总，陆总的这一出好戏都是为你唱的，马总这个单买得值。"碰过杯，沈阳轻轻抿了一口，冲着林娜竖了一下大拇指，没说什么。林娜又冲苏南一摇了摇杯子，撂下一句"好戏还在后头呢"，然后端着杯径直走向前台。

林娜走到周文静旁边，两人耳语了一阵子后，场上的局面就发生了一些变化，只见几个年轻人不停地往台上搬东西，先往上搬的是一批一批的装着酒的礼品袋，整整齐齐地码了半个舞台，最后又搬上来一张铺有台布的桌子，上面码满了规格一致的红包。一时间，正在喝酒的人的目光被台上的场景吸引过来了。

周文静款款走上舞台，说："亲爱的战友们，请放下手中的酒杯，听我说。"然后，她把右手食指竖着放在嘴边，示意大家安静，然后接着讲："存在主义哲学家萨特曾说，人的一生就是一连串的选择，无论我们的存在是什么，都是一种选择，甚至不选择也是一种选择。所以，人生就是一个不断选择的过程，从某种意义上来讲，选择决定命运。"

简短的串场，赢得了大家的阵阵掌声。周文静把红包和茅台酒各拿一份放到演讲台上，接着说："今天，陆总为每一个到场的来宾都准备了一份礼物，一种礼物是茅台酒，一种礼物是千元现金红包，想要什么就选什么，但这两种礼物只能二选一，至于如何选，我们还是用掌声请出陆总解读规则。"

陆天明从人群中走上舞台，拿起话筒，说："孔夫子说'道不同不相为谋'，我们今天能在这里相聚，说明我们都是同道中人。几年的奋斗，我们创造了康华今天的辉煌，问题是我们的明天该怎么写？”问完问题，陆天明似乎若有所思，停顿片刻，他猛地扬起头，说：“今天将是我们谱写新历史的开端，今天，我给大家准备的礼物，也是一次选择的机会，兄弟们，你们可以选择跟我陆某人长长久久地做朋友，也可以选择继续一起战斗，我们的人生是用来创造奇迹的，三年的时间，我计划用三年的时间和大家一起创造一个比康华更大的奇迹。”

陆天明用力挥起的右拳高高举在空中，整个大厅爆发出雷鸣般的掌声。等掌声潮水一样退去，陆天明继续道：“两种礼物，两种选择，酒，代表着今日作别，明日把酒，长长久久地做朋友；钱，意味着前程，就是继续跟我一起战斗，奔一个新的前程。对那些愿意追随我的战友，我的承诺是职务只升不降，待遇在原有的基础上最少提升30%，天下之大，兄弟一家，来日方长，全靠大家。”

说完，陆天明深鞠一躬，把话筒交给周文静。

接过话筒，周文静说：“神圣的时刻到了，考验大家眼光的时刻到了，愿意跟陆总做朋友的，到我这里领茅台；愿意跟陆总做战友的，到陆总那里领红包。礼品足够，人人有份。”

大家纷纷起身，根据自己的意愿，到指定的位置排队领取礼品，周文静工作细致，事先安排了几个人负责维持秩序，参加宴会的共有两百多人，明显领红包的人多，领茅台的人少，大概是三比一的比例，这种场面让苏南一煞是兴奋。领完礼品的人在工作人员的引导下站到了大厅的两侧，每一个领红包的人，陆天明都会送他们一个热烈的拥抱，而领茅台的人，周文静则是和他们礼节性地握手。礼品发放完毕，所有来宾自然分成了两大阵营。

两个阵营里的人纷纷交头接耳，都在为自己的选择兴奋着。周文静刚拿起话筒想要说什么，这时，从茅台方阵里冲出一个人，从周文静手里抢过话筒，说：“我是康华黑电事业部的服务总监吴三江，今天这种场面，我想说几句，因为不吐不快。”事发意外，在吴三江发言的时候，周文静很无辜地看了一眼陆天明，陆天明镇定地冲周文静点点头，表示没什么。只听吴三江继续讲："陆总一直是我敬重的领导和兄长，是陆总带领我们共同奋斗才有了康华的今天，康华是我们大家的康华，不是董方卓一个人的康华，康华如今有困难，如果陆总要揭竿而起，另起炉灶，这种釜底抽薪的做法定会让举步维艰的康华雪上加霜，所以，我对陆总今天的做法有异议。"

说完，吴三江转身面对陆天明，一脸的困惑不解，会场的气氛一下子凝固了，所有人的目光齐刷刷地盯着陆天明，等着他的说法。

陆天明迎着吴三江走上前去，握了一下他的手，左手拍拍他的肩膀，接过话筒说："三江，吴总，跟了我这么多年，你应该知道我是什么样的人，康华黑电事业部是在我手中长大的，康华黑电事业部的今天，我比谁都着急，比谁都心疼，但我心疼、着急有用吗？稍微明眼一点的人都知道，我之于康华，除了离开是别无选择。"

说到这里，陆天明的嗓子有些嘶哑，眼圈红红的，望着天花板足足有半分钟的时间，每个人都能从他的情绪中感受到他所受到的巨大委屈。平复情绪后，他接着对大家说："历史是有规律的，是有趋势的，我们不能与规律作对，不能逆势而动，我们要善于打烂一个旧世界，创造一个新世界，段永平离开小霸王有什么不对吗？他给中国贡献了一个步步高，更能利国利民。"

陆天明感动了自己，也感动了在场的许多人，但依然没能感动吴三江，吴三江上前和陆天明礼貌性地握了一下手，迈开大步，径直走出了大厅。望着吴三江的背影，陆天明无奈地摇摇头，而那些领了茅台礼品的老康华则纷纷走上舞台和他握手、拥抱以示安慰。

第四十五章

龙虎斗：兵临城下

目送陆天明离开，项前看了一眼一脸茫然和无辜的杜一方，无奈地摇了摇头。

说话之间，孙波与董事长一行来到工业园，在综合办公大楼一楼大厅，杜一方向董方卓等一行领导汇报了陆天明带头闹事的全过程，并特别强调了有几名现职干部是跟着陆天明一起离开的。杜一方汇报的过程中，董方卓铁青着脸，一言不发，等杜一方汇报完毕，董方卓说："一方和项前陪我到园区车间和各个部门走一圈，其他干部由孙总带领到六楼会议室，准备召开现场会。"

园区还是那个园区，但整个园区的气氛总让人感到不一样，那种诡异的气氛让人感到有一种无形的压力。车间里的工人都在正常生产，办公区的职员也都在忙自己的事情，看到董事长一行，除了各部门的负责人上前热情欢迎，其他人似乎都在有意躲避着什么，躲不开的就和董方卓点头打个招呼，看到的看不到的，很少有主动上前示好的。

巡视一遍，往会议室的路上，董方卓说："一方，你上任的第一天陆天明就给你一个下马威，他针对的不是你，是我。收拾黑电事业部的局面这是一副重担，你担得起要担，担不起还是要担，但不要怕，有我在，陆天明他翻不了天。”

杜一方边走边听，不住地点头，算是回应。

董方卓沉吟了一下，接着说：“经陆天明这么一闹，黑电这边会乱一阵子，人可以乱，但公司的经营层面不能乱，当下，大家还没有接受你，你不要轻易地发号施令，多看，多听，沉下去。”

说到这里，董方卓又转头对项前说：“项前，你这几天就是坐镇工业园，帮助杜一方把黑电事业部的干部调到位。乱不怕，干部有走的也不要怕，大乱才能大治，这两年我们不是年年招学生吗？记住，这次把这批学生军顶上去。”

说话之间，一行三人来到六楼会议室，孙波组织的与会干部正严阵以待。董方卓坐下，伸出手，他的秘书何方急忙把雪茄递上，董方卓点上雪茄，说：“大家不要紧张，孙猴子能耐再大也跳不出如来佛的手掌心，今天的陆天明不过就是那个孙猴子嘛，大家以为呢？”

老板这么一说，与会人员一阵哄堂大笑，会场紧张的气氛顿时缓和下来，听董方卓接着讲：“参加今天现场会的有两部分人，一是原来危机公关小组的，一是我们干部管理委员会的，这是一次危机，又是关于干部的事，所以，请大家来，一是想听听大家怎么看，二是说说接下来我们怎么办，今天的会还是孙总来主持吧。”

孙波看了一眼董方卓，董方卓点头默许。孙波说：“黑电事业部的人事调整是基于公司战略的战术动作，但由于涉及关键人物而诱发了当前的这场危机。陆天明陆总是一个山头主义思想很重的人，他主动离职不可避免地会带走一部分人，这次危机是一次人事危机，但由于陆天明一直是行业里面引人关注的人物，他的那封公开信发出来后，引起了社会舆论的关注，所以这次人事危机又诱发了一场舆论危机。事件发生了，无论从人事，还是从舆情，都有恶化的趋势，我们今天的现场会就是汇总一下情况，然后按董事长的指示落实下一步的行动。”

方华举了一下手后，推了推眼镜，说：“舆情在网上已经爆发，陆天明的公开信上了各大门户网站的头条，各大财经媒体在网上也多有转发，我们现在能做的就是尽最大可能控制舆情的发展。”

“现在的舆情有哪些动向？”董方卓问。

方华打开手中的笔记，看了一眼，说：“舆论方面，现在最怕的是连锁反应，陆天明的公开信里，有对董事长个人的攻击，有对公司运营层面问题的披露，有对公司分配制度的一些不满，他还扬言，如果公司不能答应他所提出的要求，他还可能要与公司对簿公堂。这些问题一旦被财经媒体盯上，都会引发新一波的舆情，我们前一轮的舆情风暴刚刚平息，若是再炒起来，公司将不堪其扰。”

刚刚活跃一点的气氛，经方华这么一说，大家的心情又变得沉重起来。杜一方上任的第一天就出了这么大的乱子，只见他不失镇静地接着说：“方总说的是舆情，我要说的是陆天明的公开信和他带头闹事动摇的是人心。根据反馈，人力资源部已收到一些干部的辞职报告，有总部的，也有营销网络的，陆天明导演的这出戏，会对黑电事业部的运营产生非常大的冲击。”

董方卓冲着项前问：“项前，黄思明那里有没有不正常的反应？”

项前回答道：“有，今天上午宣布杜总任命的会议，黄思明没有参加，具体原因还没来得及查。”

项前和杜一方交流了一下眼神，接着说：“董事长知道，黄思明不是陆天明那条线上的人，黄思明有异常的反应在于他对这次人事调整有自己的想法。陆天明的公开信及今天上午他带头闹事，这是精心布的一个局，他的目的就是拆公司的台，制造更大的混乱，以便浑水摸鱼。

黑电事业部的周文静、市场部的吴大伟、连锁渠道部的钱壮壮，这是他的几个铁杆，上午闹完事都跟他走了。我的判断，陆天明不会就此了事，后面还会有动作，我们要加强戒备。”

项前话音未落，老板的秘书何方轻悄悄地进来把一份材料交给老板，何方在董方卓的耳边嘀咕了一阵子后出去，董方卓把手中的材料摔到桌面上，说：“这个黄思明，这个时候撂挑子，纯粹是火上浇油，项前，你说说看，他是不是和陆天明搅和到一起去了？”

项前判断，何方交给老板的应该是黄思明的辞职报告。黄思明是董方卓的爱将，当初把他放到黑电事业部常务副总的位置上，就是为今天这样的变局做准备，一旦陆天明有变，就由黄思明顶上来。这次黑电的人事调整，由杜一方取代陆天明，董方卓有违自己的初衷，他对黄思明是否有过承诺，外人不得而知，但从黄思明过度的反应来看，他对这次的人事安排非常不满，如果黄思明辞职，这似乎是唯一的理由。

项前看了一眼老板，下意识地摇摇头，说：“陆天明和黄思明的走路都是由同一件事引起的，但他们两个人不是一回事，陆天明是处心积虑要拆公司的台，让老板难堪。而黄思明则是年轻气盛，意气用事，这次人事安排不符合他的心理预期，这个时候撂挑子，我个人以为他发泄的成分多些。”

董方卓面露愠色，望着天花板不停地大口抽雪茄。会议开始的时候，老板给大家的感觉是心情尚好，看起来蛮轻松的，现在他的脸由晴转阴都是因为黄思明，看来黄思明的事对他触动很大，在董方卓看来，陆天明的背叛是理所当然，但黄思明的出走是万万不该。

董方卓掩饰不住自己愤怒的情绪，站起来敲着桌子说：“一个陆天明，再加一个黄思明，我董某人何曾亏待过他们？他们成心要把康华置于死地！”董方卓叼着烟来回踱了几步，接着说：“不怕，如果离了谁就不转了，那就不是康华了。康华日子难过的时候他们跟着搅局，我就是要和这样的势力势不两立。今天下午，我们要召开黑电事业部干部员工的扩大会议，目的是讲清形势，揭穿陆天明他们的阴谋。要让大家明白，康华一旦倒了，绝大多数人会失业，大家都会成为社会的弃儿，他陆天明不会为大家负责，能为大家负责的还是康华，还是我董方卓。地点就在操场，会议的组织由一方负责。”

杜一方点头算是接受任务。像董方卓这样的人，很少有人看到他发脾气，今天算是个例外，而且这个例外是黄思明导致的。大家看他说话的语气渐渐平静下来，只听他又说：“陆天明哗变，我是有心理准备的，同样都是危机，和年初的那次危机比，那次的危机阵势更大，这次的危机危害更大，对于这次危机的应对如果稍有不当，公司会伤筋动骨，公司运营有可能陷入瘫痪。该发生的总要发生，现在还不是最坏的时候，人可以动，可以换，甚至可以乱，但业务不能乱，运营不能乱，我们要在变中求稳。”

说到这里，董方卓停下来，走到会议室的白板前，拿起彩笔画了三个长方形的框，说：“为了应对这次危机，我们今天成立三个专项小组，分别是舆情组、人事组和法务组。舆情组由方华牵头，主要任务是控制舆情，激浊扬清，减轻负面舆情对公司经营造成的压力；人事组由项前牵头，任务是加强黑电事业部干部的调整与管控，及时补齐由于干部出走而空下来的岗位，稳定干部员工队伍；法务组，由孙波牵头，陆天明不善罢甘休，我们也要做好随时迎战的准备，局面一乱，就会有人胆大妄为，法务组就是要将那些胆大妄为者绳之以法，处理由人事变动而引发的官司。”

说到这里，董方卓也在边写边说的过程中把那几个框填好了，之后他又写了“快、真诚、沉着”几个字，并用圈圈起来，说：“处理这次事件，我们要把握三条基本的原则，一是快，‘天下武功，唯快不破’，做事也是这样，我们要有机会成本的概念，做事要讲效率，不拖泥带水；二是真诚，这次事件有可能会涉及很多人，对于我们自己的干部员工，对于那些真正关心我们的人，我们要有足够的真诚，人才异动的过程中，难免会有一些迷途的羔羊，我们要用我们的真诚感化他们；三是沉着，手忙脚乱，忙中出错，一般都是这样，我们都是见惯大场面的人，公司不能被个别人的离开搞乱了，要把心静下来，从容不迫，沉得住气，才能稳得住局面。”

大家不停地记着笔记，老板越来越淡定，大家也把悬着的心放了下来。会议持续了一个多小时，安排完工作，孙波宣布散会。

会议结束，董方卓把孙波留了下来，说：“陆天明的事，一定有人在后面搞鬼，你要把这个鬼找出来，如果是一批人离开，他们不可能没去处，而他们的落脚点不可能跳出这个圈子，查查在我们的竞争对手里面，到底是哪家收留了他们？还有就是他们的来往一定有人牵线搭桥，能搭这样的桥，这个人对我们一定很熟悉，对于这样的危险分子我们决不能姑息纵容。”

孙波一边答应着老板，一边感叹，陆天明之所以如此放肆，就是有恃无恐，若是真由着他的性子来，那是康华的一场灾难。

下午一点，偌大一个操场已被两千多名干部员工坐满，这还不是工业园员工的全部，只是中间的一小分部骨干。会场的四周围了一圈公司的刀旗，整个大大的操场在雄壮的音乐声中，显得有几分节日的气氛。

会场只有第一排摆了桌子，董方卓带队，与会领导按摆放的名牌坐下来，和大家一样等待会议开始。

项前主持会议，站在演讲台前，他用目光来回扫视着会场，待大家的声音渐渐平息后，说：“亲爱的同事们，大家好！ 2015 年注定了是一个多事之年，这个我想在座的各位都感同身受。而今天则是意义非凡的一天，今天我们在同一个操场召开了两次会议，一次是非官方的，别有用心的，一次是官方组织的正在召开的这次会议。今天的不同在于，康华公司数位重量级的人物同时出现在了我们今天的会场，我们的董事长亲临现场来看望大家；今天的不同还在于，我们黑电事业部迎来了我们新的带头人。下面，我们首先请我们黑电事业部的新任总经理杜一方杜总带来他的就职演说。”

场面一下子静下来，大家多多少少对新一任总经理还是有所期待的。杜一方是大家既熟悉又陌生的一个人，熟悉是因为他是康华年轻人中的佼佼者，他的事迹大家多少都知道一些；陌生是因为黑电事业部中跟他近距离接触过的人并不多。杜一方健步上台，拿起话筒，说：“尊敬的董事长，亲爱的同事们，你们好！和在座的各位久经沙场的同事比，我可以说是康华的一名新人，康华二十几年的发展，前辈们的创业故事和创业经历总能让人热血沸腾，康华的成长与发展是一个奇迹，也是一个神话，我和今天在座的各位就是来续写神话的人！”

杜一方是一个思维缜密的人，但不是一个口才很好的人，但今天他的开场让大家耳目一新。在大家期待的目光中，杜一方接着说：“有人说‘少年得志是人生一大不幸’，如果可以将康华比作一个人的话，那康华就是那个最不幸的人。因为这么多年，康华的发展太顺了，这各种顺利为企业的发展埋下了很多隐患。我们也知道，磨难是人生的一笔财富，进入 2015 年，康华开始过苦日子了，压力大了，磨难多了，在我以为，这恰恰是我们应该珍惜的一段成长经历。谁都懂，宝剑锋从磨砺出，梅花香自苦寒来，逆境是企业品行最好的试金石，行业的冬天正在到来，一个企业如果要成就自己的伟大，必须经历行业寒冬这样一个痛苦的过程……”

杜一方演讲的过程，场面一直很安静，尽管他讲得很是不错，但大家的反应很平淡，在他讲完往下走的时候，会场左前方有人站起来喊："我们不需要杜一方，我们要跟着陆总干。"由于喊声足够大，会场顿时骚动起来，董事长在这里还有人这么挑事，说明这支队伍真的被陆天明带坏了。由于事先有预案，现场的保安迅速围住了喊话的人，一时间现场有了剑拔弩张的架势。

项前从杜一方手中接过话筒，飞步走向演讲台，说："刚才有同事喊着要跟陆总干，这很好，说明这位同事真的想干事，有建功立业的梦想。今天我们在这个操场开了两场会，第一场就是陆总给我们的部分同事开的，他说他舍不得大家，舍不得黑电事业部，所以和大家告个别。但若说到和黑电事业部的感情，有一个人对黑电事业部的感情比陆总还深，因为康华是靠黑电起家的，而康华又是我们的老板一手打造的，所以老板闻讯赶到了工业园，赶到了黑电事业部。对于黑电事业部的变局，我们一起听听老板怎么说。"

董方卓健步走上演讲台，几名保安还在围着那名喊话的人，董方卓对着那几名保安摆手，示意他们离开，然后主要对着第一排的干部说："都是自己的员工，没必要搞得那么紧张嘛，要相信大家的觉悟，相信大家对康华、对黑电事业部的感情！"

董方卓边说边走下台，一直走到那名喊话的同事跟前，并向他伸出了手，那位不知名的同事受宠若惊，急急忙忙地和董事长握了一下手，和那名员工握过手，董方卓依次和大家握着手回到演讲台前，说："黑电进行人事调整，你们有情绪，这是你们在乎这个企业的表现。康华是我一手创办的，是大家一起发展起来的，康华名义上是我董方卓的，但康华是大家的安身立命之本，是大家施展才华的舞台，说到底，康华是大家的，我希望康华好，大家也希望康华好，康华好大家才能好，所以，大家的心思我懂。"

"刚刚创业的时候，我没想到企业会做这么大，现在企业做大了，社会责任也重了，康华事关上万人的前程和命运，我们输不起。我今天就是把大家请来帮我想办法的，面对困境，企业怎么办？如果你们有想法，可以举手，也可以上台来做分享。"

说到这里，董方卓停下来看大家的反应，见有举手的，示意工作人员把话筒递过去，话筒到了第二排举手的一名女生手里，只听她说："古代的吴起有'爱兵如子'一说，我觉得陆总就是这样一个人。陆总在的这几年，黑电事业部发展好，大家干劲足，也挣到钱了，现在市场不好了，事业部的业绩有下滑，就这么把陆总撤了，能不能说这是卸磨杀驴？再说，陆总不也是老板您三顾茅庐请来的吗？"

"好问题，想不到我们的同事这么有文化，这么有见解。不错，陆总是我三顾茅庐请来的，这说明我是一个爱惜人才的人，而不是一个浪费人才的人。关于陆总的调整，那不叫卸磨杀驴，而是叫能上能下，如果你对我让陆总离开原岗位有意见，只能说明我和你在人才的使用上意见有相左的地方，相信我可能比你更在乎人才，更在乎黑电事业部的发展。陆总对大家好，爱兵如子，这是尽了一名干部的本分，因为对过往的干部有感情而质疑公司的干部政策，这只能说明我们个别的员工还不够成熟，就像有人喊着要跟着陆总干，没有了康华这个平台，我想知道，你怎么跟着陆总干？我在这里表态，愿意跟着陆总干的，公司放行。选择的对错，是需要时间验证的，一年之后我们看结果。"

一直有人说老板董方卓是一个演讲的天才，大家今天又看到他还是个答疑的高手，回答完问题，大家报以热烈的掌声。

又有许多人把手举起来，工作人员把话筒递到一名农民工模样的人手里，这个人问道："企业天天要求员工对企业忠诚，说什么要风雨同舟，像今年，公司裁人裁得这么狠，董事长能给个说法吗？"

这个问题问出来，大家掌声雷动，问出了大家的心声。现场的气氛热烈，很多人蠢蠢欲动，有跟着起哄的感觉。

董方卓笑了笑，向着躁动的人群做出“请安静”的手势，然后说：“我国的《婚姻法》强调婚姻自由，不自由的那叫捆绑不叫夫妻，企业与员工和过日子的夫妻是一样的，我们既要讲风雨同舟，又要给双方选择的自由。我历来主张企业有三不养，不养懒人，不养闲人，不养没有绩效的人，我们不能把企业办成福利院，如果企业养了一定数量的这三种人，那么企业就会被市场淘汰掉。大家也看到，今年企业在人事方面的调整动作有点大，伤及了一些无辜。这时候我们不妨想想长征，长征开始的时候，辎重太多，部队走不动，所以被动挨打。后来毛主席主张把看着有用但给部队增加巨大负担的炮车都推进了河里，极大地提高了部队的灵活性，所以才能成功跳出敌人的包围圈，最后成功到达陕北。我们康华现在的情况和长征很像，日子难过了就要减负，企业活下去，大家才有机会，为此我们牺牲了一小部分人的利益，这就像我们居家过日子，人人都有不得已的时候，让自己的员工少掉队或者不掉队，这是我们人力资源工作的目标。”

董方卓把一个刁钻的问题回答得滴水不漏，话音落下，第一排的干部带头鼓掌，很多人被董事长这种举重若轻的能力所折服，纷纷向董事长投去赞许和敬佩的目光。

第四十六章

花非花：明争暗斗

每个人都清楚陆天明的能量，尤其是作为人力资源总监的项前，既然变局是一种必然，项前明白必须做最坏的打算。

对于项前来说，今晚又将是一个不眠之夜，开完老板董方卓召集的会后，项前紧接着召开了人事组相关人员的专题会。会上，项前跟大家详细讲述了这次人事变动的背景和过程，强调了这次变局可能带来的危害，按可能出现的情况，项前把参会人员做了具体的分工，兵分两路，一路人马负责人员异动信息的收集与整理，紧密跟踪陆天明及其铁杆粉丝的动向，对于异常情况第一时间汇报，汇总申请离职干部的档案信息，整理归类，观察陆天明离职事件对在职员工的影响，异常情况及时通报；二路人马负责汇总在职干部的档案信息，归纳提炼各级后备干部的名单及档案信息，为每一名在职干部物色一名继任者。会议一结束，项前就急忙拿起电话，分别和几个私交不错的分公司老总，以及黑电事业部总部研发、制造系统的部分总监进行了交流，一是观察核心骨干的思想动态，二是讨教关于应对这次事件的办法。

晚上八点半，负责人员异动信息收集的团队通过微信，从现场传回来了照片和资料，这些照片和资料让项前感受到一种巨大的压力，一张张熟悉的脸，一组组触目惊心的数字，共有 239 名黑电事业部的干部参加了陆天明的告别晚宴。239 人，凯宾斯基，项前想想那场面都哭笑不得，人数、规模、档次都赶得上公司的年会，这说明陆天明处心积虑，康华岌岌可危。陆天明的影响力和号召力通过这场晚宴表现得淋漓尽致，他的破坏力可想而知。项前把收到的信息又加工整理了一下，发给了董事长董方卓、总裁余东风和其他两个小组的组长。照片上的人都是上了黑名单的人，从某种意义上来说，他们都是可能变节的机会主义者。当然，他们其中也不乏至情至性的人，出于情义而不是出利益而参加晚会，既然参加了，他们的人生就将发生改变，走的走了，留下的会因为这种“政治”上的污点而变得煎熬。

十点钟的时候，听门外有动静，项前猜想可能是负责跟踪陆天明的那拨人回来了，推门一看，果然是。没想到的是跟他们一起回来的还有曲哲，就是那个让他一直如芒刺在背的董事长助理曲哲。

见到项前，几个人是兴高采烈，其中办公室的小马兴奋地说：“项总，您太英明了，人很多，场面是高大上，我也拍了现场的照片，一网打尽没问题。”

项前摇摇头，冲着小马说：“你高兴个什么劲？他们那个现场人有多少，我们的问题就有多大！还一网打尽，你等着哭吧。”

曲哲上前道：“项总，大家觉得有成果，有发现，所以才高兴，还等着你奖赏他们夜宵呢，看来是泡汤了。”说到这里，曲哲对着身后的几个小伙子说：“夜宵的事，我请，不劳烦项总了，半小时后一楼集合。”

曲哲接着和项前到电梯口，二人把烟点上，曲哲说：“今天我是到了凯宾斯基，碰巧和他们几个遇上了，事先没告诉你，不要见怪，但这也是老板安排的。”

项前回道：“曲总，你客气了，老板安排的事，我们也不好过问，说说你的观感吧。”

曲哲把话接过来说：“我的观感不重要，重要的是老板很生气。我第一时间把现场获取的照片和资料反馈给了老板，老板很快就回话指示‘严查严办，不准漏网’，说这些话的时候，从语气上听得出老板很生气。”

听曲哲这么一说，项前隐隐地有一种失落感，敢情自己精心的安排，包括这种安排获取的信息都是无效的。老板自己安排人去，而不是通过他这个人力资源总监，项前总觉得哪里不对劲，尤其是被派去执行任务的这个人是曲哲，想到这里，项前苦笑了一下，摇摇头。

“你早一点告诉我就好了，早知道曲总你去，我就不安排了，非常时期，人手紧张得很。”

项前把话说得不咸不淡，曲哲听得话里有话，急忙说：“在陆天明这件事上，你和老板的想法是一致的，这叫英雄所见略同，所以这恰恰证明了你的做法也是对的。”曲哲急着抽了口烟，接着说：“老板这样安排自有他的道理，我去凯宾斯基，除了搞到公司有哪些人参加了这次宴会，还真有其他意外的发现，项总你知道，老板最恨吃里爬外的人，你负责查过内奸，项总啊，这样的人对公司的危害太大了啊。”

看曲哲摇头晃脑的样子，项前有一种不祥的预感。曲哲是和自己有直接竞争关系的人，大家都知道所谓的董事长助理是个闲职，他在这个位子上也有一年多的时间了，因急于上位，他能干出什么出格的事，这都不好说，项前淡然一笑，说：“有什么重大发现，说说看。”

曲哲诡秘地笑了笑，说：“现在还不是说的时候，你也让我保留一点神秘感嘛。”说着，曲哲掐灭烟头，掸了掸身上的烟灰，拍了拍项前的肩膀说：“那几个兄弟还在等着我吃夜宵，其他的事回头再说，我这可是替你请客啊。”说着挥着手上了电梯。

曲哲的欲言又止，项前隐隐感到这件事与自己有关，这时候他想了苏南一，如果他判断不错的话，苏南一参与了陆天明事件，或者他就是主谋。如果真是这样的话，他真是百口莫辩了。晚宴的时间，他曾给苏南一打过电话，因为他有这种预感，但从苏南一含糊其辞的状态来看，苏南一似乎在刻意回避他，曲哲又这么一说，他急忙回到了办公室，抄起了电话呼叫苏南一。

电话通了，没人接，项前又连着拔了两次，依然没人接。苏南一和他是最好的朋友，发生这样的事这在以往是不可想象的。五分钟后，项前收到了苏南一发过来的一条短信，短信的内容是:“现在很忙，明天我约你。”

项前几乎出离愤怒了，狠狠地把手机摔在办公桌上，点上烟大口大口地抽着，他现在很想立马开车冲到苏南一的家里，问问他到底怎么回事，可转念一想，这样做不礼貌，也不合适，况且，这个节点他未必在家。既然他不想说，也只能从长计议了。

一夜无眠，天一亮，项前草草洗漱了一下，到办公楼下的河粉店吃了份河粉，急匆匆地赶到办公室。因为早做了安排，七点多钟的光景，人力资源部的人就都早早地到了办公室。项前召集大家开了个早会，要求大家务必按照要求完成陆天明事件有关的工作，没有自己的批准任何人不得离岗，手机二十四小时开通，哪怕是下班时间也要保证随叫随到。

一上班，电话，电话，还是电话，项前的电话几乎被打爆了。有直接跟他电话辞职的，有辞职兼告别的，还有急着跟他要干部人手的，打开OA，一个小时的时间，项前接收到了132个辞职申请。132个，全部是各色干部，似乎天要塌了，项前感到了前所未有的压力。说是兵来将挡，水来土掩，可一时间这么大量的干部需求，这还是项前从业十八年来第一次经历。

项前电话把人事经理刘琼叫进办公室，说："现在安排你两个紧急任务，一把OA上辞职的流程清理一下，按人员职位类别，打一个汇总表出来；二是根据前面准备的后备干部资料，按照我前面部署的地域、学历、经历、业绩、能力五原则，为每一名离任者筛选、准备至少一名后备干部，并准备好后备干部的详细的档案资料。"

领受任务的刘琼面露难色，说："项总，现在离职的干部数量这么大，我们原来的后备人才库里根本就不够，那怎么办？"

刘琼说的是事实，这一点项前早就想到了，说："不够没关系，现在临时做一个变动，就是把去年新入职的225名校招大学生全部纳入后备人才库，先按照我说的这个准备，后面我再请示董事长，动作要快。"

刚给刘琼布置完工作，杜一方就急匆匆地推门进来，说："项总，大事不好啊。"

项前给杜一方递上烟，苦笑着说："是福不是祸，是祸躲不过，该来的总要来，能怎么办呢？"

"我刚一上任就遇上这事，这是让我危难之际显身手啊，干部流失，面这么大，辞职的一个接着一个，整个黑电事业部就要停摆啊，老板知不知道有这么严重啊？"

"我正在汇总信息，我们一起面呈董事长吧，关于继任干部，你有什么意见？"

"还能怎么办？这不就像打仗时火线提干嘛，就是不知道你库里的子弹够不够。"

"要我说，是又够又不够，正常的后备人才库里的后备干部不够，但有一支生力军可以用，看你杜总的胆子够不够大。"

"说嘛，跟我就别卖关子了，都什么时候了，火上房了，按这个速度和趋势，我很快就成孤家寡人了，现在就是救急，稳住局面再说。”

“我说的生力军就是我们去年新招聘的校招大学生，到现在快有一年的时间了，业务已经上手了，嫩是嫩了点，但他们底子好，有冲劲，做后备干部用，可以赌一把。”

“我没往这方面想，可以一试，问题是老板的态度，他能允许这么干吗？”

“老板的态度不是最重要的，兵是你来带，问题是你敢不敢下这个决心，用新人有风险。”

“现在看，敢不敢都要用，逼上梁山嘛，老板的工作我们一起来做。”

两支烟的工夫，刘琼把项前要的两张表和附件材料打好送进来，解释说：“到现在为止，打离职申请的是 132 人，其中总部职能部门的总监有 4 人，分公司总经理是 12 人，办事处经理 45 人，财务经理 38 人，技服经理 33 人，上述岗位，我们符合条件的后备干部是 77 人，缺 55 人。”

杜一方和项前边听边点头，最后，项前抬头问：“学生呢？”

刘琼接着说：“学生的资料没在这里面，情况是这样，我们去年校招大学生 225 人，其中离职的 18 人，没有按时转正的 12 人，病假的 1 人，怀孕的 1 人，所以符合后备干部条件的有 193 人。”略微停了一下，刘琼又补充道：“还有一个特殊情况，就是青岛分公司，从分公司经理到各办经理、财务经理，全部离职，现在干部队伍处于真空状态。”

“这个情况我知道了，把符合条件的大学生的资料补充上来，要快，先去吧。”

项前和杜一方又聊了一下具体的情况，等刘琼一把材料补充齐，二人就直接驱车赶往总部大厦找董事长汇报。

项前开车，杜一方坐副驾驶，路上，项前问：“杜总，你怎么看陆天明这个人？”

杜一方摇了摇头，感叹道：“一言难尽！”沉思了半晌，接着说：“毫无疑问，陆总是一个有超强能力和魄力的人，我们不能简单地用好坏来评价一个人，总而言之，陆总是一个比一般人要复杂很多的人。黑电事业部这几年业绩大跃进证明了他的能力，他现在离职，这么多人愿意跟他走证明了他的人格魅力，但在企业危难之际，揭竿而起，造老板的反，又说明他的素养不够。对康华来讲这是一个劫，是劫后重生，还是在劫难逃，现在都不好说，我们俩的责任就是帮企业渡过难关啊。”

“我们现在的压力都是陆总带给我们的，你对他的看法我基本认同。陆天明，是个能人，也可能是个好人，但从他的行事风格和这次事件来看，他缺的不是素养，而是职业精神。做个类比吧，三国里面有个魏延，能力和计谋都有过人之处，但就是得不到诸葛亮的重用，就是因为他长着反骨，老板重用了陆天明，客观上也成全了陆天明，可他该反的时候还是反了，这不是一个成熟的职业经理人的表现，陆总前面的职业经历据说也有类似的情况。”

“这你比我清楚，陆总和老板叫板也不是一天两天了。”

“是啊，老板算是有耐心的了，以前业绩好的时候，老板是投鼠忌器，担心影响公司的发展，能忍不能忍的都忍了，现在是业绩滑坡，打法老套，本来人事调整是顺理成章的事，不想又出了这么大的乱子。不过这次老板是下了大决心了，陆天明在黑电事业部搞独立王国，这事早晚都要解决，这是康华必须要付出的代价。”

“现在还只是人的问题，将来则是业务问题。陆天明反水，无论他到哪个品牌，他都会盯着康华搞，在陆天明那里，康华没有秘密，一个没有秘密可言的企业等于裸着身体跟人搞，敌暗我明，康华要过几年苦日子了，压力大啊。”杜一方不无担忧地说。

“塞翁失马，焉知非福。我们要反过来看，他的问题才是你的机会，没有他的离职，哪有你的机会？老板要刻意栽培你，而你盘活了黑电事业部，你就是当之无愧的少帅。”项前宽慰着杜一方。

“压力山大，压力山大，拨乱反正不是件容易的事，我也不是一个怕事的人，但要有大家的支持，你要帮助我度过这一关。”杜一方诚恳地说道。

二人来到总部大厦十六楼，在秘书的带领下来到董事长董方卓的办公室，因事先打过电话，老板已恭候多时。

二人坐定，秘书给二人倒上茶水离开。董方卓把他的雪茄烟给二位各发了一支，自己点上说：“把情况说说吧。”

二人都没点烟，拿在手里，对视了一下，杜一方做了个手势，示意项前先讲，于是项前开口说：“昨天晚上的情况都已发给了老板，我重点说今天的情况。”项前边说边把准备好的资料呈给董方卓，然后接着说：“今天一大早就有大批的人通过OA打离职申请，流程都走到了我这里，涉及上百名干部，这是陆天明昨天的策反工作造成的严重后果，我们队伍中不坚定的人都被陆天明忽悠过去了。132 名干部打离职申请，4 名总部的总监，12 名分公司的总经理，其他的是办事处经理、财务经理和技服经理，这批人一走，公司形成了人才真空，对业务的冲击很大，所以我们想听听董事长的指示。”

听完项前所说的情况，董方卓没有说话，站起身来回踱了几步，挥着手说道：“一个陆天明带走我一百多名干部，看来队伍确实是被陆天明带坏了，他把黑电事业部当成了他的私人领地，平时为所欲为，关键时刻搞反攻倒算了，这样的事早晚都会发生，晚不如早好，天要下雨，娘要嫁人，由他去吧。”

董方卓坐下来仔细翻看了人员名单及附件材料，时而摇头，时而点头，看完后放下说："情况就是这么个情况，说说你们的意见。"

项前看了一眼杜一方，主动说："人的事，我和杜总已形成了基本的共识，一、根据地域、学历、经历、业绩、能力五原则，火线提干；二、把去年的校招大学生纳入后备人才库，作为本次人才调整的总预备队；三、从其他事业部抽调部分干部，火线支援。通过筛选，已形成了离职干部的继任者名单。"

董方卓冲着项前说："兵随将转，国不可一日无君，军不可一日无将。你讲的这三条我都同意。"他左手挥了挥手中的资料，右手点了点项前，接着说："你这个继任者名单搞得好，及时，一会干部管理委员会开会小议一下，要保证下午把新干部的任命文件发出去。"

董方卓把材料放下，冲着杜一方说："一方的意见呢？"

杜一方说："感谢董事长对我的信任，这个时候接手黑电事业部是一个挑战，我要补充的有三点，一是总部干部到一线去，挂职督战，提振士气；二是加强对离职干部的离任审计，保证公司的资金安全和客户信息安全；三是盯紧陆天明，以变制变，以防不测。"

对杜一方的意见，董方卓也是边听边点头，看二人不再说话，董方卓放下烟，打着手势说："福兮祸所伏，祸兮福所倚，阴阳易位，变化有利于发展，所以大家不要怕。大乱才能大治，所以我们的第一要事就是要整顿干部队伍，把不坚定的机会主义者扫地出门。第二件事就是要加强正面引导，稳定员工队伍。按陆天明的行事风格，今天他兴风作浪，明天他也不会善罢甘休，今天他带走的是人，明天他冲击的就是我们的市场，所以第三件事我们要做最坏的打算，做好应急准备。"他停了一下，接着说："看情况，你们是做了很充分的准备，我还指望你们这对黄金搭档在陆天明的事上能逢凶化吉、遇难呈祥呢。"

董方卓让项、杜二人马上准备召开临时会议，确认干部人选，二人领命而去。

第四十七章

一线天：图穷匕见

黑电事业部，在公司大幅度裁人的时候，出现了人才的大面积流失，似乎是个正常现象，但这一现象彻底搅乱了计划。

根据董事长的指示，项前当下最重要的任务是配合杜一方完成黑电事业部的人事调整。陪同董事长在工业园开完现场会，杜一方在工业园给项前腾出一间临时办公室，项前开始现场办公，现在这间临时办公室就是他的战时指挥所。

项前的手里现在有三份名单，一份是陆天明的铁杆粉丝的名单，一份是黑电事业部待调整干部的名单，还有一份是从历届大学生里面选拔出来的后备干部的名单，结合手里的名单，项前从档案室调出来大量有关人员的档案，配合着网上的个人电子档案，项前边看资料边做标记，为每个陆天明的铁杆粉丝准备一个替代人选，为每一名下课干部找好去处，为每一名优秀的学生找到最适合他们的岗位。

在所有可能离开的人中，项前觉得最为可惜的是黄思明，但黄思明对他是避而不见，黄思明的态度让希望帮他一把的项前左右为难。

五点钟，一下班，杜一方风风火火地过来找他，只听杜一方说：“现在有可靠消息，陆天明今天晚上有行动，听人说他是要在南山的凯宾斯基搞所谓的告别晚宴，他给准备策反的人都发了通知，能在凯宾斯基搞活动，人数一定少不了，我们现在怎么办？”

杜一方的情报表明，陆天明是在用三十六计中的一计：釜底抽薪。

陆天明本人就是一名职场老手，各种迹象表明，他在安排旨在摧毁康华现有运营体系的一次大撤退。陆天明上午来工业园闹事，目的在于动摇大家对康华的信心，把事闹大，制造新闻效果；而他晚上安排的告别晚宴则是重在策反康华现有的在职干部，明显晚上的活动对康华的危害要大得多。

项前停下手中的工作，把玩了一阵子手中的钢笔，略作思考，然后说：“在陆天明的事上，我们要做最坏的打算，几年的时间，他把黑电事业部搞成了他的私家领地，在收买人心方面，他没少花银子。”

杜一方附和道：“事实证明，老板的做法是对的，如果再不动陆天明，黑电事业部将全面失控，等到他做大后再主动反水，那样的话公司的损失会更大。今晚的告别晚宴是陆天明的一个大动作，我看还是跟老板知会一声，你的意见是？”

项前点着头回答：“报告是要报告，但不是现在，我们先做好安排而后再报告妥当些。”

杜一方点点头表示同意。

项前接着说：“陆天明老奸巨猾，这次晚宴活动是他的一个阴谋，我的意见是，第一，我们全程监控活动的过程，在凯宾斯基的停车场入口、一楼大厅、宴会厅入口分别安排一人盯梢、拍照；第二，安排专人跟踪陆天明，掌握他最近几天活动的轨迹，尤其要掌握他和哪些康华的人在频繁接触；第三，在今天的晚宴活动中，安插我们的卧底，随时掌握现场动态。”

杜一方频频点头，等项前说完，他补充道："还有一个方面，就是接收陆天明的这家公司，我们所知甚少，有几个方面的信息我们必须快速掌握，接收他们的是哪家公司？这家公司到底有哪些人在参与这次接收行动？为接收陆天明他们，他们开出了什么样的条件和政策？这中间谁在为他们牵线搭桥？"

项前自责似的摇摇头，说："百密一疏啊，杜总想得周到，人我们分头安排，信息及时汇总，随后我把我们的安排汇报给董事长。"

杜一方离开，给老板打过电话汇报。项前傻呆呆地坐在沙发上，此时的他身心俱疲，作为康华公司人力资源总监，项前从来没有像现在这样压力这么直接，他人在工业园，但他的心早已飞到了凯宾斯基，他太想知道晚宴活动现场发生了什么。按时间测算，安排跟踪的人应该到达了现场，项前焦急地等待着来自现场的消息。

在项前等待前方消息的过程中，黄思明的电话不期而至，这让项前小激动了一下，这么重要的一个人物突然失踪了，他无法跟老板交差，如果黄思明有了动念并不幸流失，那绝对是康华的一大损失。所谓"千军易得，一将难求"，黄思明就是那种难求的将才，对于黄思明的异动，项前觉得自己有责任，这个责任就是没有及时把握黄思明个人的思想动态，现在他向老板提出了辞职，覆水难收，再要他回头，是难上加难。

经过了一个小时的等待，前方终于有了消息，微信里不断有图片传来，传过来的人物照片，都不是特别清晰，一看就是偷拍的，但绝大部分都能分辨出他们是谁，看着一张张照片，项前的心隐隐作痛。照片中的这些人，今天还是同事，明天就可能是商场上捉对厮杀的冤家，当朋友变成对手，让人心理上无论如何都难以适应。

翻看微信照片的过程中，项前突然发现了苏南一的照片，这个发现让他大吃一惊。苏南一为什么在晚宴现场？难道他就是那个牵线搭桥挖康华墙脚的人？按项前和苏南一的交情，南南公司应该不会干这种事，即使真的有类似的事，苏南一也会和他保持沟通，这一发现让项前有点蒙。

项前拨通了苏南一的电话，电话接通，对方的电话有点吵，项前在电话里问：“苏总，你现在是不是在凯宾斯基？”

电话那端的苏南一明显很是惊愕，半天没说话，然后很不情愿地连声说了两个“是”，苏南一的回答并没有让项前感到意外，但还是让他感到气愤，他接着质问道：“陆天明跳槽的事是不是跟南南公司有关系？”

只听苏南一回答说：“现在这里面很吵，说什么也听不太清，总之一言难尽，明天我约你。”

电话被挂掉，只剩下“嘟嘟”的忙音，这让项前感觉特别搓火，从有限的信息推断，苏南一一定和陆天明事件脱不了干系，别人挖康华的墙脚项前都可以理解，现在偏偏是苏南一和这事搅和上了，这让他如鲠在喉，感觉快被憋死了。

正当项前为南南公司是否参与陆天明事件的事焦躁不安的时候，黄思明敲门进来。黄思明是康华公司有名的帅哥，不但人长得帅，情商也非常高，八面玲珑的那种。自校招进入公司以来，他的职场道路和杜一方一样是顺得不能再顺，在外人看来，心高气傲是他最大的特点。

项前试着平复了一下自己的心情，倒上水，递上烟，招待黄思明坐下，黄思明的脸红红的，看得出他有几分尴尬。为了缓解气氛，项前半开玩笑地说：“你是老板眼中的红人，这个节骨眼上，你玩失踪，你这是给我这个半路和尚上眼药啊。”

黄思明左手夹着烟，右手玩着一个古典的老式煤油火机，不以为然地说：“还红人呢，要是真红人的话我就不是今天这种待遇了！”

项前淡淡地说："黄总，你的辞职报告老板已转到我这里来了，老板委托我跟你做一次谈话，说实话，拿到你的辞职报告我很惊讶，在康华，谁都可以辞职，最没有理由辞职的就是你黄总，个人以为，你的做法有些唐突。"

黄思明耸耸肩，吐了口烟望着窗外，说："递交了辞职报告，我一直在等老板的回复，老板让我先找你，所以我就来了，平时我和项总的交集不多，所以真不知道要谈什么？"

项前也明白，作为老板身边的红人，黄思明压根没把自己放在眼里，他今天之所以能坐在这里谈，是因为老板做了这样的安排。项前自己也把烟点上，说："那就我来问好了，作为你这个层面的职业经理人，离职是一件大事，于公于私我都想知道你辞职的真正原因。"

黄思明嘴角翘了翘，冷笑一声："你看到的就是真正原因。"

项前摇摇头，表示不明白。

"我和杜一方是同一届的学生，杜一方是个能干的人，这我不否认，但我从不服输，忽然有一天杜一方成我的领导了，我不习惯。"黄思明一改前面不屑的样子，变得很感伤，像一个受了委屈的孩子在诉说。只听他接着说："两年前，在安排我担任黑电事业部常务副总的时候，老板就有过承诺，说一旦陆天明有异动，我会是接替他的第一人选，现在陆天明要走了，可结果呢？"

经黄思明这么一说，确实如他前面所说的"看到的就是真正原因"，说白了，黄思明这次辞职就是和老板赌气。在项前看来，作为一个职业经理人，这是典型的不成熟，但对于一个少年得志的人来讲，这也许是正常的表现吧。

项前目光掠过眼前的那份辞职报告，幽幽地说："我很理解你的心情，当下，老板也许还记得他当初说过的话，也许不记得了，但无论怎样，现在让杜一方掌管黑电事业部，老板一定有他的考量。作为人力资源部的负责人，我要强调的是，我们的干部调整工作刚刚开始，后面还有的是机会，老板是个爱才的人，对于你这样的人才，老板一定都为你们想好了出路，何必计较一时的得失呢？”

黄思明是因为老板不信守承诺而赌气，由此看来，辞职也许不是他的真实想法。陆天明的事已让他这个人力资源总监顾此失彼，如果黄思明真要离职的话，这无疑是雪上加霜。项前盘算了一下，说：“黄总，按你说的情况，你要辞职这我理解，陆天明出走，按董事长当初的说法，你取而代之，顺理成章，这时候半路杀出个程咬金，任谁都会有想法。”

听项前这样说，黄思明的情绪来了，愤愤不平地说：“你无法理解我的心情，看到黑电事业部的人事任命，我真的很愤怒，这意味着我在康华这么多年都白干了，陆总在，我给他打下手，陆总不在，现在我却要给杜一方打下手，杜一方不是陆总，这意味着我在康华将永无出头之日。”

“听我一句劝，在这种事上，不能赌气，我相信老板的话是真心的，但现在的情况不允许他这么做，今年黑电事业部的业绩下滑得厉害，你是有责任的，在这个时候、这种背景下把你推上去，于公于私都不合时宜。我个人的意见是，如果不愿搭档杜一方，我给老板建议由你来负责小家电事业部，离旋涡的中心远点，对你好。”

黄思明刚要说什么，这时，项前的手机响了，来电的是老板的秘书何方，项前知道这是老板有事找他，项前给黄思明做了个抱歉的手势，急忙接起电话。

何方在电话里说老板有急事找他，无论手头有什么工作都要放下，立马赶到总部大厦。

陆天明在搞小动作，黑电事业部这边确实走不开，和黄思明的谈话进行到一半，但老板既然让他立马赶过去，应该是有更大的事发生。

接完电话，项前回转身，向黄思明伸出手，做了一个握别的动作，说："老板有急事找我，我再电话约你，保重。"

驱车赶往总部的路上，项前的心里不住地打鼓，老板这么急，有什么天大的事？黑电事业部发生这么大的事，一旦操作不当，会给企业造成毁灭性打击，所以，当下工作的重心都在黑电事业部，现在老板把他调离，看来不是小事，基于眼前的形势，项前有一种不祥的预感。

下班时间，总部办公大楼安静得有些可怕，乘电梯赶到十五层，刚要敲老板办公室的门，项前被老板的秘书何方叫住。何方是个精明的小伙子，是项前三年前校招的人大新闻系毕业生，由于从招聘到培训都是他一手带过来的，也算是有师生之谊。

何方把项前叫到电梯口，说："有些话我不该说，但我怕项总您吃亏，所以还是提醒您。今天，您来之前老板发了好大的火，因为什么事我不知道，但现在老板把您叫来，看来这事和您有关，而前面这段时间曲总一直在老板的办公室。总之，一句话，曲总这个人您小心点。"

曾经，曲哲在项前看来是个谜，有相当长的一段时间，项前只知道他是老板的朋友推荐过来的，由于曲哲身份的特殊性，项前也提醒自己要小心这个人。从表象上看，曲哲极有城府，喜怒不形于色，待人和善，做事有板有眼，少有差错，就像一个高手剑客，你根本就看不出他的破绽。为此，项前曾专门调阅过他的档案，根据他的个人档案信息，项前找了三家合作的猎头公司从不同的渠道对他进行了背调，没想到，反馈回来的结果让他大吃一惊。这是一个不地道的人，涉嫌履历造假，有曾因为经济问题被开除的污点，这是一周前项前刚刚得到的反馈。因为忙，项前还没来得及对材料进行整理，项前是做事谨慎的人，他还在进一步确认材料的真实性，怕误伤好人，何方的提醒似乎让他知道下一步该怎么做了。

项前和何方折身回来，何方敲了敲老板办公室的门，一分钟的时间，曲哲从老板的办公室出来，他看了看正在门口等候的项前，诡秘地一笑，然后对着项前点点头，飘然而去。

来康华五个月的时间，曲哲并没有像大家讲的那样“新官上任三把火”，而是一直静观其变。他是人力资源专家，康华人力资源的问题，尽管他没有第一手资料，但他已看透十之八九，他相信自己的判断。来康华，董事长给了他足够的自由和充分的信任，他现在作为董事长的助理做了大量的调研工作，目的只有一个，就是配合董事长完成在业绩下滑的大背景下，推进这次的人事大调整。开年的舆论风波是一个意外，通过这次意外，曲哲看懂了一些人，看透了一些事，这次风波中他意外的收获是他通过技术性的操作建立起了自己的同盟军。

曲哲知道，自己正常地进入自己的角色，就必须搬走项前这块绊脚石。其实，最开始他对项前并无恶意，从各方面看来，项前都是老板倚重的人。危机公关小组组长，从身份上讲，方华是最合适的人选，但老板没有用方华而是把项前推上了前台，这说明老板对项前更信任。后来，事情出了差错，对项前而言，这是因福得祸，幸灾乐祸地说，这是罪有应得，命有此劫。

罗本辉的事是一个题材，这件事项前无论如何都是难辞其咎。查泄密的事是他直接负责的，逾期无果，这叫办事不力；自己的队伍里出了内奸，这叫领导无方。事虽过去了，但事情的影响还在，这本账还在。

曲哲知道，自己从来不是一个打无把握之仗的人。他对康华和自己关系密切的人都做了仔细的研究，不是说知彼知己嘛，为了能平安落地，曲哲动用自己的关系对项前进行了全面的背调。背调的结果果然给他带来了意外的收获，项前至少有两个女人，两性关系不清白，这是职场大忌。

最近的时间，曲哲正在全力配合董事长完成黑电事业部的人事大调整。陆天明事件，曲哲知道自己就是老板的特种部队，他一方面全面掌控动态，一方面对所有关联的干部进行深度调查，所以，他在第一时间赶到凯宾斯基，第一时间跟老板汇报事件的动态。就是在这个过程中，他有了意外的发现。项前和苏南一的关系在他对项前做背调的时候他就掌握了，陆天明事件苏南一搅这么深他却是始料未及，他通过一手材料对事情的性质有了准确的判断后，就急忙赶回大厦跟老板汇报。

董方卓送走了曲哲，他知道项前就在门外等着，但他没有立即叫他进来。曲哲的汇报对他触动很大，自己最信赖的核心干部，公司的人力资源总监如今出了这样的问题，这是他用人失察。曲哲在汇报中历数项前的四大罪状，每一条都有理有据。一是假公济私，搞灰色利益链；二是作风不正，脚踏两只船；三是办事不力，贻误战机；四是领导无方，用人失察。这些事有的自己清楚，有的自己并不清楚，但听了曲哲的汇报，一切都一目了然。不到万不得已，他不愿挥泪斩马谡，但现在是情非得已啊。

董方卓让何方把项前叫进办公室，看一向注意形象的项前如今憔悴不堪，他真是希望曲哲讲的都不是真的。

一进老板办公室，只见老板作凝思状一脸杀气地站在那里。项前走到董事长办公桌前，小声说：“董事长，听说您有急事找我？”

董方卓还是没说话，而是把他的手机推给项前，项前一看，上面有一张照片，是苏南一的。项前心里咯噔一下，立刻就明白了，东窗事发，自己被人打了黑枪，这次算是在劫难逃。

这时候，董方卓一脸严肃地问：“这个人你认识吗？”

项前被动地点点头，一时还没想好该怎么跟老板解释。

“你不想说点什么？”董方卓直视着项前问。

董方卓此时的目光凌厉，两道寒光直逼项前。问这个问题的时候，他的脸上瞬间出现了一种很诡异的表情，项前心里揣摩，既然有人打他的小报告，那意味着老板掌握了所有的情况，所以，现在能选择的只有坦白。

于是，项前望着董方卓，表情平静而镇定，说：“董事长，照片上的这个人叫苏南一，是南南公司的老板，南南公司是我们引进人才的一个供应商，因为业务的关系，我和苏南一处得不错，久了也就成了朋友，这次陆天明事件，好像和南南公司有关系，但我还没得到准确的信息，希望董事长容我个时间，明天我一定给您一个全面的答复。”

项前说完，只见董方卓勃然变色，他声色俱厉地质问项前：“项前，你知道我最恨什么？我最恨的就是吃里爬外！”

来康华几年，董方卓从没有像今天一样对项前动怒，董方卓站起身敲着桌子，接着说：“现在是你的朋友在挖公司的墙脚，你让我怎样想？你一个管干部的干部，上万人的前程都在你手里，自己的屁股不干净，你怎么管别人？我怎么知道你们不是里应外合，打公司的埋伏呢？据我得到的消息，这个苏南一不但是你的朋友，而且还是你不一般的朋友。这件事，你若不能给我一个合理的解释，我就下你的课，停你的职。”

现实就是这么一个残酷的现实，项前知道自己这次亏吃大了，先是被苏南一算计，后是被公司的人算计。这样的事发生了，自己却百口莫辩，此时的项前在心里不止一次地埋怨着苏南一，苏南一为什么这么干？哪怕是真的干了，他为什么不跟自己打个招呼？

项前刚想说什么，手里的电话响了，电话是自己的女朋友艾佳打来的，项前把电话按掉，但电话马上又响了，项前又急忙按掉，一秒钟的时间，电话又响了，还是艾佳，这个电话来得真不是时候，这么三番五次，接又不对，不接又不停地打，这让项前异常尴尬，项前只有索性把手机关掉。

看项前关手机，董方卓问："什么电话，这么没完没了？"

项前摇着头，无辜地看了老板一眼，说："是一个私人电话，不方便接。"

"非常时期，一个管人的干部怎么能随便关机？万一有急事怎么办？你先把电话接了，我等着你。"

于是，项前出门接电话，电话刚接通，那端就炸开了："项前，你个流氓，我不在，你就往家里带野女人，你给我说，家里的那个女人是怎么回事？"

项前一听，大事不好，这个艾佳招呼不打一声就回来了，一定是撞上了在他家里借宿的易冰。这种事几句话说不清，于是说："董事长找我有个重要谈话，有什么事等我回家再说。"

"少拿董事长吓唬我，那是你的董事长，不是我的董事长，那个妖精说是你的女朋友，那我是什么？我要你现在回来，就现在，二十分钟我看不到你人，要不我拿刀砍了那个妖精，要不我从六楼跳下去死给你看，你看着办。"

艾佳是家里的独女，从小受宠惯了，属于一个特情绪化的女人，平时本来就不讲理，今天更是得理不饶人，她是一个说得到也做得出来的女人。今天，就是这个女人，给他项前出了一个天大的难题：作为一名资深的职业经理人，打死他也不敢把老板撂一边去处理自己的私事，因为他们深知个中利害，但一个歇斯底里的女人在那里要死要活，他不能置之不理，万一出事，人命关天，又是自己的女人，他不能这么冷血。

老板还在里面等着，项前知道自己不能耽搁太久，左思右想，在这种时候能帮他忙的只有苏南一，苏南一应该还在凯宾斯基，好在离项前的家还近，为这种事向朋友求援很是丢人，但别无他法。

项前拨通了苏南一的电话，但一拨不接，二拨还是不接，这种事在以往从未发生过，看来苏南一是做贼心虚。随着时间的流逝，项前的怒火也升腾着，是不是在苏南一那里朋友就是用来出卖的？绝望之余，项前再次拨电话做最后一次尝试，项前心里想，如果苏南一这次再不接电话，他一定要和这样一个卖友求荣的朋友绝交。

最后一次尝试，电话一共响了五声，但最后还是通了，项前一下子如释重负，急忙说："苏总，现在不说工作，不说公事，艾佳在我家里和易冰打起来了，我现在在董事长这里，回不去，你马上到我家帮我处理一下，拜托。"

"项总，我这里还有几百人呢，真的走不开，你能不能找找别人？"

"能找别人我还找你？走不走得开我不管，二十分钟内如果你到不了我家，从此你别想再见到我项某人。"没等苏南一说话，项前直接把电话挂掉。

项前不敢想象家里会打成什么样，但当下的情况是，他首先要过老板这一关。

第四十八章

警世钟：割袍断义

天亮了，还是新的一天，凯宾斯基二十八楼的一个房间内，项前站在窗前，望着远处的大海，发着呆。

项前一夜无眠，这是一个不平静的夜晚，这个夜晚发生了很多事。

站在窗前，昨晚发生的事一幕幕像电影一样掠过，百无聊赖的项前细细品味着每一个细节。

毫无疑问，在陆天明这件事上，项前是被苏南一害惨了。项前想不通的是，一向攻守同盟的他们，苏南一为什么要参与这件事，这种背信弃义的事不像是苏南一干的，但它确实又发生了。他还不明白的是，发生了这种事，苏南一自始至终都没向他透露一个字，兄弟做到这个份上，他还敢相信谁？

项前被停了职，老板根本就不相信他说的话，因为苏南一，他彻底失去了老板对他的信任。昨晚，在老板追问下，项前将他和苏南一的关系以及他们交往的过程和盘托出，对于苏南一插手陆天明事件，项前也是一字不留地实话实说，从头至尾，项前没有说一句谎话，但从当时老板的反应看，老板不信他说的话。

当项前无话可说的时候，老板历数了他的三大罪状：第一，作为危机公关小组组长，办事不力，挂一漏万，酿成公司有史以来最大的舆论危机；第二，作为人力资源总监，管不住自己的人，部属背叛，泄露公司核心机密；第三，交友不慎，涉嫌吃里爬外，导致公司剧烈的人事地震。老板说的这三条确实都和自己有关，常在河边走，哪能不湿鞋？只要做事，就会犯错，有些错一定是防不胜防。项前自认为自己不是一个粗心的人，工作这么多年，项前从不轻易授人以柄，不到一年的时间，三件大事，三个大错，第一件事在于掉以轻心，大意失荆州；第二件事在于鞭长莫及，代人受过；第三件事在于遇人不淑，交友不慎。

项前感叹，老板的账记得真清啊，看来自己能在人力资源总监的位子上坐了五年真是纯属侥幸，如今他被停职了，也终于解脱了。

昨晚还发生了一场女人之间的战争，项前到家的时候，艾佳已被苏南一强行带走，项前见到的易冰，脸被挠花了，眼睛哭肿了，头发被扯得满地都是，想来两个女人之间有一场恶战。也幸亏苏南一及时赶到，不然说不定真的会出人命。易冰见到项前，不说话，只是俯在他的肩上哭，从小声的抽泣，到号啕大哭，把项前的心哭得粉碎。

为防不测，项前把易冰安排进了酒店，一阵好言劝慰方得以脱身。

苏南一把艾佳安排到了海岸城附近的一家酒店，项前来之前，苏南一都在那守着，一把艾佳交给项前，苏南一便像做贼一样溜之大吉。在酒店里，项前见到的是一个半痴半呆的女人，项前眼中平日里那个知性、理性的女博士不见了。项前看到的艾佳，衣服凌乱，头发凌乱，目光凌乱。在艾佳的眼中，项前看到的不是愤怒，不是哀伤，而是冷漠。

艾佳见到项前的第一句话是：“你怎么来了？”

项前回答说：“你来了，我怎么能不来？”

“你来了，但你来晚了！我说的二十分钟呢？”

“但凡能早点过来，我能不来吗？公司有事，老板训话，我是一个职场人，我能撂下公司的事不管吗？”

“我说过我只给你二十分钟，二十分钟内还不来的话，我就死给你看，你现在看到的就是一个死人。”

说着，艾佳就一步跨上窗台，项前知道艾佳能说到做到，看出艾佳的意图，项前急忙冲上前死死抱住艾佳，任凭她撕扯。对项前而言，易冰和艾佳是他生命中极为重要的两个女人，和艾佳七年马拉松的感情长跑，这中间聚少离多，也有许多的磕磕绊绊、起起伏伏，但这份感情还揉进了彼此的生命，所以，他和艾佳的这份感情虽不浓烈，却持久。而易冰，在项前眼里是一个小鸟依人的女人，她的温柔与纯净，简单而透明，让项前甘之如饴，她飘逸的秀发，曼妙的身体，填充了他空虚的时间和空间，激荡着他的生命，因为时间，因为彼此拥有，在这个二人的世界，项前已甘愿俯首称臣。取舍是艰难的，选择是痛苦的，就在项前犹豫不决的当儿，一场女人之间的战争就是这样毫无征兆地爆发了。

对着镜子，项前顾影自怜地照照自己，镜中的人憔悴而消瘦，心中涌起一种酸酸的感觉，曾经的壮志凌云，耐不住岁月蹉跎，混浊的眼眸，一张消瘦的脸布满沧桑。当年的初心呢？梦想呢？人就是这样无情地被时间、被现实改变着，在随波逐流的过程中，要么是头破血流，要么是面目全非，总之，人会因为视觉的盲点而迷失自己。

项前试着对着镜子笑笑，只有他自己能读懂那微笑里的苦涩与无奈。

两个女人，易冰由她的父母陪着，艾佳由林娜陪着，这才有他难得的清静。今天一大早，苏南一约他，项前现在最着急见的人就是苏南一，他有太多的问题想从苏南一那里得到答案，项前来不及收拾，发动车辆前去赴约。本来苏南一把地点约在了十一道茶庄，项前不同意，又改在了深大旁边的老树咖啡。

苏南一是他快十年的朋友，两人几乎是无话不谈，一个陆天明事件给两人的关系蒙上了阴影，项前忽然觉得看不懂这个人，因为整个事件给项前留下了太多的疑问：作为康华的人才供应商，苏南一到底出于什么样的动机出手挖康华的墙脚？多年的朋友，这么大的动作，这么大的影响，苏南一为什么事先不跟他通报？苏南一的这种行为是一种典型的见利忘义，苏南一到底把他当什么了？种种的疑问项前都想从苏南一那里找到答案。昨天，当他敏感地意识到苏南一参与了陆天明事件的时候，他还是如此迫不及待，一个晚上的时间，一切都变了，是什么样似乎已没有那么重要。

到了老树咖啡，苏南一已早早地等在了那里，一见面，苏南一走上前给了项前一个紧紧的拥抱，在苏南一和项前的交往中，这样的见面方式不多，这个拥抱有着丰富的含义，有歉意，也有安慰。经历了昨天的变故，看着一脸病态的项前，苏南一明白，当前的现实对项前是一种煎熬。

二人坐定，苏南一开门见山，说：“项总，你有事要问我，我也正有事要问你，你先？我先？”

项前做了一个“请”的手势，只听苏南一问：“你和易冰是怎么回事？易冰怎么会住到了你的家里，你和易冰、艾佳这两个女人到底是什么关系？”

项前知道，苏南一抱着一种猎奇的心理追求易冰，虽然阴谋一直没有得逞，但苏南一实实在在把追求易冰当成了一回事，在易冰身上花了很多的时间和精力。一直以来，项前对易冰并没有什么非分之想，正是项前的这种心态，苏南一才没有防范他的想法，项前和易冰关系的改变太过突然，而且只是最近的事，在项前还没来得及给苏南一一个解释的时候，昨天的事就发生了。苏南一开口便问这件事，是一个男人的正常反应。

看着苏南一近乎变形的脸，项前无奈地摇着头，喝了口水润润自己发干的嗓子，然后说："易冰和艾佳都是我的女朋友，更准确一点说，易冰是我的现任，艾佳是我的前任，之所以没有把我和易冰的关系跟你公开，一是因为忙，还没有来得及，二是我认为时机还不成熟。"

听项前这么说，想着昨天看着易冰在项前家被欺负的场景，苏南一的气不打一处来，苏南一猛地站起来，说："你又不是不知道我和易冰的关系，你横刀夺爱算是怎么回事？你左一个女人，右一个女人，弄出事来，还要我给你擦屁股。"意识到自己有些失态，苏南一又重新坐下来，接着说："项总，你的心真大，看到易冰住到了你的家里，你想过我的感受吗？我追的女朋友上了你的床，天下的女人多的是，你又有女朋友，干吗非得跟我穿一条裤子？有你这样做朋友的吗？"

倒打一耙，苏南一这是典型的倒打一耙。项前被苏南一这一连串的问题激怒了，他尽量控制着自己的情绪，反唇相讥道："到底是我不够朋友，还是你不够朋友，这你心里最清楚！我和易冰相好，没及时告诉你，但你非要说我有多大的问题，我不承认，你是有家室的人，追易冰你不过就是为了好玩，再说易冰也没答应做你的女朋友。而我不同，我找女朋友是为了结婚，我是抱着负责任的态度和易冰交往的，况且，我和易冰的恋情，她是主动的，我是被动的，怎么在你眼里就成了我抢你女朋友？"

看着一样激动的项前，苏南一仍然不服气地说："真好意思，君子不夺人之爱，你呢？我怎么交了你这么个损友！"

项前立马义正词严地说："'君子坦荡荡，小人长戚戚。'我项前做人做事，一向光明磊落，不像某些人，在大是大非的问题上损人利己，我这个朋友你可以认，也可以不认，最好，我们从此割袍断义。”

看项前有些动怒，苏南一把语气缓和下来，赔着笑脸说：“女人如衣服，兄弟如手足，我们不能因为一个女人伤了兄弟的和气，那样显得我们多不仗义，我气不过的是你们都在一起了却还瞒着我。”

“你不也有事瞒着我？”项前立即反问苏南一。之后，二人心照不宣地看了一眼对方。

“现在轮到我问你了，说说吧，到底怎么回事，为什么要瞒着我？”说这些话的时候，项前义正词严，面沉似水。

这时候，苏南一矜持地笑了笑，说：“陆天明的案子是我们南南公司做的，我早就想告诉你，但我害怕你生气，又不知道该怎么说，所以才拖到今天，事已至此，要打要罚随你的便。这件事是林娜的提议，我没有坚持自己的原则，也没有及时和你沟通，可能给你的工作形成了某种程度的压力，所以今天约你，也是专程向你道歉的。”

项前步步紧逼，反客为主，说：“我没看出你是来道歉的，倒觉得你是来兴师问罪的，一个天大的事被你说得如此轻描淡写，再说这是道歉能解决的问题吗？你要把整个事件的过程原原本本地说一遍，我倒是要看看你是如何变得忘恩负义的！”

苏南一给自己点了支烟，来回踱了两步，才从头说起：“从今年年初康华裁员的事情被媒体曝光后，华南地区众多的猎头公司就盯上了康华，这个情况，项总你比我更清楚。”

项前点点头算是回应。苏南一接着说：“康华数得着的人才，前面罗本辉被天马挖到了九洲，后来，李济刚又被天马挖到了京北，而在诸如此类的业务上，我一直顾及我们的关系，所以一直没有放手去做，我们之间的私人关系，不是帮到了南南公司，而是捆住了我们手脚，南南对天马，我们业务上的被动就是这么形成的，这个你体会不到我的苦衷。”

缓了一缓，苏南一继续说："陆天明事件，我有问题，也有苦衷，我认为我的问题是没有及时和你沟通。我的苦衷是这单业务我做和不做都很难抉择，做有违我们协议的原则，不做我们将难以改变在业务上对天马的不利局面。你知道，陆天明是行业的顶尖人物，陆天明的口碑与影响力使他成为众多猎头追逐的目标，恰好我们下游的客户中有人看好陆天明，开出了很好的条件，因为今年业务的压力，我不想放过这条大鱼。所以，当林娜提出要帮助客户猎聘陆天明的时候，我没有反对。这就是你所谓的真相。"

项前站起来，点上烟，推开窗，目光伸向远方，幽幽地说："陆天明的事，你是见利忘义；易冰的事，你是重色轻友，你才是真正的损友。我告诉你，知道我今天怎么这么清闲吗？我被停职了。"

苏南一瞬间瞪大眼睛，疑惑重重地盯着项前的脸看了半天，略显惊讶地问："真的吗？"

项前点点头，表示确认。

"什么原因？和陆天明的事有关吗？"

"和陆天明的事有关，更准确地说是和你有关，我遭到内部人的举报，说我的朋友，也就是你是挖康华墙脚的主角，老板给我定了性，说我是吃里爬外，所以停了我的职，就这样。"

"我没想到这件事会对你影响这么大，早知如此，这么对不起朋友的事我打死也不会做，这都是林娜陷我于不义。"

"你不是没想到，而是不愿意想，以你的聪明和经验，什么样的结果你都会想得到，你只是输急了，急于翻盘，所以才不计后果。"

"所以这段时间不敢见你也是这个原因，我知道会有后果，但没想到后果这么严重，我一个做猎头的，因自己的操作不当而砸了朋友的饭碗，真是罪该万死。这事传出去，你让我怎么在江湖上立足？”

“事有因果。自作孽，不可活。自己酿的苦酒自己喝，我也一样。”

“解铃还须系铃人，这件事因我而起，所以我要收这个场子，对你负责到底。在工作上，对于你下一步的去向，可以做的选项有，一、和陆天明一起去海华，职务不降，待遇提升30%，大品牌，大舞台；二、和我一起进行二次创业，我把谢平出让的20%的公司股份全部转让给你，好兄弟一起打天下；三、你创业，我投资，在资金方面提供最大程度的支持，至少占到30%的股份。你的事就是我的事，谁让我们是兄弟呢？”

苏南一提供的似乎都是合理的选择，但项前对他的理由一条都不能接受。答案找到了，但结果不是他想要的，再追究什么都没有意义了，项前无法掩饰自己的愤怒，摔门而去。

第四十九章

好事近：回头是岸

五月一日，一场盛大的婚礼将要在深圳的菁菁世界举行。

这是真正意义上的闪婚，林娜从出国游遇上佟一凡，到今天二人步入婚姻的殿堂，前后只有一个月的时间。而且，两个人真正相处的时间只有两个星期，遇到对的人，时间、年龄等统统都不是问题，在感情的问题上，林娜意识到该给自己一个交代了。

出嫁的日子，是幸福的日子。深圳华侨城的一个小区里，帮林娜化好妆的闺密们在客厅里嬉闹着，而林娜把自己关在房间里，回想曾经的过往，任泪水肆意地流淌。为了一段感情，她苦苦守了八年，从当初的妙龄少女守到如今的大龄剩女。回首往昔，万千感慨，一张张脸，一件件往事，那段刻骨铭心的爱情给她带来的似乎只有伤害。苏南一，这样一个男人，给了她爱，给了她希望，也给了她无穷无尽的折磨。为了苏南一，她打过胎；为了苏南一的公司能活下来，她牺牲了几乎所有的个人时间；为了刺激苏南一，她报复性地委身于谢平，糟蹋了自己的青春。直到遇见佟一凡，林娜才知道自己错了，林娜为自己感到不值，但一切就要过去了！

闪婚，这让林娜感到很刺激，走神了一阵子，林娜看回镜中的自己，依然美丽如花，依然娇艳可人，突然又破涕为笑。一切都是最好的安排。在今天这样一个日子，她要感谢苏南一的不娶之恩，和苏南一比，佟一凡就是少女眼中那种典型的高富帅，不仅浪漫潇洒，而且温柔体贴。做成了康华的这一大单业务，改变了南南公司在业务方面的被动局面，南南公司依靠她，苏南一倚重她，功成身退，这也许是一个最好的结局。

看林娜有一阵没出来，打扮得花枝招展的吴菲“娜姐、娜姐”地叫着敲门，林娜打开门，大家围过来，只见她泪光点点，花容失色，明显刚哭过的样子。

叶芳打趣道：“大小姐，好不容易化的妆一下子全花了，一个人偷偷地哭什么？你不是恨嫁吗？你这是喜极而泣，还是悲从中来？”

今天吴菲是林娜的伴娘，接过叶芳的话，说：“这还用说吗，娜姐一定是喜极而泣，一场欧洲游，带回一个高富帅，这就是娜姐的魅力，你们哪个行？”

众人簇拥着林娜坐下，叶芳细心地为林娜补妆，边补边说：“这样的美人坯子到哪找去，便宜了那个佟一凡，几束花，花不了仨瓜俩枣就搞定了我们这个大美人，姐妹们，今天对佟一凡一定要狠一点。”大家齐声叫好。

按照婚庆公司的策划方案，林娜的婚礼在菁菁世界喜庆的气氛中按部就班地进行。

在所有参加林娜婚礼的来宾中，苏南一一家子几乎是最后到达现场的。为参不参加林娜的婚礼，苏南一跟自己的老婆单虹大吵了一架。单虹不让苏南一参加林娜的婚礼，于公于私，苏南一觉得自己都要参加。于公，林娜是公司的股东，是南南公司的得力干将，没有林娜出场，南南公司根本就拿不下康华这一大单业务。林娜是帮南南公司起死回生的人，公司这样的功臣结婚，老板怎能不去呢？于私，林娜是对自己用情最专、最长的一个痴情女人，是自己耽误了她，于心有愧，如果她结婚都不去，那就太没有人性了。作为苏南一的老婆，单虹怕苏南一和林娜藕断丝连，更怕二人旧情复燃，不放心苏南一一个人参加，单虹也一起跟过来了。

来宾中，苏南一是最不愿看到林娜结婚的人，因为这么多年他始终没有放弃和林娜破镜重圆的想法。林娜是一个让苏南一非常纠结的女人，她一直在以自己的方式等自己，这个苏南一知道。为报复自己，林娜和谢平假戏真做，与谢平合谋分裂南南公司，最后还是因为感情林娜没有选择离开。送林娜出国的时候，就在高速路的救援车道上，二人尽情地释放了一次感情，那个时候，苏南一觉得林娜才是自己真正想找的女人。但一来一回，一切都变了，以至于有了今天这样一个尴尬的局面，又能说什么呢？

五月的深圳，菁菁世界到处是花团锦簇，绿树成荫，婚礼的现场就选在了假山脚下的一块面积很大的草坪上。一进菁菁世界大门，就有专门的漂亮礼仪小姐引导，先是签到台，叶芳带两名美女负责签到，宾客们落下大名，送上礼金，一波一波的人陆续进入婚礼现场，再往里走，有一个鲜花扎成的心字形屏风，新郎、新娘摆出各种POSE与来宾合影留念。

今天的一对新人，男的高大帅气，女的妖娆妩媚。放眼望去，新娘子林娜不是一般的漂亮，肤若凝脂，唇红齿白，明眸善睐，顾盼生辉，真是好一对才子佳人。苏南一看到今天的林娜，尽管心里酸酸的，但在内心深处还是为林娜找到这样一个理想的归宿而欣慰。

婚礼现场，苏南一碰到了久未谋面的谢平。一眼看去，一向神采飞扬的谢平显得很是落寞，本想绕着走过去，但转念一想，毕竟兄弟一场，同事一场，往深了说，有说不完的恩怨；往宽了说，也是今生有缘，何必纠结于一时呢？但又暗自窃笑，林娜这是把能请到的前任都请来了，好在新郎对这些过往都不知道，不然该有多大的醋意啊。

苏南一迎着谢平走上前，伸出手，谢平想躲，见躲不开，也勉强伸出手和苏南一象征性地握了一下。苏南一说："谢总好啊，孟非主持的《非诚勿扰》经常在嘉宾离开时放一首歌《可惜不是你》，今天就是啊。"

见苏南一这么戏谑自己，谢平也放开了说："彼此彼此，你才是林娜心里的白马王子，可现在林娜白马换黑马了，我们同病相怜才对。"

苏南一知道，谢平现在的日子比自己难过多了，分裂南南公司不成，自己手中的客户资源有限，加之缺少得力的干将和资金方面的支持，谢平的理德公司现在可以说是举步维艰。全民创业的时代，这都是冲动惹的祸。苏南一和谢平，从朋友到敌人只在一夜之间，这中间有过恨，有过怨，今天在这样一个特殊的场合，却怎么也恨不起来。林娜已打过辞职报告，在这灾难深重的2015年，可以说，林娜是南南公司的贵人，也是他苏南一的贵人，没有林娜的回归，南南公司就不可避免地大分裂，没有林娜在关键时候出手搞定陆天明，南南公司的经营就会翻盘无望。林娜一从国外回来就向苏南一表达了要离开的意愿，但她说她希望体面地离开，她说要把南南公司的业务重新带上正轨，如今，她做到了，所以她要结婚，她也要远走高飞。

看着萎靡的谢平，苏南一动了一个念头，于是用一种略带揶揄的口吻说："我们是要同病相怜，经济下滑，钱难赚，很多企业都在抱团取暖，谢总，你还是南南公司的股东，你还是要多关心一下南南公司的发展，如果你觉得自己做辛苦的话，南南公司的大门还是向你敞开的。"

苏南一的态度是谢平所没想到的，一时不好表态，说："今天我们是来喝喜酒的，公司业务的事，回头再谈，我们为林娜的事闹翻，但你我都不是林娜的真命天子，过去的就过去了，活在当下，活在当下！”

说话的时候，苏南一抬头看到了一身休闲打扮的项前，项前不是一个人来的，小鸟依人的易冰很幸福地挽着项前的手，看到这一幕，苏南一暗自苦笑，这是个什么事啊？自己好了多年的女朋友成了别人的新娘，自己追求了多年的女朋友成了老铁的恋人，人世百态，世事无常。

这几天，项前一直在闭门思过。事业上，被老板停职，赋闲在家；情感上，遭遇了一次大冲突，艾佳逼着他做出选择。今天他带着易冰来参加婚礼，这是他们一起第一次在正式的场合公开亮相，算是他选择结果的一种展示。虽说是大丈夫何患无妻，但你总要有所选择，易冰能悦他的目，安他的心，之所以如此，也是他对艾佳失去了耐心。

一眼看到项前，苏南一就带着单虹忙着过来打招呼。项前见躲不开，拉着易冰未动，等苏南一夫妻二人过来，机械地对着单虹说：“这是我的女朋友易冰。”说话的时候，项前和易冰对视了一下，而易冰则表现出小小的难为情。接过话说：“说起来，苏总还是我们的介绍人，所以，喝喜酒的时候，苏总一定要带夫人到场，我一定要好好敬苏总一杯。”

苏南一给项前二人介绍自己的妻子单虹，单虹本来就和项前很熟，和易冰是第一次见面。苏南一有一搭没一搭地追易冰，前后也有两年多的时间了，但这是男人之间的地下活动，单虹当然不知道，如若不然，今天的场面将会更加尴尬。

苏南一半开玩笑地说：“项总，你是该早点结婚，不然大家的心都悬着，不知要生出多少是非来，成家立业，这是人生必然的阶段，早比晚好。”

没等项前表态，苏南一又关切地问：“康华这几天一定开了锅，对你，单位那边有说法吗？”

“今天不谈工作，我已有了决定，不劳你费心。”说完，项前拉着易冰往大家和新郎新娘合影的方向走去。

项前是苏南一的铁杆，林娜是苏南一的合伙人和下属，从项前和林娜的关系上，项前是可以不参加这样一场婚礼的，但易冰和艾佳发生冲突的晚上，林娜花了一整天的时间陪伴艾佳，并成功说服艾佳返回武汉，项前始终觉得欠林娜一个人情，正好赶上林娜的婚礼，情债情还，捧场还债，乐得其所。

十一点五十八分，婚礼正式开始，航拍的飞机在天上盘旋，鞭炮声在耳边轰鸣。参加婚礼的嘉宾依次排开，音乐响起，在众人的注目礼中，新娘牵着父亲的手走过鲜花架起的拱门，走到湖边的舞台。到了台上，林娜的父亲亲手把林娜的手放到佟一凡的手中，给他们以轻轻的拥抱，然后发表了一番动情的演说。因为真诚，因为深情，林娜父亲的演说感动了现场所有的来宾。

易冰被台上的情景感动了，一时间泪光闪闪，她轻轻地在项前的脸上亲了一口，说：“我们也能有一场这样的婚礼吗？”

项前用手轻抚了一下易冰的秀发，把她揽在怀里，说：“如果你想要，就会有。”

“那你还要让我等多久？”易冰将信将疑地问。

项前含蓄地笑了笑，回答道：“什么时候都可以，选一个你认为合适的时间，总之我会给你一个浪漫的婚礼。”

得到了项前的保证，易冰一下破涕为笑，笑得甜美而幸福。

最让项前没想到的是在婚礼的过程中，他看到了陆天明以证婚人的身份出现在了现场。陆天明给林娜作证婚人？简直不可思议，陆天明到底和林娜什么关系，如果仅仅是简单的客情关系，陆天明不会来，更不会去给林娜做什么证婚人。眼前的现实说明，林娜做客情关系的能力不同凡响。

看到陆天明，项前的心情一下子又复杂起来，自己眼前的困境都和这个人有关，一个事业蒸蒸日上的职业经理人，就因为这样一件略显意外的事件，职场道路成了断头路，这件事对项前是一个极大的打击。陆天明事件，反过来想，他自己也是一名受害者，他是因为职务的明升暗降而被迫绝地反击，这是他的不得已。几年打交道下来，项前也欣赏陆天明的能力，由于陆天明是个讲帮派的人，所以，项前也从未进他那个所谓的圈子，二人以往的交流都是点到为止，所以没有多少私人的交情。

婚礼仪式结束，酒会开始，西式自助餐加红酒，其实陆天明也早就发现了项前，酒会一开始，陆天明端着酒杯主动走过来招呼项前，这让项前有点意外，陆天明应该明白自己的行为给项前带来的压力和伤害，也许吧，凡事都要看开，何必纠结于一时呢？

打过招呼，陆天明感慨地说："项总啊，你的事我听说了，自古是'狡兔死，走狗烹，飞鸟尽，良弓藏'！跟了老板这么多年，卸磨杀驴、过河拆桥是老板最愿意干的事，这你还不知道？良禽择木而栖，识时务者为俊杰，你我在康华都到了要改弦更张的时候了，如果你愿意，老弟屈尊一下，我保证一定不会埋没你的才华，你看呢？"

这算是陆天明正式向项前发出邀请，如果项前接受了这份邀请，康华的人力资源总监就被一名跳槽的高管带走了，这件事一定会成为许多人的谈资。项前相信陆天明的态度是真诚的，而且在目前的情况下，像大多数人一样去海华也是一种不错的选择。但做人要有原则，做事要有底线，如果接受陆天明的邀请去海华，那么他就不是项前了。

项前微笑着回答陆天明说："谢谢陆总的信任与关心，在康华，我们的处境是很像，都是失去了老板的信任的人，但原因不同，陆总您是因为业绩，我却是因为交友不慎，代人受过。”

“是这样，我也认为你是无辜的，看看过来人，在康华，能得善终的人不多，有备无患，好自为之，我等你的消息。”陆天明坚持道。

“不用等，这么多年我们都没走到一起，这叫道不同不相为谋。如果我现在跟陆总您去了海华，那我就真成了见利忘义的小人，那样我会看不起自己。在这里，我还是想劝陆总一句，无论我们还在不在康华，康华都是我们战斗过的地方，它好，是我们的荣耀；它不好，我们要感同身受。对康华，如果可以，陆总不妨抬抬手，做人留一线，日后好相见。”项前并没有打算给陆天明面子。

看项前不识抬举，陆天明面露愠色，说：“那好，算我的话没说，大路朝天，我们各走半边，从今以后我们井水不犯河水。”

见陆天明愤然离席，苏南一走到项前跟前，说：“陆总跟我说起过你，他还是非常看好你的，我没跟你说，是因为我知道我说不动你，他跟你说，是他器重你，看陆总的样子，你是没有给他面子吧？”

本来没什么，但经苏南一这么一说，项前是气冲斗牛。因为陆天明，他失去了老板的信任，被停职，现在来说给不给陆天明面子？项前心里想：你和陆天明合谋挖康华墙脚的时候，可想到过面子？可想到过朋友？前面因为有单虹在，不好不理，现在情况不同，他斜了苏南一一眼，没说话，转身径直离开。

新郎、新娘换了便装过来敬酒，众人纷纷起身，满桌的人都是娘家人，是林娜的朋友，林娜一一给佟一凡介绍。介绍到苏南一时，一向伶牙俐齿的林娜哽咽了，项前见状赶紧一道把自己和苏南一介绍给佟一凡。大家举杯，纷纷送去对新郎、新娘的祝福。正当大家要坐下的时候，意外发生了，泪眼婆娑的林娜走到苏南一跟前，放下酒杯，一把紧紧搂住苏南一的脖子，林娜抱住苏南一，闭上眼睛，泪水止不住地流。事发突然，大家一下被眼前发生的一幕惊呆了，看林娜抱住苏南一，一旁的单虹脸一下子变得通红，眼看着要冲上去有所动作，项前见状，用手一把抓住单虹的手腕，拉住她，以防她有过激的行为。五秒钟的时间，林娜松开苏南一，用手抹了把泪水，抛下新郎，一个人径直向水边走去。

在场的那么多人，没有人能理解林娜的行为，也没有人能体会她此刻的心情，八年的感情，八年的纠扯终于要划一个句号了，这一抱便是她心中的那个句号，从此天各一方，两世为人。人生难就难在放下，但至少她现在到了要放下的时候了。

林娜这任性的一抱，给项前的内心带来了极大的触动。人就是这样，面具戴久了，假的成了真的，真的成了假的。项前看了一眼呆呆发愣的易冰，挽起她的手走向丛林深处，云在走，风在吹，项前的心像天上的云飘荡着，项前的脑海里冒出两个字：辞职。是的，他感到他到了要离开的时候了，他要像林娜一样任性一次，来一次说走就走的旅行，没有目的地，没有归期。《再别康桥》中那美丽的诗句像字幕一样在自己的眼前闪过：轻轻的我走了/正如我轻轻的来/我轻轻的招手/作别西天的云彩……

风舞秀发，云动离情。一对颀长的背影在眼中幻化，点点都是离愁。

第五十章

大结局：无中生有

天真蓝，云真低，项前躺在软软的草地上，魂游天外。

“天苍苍，野茫茫，风吹草低见牛羊”，美丽的呼伦贝尔大草原，草香、花香、清新的空气沁人心脾，没有忧愁，没有哀伤，人在天地间，就像一只小船儿在湖心荡漾，这种无忧无虑的生活，项前已过了七天了。

就是在林娜的婚礼上，项前决定了辞职，去追逐自己的诗和远方。关于未来的路，项前觉得自己想好了，又似乎没想好，他决定辞职是要先断了自己的后路。五一后的第一个工作日，项前跟老板打了辞职报告，就像谜一样从他最热爱、也最熟悉的城市——深圳消失了，来到了他向往已久的呼伦贝尔大草原。

离开深圳，除了易冰，他没有告诉任何人。这么多年了，他有太多的心结，工作压得他有些喘不过气来，情感的纠结让他顾此失彼，他需要放空，需要独处，于是他就以自己的方式选择了诗和远方，来到了神往已久的大草原。

出发之前，那一夜，他在易冰的身上淋漓尽致地展示了一个男人的疯狂。缠绵之后，收拾好行囊，吻别自己的爱人，微信发了朋友圈，告知朋友他要远行，合适的时间，他会回来。当晚，他写了一封情深意切的辞职信，回顾了在康华工作的五年，真实地表达了自己的想法与感谢。在信里，他没有诉苦，因为他在提笔行文的时候，他的心里是如此的轻松与释然。连同辞职报告一起交给老板的，还有一份曲哲的背调报告，不是为了报复，而是出于职责。

在大草原上，项前学会了骑马，当他策马扬鞭，驰骋在大草原上时，他才觉得是真的释放了自我，人困马乏的时候，他就一个人躺下来想想这些年来的过往。天蓝，蓝得人心醉；云低，低得似乎触手可及。这时候的他有无尽的遐思，情感上，他和艾佳的八年长跑总算有了结果，结局就是分道扬镳，这似乎是大多数异地恋的宿命，时间败给了空间。项前知道自己不是一个浪子，之所以最终选择了易冰这样一个透明的女孩，不是八年苦恋抵不过一夜之欢，而是现在的他更愿意选择简单，选择简单的人和简单的生活方式。

当苏南一的名字再次出现在他脑海中的时候，他似乎已经无感。他一直把苏南一当作胜过亲兄弟的朋友，古人是为朋友两肋插刀，而他真诚相待的朋友关键的时候背后插了他一刀，真正是应了那句话，“朋友都是用来背叛的”。项前睁着大眼，身体轻飘飘的，仿佛灵魂出窍的感觉，不知道米兰·昆德拉的《生命不能承受之轻》是不是说的就是这种感觉。基于对苏南一和南南公司的了解，他理解他，但从内心深处他还是不能原谅他，就因为苏南一的行为无论怎么说都是一种不折不扣的背叛，但是当面对背叛的事实时，他有些恍惚了。事业，职场十几年，他算是顺风顺水，今年，制造业的寒冬让康华不得不进行大面积的裁员和重大的人事调整，尽管他做事严谨，做人坦荡，但还是免不了出差错，老板让他停职反省也算是咎由自取。

七天之后，项前从大草原返回深圳，一觉醒来，恍若隔世，天光大亮，艳阳高照，他揉了揉酸胀的眼睛，望着洁白的天花板，怔怔地发呆。

经历了一场感情的变故，经历了一起职场的沉浮，经历了一次从人间到天堂的远足，此时的项前似乎又获得了一次新生。手机响了，拿起看时，已是十一点钟了，电话是十一道茶庄的老板周子瑜的，这个电话来得有点奇怪，电话接通，只听电话那端说："项总，项前老弟，电话总算打通了，你仿佛一下子从人间蒸发了，易冰对我也守口如瓶，大家谁也找不到你，你不知道急死多少人。"

"周总言重了，我只是累了，不是有一种说法吗，叫生活在别处，我只是换个地方体会一下这种感受，感谢朋友们惦记。"项前坐起身，懒懒地靠在床背上回复道。

"项总，有些日子没见面了，不妨到十一道一起喝杯茶，叙叙旧，同时，我还受人之托，给你捎个话。"

"周总赏脸，那我这就过来。"项前边说边起床，沐浴更衣后，驱车前往十一道茶庄。

项前的车一停好，就见周子瑜出门相迎。周一袭真丝黑衣，打扮得干净，二人握手寒暄，随后跟随茶馆的妹子进入茶室。

二人坐定后，周子瑜边倒茶边说："项总真的要辞职？"

周子瑜的问话多少让项前有些诧异，但还是点了点头予以确认，并静候下文。

看项前的反应，周子瑜解释道："项总辞职的事我是听易冰说的，有一层关系我一直没有说破，如果你和易冰好事能成的话，论起来我们还是亲戚，易冰是我的外甥女，前面没跟你说，是我安排的。"

周子瑜这么一说，项前心中一惊，忙伸出手，和周子瑜握了一下说："这么说，您不但是前辈，还是长辈，我代表易冰感谢您多年来的照顾。"

周子瑜呵呵一笑："见外了，冰冰是我的外甥女，照顾她是我应该的。一个女娃子，我是怕她受欺负才安排在这里给我帮忙的，现在她有了你做依靠，我就放心了。现在乱了辈分，你就吃亏了，在你们成亲之前，我们还是以兄弟论。"

说到这里，周子瑜说了句"稍等"起身离开，眨眼的工夫，周子瑜又推门进来，而他后面跟着的是易冰，易冰看起来是精心打扮过的，薄施粉黛，长发披肩，藕荷色长裙正好秀出她的婀娜身姿，怯怯的样子让人心生怜意。

项前急忙站起身，周子瑜拉着易冰走到项前跟前，把易冰的手放到项前手里，说："项前老弟，冰冰这个孩子简单，论文化、论阅历都和你不可同日而语，尤其在情感方面，单纯得像一张白纸，少不了要你照顾，多担待。今天，我是代表她的父母把他交给你，希望你们能够真心相爱，也希望你能善待她。"

易冰对着项前眨了眨眼睛，没有说话。项前凑到易冰跟前，揽过易冰的肩膀，说："周总放心，我们是托您的福才能走到一起，一定会珍惜这份感情的，将来会怎么样，我说不好，但我一定不会让她吃亏，也不会让她受委屈。"

看项前表了态，周子瑜会心地一笑，转身推开门，只见有人站在门外，一共有三个人，仔细看时，分别是苏南一、林娜和李济刚，这些人的出现让项前很是吃惊，他有些不解地看了看周子瑜，周子瑜把三个人引进茶室，说："项总，你消失的这些日子，这些人都非常关心你，打不通你的电话，他们就去找易冰，所以今天听说你会来这里，他们也就过来了，别的目的没有，就是来给你接风。"

易冰忙着给大家倒水，周子瑜招呼大家坐下。坐下的苏南一又站起身走到项前身旁，轻轻拍了拍项前的肩膀，又冲着项前伸出了手。此时的项前内心五味杂陈，看着眼前的苏南一，一时无语。曾经好得不能再好的兄弟，此时却是如此陌生，项前对苏南一伸出的手无动于衷，极不情愿地背过脸去。

周子瑜示意苏南一先回座位，说："今天是个好日子，所以大家能在这里相聚，而今天能到这里来的人都是最关心你的人，这么多年来，你和苏总的关系我最清楚，苏总给我讲了你们之间的误会和过节，他说为了前几天的事很是自责，我是受苏总委托约了这个局，我让后厨安排了房间和中餐，有些话酒桌上再说，好吗？"

众人起身，跟着周子瑜在服务员的引导下移步到周子瑜平时待客的包厢，路上，李济刚特意过来和项前握了握手，项前则拍了拍他的肩膀，没有说话。

这个周子瑜专门招待朋友的包厢布置得典雅大气，一面墙是雕龙画凤的中式酒柜，上面摆的是名酒名茶，一面墙是名人字画，进门的右边摆着周子瑜平时练字用的文房四宝，左边则错落有致地悬挂着几幅与名人的合影。宾主落座，周子瑜做东，坐主位，项前、苏南一一左一右，李济刚坐在周子瑜的对面，林娜挨着苏南一，易冰挨着项前，大家依次落座。

周子瑜道："平时大家难得一聚，但山不转水转，今天大家能在此谋面都是有缘人。项总失踪了一阵子，大家都惦念他，现在他又回到了我们的生活中，所以今天这是我们为项总举办的接风宴。"周子瑜打开烟，分别给项前和苏南一递上，又给自己点上，接着说："今天算是双喜临门啊，好日子，一喜是我们林美女的新婚大喜；另一喜是，项总和冰冰好了一阵子了，今天算是他们确定关系的订婚宴，我代表冰冰的父母，算是把冰冰交给项总了。"

听此一说，大家鼓掌，并纷纷起身向林娜和项前表示祝贺，周子瑜也起身，和大家逐一握手致意，坐下后又说："这里我要特别提到苏总，他是项总最好的朋友，也可以说是最关心项总的人，项总失踪，找不到项总他最着急，所以，今天的饭局是他的提议，据苏总说，这几天发生了很多事，什么事当事人都比我清楚，年初的时候，我在小店曾和两位有过一次交流，但我希望的是友谊长存。”菜上齐，酒斟好，周子瑜站起身，举起杯说：“这第一杯酒我们祝大家好事成双，友谊万岁。”大家纷纷起身举杯响应。

人坐定，酒倒上，林娜端杯起身走到项前跟前，说：“项总，陆天明的事和苏总无关，是我的主意，若是违背了你们的君子协定，我认罚。”

林娜新婚，今天衣服也穿得喜庆，在项前眼里，林娜是一个干练的准女强人。她和苏南一这么多年纠扯，项前一清二楚，觉得她受了很多委屈，不容易，蜜月期，能来出席这样的活动，算是一种态度。陆天明的事，不是事先沟通，而是事后告知，欠妥当，但从南南公司和林娜本人的角度来看，也是不得已的一种选择。处理艾佳与易冰的纠纷，林娜给自己帮过忙，后果已经造成，何况自己已决定从康华辞职，都过去了，但项前能原谅林娜，不能原谅苏南一。

项前端起杯，示意易冰一起站起来，然后说：“都过去了，旧事不必再提，你大喜的日子，我们还是祝贺新婚之喜，祝你找到自己的如意郎君，祝愿你们百年好合。”

林娜和易冰轻轻拥抱了一下，回到了座位上。

之后，李济刚也端着杯走过来，对着项前说：“项总是我欣赏的人，你要辞职的事我听说了，这是我没想到的，你把我留下来了，自己却先撤退了。于公，康华公司损失了一员大将；于私，我少了一位可以信赖的同事。关于你辞职的事，公司传得邪乎，有多个不同的版本，但每个人的选择一定都有自己的道理，我今天是特意来跟你道个别的，保重。”

听李济刚这么一说，项前忽然有一种莫名的感伤。一个工作了五年的地方，要离开的时候，还是有些许的不舍，他站起身，左手端杯，右手握住李济刚的手说：“留住你，是我的本分，你今天能来，同事一场，说明你看重我们之间的情义，谢谢你！天下没有不散的筵席，作为朋友，我们来日方长。”

很长的时间，苏南一一直没说话，看大家分别敬过酒又坐下，他清了一下嗓子，端起杯说：“有很多话，但一时不知从何说起，我先自罚三杯吧。”说完，一饮而尽，接着又连喝两杯，之后坐下说：“今天是个好日子，林娜新婚，项总和冰冰订婚，按说我应该高兴，但我的心里却五味杂陈。南南公司在项总的关心和帮助下走到今天，项总是我的兄弟，也可以说是我的贵人，陆天明的事，我们南南公司操作不当，给项总添了麻烦，这是我的错，我不想解释什么，今天在这里，我只想对项总表个态，如果项总继续留在康华，这样的错我今生不会再犯。”

苏南一停下来，又自己干了一杯酒，对着项前凝视了几秒钟，目光扫了一下众人，说：“开门红的当天，也是在这里，我和项总有过约定，也请大家做个见证，一是项总如果还看得上南南公司，我出让20%的股份，欢迎项总加盟；二是如果项总要自己创业，我投资，500万以内随时到账。”

听此一说，大家鼓掌，项前却没什么反应。苏南一端着杯走到项前跟前，见项前仍然无动于衷，苏南一蹲下来，用手抚着项前的肩膀说：“我们兄弟十年，今天这种局面，你会觉得我见利忘义，你要真这么认为，我也没有办法。陆天明的事，不是我的本意，也有违我的初衷，我现在是悔之晚矣，所以，今天这顿酒我是来赔罪的。”

毕竟多年的情谊，经苏南一这么一说，项前的心有些软了，起身端杯，说：“人同此心，心同此理，如果能换位思考的话，不会出现今天这样的结果，很多东西是需要时间检验的，我们之间也算是吧，酒我喝，往后看吧。”项前和苏南一碰了下杯，一饮而尽。

看项前有了态度，周子瑜看二人算是和解了，等苏南一回到自己的位子上，端着杯子在桌子上敲了敲，说：“利难尽，情难断，今天在一起是我们的缘分，放眼看过去，大家都是性情中人，重情义，事看胸怀，人看情怀，同道中人，能走多远，靠缘分，看人品。以利交，必须以利绝，面向未来，我们都要珍惜这来之不易的情义。我愿意看到你们年轻人，夫妻和睦，兄弟同心，如若不嫌，你们就到我这个小店常来常往吧。”

周子瑜的话让大家有同感，众人纷纷起身，一同向周子瑜敬酒，这时候，项前的手机响了，看是总裁余东风打来的，项前放下杯，出门接电话。

再次回到房间，项前和周子瑜握了下手，然后对着大家说：“公司有急事，总裁找我，失陪，先走一步。”道过别，易冰跟出来送他。

本来今天项前是计划到公司办理离职手续的，在去往公司的路上，项前是浮想联翩，一想到要离开这家工作了五年的公司，项前还是有些感伤，接到余东风的电话也好，可以正式和曾经的领导告个别，至于余东风所为何事打这个电话，此时的项前不愿想那么多。

回到公司总部大厦，项前的心情多少有点异样，人非草木，孰能无情，项前知道自己对这里是有感情的。一进公司，熟悉的同事都热情地和他打招呼，而且都面带笑容，这些问候让他感受到了一种温暖。人走茶凉？有时候是人未走茶已凉，大家关切的问候似乎不是这样。

到了地方，项前敲门进了余东风的办公室。一看是项前，余东风起身，热情地招呼他，双方坐下后，余东风感叹道：“项前啊，你打给董事长的辞职报告我看了，年轻人，冲动了。”

余东风是项前非常敬佩的领导，大胸怀，大格局，世不二出的职业经理人，中国优秀的企业家典范。从余东风的语气中，项前感受到了一种善意，但他心里想，自己已决定了辞职，且去意已决，余总的这番情义，算是无以为报了。

“你的辞职报告，我不会批准。记住！年轻人要受得了委屈，经得住事，在去留的问题上，冲动不得。今年的压力大我清楚，干部调整，人员调整，这些压力都在你这里，加上突发事件、个别事件，结果差强人意，老板发火，有他的道理，但我看到的不一样，矛盾没有集中爆发，基本实现平稳过渡，这中间你表现出了良好的职业素养，有魄力，有定力，作为年轻干部，不容易，所以，你不能灰心。”

项前接过话说：“余总，我犯的错，我认，辜负了董事长和您的信任，我也没有余总说的那么好，辞职算不上一时冲动，我的想法是换一种生活方式，我的工作新来的曲总大概能担得起来，五年了，换换人，换换位置也许工作可以做得更好。”

“换，我是要给你换，你说的曲总已经离开公司了，一个人品有问题的人不适合负责人力资源工作。关于你的安排，我已和董事长交换过意见，你新的职位是黑电事业部常务副总，官升一级，和杜一方搭班子，我对你的期望是配合杜一方，把黑电事业部的业绩冲起来。”

说到这里，余东风似乎又想起什么，接着说：“陆天明的事，你把老板惹火了。交友不慎，这次差点断送了你的前程，还有因员工跳楼而引发的舆论风波，不能说你没有责任，但舆情的事超出了你的能力，要说罗本辉的问题，确实是你监管不力，你要心里有数。年轻人，吃一堑，长一智，接受教训，这几个方面的问题，老板那里我帮你解释过了。”

问题就是问题，对于余东风提到的老板历数他的罪状，项前当然是心知肚明，余东风说的时候，项前诚恳地点头称是。

“关于陆天明的事，不要说老板对你有成见，我也对你有意见。你不在的这几天，我也派人做了调查，并没有发现你搅和进去。对你，我看的是长远，何况今年你参与的几件大事，舆论风波，阶段性裁员，干部调整，你总体上还是功大于过，没有这几件事上你做出的成绩，我很难改变老板对你的看法。”余东风边说边摇着头。

作为人力资源总监，项前当然知道黑电事业部常务副总的分量，老板器重他，对他委以重任，但陆天明的事触碰了老板的底线。余总器重他，今天的话算是推心置腹，但这种安排却大大出乎项前的预料，从职业生涯的角度来看，从专业向业务线转型是他职业生涯设计的一个方向，现在机会来了，又是赶在自己要离开公司的时候，项前感到有些怅然若失。

看着项前一脸茫然的样子，余东风说：“对于新的职务，你不要犯嘀咕，这么安排我是早有打算，并且经过了长期考察的，只不过是赶在了这个当口做了这次调整。从我的角度看，你是和杜一方搭班子最合适的人选，从另一方面说，董事长只是因为陆天明的事停你的职，目的是让你反省，不是下你的课，是你自己敏感了闹辞职，这真是个笑话，你不是不知道，公司正值用人之际，怎么会放你走呢？”

余东风把烟点上，把泡好的茶给项前推过去一杯，问：“表个态吧。”

此时的项前心里确实有些忐忑，他今天来公司是辞职的，不想出了这么个意外，但从眼下的情况看，没有比这更好的选择，于是，项前站起身对着余东风鞠了一躬，说：“感谢余总的信任，决不辜负公司，不辜负董事长和余总的信任。”

看到项前的态度，余东风笑着说：“同意就好，你的任命文件马上发，今天我带你去报到，顺便给你们新班子开个会。”说完就起身，往门外走。

从总部办公大楼去往工业园的路上，项前一直不断地问自己：“说好的辞职创业，为了一次所谓的升官，真的就不辞了吗？”

黑电事业部的常务副总，带上万人的队伍，主管200多亿的国内销售，作为职业经理人，夫复何求啊？尽管机会诱人，但项前还是觉得自己不应该那么快答应余总，眼下是肯定不能回头了。从结果来看，本来是因为陆天明的事被老板停职，现在又被莫名其妙地被委以重任，悲喜两重天，这多少让项前有点始料不及。项前揣摩，按老板的脾气，多半不会这么用人，这个结果就像余东风自己说的一样，是他的意见，并通过沟通征得了老板的同意，为什么？项前似乎知道，又似乎不知道。

开完新班子的会，杜一方和项前一块把余东风送上车，然后，杜一方握着项前的手，感慨地说："多事之秋，整个黑电事业部被陆天明闹得鸡飞狗跳，黄思明又临阵脱逃，在我孤掌难鸣的时候，余总把项总你带来了，这真是雪中送炭啊。"

"我是打了辞职报告的，不是余总，而是黄思明把我送到你这里来的，他在，和你搭档的就非他莫属。前面帮你把人调整到位，我就完成了自己的使命，不想又回到这里来了，命有此劫，你啊，我是躲都躲不掉啊。"

"听你这话，来黑电事业部你是心不甘情不愿啊，你是我点的将，余总点的头，黑电事业部表面看是业务问题，根本上是队伍问题，我需要你这样的专家帮我打造一支职业化队伍，我个人觉得你才是我理想的搭档。"

项前摇了摇头，略作沉思，又和杜一方握了下手说："若不是你，我今天是离职，而不是上任，你是改变了我人生轨迹的人，从我现在的情况来看，我是既来之，则安之，但愿能够助你一臂之力。"言毕，二人分手。

杜一方让办公室主任把项前带到了他的新办公室，办公室是在综合办公楼的六楼，开门看时，足足有六十个平方，新官上任，别的不说，办公室的面积是翻倍了。项前坐下来，打开电脑，打开OA中关于他的任命文件，对着电脑屏幕，一时茫然，他知道，他又要开启一段新的人生，尽管他知道福祸难料，但上了路只有一往无前。

项前用手机把他的任命文件拍了下来，又拍了一张新办公室的场景，发给了易冰。从职业的角度来看，职位变化算是好事，项前不是想让易冰分享他的喜悦，因为他根本感受不到喜悦，而是尽告知的义务。按照正常的逻辑，他是要发给苏南一的，项前感到自己的心结还没有真正打开，但想到苏南一不止一次地在多种场合表达了想拉自己入伙的想法，项前想了想还是把他的任命文件的照片发给了苏南一，不是炫耀，而是拒绝。

眼下的机会与条件，一直是自己梦寐以求的，但真的来了，似乎又不是那么回事。此时的项前感受不到喜悦，他本来要换一种活法，却又被命运带回到原来的轨道。原本为了梦想，他已做好了殊死一搏的准备，但他还是克服不了人性的弱点，禁不住诱惑，轻易投降。是机会吗？是！能操盘国内 200 多亿的市场，也许这将是他做职业经理人光辉的顶点，但基于他对黑电事业部的了解，他也许会被这个看似机会的挑战击得粉碎。

项前来到窗前，远处有山，近处有湖，天边有云，五月的深圳，画一样的山水，一如项前自己期待的层峦起伏的人生。千帆竞，征鼓鸣，项前感觉自己是一个提刀上马的将军，在黑夜中疾驰，却四顾茫然。

迷茫的青春 VS 焦虑的人生

人生的悲怆莫过于美人迟暮和英雄末路。

人生的痛苦不是来自于现实的际遇，而是来自于梦想与现实的落差。

职场二十五年，总想说点什么，什么呢？于是便有了《职网》。写书如绣花，前后三年时间，五易其稿，反复斟酌……如今，这本书像个孩子一样要“出生”了，我却没有喜悦，只有忐忑，没有所谓的成就感，只有不尽的恐慌，我想知道的是她到底能给读者带来什么呢？

我们谁都无法违背趋势的力量，所以我们才要御风而行。罗振宇在 2018 年“时间的朋友”跨年演讲的时候特别强调了小趋势，我说小趋势决定的是你的现在，大趋势决定的是你的未来。雷军说，站在风口上，猪都会飞；马云说，风停下来的时候，最先摔死的还是猪；我要说的是，你要努力做个长翅膀的“猪”，如虎添翼，方能自由翱翔。人在职场，这里的趋势就是职业化。

刘同的《谁的青春不迷茫》深得年轻人喜爱，对于那些刚刚迈出校门、走向社会的大学生，他们的青春有小小的兴奋，但更多的是迷茫与恐慌，兴奋是因为新鲜，迷茫是因为无知，恐慌是因为不确定。对于年轻人来讲，无论你有什么样的理想与抱负，无论你有多么丰富的想象力，生活的现实与憧憬就是不一样。

2017年12月，一名工程师因被企业劝退导致失业而跳楼自杀，让人不胜唏嘘。围观的人不禁要问：生活是美好的，为什么一定要走绝路呢？这一事件折射出了中年人的焦虑、无助与无奈。这世界上没有净土，职场就是江湖，职场是残酷的，甚至是血腥的。当你对职场的残酷与血腥认识不足时，一旦危机来临，就会不堪重负。

我不是一个作家，而是一个不折不扣的职业经理人。我一直试图用自己的方式告诉年轻人什么才是真实的职场，所以我写作了这本《职网》，并将它定义为“中国职场教科书”。

我是一只鸟，渴望自由，向望蓝天，所以我拥有候鸟一样的人生。职场二十五年，先后四易其地，从最北方的哈尔滨到首都北京，而后到最南方的深圳，再到现在的长沙。因为不安分，故而才有中国三大一线城市（北京、深圳和广州）和四大上市公司（中联重科、创维、东方雨虹与和君创业）的生活及从业经历。走的地方多了，见识就多了，感慨也多了。

俗话说“一言兴邦，一言误国”，诚以为然。职场绝不像《杜拉拉升职记》里那么轻描淡写，能成就你的绝不是小事，能败坏你的也绝不是大事。企业是艘船，你就是船上的水手，所以才有了《这是你的船》在企业界的广受推崇。职场处处是漩涡，多数时候你都是身不由己的，你的命运自己并不一定能做主。《职网》的素材来源于笔者本人的亲身经历，并通过艺术化的演绎展示给大家一个更真实的职场。笔者的初心是希望能帮助初涉职场的年轻人看清未来的生活，从而少一些迷茫和困惑；也希望身在职场的经理人能从中悟透职场玄机，从而少走弯路、少栽跟头，也少一些焦虑。

我不是一个以文字为生的人，本没有写小说的冲动，只不过人在江湖，受人之托，忠人之事，仅此而已。任何一件事都有所谓的缘起，这本书能最终成稿，要感谢纽钮文化的胡丽芳女士和南北猎头的王伟先生！南北猎头的王总是这本书的“始作俑者”，是他的策划让这本书有了开始；是胡丽芳女士的跟进让这本书有了正常的进展。《职网》能够面市，二人功不可没。

当然，《职网》能够顺利完稿和面市，还得益于很多朋友的帮助，这中间，湖南大学文学院的刘舸教授就书的立意与逻辑提出了很好的建议；中南传媒的赵宝泉赵总，也是我的乡党和兄长，在百忙之中抽出时间进行了三次校稿，本人甚是感动；湖南经视的曾海波曾导，除了做本书最早的忠实读者外，还帮忙做了影视改编的策划；湖南大学工商管理学院的李平主任也高屋建瓴，给出了许多中肯的建议。

书要有人看才有价值。在众多朋友的建议和支持下，《职网》尝试了预售模式，并在两个月的时间内完成了 40000 册的预订。深圳吉利通的范广宇范总一次订购了 1000 册，北大汇丰商学院的周海生同学一次订购了 500 册，长沙黄金时代的邓美霞邓总一次订购了 3000 册，还有我创维的老朋友、北大汇丰商学院的同学、湖南大学领军班的同学，他们都在书的预售环节给予了大力的支持。在这里，本人一并表示感谢。朋友们的期待是我的动力，感谢朋友们的支持和家人的理解。

书是故事，故事里有形形色色的人生，痛其所痛，哀其所哀，感同身受。你可能是“手把红旗旗不湿”的弄潮儿，也可能在职场的道路上因一次挫折而沉寂，但人生真味，自在其中，我们也许都不是能改变历史的人，但我们可以通过认知改变自己的命运。职场是个万花筒，职场也是一个角斗场，贵在体验，遑论输赢。

2019 年 1 月 15 日

于长沙梅溪湖